D1092380

Halo

Halo

Alexandra Adornetto

Traducción de Santiago del Rey

SP
YA
FIC
ADORNET
2010

Rocaeditorial

Título original: *Halo*
© 2010, Alexandra Adornetto
First published by Feiwel and Friends,
an imprint of Macmillan Children's Publishing Group.

Primera edición: agosto de 2010

© de la traducción: Santiago del Rey
© de esta edición: Roca Editorial de Libros, S. L.
Marquès de la Argentera, 17, Pral.
08003 Barcelona
info@rocaeditorial.com
www.rocaeditorial.com

Impreso por EGEDSA
Rois de Corella, 12-16, nave 1
08205 Sabadell (Barcelona)

ISBN: 978-84-9918-173-8
Depósito legal: B. 29.308-2010

«¡Habla otra vez, oh, ángel luminoso!
En la altura esta noche te apareces
Como un celeste mensajero alado
Que, en éxtasis, echando atrás la frente,
Contemplan hacia arriba los mortales.»

William Shakespeare, *Romeo y Julieta*

«Allí donde miro ahora
Me veo rodeada de tu abrazo,
Mi amor, y vislumbro tu halo,
Tú eres mi gracia y salvación.»

Beyoncé, *Halo*

1

Descenso

$\mathcal{N}$uestra llegada no salió del todo según lo planeado. Recuerdo que aterrizamos casi al alba, porque las farolas todavía estaban encendidas. Teníamos la esperanza de que nuestro descenso pasara inadvertido y así fue en gran parte, con una sola excepción: un chico de trece años que hacía su ronda de reparto justo en aquel momento. Circulaba en su bicicleta con los periódicos enrollados como bastones en su envoltorio de plástico. Había niebla y el chico llevaba una chaqueta con capucha. Parecía jugar consigo mismo un juego mental consistente en calcular el punto exacto a donde iría a parar cada lanzamiento. Los periódicos aterrizaban en las terrazas y los senderos de acceso con un golpe sordo y el chico esbozaba una sonrisa engreída cada vez que acertaba. Los ladridos de un terrier desde detrás de una cerca hicieron que levantara la vista y advirtiera nuestra llegada.

Miró hacia arriba justo a tiempo para ver una columna de luz blanca que se retiraba ya entre las nubes, dejando en mitad de la calle a tres forasteros con aire de espectros. Pese a nuestra apariencia humana, algo vio en nosotros que le sobresaltó: tal vez porque nuestra piel era luminosa como la luna o porque nuestras holgadas prendas estaban desgarradas por el turbulento descenso. O tal vez fue nuestro modo de mirarnos los miembros, como si no supiéramos qué hacer con ellos, o el vapor que nos humedecía el pelo. Fuera cual fuese la razón, el chico perdió el equilibrio, se desvió de golpe y cayó con su bicicleta en la zanja de la cuneta.

Se incorporó trabajosamente y permaneció paralizado

unos segundos, como vacilando entre la alarma y la curiosidad. Extendimos las manos hacia él los tres a la vez, creyendo que sería un gesto tranquilizador, pero se nos olvidó sonreír. Cuando recordamos cómo se hacía, ya era demasiado tarde. Mientras hacíamos contorsiones con la boca intentando sonreír como es debido, el chico giró sobre sus talones y salió corriendo. Tener un cuerpo físico nos resultaba extraño aún: había demasiadas partes que controlar al mismo tiempo, como en una máquina muy compleja. Yo me notaba rígidos los músculos de la cara y de todo el cuerpo; las piernas me temblaban como a un bebé dando sus primeros pasos, y los ojos no se me habían acostumbrado a la amortiguada luz terrenal. Viniendo como veníamos de un lugar deslumbrante, las sombras nos resultaban desconocidas.

Gabriel se aproximó a la bicicleta, cuya rueda delantera seguía girando, la enderezó y la dejó apoyada en una valla, convencido de que el chico volvería a recogerla luego.

Me lo imaginé entrando bruscamente por la puerta de su casa y relatándoles la historia a trompicones a sus padres atónitos. Su madre le despejaría el pelo de la frente y comprobaría si tenía fiebre. Su padre, aún con legañas, haría un comentario sobre la capacidad para confundirte que tiene la mente ociosa.

Encontramos la calle Byron y recorrimos su acera, irregular y desnivelada, buscando el número quince. Nuestros sentidos se veían asaltados desde todas direcciones. Los colores del mundo nos resultaban vívidos y muy variados. Habíamos pasado directamente de un mundo de pura blancura a una calle que parecía la paleta de un pintor. Aparte del colorido, todo tenía su propia forma y textura. Sentí el viento en los dedos y me pareció tan vivo que me pregunté si podría alargar la mano y atraparlo; abrí la boca y saboreé el aire fresco y limpio. Noté un olor a gasolina y a tostadas chamuscadas, combinado con el aroma de los pinos y la intensa fragancia del océano. Lo peor de todo era el ruido: el viento parecía aullar y el fragor de las olas estrellándose contra las rocas me resonaba en la cabeza como una estampida. Oía todo lo que ocurría en la calle: un motor arrancando, el golpeteo de una puerta mosquitera, el llanto de un niño y un viejo columpio chirriando al viento.

—Ya aprenderás a borrártelo de la mente —dijo Gabriel, casi sobresaltándome con su voz. En casa nosotros nos comunicábamos sin lenguaje. La voz humana de Gabriel, según acababa de descubrir, era grave y suave al mismo tiempo.

—¿Cuánto tiempo hará falta? —Percibí con una mueca el estridente chillido de una gaviota. Mi propia voz era tan melódica como el sonido de una flauta.

—No mucho —respondió Gabriel—. Es más fácil si no te empeñas en combatirlo.

La calle Byron se iba empinando y alcanzaba su punto más alto hacia la mitad de su trazado. Y justo allá arriba se alzaba nuestro nuevo hogar. Ivy se quedó encantada en cuanto lo vio.

—¡Mirad! —gritó—. Hasta tiene nombre.

La casa había sido bautizada igual que la calle y las letras de BYRON aparecían con elegante caligrafía en una placa de cobre. Más tarde descubriríamos que todas las calles colindantes llevaban nombres de poetas románticos ingleses: Keats Grove, calle Coleridge, avenida Blake… Byron iba a ser nuestro hogar y nuestro santuario durante nuestra existencia terrestre. Era una casa de piedra arenisca cubierta de hiedra que quedaba bastante apartada de la calle, tras una verja de hierro forjado y un portón de doble hoja. Tenía una hermosa fachada simétrica de estilo georgiano y un sendero de grava que iba hasta la puerta principal, cuya pintura se veía desconchada. El patio estaba dominado por un olmo majestuoso, y alrededor crecía una enmarañada masa de hiedra. Junto a la verja había una auténtica profusión de hortensias y sus corolas de color pastel temblaban bajo la escarcha de la mañana. Me gustó aquella casa: parecía construida para resistir todas las adversidades.

—Bethany, pásame la llave —dijo Gabriel.

Guardar la llave había sido la única misión que me habían encomendado. Tanteé los hondos bolsillos de mi vestido.

—Tiene que estar por aquí —aseguré.

—No me digas que ya la has perdido, por favor.

—Hemos caído del cielo, ¿sabes? —le dije, indignada—. Es muy fácil que se te pierdan las cosas.

Ivy se echó a reír de repente.

—Las llevas colgadas del cuello.

Di un suspiro de alivio mientras me quitaba la cadenita y se la tendía a Gabriel. Cuando entramos en el vestíbulo vimos que la casa había sido preparada concienzudamente para nuestra llegada. Los Agentes Divinos que nos habían precedido habían cuidado de todos los detalles sin reparar en gastos.

Allí todo resultaba luminoso. Los techos eran altos, las habitaciones espaciosas. Junto al pasillo central había una sala de música a mano izquierda y un salón a la derecha. Más al fondo, un estudio daba a un patio pavimentado. La parte trasera era un anexo modernizado del edificio original y contenía una amplia cocina de mármol y acero inoxidable que daba paso a un enorme cuarto de estar con alfombras persas y mullidos sofás. Unas puertas plegables se abrían a una gran terraza de madera roja. Arriba estaban los dormitorios y el baño principal, con lavabos de mármol y bañera hundida. Mientras nos movíamos por la casa, el suelo de madera crujía como dándonos la bienvenida. Empezó a caer una lluvia ligera y las gotas en el tejado de pizarra sonaban como los dedos de una mano delicada tocando una melodía al piano.

Esas primeras semanas las dedicamos a hibernar y a orientarnos un poco. Evaluamos la situación, aguardamos con paciencia mientras nos adaptábamos a aquella forma corporal y nos fuimos sumergiendo en los rituales de la vida diaria. Había mucho que aprender y, desde luego, no era nada fácil. Al principio, dábamos un paso y nos sorprendía encontrar suelo firme bajo nuestros pies. Ya sabíamos que en la Tierra todo estaba hecho de materia entrelazada con un código molecular que producía las distintas sustancias —el aire, la piedra, la madera, los animales—, pero una cosa era saberlo y otra experimentarlo por ti misma. Estábamos rodeados de barreras físicas. Teníamos que movernos sorteándolas y tratar de evitar al mismo tiempo la sensación de claustrofobia. Cada vez que tomaba un objeto, me detenía maravillada a considerar su función. La vida humana era muy complicada; había máquinas para hervir el agua, enchufes que conducían la corriente eléctrica y toda clase de utensilios en la cocina y el baño pensados para ahorrar tiempo y proporcionar comodidad. Cada cosa tenía una textura distinta, un olor diferente: era como una fiesta para los sentidos. Saltaba a la vista que Ivy y Gabriel habrían deseado librarse de todo aquello y regresar al gozoso silencio, pero yo disfrutaba de cada detalle y de cada momento por mucho que a veces me resultara un poco abrumador.

Algunas noches recibíamos la visita de un mentor sin rostro y con túnica blanca, que aparecía sin más sentado en una butaca del salón. Ignorábamos su identidad, pero sabíamos que actuaba como mensajero entre los ángeles de la tierra y los poderes superiores. Iniciábamos entonces una sesión informativa durante la cual exponíamos los problemas de la encarnación física y obteníamos respuesta a nuestras preguntas.

—El casero nos ha pedido documentos de nuestra residencia anterior —dijo Ivy durante el primer encuentro.

—Nos disculpamos por el descuido. Nos ocuparemos de ello, dalo por hecho —respondió el mentor. Todo su rostro se hallaba velado, pero al hablar desprendía nubecillas de niebla blanca.

—¿Cuánto tiempo se supone que ha de pasar para que entendamos nuestros cuerpos del todo? —quiso saber Gabriel.

—Eso depende —dijo el mentor—. No tendrían que ser más que unas pocas semanas, a menos que os resistáis al cambio.

—¿Qué tal les va a los demás emisarios? —Ivy parecía inquieta.

—Algunos, como vosotros, se están adaptando todavía a la vida humana, y otros ya se han lanzado directamente a la batalla —contestó el mentor—. Hay algunos rincones de la Tierra plagados de Agentes de la Oscuridad.

—¿Por qué me da dolor de cabeza el dentífrico? —pregunté yo. Mi hermano y mi hermana me echaron un vistazo con aire severo, pero el mentor permaneció imperturbable.

—Contiene una serie de ingredientes químicos muy potentes para matar las bacterias —dijo—. En una semana esos dolores de cabeza deberían haber desaparecido.

Cuando terminaban las consultas, Gabriel e Ivy se quedaban siempre a charlar aparte y yo no dejaba de preguntarme qué sería lo que yo no podía escuchar.

El primer y principal desafío era cuidar de nuestros cuerpos. Eran frágiles. Precisaban alimentos y también protección frente a los elementos externos; el mío más que el de mis hermanos porque yo era joven. Aquélla era mi primera visita y no había tenido tiempo de desarrollar ninguna resistencia. Gabriel había sido un guerrero desde el albor de los tiempos e Ivy había recibido una bendición especial y poseía poderes curativos. Yo era mucho más vulnerable. Las primeras veces que me aventuré a dar un paseo, regresé tiritando porque no había caído en la cuenta de que no llevaba ropa adecuada. Gabriel e Ivy no sentían el frío, aunque sus cuerpos también requerían mantenimiento. Al principio nos preguntábamos por qué nos sentíamos desfallecidos a mediodía; sólo luego comprendimos que nuestros cuerpos precisaban comidas regulares. Preparar la comida era aburridísimo y, al final, nuestro hermano Gabriel se ofreció gentilmente a encargarse de ello. Había una buena colección de libros de cocina en la biblioteca y tomó la costumbre de estudiarlos detenidamente por las noches.

Reducíamos nuestros contactos humanos al mínimo. Hacíamos la compra a horas intempestivas en Kingston, un pueblo más grande que quedaba al lado, y no le abríamos la puerta a nadie ni cogíamos el teléfono si llegaba a sonar. Dábamos largos paseos cuando los humanos estaban encerrados tras las puertas de sus casas. A veces íbamos al pueblo y nos sentábamos en la terraza de un café para observar a los transeúntes, aunque fingíamos estar absortos en nuestra propia charla para no llamar la atención. La única persona a la que nos presentamos fue el padre Mel, el sacerdote de Saint Mark's, una pequeña capilla de piedra caliza situada junto al mar.

—Cielos —dijo al vernos—. Así que habéis venido al final.

Nos gustó el padre Mel porque no nos hacía preguntas ni nos pedía nada; simplemente se sumaba a nuestras oraciones. Confiábamos en que, poco a poco, nuestra sutil influencia en el pueblo hiciera que la gente volviera a conectarse con su espiritualidad. No esperábamos que se volvieran fieles practicantes y que acudieran a la iglesia todos los domingos, pero queríamos devolverles la fe y enseñarles a creer en los milagros. Con que se limitaran a entrar en la iglesia, de camino al supermercado, para encender un cirio, ya nos contentaríamos. Venus Cove era una soñolienta población costera: el tipo de lugar donde todo sigue siempre igual. Nosotros disfrutábamos su tranquilidad y nos aficionamos a pasear por la orilla, normalmente a la hora de la cena, cuando la playa estaba casi desierta. Una noche fuimos hasta el embarcadero para contemplar los barcos amarrados allí, pintados con colores tan llamativos que parecían sacados de una postal. Hasta que llegamos al final del embarcadero no vimos al chico solitario que había allí sentado. No podía tener más de diecisiete años, aunque ya era posible distinguir en él al hombre en el que habría de convertirse con el tiempo. Llevaba unos pantalones cortos de camuflaje y una camiseta blanca holgada y sin mangas. Sus piernas musculosas colgaban del borde del embarcadero; estaba pescando y tenía al lado una bolsa de arpillera lleno de cebos y sedales. Nos detuvimos en seco al verlo, y habríamos dado media vuelta en el acto si él no hubiera advertido nuestra presencia.

—Hola —dijo con una franca sonrisa—. Una noche agradable para caminar.

Mis hermanos se limitaron a asentir sin moverse del sitio. A mí me pareció que era muy poco educado no responder y di unos pasos hacia él.

—Sí, es cierto —dije.

Supongo que aquél fue el primer indicio de mi debilidad: me dejé llevar por mi curiosidad humana. Se presumía que debíamos relacionarnos con los humanos, pero sin entablar amistad con ellos ni dejar que entraran en nuestras vidas. Y yo ya estaba en aquel momento saltándome las normas de la misión. Sabía que debía quedarme callada y alejarme sin más, pero lo que hice, por el contrario, fue señalar con un gesto los sedales.

—¿Has tenido suerte?

—Bueno, lo hago para divertirme —dijo, ladeando el cubo

para mostrarme que estaba vacío—. Si pesco algo, lo vuelvo a tirar al agua.

Di otro paso hacia delante para verlo más de cerca. Su pelo, castaño claro, tenía un brillo lustroso a la media luz y le oscilaba con gracia sobre la frente. Sus ojos, claros y almendrados, eran de un llamativo azul turquesa. Pero lo que resultaba del todo fascinante era su sonrisa. O sea que era así como había que sonreír, me dije: sin esfuerzo, de modo espontáneo y decididamente humano. Mientras seguía observándolo, me sentí atraída hacia él por una fuerza casi magnética. Sin hacer caso de la mirada admonitoria de Ivy, di un paso más.

—¿Quieres probar? —me dijo, percibiendo mi curiosidad, y me tendió la caña.

Estaba devanándome los sesos para encontrar una respuesta adecuada cuando Gabriel respondió por mí:

—Vamos, Bethany. Hemos de volver a casa.

Sólo entonces advertí el modo formal que tenía Gabriel de hablar, comparado con el del chico. Las palabras de Gabriel parecían ensayadas, como si estuviera representando la escena de una obra de teatro. Eso era probablemente lo que él sentía. Sonaba igual que los personajes de esas viejas películas de Hollywood que había visto en la investigación previa.

—Quizás otro día —dijo el chico, captando el tono de Gabriel. Yo me fijé en las arruguitas que se le formaban en el rabillo de los ojos al sonreír. Algo en su expresión me hizo pensar que se estaba riendo de nosotros. Me alejé a regañadientes.

—Eso ha sido muy grosero —le dije a mi hermano cuando el chico ya no podía oírnos. Me sorprendí a mí misma al decirlo. ¿Desde cuándo nos preocupaba a los ángeles dar una impresión de frialdad? ¿Desde cuándo había confundido yo los modales distantes de Gabriel con la pura y simple grosería? Él estaba hecho así: no se sentía a sus anchas con los humanos, no entendía su modo de ser. Y no obstante, yo le estaba reprochando precisamente su falta de rasgos humanos.

—Hemos de andarnos con cuidado, Bethany —me explicó, como si le hablara a una cría desobediente.

—Gabriel tiene razón —añadió Ivy, que siempre se aliaba

con nuestro hermano—. Todavía no estamos preparadas para mantener contactos humanos.

—Yo sí —dije.

Me volví para echarle un último vistazo al chico. Aún seguía mirándonos y sonriendo.

2

Carne

Cuando me desperté por la mañana, el sol entraba a raudales por las ventanas y se derramaba sobre el suelo de pino de mi habitación. Las motas de polvo bailaban frenéticamente en las franjas de luz. Me llegaba el olor a salitre; reconocía los chillidos de las gaviotas y el rumor de las olas rompiendo contra las rocas. Contemplaba los objetos de la habitación, que había acabado haciendo míos y ya me resultaban familiares. Quien se hubiera encargado de decorarla lo había hecho con una idea bastante definida de su futura ocupante. Había cierto encanto adolescente en los muebles blancos, en la cama de hierro con dosel y en el papel de la pared, con su estampado de capullos de rosa. El tocador, también blanco, tenía dibujos florales en los cajones. Había una mecedora de mimbre en un rincón y, junto a la cama, pegado a la pared, un delicado escritorio de patas torneadas.

Me estiré y sentí el tacto de las sábanas arrugadas contra mi piel; su textura era todavía una novedad para mí. En el lugar de donde veníamos no había objetos ni texturas. No necesitábamos nada físico para vivir y, por lo tanto, no había nada. El Cielo no era fácil de describir. Algunos humanos podían tener a veces un atisbo, surgido de los rincones más recónditos de su inconsciente, pero era muy difícil definirlo. Había que imaginarse una extensión blanca, una ciudad invisible sin nada material que pudiera captarse con los ojos, pero que aun así constituyera la visión más hermosa que se pudiera concebir. Un cielo como de oro líquido y cuarzo rosa, con una sensación permanente de ingravidez y ligereza: aparentemente vacío, pero más majestuoso que el palacio más espléndido de la tierra. No se me ocurría nada mejor para intentar describir algo tan inefable como mi anterior hogar. El lenguaje humano, la verdad, no me tenía muy impresionada; me parecía absurdamente limitado. Había demasiadas cosas que no podían decirse con palabras. Y ése era uno de los aspectos más tristes de la vida de la gente: que sus ideas y sentimientos más importantes no llegaban a expresarse ni a entenderse casi.

Una de las palabras más frustrantes del lenguaje humano, al menos por lo que yo sabía, era «amor». Tantos significados distintos vinculados a esa palabra diminuta.[1]

La gente la manejaba alegremente tanto para referirse a sus posesiones y a sus mascotas como a sus lugares de vacaciones o su comida favorita. Y acto seguido aplicaban la misma palabra a la persona que consideraban más importante de sus vidas. ¿No resultaba insultante? ¿No debería existir otro término para definir una emoción más profunda? Los humanos estaban obsesionados con el amor: desesperados por establecer un vínculo con una persona a la que pudieran referirse como su «media naranja». Por la literatura que yo había leído, daba la impresión de que estar enamorado significaba convertirse prácticamente en el mundo entero para la persona amada. El resto del universo palidecía y se volvía insignificante en comparación. Cuando los amantes se hallaban separados, caían en un estado de honda melancolía y, al volver a reunirse, sus corazones empezaban a palpitar de nuevo. Sólo cuando estaban juntos podían apreciar de verdad los colores del mundo. De lo contrario, todo se desteñía y se volvía borroso y gris.

Permanecí en la cama preguntándome por la intensidad de aquella emoción tan irracional y tan indiscutiblemente humana. ¿Y si el rostro de una persona se volvía tan sagrado para ti que quedaba grabado de modo indeleble en tu memoria? ¿Y si su olor y su tacto te llegaban a resultar más preciosos que tu propia vida? Desde luego, yo no sabía nada del amor humano,

19

1. *Love* es un término más usual que *amor* y abarca una gran variedad de sentidos, bien como sustantivo («cielo», «cariño»), bien como verbo («gustar», «encantar», «complacer», «querer»).

pero la idea misma me había resultado siempre intrigante. Los seres celestiales fingían entender la intensidad de las relaciones humanas; pero a mí me parecía asombroso que los humanos permitieran que otra persona se adueñara de sus mentes y de sus corazones. No dejaba de resultar irónico que el amor pudiera avivar en ellos la percepción de las maravillas del universo, cuando al mismo tiempo restringía toda su atención a la persona amada.

Los ruidos de mis hermanos trajinando abajo, en la cocina, interrumpieron mi ensueño y me arrancaron de la cama. ¿Qué sentido tenían mis divagaciones, a fin de cuentas, cuando el amor humano les estaba vedado a los ángeles?

Me envolví en un suéter de cachemir para abrigarme y bajé descalza las escaleras. En la cocina me recibió un aroma tentador a tostadas y café. Me complacía descubrir que me estaba adaptando a la vida humana: sólo unas semanas atrás esos olores me habrían dado dolor de cabeza e incluso náuseas. Pero ahora había empezado a disfrutar la experiencia. Flexioné los dedos de los pies, recreándome en el suave tacto del suelo de madera. Ni siquiera me importó demasiado tropezarme —medio dormida como estaba— con la esquina de la nevera y darme un golpe en el dedo gordo. La punzada de dolor sólo sirvió para recordarme que era real y que podía sentir.

—Buenas *tardes*, Bethany —dijo mi hermano en plan de guasa, tendiéndome una taza de té humeante. La sostuve una fracción de segundo más de la cuenta antes de dejarla y me quemé los dedos. Gabriel notó cómo me estremecía y frunció el ceño. Eso me recordó que, a diferencia de mis dos hermanos, yo no era inmune al dolor.

Mi forma física era tan endeble como cualquier otro cuerpo humano, aunque yo era capaz de curarme las heridas menores, como cortes y fracturas. Ésa había sido una de las cosas que habían preocupado a Gabriel en primer lugar cuando fui escogida. Sabía que él me consideraba vulnerable y que pensaba que toda la misión podía resultar demasiado peligrosa para mí. Me habían elegido porque yo estaba más en sintonía con la condición humana que los demás ángeles: yo me preocupaba por los humanos, me identificaba con ellos y procuraba comprenderlos. Tenía fe en ellos, lloraba por ellos. Tal vez se debía a que era joven: había sido creada hacía sólo diecisiete años mortales, cosa que equivalía a la primera infancia en años celestiales. Gabriel e Ivy llevaban siglos en activo; habían librado múltiples batallas y habían presenciado atrocidades inimaginables perpetradas por los humanos. Habían tenido tiempo sobrado para adquirir la fuerza y el poder que los protegía en la Tierra. Ambos la habían visitado en varias misiones y habían podido adaptarse poco a poco a sus condiciones de vida y cobrar conciencia de sus peligros y dificultades. En cambio, yo era un ángel en su forma más pura y vulnerable. Era ingenua y confiada, joven y frágil. Sentía el dolor porque no me protegían años de sabiduría y experiencia. Por eso Gabriel habría deseado que no me hubieran escogido. Y por eso precisamente lo habían hecho.

Porque la decisión definitiva no la había tomado él, sino otro: alguien tan importante que ni siquiera Gabriel se había atrevido a discutir. Tuvo que resignarse y aceptar que, detrás de mi elección, debía de haber una razón divina que sobrepasaba su capacidad de comprensión.

Di un sorbo cauteloso al té y le sonreí a mi hermano. Él pareció relajarse, tomó una caja de cereales y examinó la etiqueta.

—¿Qué prefieres: tostadas o esta cosa llamada «cereales con miel»?

—Tostadas —contesté, arrugando la nariz ante los cereales.

Ivy, también sentada a la mesa, parecía muy concentrada untando una tostada con mantequilla. Mi hermana estaba intentando tomarle gusto a la comida. La observé mientras cortaba su tostada en cuadraditos, los esparcía por el plato y volvía a juntarlos como si formasen un puzzle. Fui a sentarme a su lado y aspiré la embriagadora fragancia a freesia que parecía acompañarla siempre.

—Estás pálida —observó con su calma habitual, apartándose un mechón de pelo rubio platino que le caía sobre sus ojos grises. Ivy había decidido asumir el papel de madre abnegada en nuestra pequeña familia.

—No es nada —respondí sin darle importancia. Titubeé antes de añadir—: Sólo un mal sueño.

21

De inmediato vi que los dos se ponían en guardia y cruzaban una mirada inquieta.

—Yo no llamaría a eso *nada* —comentó Ivy—. Ya sabes que nosotros no soñamos.

Gabriel, que se había apostado junto a la ventana, se acercó para examinar mi rostro con detenimiento. Me alzó la barbilla con un dedo y noté que su expresión se volvía ceñuda de nuevo, oscureciendo la grave belleza de su rostro.

—Vete con cuidado, Bethany —me dijo con aquel tono de hermano mayor al que ya me había acostumbrado—. Procura no apegarte demasiado a las experiencias físicas. Por excitantes que parezcan, recuerda que nosotros sólo estamos de visita. Todo esto es transitorio y tarde o temprano habremos de regresar... —Al ver mi expresión desolada se detuvo en seco. Luego prosiguió con un tono más ligero—: Bueno, todavía queda un montón de tiempo antes de que eso suceda, así que podemos hablar de ello más adelante.

Era raro visitar la Tierra con Ivy y Gabriel. Los dos llamaban mucho la atención allí donde iban. Por su aspecto físico, Gabriel parecía una estatua clásica que hubiera cobrado vida. Tenía un cuerpo perfectamente proporcionado, y daba la impresión de que cada uno de sus músculos hubiera sido esculpido en un mármol purísimo. Su pelo, largo hasta los hombros, era de color arena y lo llevaba recogido con frecuencia en una cola de caballo. Tenía la frente enérgica y la nariz completamente recta. Hoy llevaba unos tejanos azules desteñidos, rajados en las rodillas, y una camisa de lino arrugada, prendas que le conferían un desaliñado atractivo. Gabriel era arcángel y miembro de los Sagrados Siete. Aunque los arcángeles sólo ocupaban el segundo lugar en la divina jerarquía, eran muy selectos y tenían más relación que nadie con los seres humanos. De hecho, habían sido creados para servir de puente entre el Señor y los mortales. Pero Gabriel, en el fondo, era sobre todo un guerrero —su nombre celestial significa «Héroe de Dios»— y había sido él quien había visto arder Sodoma y Gomorra.

Ivy, por su parte, era una de las más sabias y antiguas de nuestra estirpe, aunque no aparentase más de veinte años. Era un serafín, la orden angélica más cercana al Señor. En el Reino, los serafines tenían seis alas que venían a indicar los seis días de la creación. Ivy llevaba tatuada en la muñeca una serpiente dorada, signo de su alto rango. Decían que los serafines intervenían en la batalla para arrojar fuego sobre la Tierra, pero la verdad es que era una de las criaturas más gentiles que he conocido. En su envoltura física, Ivy se parecía a una *madonna* del Renacimiento con aquel cuello de cisne y aquella cara ovalada y pálida. Igual que Gabriel, tenía unos ojos grises y penetrantes. Esa mañana llevaba un vestido blanco y vaporoso y unas sandalias doradas.

En cuanto a mí, yo no tenía nada de especial; era sólo un ángel vulgar y corriente, uno del montón, situado en el escalón más bajo de la jerarquía. A mí no me importaba. Eso implicaba que podía relacionarme con los espíritus humanos que ingresaban en el Reino. Físicamente tenía, como toda mi familia, un aspecto etéreo, salvo por mis ojos, de un castaño intenso, y por la melena marrón chocolate que me caía en suaves ondas por la espalda. Yo había creído que, una vez que te habían asignado un destino terrenal, podías escoger tu propia apariencia física, pero la cosa no iba así. Había sido creada más bien menuda y con rasgos delicados, no demasiado alta, con la cara en forma de corazón, orejas de duendecillo y una piel pálida como la leche. Cada vez que me veía reflejada en un espejo, percibía un entusiasmo que no encontraba en los rostros de mis hermanos. Aunque lo intentara, no lograba adoptar la pose distante de Gabe e Ivy. Ellos raramente perdían la compostura o la seriedad, por dramático que fuese lo que sucediera a su alrededor. A mí, en cambio, aunque me esforzara en darme aires de suficiencia, siempre se me veía una expresión de curiosidad insaciable.

Ivy se levantó y se acercó al fregadero con su plato. Más que caminar, parecía bailar cuando se movía. Tanto ella como Gabriel poseían una gracia natural que yo era incapaz de imitar. Más de una vez me habían acusado de ser una torpe y de andar dando tumbos por la casa.

Después de tirar la tostada que se había limitado a mordisquear, se repantigó en el asiento de la ventana con el periódico desplegado.

23

—¿Qué noticias hay? —pregunté.

Por toda respuesta me mostró la primera página. Ojeé los titulares —bombardeos, desastres naturales, crisis económica— y me di por vencida en el acto.

—No es de extrañar que la gente no se sienta segura aquí —dijo Ivy con un suspiro—. Es imposible, si no se fían unos de otros.

—Siendo así, ¿qué podemos hacer por ellos? —pregunté, vacilante.

—Será mejor no hacerse demasiadas ilusiones por ahora —contestó Gabriel—. Los cambios llevan su tiempo, según dicen.

—Además, no nos corresponde a nosotros salvar al mundo —añadió Ivy—. Nosotros hemos de concentrarnos en nuestra pequeña parcela.

—¿Te refieres a este pueblo?

—Claro —asintió—. Este pueblo estaba entre los objetivos de las Fuerzas Oscuras. Es extraño, ¿no?, quiero decir, los sitios que eligen.

—Me imagino que empiezan por abajo para ir cada vez a más —comentó Gabriel con una mueca de repugnancia—. Si pueden conquistar un pueblo, podrán conquistar una ciudad, luego un estado y finalmente un país entero.

—¿Cómo podemos saber los daños que ya han provocado? —pregunté.

—Eso se aclarará a su debido tiempo —dijo Gabriel—. Pero con la ayuda del Cielo, nosotros pondremos fin a su obra de destrucción. No fallaremos en nuestra misión y, cuando nos vayamos, este sitio volverá a estar en manos del Señor.

—Entre tanto, intentemos adaptarnos y mezclarnos con la gente —dijo Ivy, quizás haciendo un esfuerzo para aligerar el tono de la conversación. Poco me faltó para soltar una carcajada. Me dieron ganas de decirle que se mirase al espejo. Ivy podría tener siglos a sus espaldas, pero a veces parecía muy ingenua. Incluso yo sabía que «mezclarse» iba a resultar muy difícil.

Saltaba a la vista que éramos diferentes, y no como pueda serlo un estudiante de Bellas Artes que lleve el pelo teñido y medias estrafalarias. No, nosotros éramos diferentes de verdad: diferentes como de otro mundo. Cosa nada sorprendente teniendo en cuenta quiénes éramos... o mejor, qué éramos. Había muchas cosas que nos volvían llamativos. De entrada, los humanos tenían defectos y nosotros no. Si nos veías entre una multitud, lo primero que te llamaba la atención era nuestra piel, tan translúcida que habrías llegado a creer que contenía partículas de luz, lo cual se hacía aún más evidente al oscurecer, cuando toda la piel que quedaba a la vista emitía un resplandor, como si tuviera una fuente interior de energía. Nosotros, además, no dejábamos huellas, ni siquiera cuando caminábamos por una superficie muy blanda como la hierba o la arena. Y nunca nos pillarías con una camiseta demasiado escotada por detrás: siempre las usábamos cerradas para disimular un pequeño problema cosmético.

A medida que nos introducíamos en la vida del pueblo, la gente no dejaba de preguntarse qué hacíamos en un rincón tan apartado como Venus Cove. Unas veces nos tomaban por turistas que habían decidido prolongar su estancia; otras, nos confundían con personajes famosos y nos preguntaban por programas de televisión de los que ni siquiera habíamos oído hablar. Nadie adivinaba que estábamos trabajando; que habíamos sido reclutados para socorrer a un mundo que se encontraba al borde de la destrucción. Sólo hacía falta abrir un periódico o poner la televisión para entender por qué habíamos sido enviados: asesinatos, secuestros, ataques terroristas, guerras, atracos a los ancianos... La lista era espantosa e interminable. Había tantas almas en peligro que los Agentes de la Oscuridad habían aprovechado la ocasión para agruparse. Gabriel, Ivy y yo estábamos allí para contrarrestar su influencia. Habían enviado a otros Agentes de la Luz a distintos lugares de todo el planeta y, al final, nos reunirían a todos para evaluar lo que habíamos descubierto. Yo sabía que la situación era alarmante, pero estaba convencida de que no fallaríamos. De hecho, creía que nos resultaría fácil: nuestra sola presencia constituiría una solución divina. Eso pensaba. Estaba a punto de descubrir que me equivocaba de medio a medio.

Era una suerte que nos hubieran destinado a Venus Cove,

25

un lugar impresionante y lleno de llamativos contrastes. Había zonas de la costa muy escarpadas que el viento azotaba sin cesar. Desde nuestra casa veíamos los imponentes acantilados que se asomaban al océano oscuro y revuelto, y oíamos aullar al viento entre los árboles. Pero si te desplazabas un poco tierra adentro había pasajes bucólicos, y colinas onduladas llenas de vacas pastando, y molinos preciosos.

La mayoría de las casas de Venus Cove eran modestas viviendas de madera, pero más cerca de la costa había una serie de calles arboladas con edificios más grandes y espectaculares. Nuestra propia casa, «Byron», era una de ellas. A Gabriel no le entusiasmaba demasiado, que digamos: el clérigo que había en él la encontraba excesiva. Sin duda se habría sentido más cómodo en una vivienda menos lujosa. A Ivy y a mí, en cambio, nos encantaba. Y si los poderes superiores no creían que nos fuese a hacer ningún daño disfrutar nuestra estancia en la Tierra, ¿quiénes éramos nosotros para pensar lo contrario? Yo me temía que aquella casa no iba a ayudarnos a conseguir nuestro objetivo de mezclarnos con la gente, pero mantuve la boca cerrada. No quería quejarme ni poner objeciones porque ya me sentía de por sí como una carga para la buena marcha de la misión.

Venus Cove tenía una población de unos tres mil habitantes, aunque la cifra se doblaba durante el verano, cuando todo el pueblo se transformaba en un abarrotado centro de vacaciones. La gente, en cualquier época del año, era abierta y simpática. Me gustaba la atmósfera que reinaba allí. No había tipos trajeados trotando hacia sus oficinas de altos vuelos. Allí nadie tenía prisa. A la gente le daba igual cenar en el restaurante más selecto del pueblo o en un bar de la playa. Eran demasiado tranquilos para preocuparse por esas cosas.

—¿Tú estás de acuerdo, Bethany? —El sonoro timbre de voz de Gabriel me devolvió a la realidad. Traté de retomar el hilo de la conversación, pero me había quedado en blanco.

—Perdona —dije—. Estaba a miles de kilómetros. ¿Qué decías?

—Sólo estaba fijando algunas normas básicas. Todo va a ser distinto a partir de ahora.

Se le veía otra vez ceñudo y algo irritado por mi falta de atención. Esa misma mañana empezábamos los dos en el colegio Bryce Hamilton: yo como alumna y Gabriel como nuevo profesor de música. Un colegio podía resultar un lugar útil para empezar a contrarrestar a los emisarios de la oscuridad, ya que estaba lleno de gente joven cuyos valores se encontraban en plena evolución. Como Ivy era un ser demasiado sobrenatural para ingresar entre una manada de alumnos de secundaria, se había decidido que ella actuaría como consejera nuestra y que se ocuparía de nuestra seguridad, o mejor dicho, de la mía, porque Gabriel sabía cuidarse de sí mismo

—Lo importante es que no perdamos de vista para qué estamos aquí —dijo Ivy—. Nuestra misión es bien clara: realizar buenas obras y actos de caridad, tener gestos bondadosos y predicar con el ejemplo. No nos convienen los milagros por ahora, al menos mientras no podamos prever cómo serán acogidos. Al mismo tiempo, nos interesa observar y descubrir todo lo que podamos sobre la gente. La cultura humana es muy compleja, no hay nada parecido en todo el universo.

Me daba la sensación de que aquellas normas iban dirigidas sobre todo a mí. Gabriel nunca tenía problemas para arreglárselas en cualquier situación.

—Esto va a ser divertido —dije, quizá con más entusiasmo de la cuenta.

—No se trata de divertirse —me soltó Gabriel—. ¿Es que no has oído lo que acabamos de decir?

—Lo que pretendemos básicamente es alejar las influencias maléficas y restablecer la confianza entre las personas —dijo Ivy en tono conciliador—. No te preocupes por ella, Gabe. Lo va a hacer muy bien.

—Resumiendo, estamos aquí para impartir nuestra bendición entre la comunidad —prosiguió mi hermano—. Pero no debemos llamar demasiado la atención. Nuestra prioridad es que no sea detectada nuestra presencia. Procura, por favor, Bethany, no decir nada que pueda... inquietar a los alumnos.

Ahora me tocaba a mí ofenderme.

—¿Como qué? —dije—. Vamos, cualquiera diría que doy miedo.

—Ya sabes a qué se refiere —intervino Ivy—. Lo único que sugiere es que pienses bien lo que dices antes de hablar. Nada de comentarios personales sobre nuestro hogar, nada de «Dios piensa» o «Dios me ha dicho»… Podrían pensar que andas tramando algo.

—Vale —dije, malhumorada—. Espero que al menos se me permita revolotear por los pasillos a la hora del almuerzo.

Gabriel me lanzó una mirada severa. Yo tenía la esperanza de que captara el chiste, pero su expresión se mantuvo inalterable. Suspiré. Lo quería mucho, pero no podía negarse que no tenía ningún sentido del humor.

—No te preocupes. Me portaré bien, te lo prometo.

—El autocontrol es de la máxima importancia —dijo Ivy.

Volví a suspirar. Sabía muy bien que yo era la única que debía aprender a controlarse. Ivy y Gabriel tenían experiencia de sobras de ese tipo y para ellos se había convertido casi en una segunda naturaleza. Se sabían las normas del derecho y del revés. Además, ambos tenían una personalidad más estable que la mía. Podrían haberse llamado perfectamente el Rey y la Reina de Hielo. Nada los perturbaba, nada los inquietaba. Y lo más importante: nada parecía disgustarlos. Eran como dos actores bien entrenados y el texto les salía en apariencia sin ningún esfuerzo. Para mí era distinto; yo había tenido que esforzarme desde el primer momento. Volverme humana me había resultado profundamente desconcertante por algún motivo. No estaba preparada para aquella intensidad; era como pasar de un vacío dichoso a una montaña rusa de sensaciones acumuladas todas de golpe. A veces se me entrecruzaban unas con otras y el resultado era una confusión total. Sabía que debía distanciarme de todos los elementos emocionales, pero aún no había descubierto cómo hacerlo. Me maravillaba la facilidad de los humanos normales y corrientes para convivir con aquel torbellino de emociones que bullían sin parar bajo la superficie: era agotador. Yo procuraba ocultarle esas dificultades a Gabriel; no quería confirmar sus temores ni que tuviera peor concepto de mí a causa de mis apuros. Si mis hermanos sentían en algún momento algo parecido, lo disimulaban muy bien.

Ivy fue a preparar mi uniforme y a buscar una camisa y unos pantalones limpios para Gabe. Como miembro del personal docente, él tenía que ir con camisa y corbata, y la verdad es que la idea no le hacía mucha gracia. Normalmente llevaba tejanos y suéteres holgados. Cualquier prenda demasiado ajustada nos resultaba agobiante. En general, la ropa nos producía la extraña impresión de estar atrapados, así que compadecí a Gabriel cuando lo vi bajar retorciéndose de pura incomodidad bajo aquella impecable camisa blanca que aprisionaba su torso y dando tirones a la corbata hasta que logró aflojar el nudo.

La ropa no era la única diferencia; también habíamos tenido que aprender a practicar los rituales de higiene y cuidado personal, como ducharnos, cepillarnos los dientes y peinarnos. En el Reino, donde la existencia no requería tareas de mantenimiento, no teníamos que pensar en nada parecido. Vivir como ente físico te obligaba a recordar muchas más cosas.

—¿Estás segura de que hay una indumentaria establecida para los profesores? —preguntó Gabriel.

—Me temo que sí —contestó Ivy—, pero aun suponiendo que me equivoque, ¿de veras quieres correr el riesgo el primer día?

—¿Qué tenía de malo lo que llevaba puesto? —gruñó él, enrollándose las mangas para tener los brazos libres—. Al menos era más cómodo.

Ivy chasqueó la lengua y se volvió para comprobar que me había puesto correctamente el uniforme.

Tenía que reconocer que era bastante elegante para lo que solían ser los uniformes. El vestido era de un azul pálido muy favorecedor, con la parte delantera plisada y cuello blanco estilo Peter Pan. Había que llevar también calcetines de algodón hasta las rodillas, zapatos marrones con hebilla y una chaqueta azul marino con el escudo del colegio bordado en el bolsillo delantero con hilo dorado. Ivy me había comprado unas cintas blancas y azul pálido que ahora entretejió hábilmente con mis trenzas.

—Ya está —dijo, con una sonrisa satisfecha—. De embajadora celestial a colegiala del pueblo.

Habría preferido que no utilizara la palabra «embajadora»: me ponía nerviosa. Tenía mucho peso, suscitaba demasiadas expectativas, pero no la clase de expectativas corrientes que los humanos solían albergar, en el sentido de que sus hijos ordenaran su habitación, cuidaran de sus hermanos e hicieran los deberes. Aquéllas debían cumplirse. De lo contrario... bueno, no sabía lo que pasaría en ese caso. Ahora sentía que las piernas me flaqueaban y que se me iban a doblar en cualquier momento.

—No estoy segura, Gabe —dije, aun siendo consciente de lo voluble que sonaba—. ¿Y si no estoy preparada?

—La decisión no está en nuestras manos —respondió Gabriel sin perder la compostura—. Nosotros tenemos un único propósito: cumplir nuestros deberes con el Creador.

—Y yo quiero hacerlo, pero es que... es una escuela de secundaria. Una cosa es observar la vida a distancia; pero nosotros vamos a zambullirnos en el meollo mismo.

—Ésa es la cuestión —dijo Gabriel—. No se puede esperar que ejerzamos ninguna influencia a distancia.

—¿Y si algo sale mal?

—Yo me encargaré de arreglarlo.

—La Tierra parece un lugar peligroso para los ángeles.

—Por eso estoy aquí.

Los peligros que imaginaba no eran meramente físicos. Para esa clase de problemas teníamos recursos y sabíamos cómo manejarlos. Lo que a mí me inquietaba era la seducción de las cosas humanas. Dudaba de mí misma e intuía que eso podía hacerme perder de vista mis propósitos más elevados. Al fin y al cabo, había sucedido otras veces con consecuencias nefastas... Todos habíamos oído espantosas leyendas sobre ángeles caídos que habían sido seducidos por los placeres humanos, y sabíamos muy bien cómo habían acabado.

Ivy y Gabriel observaban el mundo que los rodeaba con una mirada experta y consciente de los escollos, pero para una novata como yo el peligro era enorme.

3

Venus Cove

*L*a escuela Bryce Hamilton estaba en las afueras del pueblo, encaramada en lo alto de una cuesta. Desde cualquier punto del edificio disfrutabas de una espléndida vista, ya fuese de viñedos y verdes colinas, con alguna que otra vaca pastando, ya de los abruptos acantilados de la Costa de los Naufragios, así llamada por el gran número de buques hundidos en sus aguas traicioneras a lo largo del siglo xix. La escuela, una mansión de piedra caliza con ventanas en arco, magníficos prados y un campanario, era uno de los edificios más originales del pueblo. Había sido en tiempos un convento antes de convertirse en colegio en los años sesenta.

Una escalinata de piedra conducía a la doble puerta de la entrada principal, que se hallaba bajo la sombra de un gran arco cubierto de enredadera. Adosada al colegio había una pequeña capilla de piedra donde se celebraban en ocasiones servicios religiosos; aunque, según nos dijeron, se había convertido para los alumnos en un lugar donde refugiarse cuando sentían necesidad de ello. Había un alto muro de piedra rodeando los jardines y unas verjas de hierro rematadas con puntas de lanza por las que se accedía con el coche al sendero de grava.

A pesar de su aire arcaico, Bryce Hamilton tenía fama de ser un colegio adaptado a los nuevos tiempos. Era conocido por su atención a los problemas sociales y frecuentado por familias progresistas que no deseaban someter a sus hijos a ningún tipo de despotismo. Para la mayoría de los alumnos, el colegio formaba parte de una larga tradición familiar, pues sus padres e incluso sus abuelos habían asistido a sus clases.

Ivy, Gabriel y yo nos quedamos frente a la verja observando cómo llegaba poco a poco la gente. Me concentré para tratar de apaciguar a las mariposas que me bailaban en el estómago. Era una sensación incómoda y, a la vez, extrañamente emocionante. Aún me estaba acostumbrando a los efectos que las emociones tenían en el cuerpo humano. Curiosamente, el hecho de ser un ángel no me ayudaba ni poco ni mucho a superar los nervios del primer día cuando empezaba cualquier cosa. Aunque no fuera humana, sabía que las primeras impresiones podían ser decisivas a la hora de ser aceptada o quedar marginada. Había oído más de una vez las oraciones de las adolescentes y la mayoría se centraban en dos únicos deseos: ser admitidas en el grupo más «popular» y encontrar un novio que jugase en el equipo de rugby. Por mi parte, me conformaba con hacer alguna amistad.

Los alumnos iban llegando en grupitos de tres o cuatro: las chicas vestidas igual que yo; los chicos con pantalones grises, camisa blanca y corbata a rayas verdes y azules. A pesar del uniforme, de todos modos, no era difícil distinguir a los grupos característicos que ya había observado en el Reino. En la pandilla de los aficionados a la música se veían chicos con el pelo hasta los hombros y greñas que casi les tapaban los ojos. Llevaban a cuestas estuches de instrumentos y lucían acordes musicales garabateados en los brazos. Caminaban arrastrando los pies y se dejaban la camisa por fuera de los pantalones. Había una pequeña minoría de góticos que se distinguían por el maquillaje exagerado alrededor de los ojos y por sus peinados en punta. Me pregunté cómo se las arreglarían para salirse con la suya, porque seguro que todo aquello contravenía las normas de la escuela. Los que se consideraban «artísticos» habían completado el uniforme con boinas, gorras y bufandas de colores. Algunas de las chicas se movían en manada, como un grupito de rubias platino que cruzaron la calle tomadas del brazo. Los tipos más estudiosos eran fáciles de identificar: iban con el uniforme impecable, sin aditamentos de ninguna clase, y llevaban a la espalda la mochila oficial del colegio. Caminaban como misioneros llenos de fervor, deprisa y con la cabeza gacha, como si estuvieran ansiosos por llegar al recinto sagrado de la biblioteca. Un grupo de chicos, todos con la camisa por fuera, la corbata floja y zapatillas de deporte, se entretenían bajo la sombra de unas palmeras, echando tragos a sus latas de refrescos y a sus cartones de leche con chocolate. No parecían tener ninguna prisa por cruzar la verja; se daban puñetazos, se abalanzaban unos sobre otros e incluso rodaban por el suelo entre risotadas y gemidos. Vi cómo uno de ellos le tiraba a su amigo una lata vacía a la cabeza. Le rebotó en la frente y cayó tintineando por la acera. El chico pareció aturdido por un momento y enseguida estalló en carcajadas.

Seguimos observando, cada vez más consternados y sin decidirnos a entrar. Un chico pasó tranquilamente por nuestro lado y se volvió a mirarnos con curiosidad. Llevaba una gorra de béisbol con la visera hacia atrás y los pantalones del uniforme se le escurrían por las caderas de tal manera que se veía perfectamente la marca de su ropa interior de diseño.

—He de reconocer que me cuesta aceptar estas modas modernas —dijo Gabriel, frunciendo los labios.

Ivy se echó a reír.

—Estamos en el siglo XXI. Procura no parecer tan crítico.

—¿No es eso lo que hacen los profesores?

—Supongo. Pero entonces no esperes ser demasiado popular.

Ivy se volvió hacia la entrada y se irguió un poco más, aunque ya tenía una postura impecable. Le dio a Gabriel un apretón en el hombro y me entregó una carpeta de papel manila que contenía mis horarios, un plano del colegio y otros documentos que había reunido unos días antes.

—¿Lista? —me dijo.

—Más que nunca —respondí, tratando de dominar mis nervios. Me sentía como si estuviera a punto de lanzarme a la batalla—. Vamos allá.

Ivy se quedó junto a la verja, agitando la mano, como una madre que despide a sus hijos el primer día de colegio.

—Todo irá bien, Bethany —me aseguró Gabriel—. Recuerda de dónde venimos.

Ya habíamos previsto que nuestra llegada produciría cierta impresión, pero no esperábamos que la gente se detuviera con todo descaro a mirarnos boquiabierta, ni que se hicieran a un lado para abrirnos paso como si recibieran una visita de la realeza. Evité cruzar la mirada con nadie y seguí a Gabriel a la oficina de administración. En el interior, la alfombra era de color verde oscuro y había una hilera de sillas tapizadas. A través de un panel de cristal se veía una oficina con un ventilador de pie y estanterías prácticamente hasta el techo. Una mujer rechoncha con una rebeca rosa y un elevado sentido de su propia importancia se nos acercó con aire ajetreado. Justo en ese momento sonó el teléfono del escritorio de al lado y ella le lanzó una mirada altanera a la subalterna, como indicándole que el teléfono era cosa suya. Su expresión, de todos modos, se suavizó un poco cuando nos vio más de cerca.

—¿Qué tal? —dijo jovialmente, repasándonos de arriba abajo—. Soy la señora Jordan, la secretaria. Tú debes de ser Bethany y usted... —bajó un poquito la voz mientras contemplaba admirada el rostro inmaculado de Gabriel—. Usted debe de ser el señor Church, nuestro nuevo profesor de música.

Salió de detrás del panel y se metió bajo el brazo la carpeta que llevaba para estrecharnos la mano con entusiasmo.

—¡Bienvenidos a Bryce Hamilton! Le he asignado a Bethany una taquilla en la tercera planta; podemos subir ahora. Luego, señor Church, yo misma lo acompañaré a la sala de profesores. Las reuniones se celebran los martes y los jueves. Espero que disfruten de su estancia entre nosotros. Ya verán que es un lugar muy animado. Puedo afirmar con toda sinceridad que en mis veinte años aquí no me he aburrido ni un solo día.

Gabriel y yo nos miramos, preguntándonos si no sería aquello una forma sutil de advertirnos sobre lo que podía esperarse de la escuela.

Nos arrastró fuera de la oficina con sus movimientos apresurados y pasamos junto a las pistas de baloncesto, donde un grupo de chicos sudorosos botaban con furia sobre el asfalto y lanzaban canastas.

—Hay un gran partido esta tarde —nos explicó la señora Jordan con un guiño, como si fuera un secreto. Luego alzó la vista con los ojos entornados hacia las nubes que se estaban acumulando y frunció el ceño—. Espero que el tiempo aguante. Nuestros chicos se llevarían una decepción si hubiera que aplazarlo.

Mientras ella seguía charlando, vi que Gabriel miraba el cielo. Luego extendió disimuladamente la mano con la palma hacia arriba y cerró los ojos. Los anillos de plata que llevaba en los dedos destellaron. De inmediato, como respondiendo a su orden silenciosa, los rayos del sol se abrieron paso entre las nubes, cubriendo las pistas de una pátina dorada.

—¡Habrase visto! —exclamó la señora Jordan—. Un cambio de tiempo... ¡ustedes dos nos han traído suerte!

Los pasillos del ala principal estaban enmoquetados de color borgoña y las puertas —de roble macizo con paneles de cristal— mostraban aulas de aspecto anticuado. Los techos eran altos y todavía quedaban algunas lámparas recargadas de otra época que ofrecían un brusco contraste con las taquillas cubiertas de grafitis alineadas a lo largo del pasillo. Había un olor algo mareante a desodorante y productos de limpieza, mezclado con el tufo grasiento a hamburguesa que venía de la cafetería. La señora Jordan nos hizo un *tour* acelerado mientras nos iba señalando las principales dependencias (el claustro, guarecido bajo una lona; el departamento de arte y multimedia; el bloque de ciencias; el salón de sesiones; el gimnasio; las pistas de atletismo, los campos de deporte y el centro de artes escénicas, conocido bajo las siglas CAE). Obviamente, la mujer andaba mal de tiempo, porque, después de mostrarme la taquilla, me indicó vagamente cómo se llegaba a la enfermería, me dijo que no vacilara en preguntarle cualquier cosa y, tomando a Gabriel del brazo, se lo llevó a toda prisa. Él se volvió mientras se alejaban y me lanzó una mirada inquieta.

«¿Te las arreglarás?», me dijo sólo con los labios.

Le respondí con una sonrisa tranquilizadora y confié en que se me viera más segura de lo que me sentía. No quería que Gabriel se preocupara por mí cuando él ya tenía sus propios asuntos que resolver. Justo entonces sonó una campana cuyos ecos se propagaron por todo el edificio, marcando el inicio de la primera clase. Y de repente me encontré sola en mitad de un pasillo lleno de desconocidos. Se abrían paso a empujones y pasaban por mi lado con indiferencia para dirigirse a sus aulas respectivas. Por un momento me sentí invisible, como si yo no tuviera nada que hacer allí. Eché un vistazo a mis horarios y me encontré con un jaleo de números y letras que muy bien podrían haber figurado en un idioma desconocido, porque para mí no tenían el menor sentido: V.QS11. ¿Cómo se suponía que iba a descifrar aquello? Llegué a considerar la posibilidad de deslizarme entre la gente y regresar a la calle Byron.

—Perdona —le dije a una chica con una melena de rizos rojizos que pasaba por mi lado. Ella se detuvo y me examinó con interés—. Soy nueva —le expliqué, mostrándole con un gesto de impotencia la hoja de mis horarios—. ¿Podrías decirme qué significa esto?

—Significa que tienes química con el señor Velt en la S11 —me explicó—. Es al fondo del pasillo. Ven conmigo, si quieres. Estoy en la misma clase.

—Gracias —le dije con evidente alivio.

—¿Tienes un respiro después? Si quieres puedo enseñarte un poco todo esto.

—¿Un qué? —pregunté, perpleja.

—Un respiro, una hora libre. —Me lanzó una mirada divertida—. ¿Cómo las llamabais en tu escuela? —Su expresión se transformó, mientras consideraba una posibilidad más inquietante—. ¿O es que no teníais?

—No —respondí con una risita nerviosa—. No teníamos ninguna.

—Vaya rollo. Me llamo Molly, por cierto.

Era una chica muy guapa. Tenía la piel sonrosada, rasgos ovalados y unos ojos luminosos. Por el color de su tez, me recordaba a la chica de un cuadro que había visto: una pastora en un paisaje bucólico.

—Yo, Bethany —le dije sonriendo—. Encantada de conocerte.

Molly aguardó con paciencia junto a mi taquilla mientras yo revolvía en mi bolsa y sacaba el libro de texto, un cuaderno de espiral y varios lápices. Sentía en parte el imperioso deseo de llamar a Gabriel y pedirle que me llevara a casa. Ya casi notaba el contacto de sus brazos musculosos, protegiéndome de todo y conduciéndome de vuelta a Byron. Gabriel tenía la facultad de hacerme sentir segura, fueran cuales fuesen las circunstancias. Pero ahora no sabía cómo encontrarlo en aquel colegio inmenso; podía estar detrás de cualquiera de las puertas innumerables de todos aquellos pasillos idénticos. No tenía ni idea de dónde quedaba el ala de música. Me reprendí para mis adentros por depender tanto de Gabriel. Tenía que aprender a sobrevivir sin contar con su protección y estaba decidida a demostrarle que era capaz de hacerlo. Molly abrió la puerta del aula y entramos. Por supuesto, llegábamos tarde.

El señor Velt era un hombre bajito y calvo con la frente muy brillante. Llevaba un suéter con un estampado geométrico que parecía medio desteñido de tanto lavarlo. Cuando entramos, estaba tratando de explicar una fórmula escrita en la pizarra a un montón de alumnos que lo miraban con aire ausente. Obviamente, habrían deseado estar en cualquier parte menos allí.

—Me alegro de verla entre nosotros, señorita Harrison —le dijo a Molly, que se deslizó rápidamente hacia el fondo del aula.

Luego el señor Velt me miró a mí. Había pasado lista y sabía quién era yo.

—Llega tarde en su primer día, señorita Church —dijo, chasqueando la lengua y arqueando una ceja—. Un principio no muy bueno, que digamos. Vamos, siéntese.

De repente cayó en la cuenta de que había olvidado presentarme. Dejó de escribir en la pizarra el tiempo justo para hacer una somera presentación.

—Atención, todos ustedes. Ésta es Bethany Church. Acaba de entrar en Bryce Hamilton, así que les ruego que hagan todo lo posible para que se sienta bien acogida en el colegio.

Sentí todos los ojos clavados en mí mientras me apresuraba a ocupar el último asiento disponible. Era en la última fila, al lado de Molly, y cuando el señor Velt acabó su discursito y nos dijo que estudiáramos la siguiente serie de problemas, aproveché para observarla más de cerca. Me fijé en que llevaba el botón superior del uniforme desabrochado y también unos aros enormes de plata en las orejas. Había sacado del bolsillo una lima y se estaba haciendo las uñas por debajo del pupitre, pasando con todo descaro de las instrucciones del profesor.

—No te preocupes por Velt —me susurró al ver mi expresión de sorpresa—. Es un estirado, un tipo amargado y retorcido. Sobre todo desde que su mujer presentó los papeles de divorcio. Lo único que le da vidilla es su nuevo descapotable. Tendrías que verlo: parece un pringado al volante.

Sonrió ampliamente. Tenía los dientes muy blancos y llevaba un montón de maquillaje, pero el rosado de su piel era natural.

—Bethany es un nombre muy mono —prosiguió—. Algo anticuado, eso sí. Pero, en fin, yo he de conformarme con Molly, como un personaje de libro ilustrado infantil.

Le dirigí una torpe sonrisa. No sabía muy bien cómo responderle a una persona tan directa y segura de sí misma.

—Supongo que todos tenemos que conformarnos con el nombre que nos pusieron nuestros padres —dije, consciente de que era un comentario más bien pobre para seguir la conversación. Pensé que en realidad ni siquiera debería hablar, dado que estábamos en clase y que el pobre señor Velt necesitaba toda la ayuda posible para imponer un poco de orden. Además, aquella frase me hacía sentir como una impostora, porque los ángeles no tienen padres. Por un instante, tuve la sensación de que Molly descubriría sin más mi mentira. Pero no.

—Bueno, ¿y tú de dónde eres? —me preguntó, soplándose las uñas de una mano y agitando con la otra un frasco de esmalte rosa fluorescente.

—Nosotros hemos vivido en el extranjero —le dije, mientras me preguntaba qué cara habría puesto si le hubiera dicho que era del Reino de los Cielos—. Nuestros padres siguen fuera todavía.

—¿De veras? —Molly parecía impresionada—. ¿Dónde? Titubeé.

—En diferentes sitios. Viajan un montón.

Ella se lo tragó como si aquello fuese de lo más normal.

—¿A qué se dedican?

Me devané los sesos buscando la respuesta. Nos habíamos preparado todo aquello, pero me había quedado en blanco. Sería muy típico de mí cometer un error crucial en mi primera hora como estudiante. Al fin lo recordé.

—Son diplomáticos —le dije—. Ahora vivimos con mi hermano mayor, que acaba de empezar aquí como profesor de música. Nuestros padres se reunirán con nosotros en cuanto puedan.

Intentaba atiborrarla con toda la información posible para satisfacer su curiosidad y evitarme más preguntas. Los ángeles somos malos mentirosos por naturaleza. Esperaba que Molly no desconfiara de mi historia. Estrictamente hablando, nada de lo que le había dicho era mentira.

—Genial —fue lo único que dijo—. Yo nunca he estado en el extranjero, pero he ido varias veces a la ciudad. Ya puedes prepararte para un cambio total de vida en Venus Cove. Esto suele ser muy tranquilo, aunque las cosas se han puesto un poco raras últimamente.

—¿Qué quieres decir? —pregunté.

—Yo llevo toda la vida aquí. Y también mis abuelos, que tenían una tienda. Y nunca en todo ese tiempo había pasado nada malo. Bueno, sí: un incendio en una fábrica o algún accidente en barca. Pero es que ahora... —Molly bajó la voz—. Ha habido robos y accidentes muy extraños en todo el pueblo. El año pasado hubo una epidemia de gripe y murieron seis niños.

—¡Qué espanto! —dije débilmente. Empezaba a hacerme una idea del alcance de los daños causados por los Agentes de la Oscuridad. Y la cosa no tenía buena pinta—. ¿Algo más?

—Pasó otra cosa —dijo Molly—. Pero ni se te ocurra sacar el tema en el colegio. Hay un montón de chicos que aún están muy afectados.

—Descuida, mediré mis palabras —le aseguré.

—Bueno, resulta que hace unos seis meses, uno de los chicos mayores, Henry Taylor, se subió al tejado del colegio para recoger una pelota de baloncesto que había ido a parar allí. No estaba haciendo el idiota ni nada; sólo pretendía recogerla y ya está. Nadie sabe cómo sucedió la cosa, pero parece que resbaló y se cayó abajo. Fue a caer justo en mitad del patio, delante de todos sus amigos. No consiguieron borrar del todo la mancha de sangre, y ahora ya nadie juega allí.

Antes de que yo pudiera decir nada, el señor Velt carraspeó y lanzó una mirada fulminante en nuestra dirección.

—Señorita Harrison, entiendo que está explicándole a nuestra nueva alumna el concepto de enlace covalente.

—Hmm, pues no exactamente, señor Velt —contestó Molly—. No quiero matarla de aburrimiento el primer día.

Al señor Velt se le hinchó una vena en la frente y a mí me pareció que debía intervenir. Canalicé una corriente de energía sedante hacia él y vi con satisfacción que se le empezaba a pasar el berrinche. Sus hombros se relajaron y su rostro perdió aquel matiz lívido de ira para recuperar su coloración normal. Mirando a Molly, soltó una risita tolerante, casi paternal.

—No puede negarse que tiene usted un inagotable sentido del humor, señorita Harrison.

Ella se quedó desconcertada, pero tuvo el buen juicio de reprimir cualquier otro comentario.

—Mi teoría es que está pasando la crisis de los cincuenta —me susurró por lo bajini.

El señor Velt dejó de prestarnos atención y empezó a preparar el proyector de diapositivas. Gemí para mis adentros y procuré controlar un acceso de pánico. Los ángeles ya éramos bastante radiantes a la luz del día. En la oscuridad todavía era peor, aunque se podía disimular, pero bajo la luz halógena de un proyector, ¿quién sabía lo que ocurriría? Decidí que no valía la pena correr el riesgo. Pedí permiso para ir al baño y me escabullí del aula. Me entretuve en el pasillo, esperando a que el señor Velt acabara su presentación y encendiera otra vez las luces. A través del panel de cristal veía las diapositivas que iba mostrando a la clase: una descripción simplificada de la teoría del enlace de valencia. Me aliviaba pensar que sólo habría de estudiar aquellas cosas tan básicas durante una temporada.

—¿Te has perdido?

Me sobresalté y me giré en redondo. Había un chico apoyado en las taquillas frente a la puerta. Aunque parecía más formal con la chaqueta del colegio, la camisa bien abrochada y la corbata impecablemente anudada, era imposible no reconocer aquella cara y aquel pelo castaño que aleteaba sobre unos vívidos ojos azules. No esperaba volver a encontrármelo, pero tenía otra vez delante al chico del embarcadero y lucía la misma sonrisa irónica de aquella ocasión.

—Estoy bien, gracias —le dije, volviéndome de nuevo hacia la puerta. Si me había reconocido, no parecía demostrarlo. Aunque resultara una grosería por mi parte, pensé que dándole la espalda cortaría en seco la conversación. Me había pillado desprevenida y, además, había algo en él que me hacía sentir insegura, como si de repente no supiera a dónde mirar ni qué hacer con las manos. Pero él no parecía tener prisa.

—¿Sabes?, lo más normal es aprender desde dentro de la clase —comentó.

Ahora ya me vi obligada a volverme y a darme por enterada de su presencia. Intenté transmitirle mis pocas ganas de charla con una mirada gélida, pero cuando nuestros ojos se encontraron ocurrió algo totalmente distinto. Sentí de pronto una especie de tirón en las entrañas, como si el mundo se desplomara bajo mis pies y yo tuviera que sujetarme y encontrar un asidero para no venirme también abajo.

Debí de dar la impresión de estar a punto de desmayarme porque él extendió un brazo instintivamente para sostenerme. Me fijé en el precioso cordón de cuero trenzado que llevaba en la muñeca: el único detalle que no encajaba en su apariencia tan atildada y formal.

El recuerdo que conservaba de él no le hacía justicia. Tenía los rasgos llamativos de un actor de cine, pero sin el menor rastro de presunción. Su boca se curvaba en una media sonrisa y sus ojos límpidos poseían una profundidad que no había percibido la primera vez. Era delgado, pero se adivinaban bajo su uniforme unos hombros de nadador. Me miraba como si quisiera ayudarme pero no supiera muy bien cómo. Y mientras le devolvía la mirada, comprendí que su atractivo tenía tanto que ver con su aire tranquilo como con sus facciones regulares y su piel sedosa. Ojalá se me hubiera ocurrido alguna réplica ingeniosa a la altura de su aplomo y su seguridad, pero no encontraba ninguna adecuada.

—Sólo estoy un poco mareada, nada más —musité.

Dio otro paso hacia mí, todavía inquieto.

—¿Quieres sentarte?

—No, ya estoy bien —respondí, meneando la cabeza con decisión.

Convencido de que no iba a desmayarme, me tendió la mano y me dirigió una sonrisa deslumbrante.

—No tuve la oportunidad de presentarme la otra vez que nos vimos. Me llamo Xavier.

O sea que no lo había olvidado.

Tenía la mano ancha y cálida, y sostuvo la mía una fracción de segundo más de la cuenta. Recordé la advertencia de Gabriel de que nos mantuviéramos siempre alejados de interacciones humanas arriesgadas. Todas las alarmas se habían disparado en mi cabeza cuando fruncí el ceño y retiré la mano. No sería una jugada muy inteligente hacer amistad con un chico como aquél, con un aspecto tan extraordinariamente atractivo y aquella sonrisa de mil quinientos vatios. El hormigueo que sentía en el pecho cuando lo miraba me decía bien a las claras que me estaba metiendo en un lío. Empezaba a saber descifrar las señales que emitía mi cuerpo y notaba que aquel chico me ponía nerviosa. Pero había otra sensación, un indicio apenas que no lograba identificar. Me aparté y retrocedí hacia la puerta de la clase, donde acababan de encenderse las luces. Sabía que me estaba portando como una maleducada, pero me sentía demasiado turbada para que me importase. Xavier no pareció ofendido, sino sólo divertido por mi comportamiento.

—Yo me llamo Bethany —acerté a decir, abriendo ya la puerta.

—Nos vemos, Bethany —dijo.

Noté que tenía la cara como un tomate mientras entraba en la clase de Química y recibía una mirada de censura del señor Velt por haber tardado tanto en volver del lavabo.

Hacia la hora del almuerzo ya había descubierto que Bryce Hamilton era un campo minado lleno de proyectores de diapositivas y de otras trampas destinadas a desenmascarar a los ángeles en misión secreta como yo. En la clase de gimnasia tuve un ligero ataque de pánico cuando deduje que debía cambiarme delante de las demás chicas. Ellas empezaron a quitarse la ropa sin vacilar y a tirarla en las taquillas o por el suelo. A Molly se le enredaron los tirantes del sujetador y me pidió que la ayudara, cosa que hice, apurada y nerviosa, confiando en que no reparase en la suavidad antinatural de mis manos.

—Uau, debes de hidratártelas como loca —me dijo.

—Cada noche —respondí en voz baja.

—Bueno, ¿qué me dices de la gente de Bryce Hamilton por ahora? Los chicos están que arden, ¿no?

—Bueno, no sé —respondí, desconcertada—. La mayoría parece tener una temperatura normal.

Molly se me quedó mirando a punto de soltar una carcajada, pero mi expresión la convenció de que no bromeaba.

—Están que arden quiere decir que están buenos —murmuró—. ¿En serio que nunca habías oído esa expresión? ¿Dónde estaba tu último colegio?, ¿en Marte?

Me sonrojé al comprender el sentido de su pregunta inicial.

—No he conocido a ningún chico todavía —dije, encogiéndome de hombros—. Bueno, me he tropezado con un tal Xavier.

Dejé caer su nombre como sin darle importancia, o al menos esperaba que sonara así.

—¿Qué Xavier? —me interrogó, ahora toda oídos—. ¿Es rubio? Xavier Laro es rubio y juega en el equipo de lacrosse. Es muy sexy. No te lo reprocharía si me dijeras que te gusta, aunque creo que ya tiene novia. ¿O ya han roto? No estoy segura, podría averiguártelo.

—El que yo digo tiene pelo castaño —la interrumpí— y ojos azules.

—Ah. —Su expresión cambió radicalmente—. Entonces tiene que ser Xavier Woods. Es el delegado del colegio.

—Bueno, parece simpático.

—Yo de ti no iría por él —me aconsejó. Lo dijo como preocupándose por mí, aunque me dio la sensación de que esperaba que aceptara su consejo sin rechistar. Tal vez fuera una de

43

las normas en el mundo de las adolescentes: «Las amigas siempre tienen razón».

—Yo no voy a por nadie, Molly —le dije, aunque no pude resistir la tentación de añadir—: Pero bueno, ¿qué tiene él de malo? —No podía creer que aquel chico no fuera sencillamente perfecto.

—No, nada. Es bastante simpático —respondió—. Pero digamos que lleva demasiado lastre encima.

—¿Y eso qué significa?

—Bueno, un montón de chicas han intentado que se interesara por ellas, pero se ve que no está disponible en el sentido emocional.

—¿Quieres decir que ya tiene novia?

—Tenía. Se llamaba Emily. Pero nadie ha logrado consolarlo desde que...

—¿Rompieron? —apunté.

—No. —Molly bajó la voz y se retorció los dedos—. Ella murió en un incendio hace poco más de un año. Eran inseparables antes de que sucediera aquello. La gente decía que se casarían y todo. Por lo visto, no ha aparecido nadie a la altura de Emily. No creo que él lo haya superado de verdad.

—Qué espanto —murmuré—. Él sólo debía de tener...

—Dieciséis —respondió Molly—. También era bastante amigo de Henry Taylor, quien incluso habló en el funeral. Estaba empezando a superar lo de Emily cuando Taylor se cayó del tejado. Todo el mundo creyó que iba a venirse abajo, pero se aisló emocionalmente y siguió adelante.

Me había quedado sin palabras. Mirando a Xavier no habrías adivinado la cantidad de dolor que había tenido que soportar, aunque, ahora que caía en ello, sí había una expresión precavida en su mirada.

—Ahora está bien —dijo Molly—. Sigue siendo amigo de todo el mundo, continúa jugando en el equipo de rugby y entrena a los nadadores de tercero. No es que no pueda ser simpático, pero es como si tuviera prohibida cualquier relación. No creo que quiera liarse otra vez después de la mala suerte que ha tenido.

—Supongo que no se le puede echar en cara.

Molly reparó de golpe en que yo seguía aún con el uniforme y me dirigió una mirada severa.

—Date prisa, cámbiate —me apremió—. ¿Qué pasa?, ¿eres vergonzosa?

—Un poquito. —Le sonreí y me metí en el cubículo de la ducha.

Dejé de pensar repentinamente en Xavier Woods al ver el uniforme de deporte que había de ponerme. Incluso contemplé la posibilidad de escabullirme por la ventana. Era de lo menos favorecedor que se pueda imaginar: pantalones cortos demasiado ceñidos y una camiseta tan exigua que apenas podría moverme sin enseñar la barriga. Esto iba a ser un problema durante los partidos, dado que los ángeles no teníamos ombligo: sólo una suave superficie blanca, sin marcas ni hendidura. Por suerte, las alas —con plumas, pero finas como el papel— se me doblaban del todo planas sobre la espalda, de manera que no debía preocuparme de que me las pudieran ver. Empezaban, eso sí, a darme calambres por la falta de ejercicio. No veía el momento de que saliéramos a volar por las montañas algún día, antes de amanecer, tal como Gabriel nos había prometido.

Me estiré la camiseta hacia abajo todo lo que pude y me reuní con Molly, que se había parado frente al espejo para aplicarse una generosa capa de brillo de labios. No acababa de entender para qué necesitaba brillo de labios durante la clase de gimnasia, pero acepté sin vacilar cuando me ofreció el pincel para no parecer descortés. No sabía cómo usar el aplicador, pero me las ingenié para ponerme una capa algo desigual. Supuse que hacía falta práctica. A diferencia de las demás chicas, yo no me había dedicado a experimentar con los cosméticos de mi madre desde los cinco años. De hecho, ni siquiera había sabido hasta hacía poco cómo era mi cara.

—Junta los labios y restriégatelos —dijo Molly—. Así…

Me apresuré a imitarla y descubrí que con esa maniobra se alisaba la capa de brillo y ya no tenía tanta pinta de payaso.

—Ahora está mejor —dijo, dándome su visto bueno.

—Gracias.

—Deduzco que no te pones maquillaje muy a menudo.

Meneé la cabeza.

—No es que lo necesites. Pero este color te queda de fábula.

—Huele de maravilla.

—Se llama Melon Sorbet.

Molly parecía encantada consigo misma. Algo la distrajo, sin embargo, porque empezó a husmear el aire.

—¿Hueles eso? —me preguntó.

Me quedé rígida, presa de un repentino ataque de inseguridad. ¿Sería yo? ¿Era posible que oliéramos de un modo repulsivo para los humanos? ¿Me habría rociado Ivy la ropa con algún perfume insoportable en el mundillo de Molly?

—Huele como... a lluvia o algo así —dijo. Me relajé en el acto. Lo que había captado era la fragancia característica que desprenden todos los ángeles: no exactamente a lluvia, aunque no dejaba de ser una descripción bastante aproximada.

—No seas cabeza de chorlito, Molly —dijo una de sus amigas; Taylah, creía que se llamaba, aunque me las había presentado a todas apresuradamente—. Aquí no llueve.

Molly se encogió de hombros y me arrastró fuera de los vestuarios. En el gimnasio, una rubia de unos cincuenta y pico con el cutis cuarteado por exceso de sol y unos *shorts* de licra se irguió de puntillas y nos gritó que nos tumbáramos e hiciéramos veinte flexiones.

—¿No te parecen odiosos los profesores de gimnasia? —dijo Molly, poniendo los ojos en blanco—. Tan animosos y enérgicos... las veinticuatro horas del día.

No le respondí, aunque teniendo en cuenta el aire inflexible de aquella mujer y mi falta de entusiasmo atlético, seguramente no íbamos a llevarnos demasiado bien.

Media hora más tarde habíamos dado diez vueltas al patio y hecho cincuenta flexiones, cincuenta abdominales y un montón de ejercicios más. Y eso sólo para entrar en calor. Me daban pena los demás, la verdad: todos tambaleándose, jadeando y con la camiseta empapada de sudor. Menos yo. Los ángeles no nos cansábamos; teníamos reservas ilimitadas de energía y no nos hacía falta administrarla. Tampoco transpirábamos; podíamos correr una maratón sin una sola gota de sudor. Molly lo advirtió de pronto.

—¡Ni siquiera resoplas! —me dijo con aire acusador—. Jo, debes de estar muy en forma.

—O es que usa un desodorante increíble —añadió Taylah, tirándose por el escote todo el contenido de la botella de agua. Los chicos que estaban cerca la miraron boquiabiertos.

—¡Empieza a hacer un calor aquí dentro! —les dijo para provocarlos, pavoneándose con la camiseta ahora semitransparente. Al final, la profesora de gimnasia se dio cuenta del espectáculo y vino disparada como un toro furioso.

El resto del día transcurrió sin mayores novedades, dejando aparte que yo estuve dando vueltas por los pasillos por si veía otra vez al delegado del colegio, el tal Xavier Woods. Después de lo que Molly me había contado, me sentía halagada por el hecho de que me hubiera prestado atención siquiera.

Pensé otra vez en nuestro encuentro en el embarcadero y recordé que me habían maravillado sus ojos: aquel azul increíble y deslumbrante. Eran unos ojos que no podías mirar mucho tiempo sin que se te aflojaran las rodillas. Me pregunté qué habría pasado si hubiera aceptado su invitación y me hubiera sentado a su lado. ¿Habríamos charlado mientras yo probaba suerte con la caña de pescar? ¿Qué nos habríamos dicho?

Me zarandeé a mí misma mentalmente. Yo no había sido enviada para eso a la Tierra. Me obligué a prometerme que no volvería a pensar en Xavier Woods. Si me lo encontraba por casualidad, no le haría caso. Y si él trataba de hablar conmigo, le respondería con cuatro frases estereotipadas y me alejaría sin más. En resumen, no le permitiría que produjera el menor efecto en mí.

Ni que decir tiene: iba a fracasar de un modo espectacular.

4

Terrestre

Cuando sonó la última campana, recogí mis libros y traté literalmente de escapar, deseosa de evitarme los pasillos atestados de gente. Ya me habían dado bastantes empujones por un día; ya me habían interrogado y observado lo suficiente. A pesar de mis esfuerzos, no había tenido ni un momento de tranquilidad; durante las horas libres Molly me había arrastrado de aquí para allá para presentarme a sus amigas, que me habían acribillado a preguntas como auténticas ametralladoras. A pesar de todo había llegado al final del día sin ningún contratiempo y eso ya me parecía un motivo de satisfacción.

Mientras esperaba a Gabriel me entretuve frente a la verja de la entrada, guarecida bajo la sombra de las palmeras. Me recliné contra una de ellas y apoyé la cabeza en su superficie fresca e irregular. Me maravillaba la variedad de la vegetación terrestre. Las palmeras, sin ir más lejos, me parecían una creación tan extraña como sorprendente. Tenían cierto aire de centinelas con aquellos troncos tan rectos y esbeltos, y la explosión de sus ramas en lo alto me recordaba los cascos con penacho de la guardia de un palacio. Mientras permanecía allí, observé a los alumnos que iban saliendo y se subían a los coches. Tiraban la mochila, se quitaban la chaqueta y enseguida se los veía mucho más relajados. Algunos se iban al pueblo, a reunirse en algún café o en sus locales favoritos.

Yo no estaba nada relajada: me sentía sobrecargada de información; la cabeza me zumbaba mientras intentaba ordenar todo lo que había observado en aquellas horas. Ni siquiera la energía inagotable con la que habíamos sido creados podía impedir la sensación de agotamiento que me estaba entrando. Lo único que deseaba era volver a casa y ponerme cómoda.

Divisé a Gabriel bajando por la escalinata principal, seguido por un grupito de admiradores; la mayoría, chicas. Viendo el interés que había despertado, cualquiera habría dicho que era un personaje famoso. Las chicas siguieron tras él un buen trecho, aunque procurando que no se notara demasiado. A juzgar por su aspecto, Gabe se las había arreglado para mantener la compostura y el aplomo durante todo el día, aunque su manera de apretar la mandíbula y el aire algo alborotado de su pelo me decían que ya debía de tener ganas de volver a casa. Las chicas se quedaron con la palabra en la boca cuando se volvió a mirarlas. Conocía a mi hermano y deducía que, a pesar de su serenidad aparente, a él no le hacía gracia aquel tipo de atención. Parecía más avergonzado que halagado.

Ya casi había llegado a la verja cuando una morenita de muy buena figura se tropezó delante de él, fingiendo con muy poca maña una caída accidental. Gabe la sujetó en sus brazos antes de que se fuera al suelo. Se oyeron algunos grititos admirados entre las chicas que había alrededor, y me pareció que algunas rabiaban de celos simplemente porque a ellas no se les había ocurrido la idea. Pero tampoco había mucho que envidiar: Gabe se limitó a sujetar a la chica para que no perdiera el equilibrio, recogió las cosas que se le habían caído de la mochila, volvió a tomar su propio maletín sin decir palabra y siguió caminando. No estaba haciéndose el antipático; sencillamente no veía la necesidad de decir nada. La chica se lo quedó mirando afligida y sus amigas se apresuraron a apiñarse alrededor, quizá con la esperanza de que se les pegara algo del glamour del momento.

—Pobrecito, ya tienes un club de admiradoras —le dije, dándole unas palmaditas en el brazo, mientras echábamos a caminar hacia casa.

—No soy el único —respondió Gabriel—. Tú tampoco has pasado inadvertida precisamente.

—Sí, pero nadie ha intentado hablar conmigo. —No quise contarle mi encuentro con Xavier Woods. Algo me decía que Gabriel no lo veía con buenos ojos.

—Demos gracias, podría haber sido peor —añadió secamente.

Cuando llegamos a casa, le conté a Ivy nuestra jornada punto por punto. Gabriel, que no había disfrutado ni mucho menos de cada detalle, permanecía en silencio. Ivy reprimió una sonrisa cuando le expliqué la historia de la chica que se había desplomado en sus brazos.

—Las adolescentes pueden ser bastante poco sutiles en ocasiones —comentó, pensativa—. Los chicos no son tan transparentes. Es muy interesante, ¿no te parece?

—A mí me parece que están todos muy perdidos —dijo Gabe—. Me pregunto si alguno de ellos sabe realmente de qué va la vida. No se me había ocurrido que tendríamos que empezar de cero. Esto va a ser más difícil de lo que pensaba.

Se quedó en silencio y los tres recordamos la tarea épica que teníamos por delante.

—Ya sabíamos que no iba a ser fácil —murmuró Ivy.

—¿Sabéis lo que he descubierto? —dije—. Según parece, han pasado un montón de cosas en este pueblo en los últimos meses. Me han contado algunas historias espantosas.

—¿Como qué? —preguntó Ivy.

—Dos estudiantes murieron en extraños accidentes el año pasado. Y ha habido brotes de enfermedades, incendios y un montón de cosas raras. La gente empieza a darse cuenta de que algo va mal.

—Por lo visto, hemos llegado justo a tiempo —comentó Ivy.

—¿Pero cómo vamos a dar con los responsables? —pregunté.

—No podemos localizarlos por ahora —explicó Gabriel—. Hemos de limitarnos a paliar las consecuencias y esperar a que hagan acto de presencia otra vez. Créeme, no se retirarán sin plantar batalla.

Nos quedamos los tres callados, considerando la perspectiva de enfrentarnos a los seres causantes de tanta destrucción.

—Bueno, yo he hecho una amiga hoy —anuncié, más que nada para aligerar un poco el ánimo depresivo que se estaba adueñando de todos. Lo dije como si fuera un logro de gran importancia, pero ellos me miraron con aquella mezcla consabida de inquietud y censura.

—¿Tiene algo de malo? —añadí a la defensiva—. ¿Es que no puedo hacer amistades? Creía que la idea era justamente mezclarse con la gente.

—Una cosa es mezclarse y otra... ¿Te das cuenta de que las amigas requieren tiempo y energía? —dijo Gabriel—. Porque ellas querrán apegarse.

—¿En el sentido de fundirse físicamente? —pregunté, perpleja.

—No. Me refiero a que querrán tener una relación más estrecha en el sentido emocional —me explicó mi hermano—. Las relaciones humanas pueden llegar a unos extremos de intimidad antinaturales. Eso nunca lo entenderé.

—También pueden representar una distracción —se sintió obligada a añadir Ivy—. Sin olvidar que la amistad siempre entraña ciertas expectativas. Procura elegir con cuidado.

—¿Qué clase de expectativas?

—Las amistades humanas se basan en la confianza. Los amigos comparten sus problemas, intercambian confidencias y...

Fue perdiendo impulso a medida que hablaba hasta que se interrumpió. Sacudió su cabeza dorada y le pidió ayuda a Gabriel con la mirada.

—Lo que Ivy quiere decir es que cualquiera que se haga amiga tuya empezará a hacer preguntas y a esperar respuestas —dijo Gabe—. Querrá formar parte de tu vida, lo cual es peligroso.

—Bueno, muchas gracias por el voto de confianza —repliqué, indignada—. Sabéis que no haría nada que pudiera poner en peligro la misión. ¿Tan estúpida creéis que soy?

Me gustó contemplar las miradas culpables que cruzaron. Yo quizás era más joven y menos experimentada que ellos, pero eso no les daba derecho a tratarme como a una idiota.

—No, no lo creemos —dijo Gabriel, conciliador—. Y naturalmente que confiamos en ti. Sólo queremos evitar que las cosas se compliquen.

—Descuida —dije—. Pero aun así deseo experimentar lo que es la vida de una adolescente.

—Hemos de tener cuidado. —Alargó el brazo y me dio un

apretón en la mano—. Nos han confiado una tarea que es mucho más importante que nuestros deseos individuales.

Dicho así, parecía que tuviese razón. ¿Por qué habría de ser siempre tan sabio y tan irritante? ¿Y por qué resultaba imposible seguir enfadada con él?

En la casa me sentía mucho más relajada. Habíamos conseguido hacerla nuestra en muy poco tiempo. Estábamos manifestando un rasgo típicamente humano —personalizar un espacio específico e identificarse con él—, y la verdad, después del día que habíamos pasado, aquel lugar me resultaba como un santuario. Incluso Gabriel, aunque se habría resistido a reconocerlo, empezaba a sentirse a gusto allí. Raramente no molestaba nadie llamando al timbre (la imponente fachada debía de amedrentar a los visitantes), así que, una vez en casa, teníamos toda la libertad para hacer lo que nos apeteciera.

Aunque a lo largo del día había tenido tantas ganas de volver, ahora no sabía qué hacer con mi tiempo. Para Gabriel e Ivy no había problema. Ellos siempre estaban absortos leyendo un libro, o tocando el piano de media cola, o preparando algo en la cocina con los brazos hasta el codo de harina. Yo no tenía ninguna afición y no hacía más que deambular por la casa. Decidí concentrarme un rato en las tareas domésticas. Saqué un montón de ropa lavada y la doblé. El ambiente se notaba algo cargado porque la casa había estado cerrada todo el día, así que abrí algunas ventanas mientras me dedicaba a ordenar un poco la mesa del comedor. Recogí unas espigas muy aromáticas del patio y las coloqué en un esbelto jarrón. Advertí que había un montón de propaganda en el buzón y me hice una nota mental para comprar uno de esos adhesivos de «No se acepta correo comercial» que había visto en otros buzones de la calle. Eché una ojeada a un folleto antes de tirarlo todo a la basura y vi que habían abierto en el pueblo una nueva tienda de deportes. Se llamaba, con escasa originalidad, SportsMart, y el folleto anunciaba las ofertas de inauguración.

Me sentía extraña realizando todas aquellas tareas corrientes cuando toda mi existencia estaba muy lejos de serlo. Me pregunté qué andarían haciendo en ese momento las demás chicas de diecisiete años: quizás ordenando sus habitaciones ante el ultimátum exasperado de sus padres; o escuchando a sus grupos favoritos en un iPod; o enviándose mensajes de texto y haciendo planes para el fin de semana; o revisando su correo electrónico... Cualquier cosa, en lugar de estudiar.

Nos habían puestos deberes en tres materias al menos y yo me los había anotado con diligencia en mi diario escolar, a diferencia de la mayoría de mis compañeros, que parecían confiar alegremente en su memoria. Me dije que debería empezar ya para tenerlos al día siguiente, pero sabía que apenas me llevaría tiempo hacerlos y que difícilmente iban a plantearme un gran esfuerzo intelectual. Vamos, que estaban chupados. Seguro que me sabría la respuesta a todas las preguntas, así que la idea de ponerme maquinalmente a hacer los deberes me parecía una pérdida de tiempo. Aun así, arrastré con desgana la mochila a mi habitación.

A mí me había tocado la del desván, que quedaba en lo alto de la escalera y miraba al mar. Incluso con las ventanas cerradas se oía el rítmico sonido de las olas rompiendo contra las rocas. Había un estrecho balcón con una balaustrada de rejilla, una silla de mimbre y una mesita, desde donde se veían las barcas cabeceando en el agua. Me senté un rato allí con el rotulador en la mano y el libro de psicología delante, abierto por una página con el epígrafe «Respuesta galvánica de la piel».

Necesitaba mantener ocupada mi mente, aunque sólo fuera para dejar de pensar en mis encuentros con el delegado de Bryce Hamilton. Era como si lo tuviese presente todo el rato: sus ojos penetrantes, su corbata ligeramente ladeada. Las palabras de Molly no dejaban de resonar en mi interior: «Yo, de ti, no iría a por él... Lleva demasiado lastre encima». Me preguntaba por qué me sentía tan intrigada, y por mucho que trataba de quitármelo de la cabeza, no lo conseguía. Me obligaba a pensar en otras cosas, pero pasaba un rato y allí lo tenía otra vez: su rostro flotaba en la página que trataba de leer; la imagen de su muñeca con aquel cordón de cuero trenzado interrumpía mis pensamientos. Me habría gustado saber cómo era Emily; y cómo te sentías al perder a una persona que amabas.

Fingí que ordenaba un poco la habitación antes de bajar a la cocina y ofrecerle mi ayuda a Gabriel para preparar la cena. Él seguía sorprendiéndonos a Ivy y a mí con aquella dedicación abnegada a la tarea de cocinar para todos. En parte lo hacía para mimarnos, pero también porque le parecía fascinante manipular y cocinar los alimentos. Como la música, aquello le proporcionaba un desahogo creativo. Cuando entré, estaba de pie junto a la mesa de mármol blanco, limpiando un surtido de setas con un trapo a cuadros. De vez en cuando fruncía el ceño y consultaba un libro de cocina apoyado en un atril metálico. Había puesto en remojo, en un cuenco pequeño, unos trozos de una cosa que parecía corteza oscura. Leí por encima de su hombro el nombre de la receta: *risotto* de setas. Parecía algo ambicioso para un principiante, pero enseguida tuve que recordarme a mí misma que él era Gabriel, el arcángel, y que siempre destacaba en todo aunque no tuviera práctica.

—Espero que te gusten las setas —dijo, viendo mi expresión de curiosidad.

—Me figuro que estamos a punto de descubrirlo —respondí, sentándome a la mesa. Me gustaba mirarlo trabajar y siempre me asombraba la destreza y la precisión de sus movimientos. En sus manos, las cosas más corrientes parecían transformarse. La transición de ángel a humano había sido mucho menos brusca para Gabe e Ivy; ellos parecían ajenos a las trivialidades cotidianas, pero al mismo tiempo daban la impresión de saber muy bien lo que se hacían. Además, se habían acostumbrado en el Reino a percibirse mutuamente y habían conservado esa facultad durante nuestra misión. Yo les resultaba mucho más difícil de descifrar, y eso les preocupaba.

—¿Te apetece un té? —le dije, deseosa de colaborar—. ¿Dónde está Ivy?

Justo en ese momento entró ella en la cocina, con unos pantalones de lino, una camiseta sin mangas y el pelo todavía húmedo de la ducha. Había algo diferente en su aspecto: ya no tenía el mismo aire soñador de antes y me pareció ver una expresión decidida en su rostro. Daba la impresión de tener otras cosas en la cabeza, porque en cuanto le serví el té, se excusó y salió de nuevo. La había visto aquella tarde, además, escribiendo una página tras otra en su cuaderno.

—¿Le pasa algo? —le pregunté a Gabriel.

—Sólo pretende que las cosas sigan avanzando —respondió.

No tenía ni idea de cómo pensaba Ivy lograr una cosa así, pero envidiaba su manera de marcarse objetivos. ¿Cuándo descubriría yo la mía? ¿Cuándo tendría la satisfacción de saber que había hecho algo que valiera la pena?

—¿Y cómo va a conseguirlo?

—Ya sabes que a tu hermana nunca le faltan ideas. Seguro que se le ocurrirá algo.

¿Se estaría haciendo el misterioso? ¿No se daba cuenta de que me sentía totalmente perdida?

—¿Y yo qué debería hacer? —pregunté, aunque me salió un tonillo irascible que yo misma aborrecía.

—Ya se te ocurrirá —dijo—. Date tiempo.

—¿Y mientras?

—¿No decías que querías experimentar lo que es ser un adolescente? —Me dirigió una sonrisa animosa, disolviendo como de costumbre todo mi malestar.

Eché un vistazo al cuenco donde había aquellas tiras negras flotando en un líquido turbio.

—¿Esta corteza forma parte de la receta?

—Son setas *porcini*. Hay que ponerlas en remojo antes de cocinarlas.

—Mmm… parecen deliciosas —mentí.

—Se consideran un manjar. No te preocupes, te encantarán.

Le pasé una taza de té y seguí observándolo para entretenerme. Sofoqué un grito cuando el afilado cuchillo que estaba usando se le escapó y le hizo un corte en la punta del dedo índice. La visión de la sangre me sobresaltó, como un recordatorio alarmante de la vulnerable naturaleza de nuestros cuerpos. Aquella sangre cálida y escarlata era tan humana que resultaba muy extraño verla brotar de la piel de mi hermano. Pero Gabriel ni siquiera se había estremecido. Simplemente se llevó el dedo a los labios y, cuando lo retiró, ya no quedaba ni rastro de la herida. Se lavó las manos con el dispensador de jabón del fregadero y continuó cortando meticulosamente.

Tomé un trozo del apio que iba a formar parte de la ensalada y lo mastiqué, abstraída. La gracia del apio, pensé, debía de estar en la textura más que en el sabor, porque a decir verdad no tenía mucho gusto, aunque resultaba crujiente. Por qué lo comía la gente voluntariamente no me cabía en la cabeza, dejando aparte su valor nutritivo. Una buena nutrición implicaba un cuerpo más sano y también una vida más larga. Los humanos le tenían un miedo exagerado a la muerte, aunque no podía esperarse otra cosa dada su ignorancia sobre lo que venía después. Ya descubrirían a su debido tiempo que no había nada que temer.

La cena de Gabriel resultó, como siempre, un éxito. Incluso Ivy, que no disfrutaba realmente de la comida, se quedó impresionada.

—Otro gran triunfo culinario —dijo después del primer bocado.

—Un sabor increíble —añadí por mi parte.

La comida era otra de las maravillas que ofrecía la vida terrenal. No dejaba de asombrarme que cada alimento pudiera tener una textura y un sabor tan distinto —amargo, agrio, salado, cremoso, ácido, dulce, picante—, e incluso a veces más de uno al mismo tiempo. Algunos alimentos me gustaban y otros me daban ganas de enjuagarme la boca, pero todos resultaban una experiencia única.

Gabriel despachó con modestia nuestros elogios y la conversación versó una vez más sobre las novedades de la jornada.

—Bueno, un día menos. Creo que ha ido bastante bien, aunque no me esperaba encontrar tantos estudiantes de música.

—No te sorprendas si muchas experimentan un repentino interés por la música después de verte —dijo Ivy, sonriendo.

—Bueno, al menos eso me proporciona un material con el que trabajar —respondió Gabe—. Si son capaces de ver la belleza de la música, también serán capaces de descubrirla en los demás e incluso en el mundo.

—¿Pero no te aburres en clase? —le pregunté—. Quiero decir, tú ya tienes acceso a todo el conocimiento humano.

—Supongo que él no se concentra en el contenido —dijo Ivy—. Más bien trata de captar otras cosas.

A veces mi hermana tenía una manera irritante de hablar con acertijos, como si esperase que todo el mundo la entendiera.

—Bueno, yo sí me he aburrido —insistí—. Sobre todo en química. He llegado a la conclusión de que no es lo mío.

Mi manera de decirlo le arrancó a Gabriel una risita gutural.

—Bueno, habrá que descubrir qué es lo tuyo. Ve probando, a ver cuál te gusta más.

—Me gusta la literatura —dije—. Hemos empezado a ver la adaptación al cine de *Romeo y Julieta*.

No se lo expliqué a ellos, pero la verdad era que aquella historia de amor me fascinaba. El hecho de que los dos protagonistas quedaran tan profunda e irrevocablemente enamorados después de su primer encuentro me había provocado una gran curiosidad por saber lo que debía de sentirse en el amor humano.

—¿Qué te ha parecido? —preguntó Ivy.

—Es impresionante. Aunque la profesora se ha puesto furiosa cuando uno de los chicos ha hecho un comentario sobre la señora Capuleto.

—¿Qué ha dicho?

—Ha dicho que era una MQMF, cosa que debe de ser ofensiva, porque la señorita Castle lo ha llamado gamberro y lo ha sacado de clase. Gabe, ¿qué es una MQMF?

Ivy sofocó la risa tapándose la boca con una servilleta, mientras Gabriel reaccionaba de un modo que nunca le había visto. Se puso como la grana y se removió incómodo en su silla.

—Son las siglas de una obscenidad de adolescentes, me imagino —musitó.

—Ya, pero ¿qué significa?

Hizo una pausa, buscando las palabras adecuadas.

—Es un término que usan los adolescentes varones para describir a una mujer que es madre y, al mismo tiempo, atractiva.

Carraspeó y se levantó a toda prisa para rellenar la jarra de agua.

—Seguro que esas iniciales significan algo —insistí.

—Sí —respondió Gabriel—. ¿Tú te acuerdas, Ivy?

—Creo que significa «madre que me... fascina» —dijo mi hermana.

—¿Sólo eso? —exclamé—. Tanto alboroto por nada. La verdad, creo que la señorita Castle debería relajarse un poquito.

5

Pequeños milagros

*U*na vez terminada la cena y lavados los platos, Gabriel salió a la terraza con un libro, aunque empezaba a oscurecer, mientras Ivy seguía limpiando y fregando superficies que ya se veían inmaculadas. Estaba empezando a volverse obsesiva en su afán de limpieza, pero tal vez fuese su manera de sentirse más cerca de nuestro hogar. Yo abarqué el salón con una mirada buscando algo que hacer. En el Reino, el tiempo no existía y por tanto no hacía falta llenarlo de ninguna manera. Encontrar cosas que hacer, en cambio, era muy importante en la Tierra; era lo que le daba un propósito a la vida.

Gabriel debió de detectar mi inquietud porque pareció desechar enseguida la idea de leer y se asomó por la puerta.

—¿Por qué no salimos todos a dar un paseo y mirar la puesta de sol? —nos propuso.

—Magnífica idea. —Me sentí animada en el acto—. ¿Vienes, Ivy?

—Primero voy a buscar algo de ropa para abrigarnos todos —dijo—. Hace mucho frío por la noche.

Puse los ojos en blanco ante su exceso de precaución. Yo era la única que sentía el frío y ya me había puesto mi abrigo. En sus visitas anteriores, Ivy y Gabriel habían adaptado sus cuerpos para mantener una temperatura normal; a mí aún me faltaba mucho para habituarme.

—Pero si ni siquiera vas a notar el frío —objeté.

—Ésa no es la cuestión. Podrían vernos y darse cuenta de que no lo sentimos, y llamaríamos la atención.

—Ivy tiene razón —dijo Gabe—. Mejor no arriesgarse.

Subió arriba y regresó enseguida con dos gruesos suéteres. Nuestra casa estaba situada en lo alto de la cuesta, de manera que para llegar a la playa teníamos que zigzaguear por una serie de peldaños de madera cubiertos de arena. Era una escalera tan estrecha que teníamos que caminar en fila india. Yo no dejaba de pensar que habría sido mucho más cómodo desplegar las alas y descender planeando a la playa. No se me ocurrió decírselo ni a Gabriel ni a Ivy, porque ya sabía que me echarían un discursito en cuanto lo insinuara. Ya entendía lo peligroso que habría sido volar en nuestras circunstancias, no hacía falta que me lo explicaran. Habría sido un método infalible de que se descubriera nuestra tapadera. Así pues, tuvimos que recorrer aquellos peldaños para mortales —los ciento setenta— antes de llegar a la orilla del mar.

Me quité los zapatos para disfrutar el contacto de las sedosas partículas bajo mis pies. En la Tierra había infinidad de cosas en las que reparar. Hasta la arena era compleja; cambiaba de color y de textura, y era casi iridiscente allí donde daba el sol. Aparte de la arena, advertí que la playa albergaba otros modestos tesoros: caparazones nacarados, fragmentos de vidrio pulidos por el oleaje, alguna sandalia medio enterrada o una pala abandonada, y unos diminutos cangrejos blancos que entraban y salían a toda prisa por los orificios de las rocas encharcadas. Estar tan cerca del océano era estimulante para los sentidos; parecía rugir como un ser vivo, llenándome la mente con un rumor que se apagaba y volvía a alzarse inesperadamente. El estruendo casi me ensordecía, y el aire fresco y salado me picaba en la garganta y la nariz. El viento me azotaba las mejillas y me las dejaba rosadas y medio escocidas. Pero yo empezaba a amar cada minuto que pasaba allí. Cada instante de la existencia humana parecía traer una nueva experiencia.

Caminamos por la orilla perseguidos por la espuma de la marea, que ya empezaba a subir. A pesar de la decisión que había tomado de aprender a controlarme más, no pude resistir el impulso de salpicar a Ivy con el pie. La miré para ver si se había enfadado, pero ella se limitó a comprobar que Gabriel seguía muy adelantado para enterarse y luego pasó al contraataque. Su patada envió por el aire un arco de espuma, que se derramó como una lluvia de rubís sobre mi cabeza. Gabriel se volvió al oírnos reír y meneó la cabeza con asombro ante nuestras travesuras. Ivy me guiñó un ojo, haciendo un gesto hacia él. Comprendí lo que tenía en mente y obedecí con mucho gusto. Gabriel apenas pareció notar mi peso cuando salté sobre su espalda y le rodeé el cuello con los brazos; echó a correr por la playa a tal velocidad que el viento me zumbaba en los oídos. Allí subida volvía a sentirme como mi antiguo ser: como si estuviera más cerca del Cielo. Casi como si volara.

Gabriel frenó bruscamente y, mientras yo me soltaba y aterrizaba en la arena húmeda, recogió unas algas viscosas, se las lanzó a Ivy y le dio en toda la cara. Ella escupió al notar aquellos filamentos salados y amargos en la boca.

—Espera y verás —farfulló—. ¡Te vas a arrepentir!

—No creo —se mofó Gabriel—. Primero habrás de pillarme.

Durante el crepúsculo aún se veían algunas personas en la playa principal tomando los últimos rayos de sol antes de que se levantara, como había predicho Ivy, el viento gélido de la noche, o simplemente disfrutando de una cena de picnic. Una madre y una niña recogían ya sus cosas cerca de donde estábamos. De repente la niña, que no debía de tener más de cinco o seis años, corrió hacia su madre llorando. Se le veía una roncha en su bracito regordete, seguramente una picadura de insecto que se le había inflamado al rascarse. Aún lloraba con más fuerza mientras la madre hurgaba en su bolsa, buscando alguna pomada. Al final sacó un tubo de gel de aloe vera, pero no acertaba a calmar a su hija para aplicársela.

La mujer pareció aliviada cuando Ivy se acercó para echarle una mano.

—Qué picadura más fea —ronroneó suavemente.

El sonido de su voz serenó en el acto a la criatura, que alzó la vista y la miró como si la conociera de toda la vida. Ivy abrió el tubo y le puso un poco de pomada en la piel inflamada.

—Esto te aliviará —dijo.

La niña la observaba maravillada, y noté que enfocaba la mirada un poco por encima de su cabeza, hacia donde estaba su halo. Normalmente sólo era visible para nosotros. ¿Sería posible que la cría, con la conciencia aguzada de los niños, hubiera percibido la aureola de Ivy?

—¿Ya te sientes mejor? —le preguntó.

—Mucho mejor —asintió la niñita—. ¿Has hecho magia?

Ivy se echó a reír.

—Tengo un toque mágico.

—Gracias por su ayuda —dijo la joven madre mientras miraba desconcertada cómo se desvanecía ante sus ojos la marca y la hinchazón del bracito de su hija, hasta que no quedó más que una piel suave e impecable—. Esto sí que funciona.

—De nada —dijo Ivy—. Son increíbles las cosas que consigue la ciencia hoy en día.

Sin entretenernos, seguimos por la playa hacia el pueblo.

Cuando llegamos a la calle principal ya eran las nueve, pero aún se veía gente aunque fuese un día laborable. El centro era muy pintoresco. Estaba lleno de tiendas de antigüedades y de cafés donde te servían té y pasteles glaseados con juegos de porcelana desparejados. Todas las tiendas habían cerrado ya, salvo el único pub del pueblo y la heladería. Apenas habíamos dado unos pasos cuando oí que alguien me llamaba alzando la voz, porque justo en la esquina había un cantante tocando el banjo.

—¡Beth! ¡Aquí!

Al principio no estaba segura de que la cosa fuera conmigo. A mí nunca me habían llamado Beth. El nombre que me habían asignado en el Reino era Bethany y nadie me lo había abreviado nunca. Pero había cierto matiz íntimo en «Beth» que me gustó. Ivy y Gabriel se quedaron de piedra. Cuando me giré, vi a Molly sentada con un grupo de amigos en un banco, delante de la heladería. Iba con un vestido sin espalda ni mangas que resultaba del todo inapropiado para el tiempo que hacía, y se había acomodado en el regazo de un chico con el pelo aclarado por el sol y unos *shorts* de surf tropicales. Él no paraba de acariciarle la espalda desnuda con sus manos enormes. Molly agitaba la suya con entusiasmo y me hacía señas para que me acercara. Miré vacilante a Ivy y Gabriel. No parecían muy contentos. Aquél era precisamente el tipo de interacción que ellos querían evitar y advertí que Ivy se había puesto toda rígida ante el alboroto que había armado Molly. Pero tanto Ivy como Gabriel sabían que pasar con todo descaro de ella contravenía las leyes más elementales de cortesía.

—¿No vas a presentarnos a tu amiga, Bethany? —dijo Ivy. Me puso una mano en el hombro y me acompañó hasta donde se encontraba Molly con sus amigos. El surfista pareció molesto cuando ella se soltó de su abrazo, pero enseguida se distrajo examinando a Ivy con la boca abierta y unos ojos como platos que absorbían todas las simetrías de su cuerpo. Cuando Molly vio de cerca a mis hermanos adoptó exactamente la misma expresión maravillada que ya había visto todo el día en el colegio. Esperé a que dijese algo, pero se había quedado muda. Abrió y cerró la boca como un pez varias veces, hasta que recuperó la compostura y esbozó una sonrisa vacilante.

—Molly, ésta es Ivy, mi hermana; y éste mi hermano Gabriel —le dije a toda prisa.

Sus ojos pasaban del uno a la otra, y sólo acertó a tartamudear un «hola». Enseguida desvió la mirada con timidez, cosa que me dejó pasmada, porque yo la había visto todo el día charlando libremente con los chicos, coqueteando y provocándolos con su encanto, para alejarse a continuación revoloteando como una mariposa exótica.

Gabriel la saludó como saludaba a todas las personas que acababa de conocer, o sea, con una educación impecable y una expresión amistosa pero distante.

—Encantado de conocerte —dijo con una leve inclinación. Ivy fue más cálida y le dirigió a Molly una sonrisa amable. La pobre chica parecía abrumada bajo una tonelada de ladrillos.

Unos gritos estridentes interrumpieron aquel momento de incomodidad. El jaleo venía de un grupo de jóvenes fornidos que salían del pub tan completamente borrachos que ni siquiera se daban cuenta del ruido que hacían; o les daba lo mismo. Dos de ellos se habían encarado y se movían en círculo con los puños apretados y la cara contraída. Era evidente que estaba a punto de armarse una reyerta. Algunas de las personas que se habían tomado un café en la terraza se apresuraron

63

ALEXANDRA ADORNETTO

a refugiarse dentro. Gabriel se adelantó y nos dejó a las tres a su espalda para protegernos. Uno de los jóvenes, un tipo sin afeitar con el pelo oscuro y desgreñado, lanzó el primer golpe. Se oyó un crujido cuando el puño impactó contra la mandíbula. El otro se abalanzó sobre él y lo derribó al suelo mientras sus demás compañeros los jaleaban.

En el rostro habitualmente impasible de Gabriel apareció una expresión de repugnancia. Nos dejó allí atrás y avanzó a grandes zancadas hacia el centro de la refriega. Algunos mirones lo observaron perplejos, sin duda preguntándose qué pretendía. Gabriel agarró al moreno y lo levantó con una facilidad asombrosa, teniendo en cuenta lo que debía de pesar. Luego le dio la mano a su compañero, que tenía el labio hinchado y ensangrentado, lo ayudó a ponerse de pie y se interpuso entre ambos. Uno de ellos intentó darle un puñetazo, pero Gabriel, impertérrito, interceptó el golpe en el aire. Enfurecidos por su intervención, los dos jóvenes unieron sus fuerzas y volcaron sobre él toda su furia. Se pusieron a lanzarle puñetazos a lo loco, pero sus golpes fallaron uno tras otro a pesar de que Gabriel ni siquiera se había movido. Al final, acabaron cansándose y se desplomaron los dos en el suelo, jadeando por el esfuerzo.

—Idos a casa —les dijo Gabriel con una voz que resonaba como un trueno. Era la primera vez que les dirigía la palabra y la autoridad de su tono pareció despejarlos instantáneamente. Se demoraron unos instantes, como decidiendo qué hacían, y se alejaron tambaleantes, ayudados por sus amigos y todavía soltando maldiciones entre dientes.

—Uau, ha sido alucinante —dijo Molly, hablando a borbotones, cuando Gabriel regresó a nuestro lado—. ¿Cómo lo has hecho? ¿Eres un experto karateka o algo así?

Gabriel se desentendió por completo.

—Soy pacifista —dijo—. No hay nada bueno en la violencia.

Molly se devanó los sesos buscando una respuesta.

—Bueno… ¿queréis sentaros con nosotros? —dijo finalmente—. El helado de menta con chocolate está de muerte. Mira, Beth, prueba un poco…

Antes de que pudiera poner alguna objeción, se acercó y me puso la cucharilla en la boca. Una cosa fría y escurridiza se me empezó a disolver en la lengua. Parecía transformarse rápidamente y perder su consistencia aterciopelada para convertirse en un líquido que se me escurría por la garganta. Estaba tan helado que me daba dolor de cabeza, y me lo tragué tan deprisa como pude.

—Es fantástico —murmuré con toda sinceridad.

—Te lo he dicho. Ven, voy a buscarte...

—Me temo que ya hemos de volver a casa —la cortó Gabriel con cierta brusquedad.

—Ah... bueno, claro —dijo Molly.

Me supo mal por ella, que hacía lo posible para disimular su decepción.

—Quizás otro día —le propuse.

—Claro —respondió más animada, volviéndose hacia sus amigos—. Nos vemos mañana, Beth. Eh, espera, casi se me olvida: tengo una cosa para ti. —Buscó en su bolso y sacó un tubo del brillo de labios Melon Sorbet que había probado en el colegio—. Me has dicho que te gustaba, así que te he conseguido uno.

—Gracias, Molly —tartamudeé. Era el primer regalo terrenal que recibía y me sentí conmovida por su gentileza—. Muy amable de tu parte.

—No tiene importancia. Que lo disfrutes.

No hubo comentarios sobre mi nueva amiga de camino a casa, aunque advertí que Ivy y Gabriel se miraban varias veces de modo significativo. Estaba demasiado cansada para descifrar qué querían decir.

Mientras me preparaba para acostarme, me miré en el espejo del baño, que ocupaba toda una pared. Me había costado un poco acostumbrarme. Poder ver qué aspecto tenía era nuevo para mí. En el Reino veías a los demás, pero nunca tu propia imagen. A veces captabas un instante tu reflejo en los ojos de otro, pero incluso entonces no pasaba de ser algo muy borroso, como el boceto de un pintor todavía sin color ni detalles.

Poseer forma humana implicaba que ese boceto se perfilaba y encarnaba. Ahora veía cada pelo y cada poro de mi piel con toda claridad. Comparada con las demás chicas de Venus Cove, debía de resultar extraña. Mi piel pálida era como el alabastro, mientras que ellas lucían un buen bronceado. Tenía ojos grandes marrones y unas pupilas tremendamente dilatadas. Molly y sus amigas no parecían cansarse de experimentar con su pelo; yo, en cambio, lo llevaba con la raya en medio y me lo dejaba suelto y con sus ondas naturales de color castaño. Tenía una boca de labios llenos, rojo coral, que, según sabría más adelante, me daban un aspecto enfurruñado.

Suspiré, me recogí el pelo con un nudo flojo en lo alto de la cabeza y me puse mi pijama de franela, que tenía un estampado de vacas danzantes en blanco y negro. A pesar de mi escasa experiencia, dudaba mucho de que llegaran a sorprender a ninguna chica de Venus Cove con una prenda tan poco glamurosa. Me la había comprado Ivy y no podía negar que era cómoda: la más cómoda que poseía. A Gabe le había tocado un pijama parecido con un estampado de barcos de vela, pero todavía no se lo había visto puesto.

Subí a mi habitación. Me encantaba su sencilla elegancia, y especialmente aquellas puertas acristaladas que se abrían al estrecho balcón. Me gustaba dejarlas un poquito entornadas y tenderme bajo el dosel de muselina para escuchar el sonido de las olas. Me daba una sensación de paz permanecer así, con el olor a salitre que entraba en la habitación y el sonido de fondo del piano, que Gabriel tocaba en la planta baja. Siempre me adormilaba escuchando los compases de Mozart o el murmullo de la conversación de mis hermanos.

En la cama me estiraba a mis anchas, disfrutando del tacto fresco de las sábanas. Me sorprendía que la sola perspectiva de dormir me resultase tan atractiva, teniendo en cuenta que nosotros no teníamos demasiada necesidad de sueño. Ya sabía que Ivy y Gabriel no se acostarían hasta las primeras horas de la madrugada, pero para mí había sido un día lleno de novedades y estaba agotada. Bostecé y me acurruqué de lado, todavía con la cabeza llena de pensamientos y preguntas que mi cuerpo exhausto decidió postergar.

Mientras me iban hundiendo en el sueño, me imaginé que

un extraño se colaba silenciosamente en mi habitación. Noté su peso en el colchón cuando se sentó al borde de la cama. Estaba segura de que observaba cómo dormía, pero yo no me atrevía a abrir los ojos porque sabía que no sería más que un producto de mi imaginación y quería que la ilusión se prolongara un poco más. El chico levantó la mano para apartarme un mechón de los ojos y luego se inclinó para besarme en la frente. Fue como sentir el contacto de unas alas de mariposa. No me alarmé; sabía que podía confiar plenamente en aquel desconocido. Oí cómo se levantaba para cerrar las puertas del balcón antes de marcharse.

—Buenas noches, Bethany —susurró la voz de Xavier Woods—. Dulces sueños.

—Buenas noches, Xavier —murmuré adormilada; pero al abrir los ojos descubrí que la habitación estaba vacía. Sentí los párpados demasiado pesados para mantenerlos abiertos, y la tenue luz de las farolas y el murmullo del mar se desvanecieron mientras me vencía un sueño profundo y tranquilo.

6

Clase de francés

Alguien pronunciaba mi nombre. Aunque intenté no hacer ni caso, la voz insistía y me vi obligada a emerger de las cálidas profundidades del sueño.

—¡Despierta, dormilona!

Abrí los ojos y vi que la luz de la mañana se derramaba en la habitación como un líquido dorado. Entorné los párpados, me incorporé y me restregué los ojos. Ivy estaba de pie junto

a la cama con una taza en la mano.

—Prueba esto. Es horrible, pero te despierta.

—¿Qué es?

—Café. Muchos humanos creen que no pueden pasarse sin él para funcionar como es debido.

Me senté y sorbí aquel brebaje amargo y oscuro, conteniendo las ganas de escupirlo. Me pregunté cómo era posible que la gente llegara a pagar para tomárselo, pero no transcurrió mucho tiempo antes de que la cafeína me pasara a la sangre y entonces tuve que reconocer que me sentía más despejada.

—¿Qué hora es? —pregunté.

—Hora de levantarse.

—¿Y Gabe?

—Creo que ha salido a correr. A las cinco de la mañana ya estaba levantado.

—¿Qué mosca le ha picado? —gemí, apartando las mantas de mala gana, como una genuina adolescente.

Me pasé un peine por el pelo, me lo recogí en un moño informal, me lavé la cara y bajé a la cocina. Gabriel había regresado ya y se había puesto a preparar el desayuno. Acababa de ducharse y tenía el pelo peinado hacia atrás, lo cual le daba un aire leonino. Solamente llevaba una toalla anudada en la cintura y su firme torso relucía bajo el sol de la mañana. Las alas las tenía del todo contraídas; sólo se le veía una línea ondulada entre los omoplatos. Estaba junto a los fogones, con una espátula de acero inoxidable en la mano.

—¿Crepes o gofres? —preguntó. No le hacía falta darse la vuelta para saber quién acababa de entrar.

—No tengo mucha hambre —le dije, disculpándome—. Me parece que voy a saltarme el desayuno; ya tomaré algo más tarde.

—Nadie sale de esta casa con el estómago vacío. —Parecía tajante al respecto—. Venga, ¿qué va a ser?

—¡Es demasiado pronto, Gabe! ¡No me obligues, me va a sentar mal! —Sonaba como una cría tratando de saltarse las coles de Bruselas.

Gabriel pareció ofendido.

—¿Insinúas que mis platos te sientan mal?

Uf. Procuré corregir mi error.

—Claro que no. Es sólo...

Me tomó por los hombros y me miró atentamente.

—Bethany —dijo—, ¿sabes lo que pasa cuando el cuerpo humano no tiene suficiente combustible?

Sacudí la cabeza irritada, previendo ya que iba a exponerme una serie de hechos que no podría discutir.

—Que no funciona, sencillamente. No podrás concentrarte, incluso puede que te sientas mareada. —Hizo una pausa para que recibiera todo el impacto de sus palabras—. No creo que te haga gracia desmayarte en tu segundo día de colegio, ¿no?

Esto último tuvo el efecto que esperaba. Me dejé caer en una silla mientras me imaginaba desvanecida en el suelo por falta de nutrición y rodeada de caras alarmadas que me observaban desde arriba. Quizás incluso la de Xavier Woods, que de repente ya no querría saber nada de mí.

—Tomaré crepes —le dije derrotada, y Gabriel se volvió hacia los fogones con expresión satisfecha.

69

A medio desayuno, sonó el timbre. Me pregunté quién llamaría a aquella hora tan poco común; nos habíamos cuidado de mantenernos alejados de los vecinos. Ivy y yo miramos a Gabriel expectantes. Él tenía la facultad de percibir el pensamiento de las personas que andaban cerca, cosa muy útil en muchas circunstancias. El don celestial de Ivy residía en el poder curativo de sus manos. El mío aún estaba por determinar; al parecer, se manifestaría en el momento adecuado.

«¿Quién es?», dijo Ivy sólo con los labios.

—La vecina de al lado —susurró Gabriel—. No hagáis caso; igual se marcha.

Nos quedamos los tres callados e inmóviles, pero la vecina no era de las que se dejan disuadir fácilmente. Apenas dos minutos después, oímos con sorpresa el chasquido de la cancela lateral y a continuación la vimos en la ventana, saludándonos con entusiasmo con la mano. A mí me pareció indignante su intromisión, pero mis hermanos mantuvieron la compostura.

Gabriel fue a abrir la puerta y volvió seguido de aquella mujer cincuentona de pelo rubio platino y cara bronceada. Llevaba un montón de joyas de oro, un pintalabios rojo intenso y un chándal aterciopelado. Traía bajo el brazo una gran bolsa de papel. Pareció aturdida un instante cuando nos vio a los tres juntos. No la culpaba; debíamos de ofrecer una visión desconcertante.

—Hola —dijo jovialmente, inclinándose sobre la mesa para darnos la mano—. Yo, de ustedes, revisaría este timbre. Parece que no funciona. Soy Beryl Henderson, la vecina de al lado.

Gabriel se ocupó de las presentaciones e Ivy, siempre la perfecta anfitriona, le ofreció una taza de té o de café y puso una bandeja de magdalenas en la mesa. Me fijé en que la señora Henderson miraba a Gabriel prácticamente de la misma manera que las chicas del colegio.

—Oh, no, muchas gracias —dijo, rechazando la invitación—. Sólo quería pasar un momentito a saludar, ahora que ya están instalados. —Dejó la bolsa sobre la encimera—. He pensado que a lo mejor les apetecería un poco de mermelada casera. He puesto de albaricoque, de higos y de fresa. No sabía cuál les gustaría más.

—Ha sido muy amable, señora Henderson. —Ivy desplegaba toda su cortesía, pero Gabriel ya se estaba impacientando.

—Oh, llámame Beryl —dijo—. Ya verás que todos somos así en este barrio. Buenos vecinos.

—Me alegra saberlo —respondió ella.

Me maravillaba que siempre tuviera preparada una respuesta para cualquier circunstancia. A mí, en cambio, en unos minutos ya se me habría olvidado el nombre de la mujer.

—Y usted es el nuevo profesor de música de Bryce Hamilton, ¿verdad? —prosiguió como si nada la señora Henderson—. Tengo una sobrina muy dotada para la música que quiere empezar a tocar el violín. Ése es su instrumento, ¿cierto?

—Uno de ellos —repuso Gabriel con tono distante.

—Gabriel toca muchos instrumentos —añadió Ivy, lanzándole a él una mirada exasperada.

—¡Muchos! ¡Ay, Dios, cuánto talento! —exclamó la señora Henderson—. La mayoría de las noches lo oigo tocar desde el porche. ¿Y vosotras, chicas? ¿También tenéis dotes musicales? ¡Qué buen hermano ha de ser usted para cuidar de ellas mientras sus padres están lejos!

Ivy suspiró. La noticia de nuestra llegada y todo nuestro historial parecían haberse convertido en la comidilla del pueblo.

—¿Vendrán pronto sus padres? —inquirió la señora Henderson, mirando alrededor teatralmente, como si esperase que salieran de golpe de un armario.

—Confiamos en verlos pronto —dijo Gabriel, mirando el reloj.

Beryl aguardó a que se explicara un poco más y, al ver que no lo hacía, adoptó otra línea de interrogatorio.

—¿Ya conocen a alguien en el pueblo? —A mí me divertía observar que cuanto más se esforzaba en arrancarle información, menos comunicativo se mostraba Gabriel.

—No hemos tenido mucho tiempo para alternar —intervino Ivy—. Hemos estado muy ocupados.

—¡Que no habéis tenido tiempo! —clamó Beryl—. ¡Unos jóvenes tan atractivos! Habremos de hacer algo al respecto. En el pueblo hay varias discotecas a la última. Os las tendré que enseñar yo misma.

—Me encantaría —dijo Gabriel con voz inexpresiva.

—Hmm, señora Henderson... —empezó Ivy, dándose cuenta de que la conversación no tenía visos de acabarse.

—Beryl.

—Perdón, Beryl, pero es que tenemos un poquito de prisa para llegar a tiempo al colegio.

—Desde luego. Tonta de mí, aquí cotorreando. Bueno, si necesitáis cualquier cosa no dudéis en pedirla. Ya veréis que formamos una pequeña comunidad muy unida.

Por culpa del «momentito» de Beryl me perdí la primera media hora de literatura inglesa, y Gabe se encontró a toda la clase de séptimo curso tirando bolas de papel al ventilador del techo. Yo tenía a continuación una hora libre y me encontré con Molly junto a las taquillas. Ella me rozó la mejilla con la suya a modo de saludo y, mientras yo dejaba mis libros, me hizo un resumen de sus aventuras de la noche anterior en Facebook. Por lo visto, un chico llamado Chris le había enviado al despedirse más besos y abrazos de lo normal, y ahora Molly especulaba sobre si aquello marcaba o no una nueva fase en su relación. Los Agentes de la Luz habían despojado nuestra casa de cualquier tecnología que pudiera representar una «distracción», así que no me enteraba demasiado de lo que me contaba Molly. Disimulé asintiendo a intervalos regulares y ella no pareció advertir mi ignorancia.

—¿Cómo puedes saber on-line lo que alguien siente realmente? —pregunté.

—Para eso están los emoticonos, tonta —me explicó—. Aunque quizá tampoco haya que tomárselos demasiado en serio. ¿Sabes qué día es hoy?

Molly, según iba descubriendo, tenía la desconcertante costumbre de saltar de un tema a otro sin previo aviso.

—6 de marzo —dije.

Ella sacó una agenda de color rosa y, con un gritito de excitación, tachó el día con un rotulador.

72

—Sólo faltan setenta y dos días —dijo con la cara arrebolada.

—¿Para qué?

Me miró con incredulidad.

—¡Para el baile de promoción, pringada! Nunca en mi vida he esperado una cosa con tanta ilusión.

A mí normalmente me habría ofendido que me llamaran «pringada», pero no me había costado mucho darme cuenta de que las chicas allí usaban los insultos como apelativos cariñosos.

—¿No es un poco pronto para pensar en eso? —insinué—. Faltan más de dos meses.

—Sí, ya, pero es EL acontecimiento del año y la gente empieza a planearlo con antelación.

—¿Por qué?

—¿Hablas en serio? —Me miró con unos ojos como platos—. Es un rito iniciático, la única fiesta que recordarás toda tu vida, dejando aparte el día de tu boda. Es el *pack* completo: limusinas, trajes, parejas atractivas, baile. Es nuestra noche para actuar como princesas.

A mí se me ocurrió que algunas ya se comportaban así a diario, pero me mordí la lengua.

—Suena divertido —comenté.

En realidad, todo el montaje me sonaba ridículo y yo decidí allí mismo ahorrármelo a toda costa. Ya podía figurarme cómo censuraría Gabriel una fiesta semejante, tan centrada en la pura vanidad y en las cosas más superficiales.

—¿Tienes idea de con quién te gustaría ir? —me preguntó Molly, dándome un codazo insinuante.

—Todavía no —respondí, escurriendo el bulto—. ¿Y tú?

—Bueno —bajó la voz—, Casey le contó a Taylah que había oído a Josh Crosby diciéndole a Aaron Whiteman... ¡que Ryan Robertson piensa pedírmelo!

—Uau —dije, simulando que había entendido aquel galimatías—. Suena fantástico.

—Ya, es cierto. —Soltó un gritito—. Pero no se lo digas a nadie. No quiero gafarlo.

Sonrió de oreja a oreja y, antes de que pudiera reaccionar,

marcó con un círculo una fecha de mediados de mayo en mi agenda escolar y la rodeó con un gran corazón rojo. Luego me la devolvió y tiró la suya en su taquilla, que estaba hecha un auténtico desbarajuste. Había libros amontonados de cualquier manera, carteles de grupos famosos pegados en las paredes y un surtido variado de brillos de labios y de cajas de caramelos de menta esparcidos por el fondo. En mi taquilla, en cambio, los libros estaban alineados en fila, mi chaqueta colgada del gancho y mis horarios, pintados con códigos de colores y pegados en la cara interior de la puerta. No sabía cómo arreglármelas para ser desordenada igual que un humano; todos mis instintos clamaban exigiendo orden. Esa máxima según la cual la Limpieza y la Pureza van juntas no podría ser más exacta.

Seguí a Molly a la cafetería, donde matamos el tiempo hasta que ella tuvo que irse a clase de mates y yo a la de francés. Primero había de pasar otra vez por mi taquilla para recoger los libros de la asignatura, que eran grandes y engorrosos. Los amontoné encima de la carpeta y me agaché para sacar también el diccionario inglés-francés, que estaba encajado en la parte del fondo.

—Eh, forastera —dijo una voz a mi espalda. Me sobresalté y me incorporé tan deprisa que me di en la cabeza con el techo de la taquilla—. ¡Cuidado!

Me giré en redondo y vi a Xavier Woods allí de pie, con aquella media sonrisa que ya le había visto en nuestro primer encuentro. Ahora iba con el uniforme deportivo: pantalones de chándal azul marino, un polo blanco y una chaqueta de deportes con los colores del colegio sobre el hombro. Me froté la coronilla y lo miré. Me preguntaba por qué hablaría conmigo.

—Lamento haberte asustado —dijo—. ¿Estás bien?

—Perfectamente —respondí.

Me sorprendió verme otra vez deslumbrada por su aspecto. Él había fijado en mí sus ojos de color turquesa, con las cejas levemente alzadas, y esta vez estaba tan cerca que advertí incluso que tenía vetas cobrizas y plateadas en el iris. Se pasó la mano por el mechón que aleteaba sobre su frente, enmarcándole el rostro.

—Eres nueva en Bryce Hamilton, ¿verdad? Ayer apenas pudimos hablar.

No se me ocurría nada que responder, de modo que asentí y me miré los zapatos. Levantar la vista de nuevo fue un enorme error, porque sostener su mirada me provocó la misma poderosa reacción física que había experimentado la última vez. Me sentí como si cayera desde una gran altura.

—Me han dicho que has vivido en el extranjero —prosiguió, sin dejarse intimidar por mi silencio—. ¿Qué hace una chica viajada como tú en un pueblo perdido como Venus Cove?

—Estoy aquí con mi hermano y mi hermana —musité.

—Sí, ya los he visto por ahí —dijo—. No son gente que pase desapercibida, ¿no crees? —Vaciló un instante—. Ni tú tampoco.

Noté que se me subían los colores y me aparté un poco. Me sentía tan febril que estaba segura de que irradiaba calor.

—Llego tarde a la clase de francés —dije, recogiendo los libros con prisas y casi tropezándome por el pasillo.

—¡El centro de idiomas es por el otro lado! —me gritó, pero yo no me volví.

Cuando al fin encontré el aula, comprobé aliviada que el profesor acababa de llegar. El señor Collins, que no me parecía ni me sonaba demasiado francés, era un hombre alto y larguirucho con barba. Iba con una chaqueta de *tweed* y un pañuelo en el cuello.

La clase era pequeña y estaba a tope. Localicé con la mirada el asiento libre más cercano y sofoqué un grito al ver a la persona que estaba sentada al lado. El corazón me daba brincos en el pecho mientras me acercaba. Inspiré hondo y traté de serenar mis nervios. Sólo era un chico, al fin y al cabo.

Xavier Woods parecía ligeramente divertido cuando me senté a su lado. Procuré no hacer caso y me concentré en buscar la página del libro que el señor Collins había escrito en la pizarra.

—No te será fácil estudiar francés con eso —oí que me susurraba Xavier al oído. Entonces descubrí muerta de vergüenza que, en mi confusión, me había equivocado de libro.

Lo que tenía delante no era mi gramática francesa, sino un libro sobre la Revolución francesa. Noté que las mejillas se me ponían como un tomate por segunda vez en menos de cinco minutos y me eché hacia delante, tratando de tapármelas con el pelo.

—Señorita Church —dijo el señor Collins—, ¿sería tan amable de leer en voz alta el primer pasaje de la página noventa y seis, titulado: *À la bibliothèque*?

Me quedé paralizada. No podía creerlo. Iba a verme obligada a declarar delante de todo el mundo que me había equivocado de libro en mi primera clase. Quedaría como una incompetente integral. Ya me disponía a abrir la boca para empezar a disculparme cuando Xavier me deslizó su libro con disimulo por encima del pupitre.

Lo miré agradecida y empecé a leer el pasaje con soltura, a pesar de que yo nunca había leído ni hablado aquel idioma. Así eran las cosas para nosotros: apenas empezábamos a realizar una actividad, ya destacábamos en ella. Cuando terminé, el señor Collins se había apostado junto a nuestro pupitre. Había leído el pasaje con fluidez, tal vez con demasiada fluidez, y sólo entonces caí en la cuenta de que debería haber pronunciado mal algunas palabras, o al menos haberme trabucado un par de veces. Pero no se me había ocurrido. En parte, tal vez, porque había tratado de alardear delante de Xavier Woods para compensar mis anteriores torpezas.

—Habla usted con la facilidad de un nativo, señorita Church. ¿Es que ha vivido en Francia?

—No, señor.

—¿O ha estado allí de visita?

—No, por desgracia.

Le eché un vistazo a Xavier, que enarcaba las cejas, impresionado.

—Entonces habremos de atribuirlo a un don natural. Tal vez estaría mejor en mi clase avanzada —sugirió el señor Collins.

—¡No! —exclamé. No quería llamar más la atención y prefería que el señor Collins dejara de una vez el tema. Me prometí no ser tan perfecta en la próxima ocasión—. Todavía tengo mucho que aprender —le aseguré—. La pronunciación es mi fuerte, pero en gramática no es que me aclare demasiado.

El señor Collins pareció satisfecho con mi explicación.

—Woods, prosiga donde lo ha dejado la señorita Church —dijo. Bajó la vista y frunció los labios—. ¿Dónde está su libro?

Yo se lo pasé apresuradamente, pero Xavier no hizo ademán de aceptarlo.

—Lo lamento, señor, se me han olvidado los libros. Me acosté muy tarde anoche. Gracias por compartirlo, Beth.

Habría deseado protestar, pero Xavier me cerró la boca con una mirada. El señor Collins lo observó con severidad, escribió algo en su cuaderno y regresó a su mesa rezongando.

—No es que esté dando muy buen ejemplo como delegado. Quédese un momentito al final.

Concluida la clase, esperé afuera a que Xavier terminase con el señor Collins. Sentía que al menos debía darle las gracias por ahorrarme aquel bochorno.

Se abrió la puerta y lo vi salir con la misma despreocupación que si estuviera dando un paseo por la playa. Me miró y sonrió complacido por el hecho de que lo hubiera esperado. Yo había quedado con Molly durante el descanso, pero la idea se paseó vagamente por mi cabeza y se esfumó en el acto. Cuando él te miraba, no era difícil olvidarse incluso de respirar.

—De nada, y tampoco es para tanto —dijo antes de que yo pudiera abrir la boca.

—¿Cómo sabes lo que te iba a decir? —pregunté, mosqueada—. ¿Y si pretendía reñirte por meterte en apuros?

Me miró con aire socarrón.

—¿Estás enfadada? —dijo. Otra vez aquella media sonrisa bailándole en los labios… Como decidiendo si la situación era lo bastante divertida para justificar una sonrisa completa.

Dos chicas pasaron por nuestro lado y me dirigieron miradas asesinas. La más alta le hizo a Xavier un gesto.

—Eh, Xavier —dijo con voz almibarada.

—Hola, Lana —respondió en un tono simpático pero indiferente. Era evidente que no tenía ningún interés en hablar con ella, pero la chica no parecía darse cuenta.

—¿Cómo te ha ido en el examen de mates? —insistió—. Yo lo he encontrado superdifícil. Igual necesito un profesor particular.

Saltaba a la vista que él la miraba distraídamente, como quien mira la pantalla de un ordenador. Lana no paraba de cotorrear y de contonearse como para que pudiera apreciar todas sus curvas. Cualquier otro chico no habría resistido la tentación de echarle un buen vistazo, pero los ojos de Xavier no se apartaron ni un milímetro de su rostro.

—Yo creo que me ha ido bien —dijo—. Marcus Mitchell da clases. Habla con él si crees que realmente te hace falta.

Lana entornó los ojos, obviamente irritada por haber ofrecido tanto y recibido tan poco.

—Gracias —se limitó a decir, y se alejó airada.

Xavier no parecía consciente de haberla ofendido, y si lo era, no le afectaba. Se volvió hacia mí con una expresión muy distinta. Se le veía tan serio como si estuviera tratando de resolver un enigma. Procuré reprimir un acceso de placer; seguramente miraba así a muchas chicas y Lana, simplemente, tenía la desdicha de ser la excepción. Recordé lo que me habían contado de Emily y me reprendí por ser tan vanidosa como para creer que mostraba un interés especial en mí.

Antes de que pudiéramos seguir hablando apareció Molly en el pasillo y nos miró sorprendida. Se acercó con cautela, como si temiera interrumpir.

—Hola, Molly —dijo Xavier, al ver que ella no iba a iniciar la conversación.

—Hola —respondió y me tiró de la manga con gesto posesivo. Ahora adoptó la vocecita zalamera de una cría—. Ven a la cafetería, me muero de hambre. El viernes, al salir, quiero que vengas a casa. Taylah tiene una hermana esteticista y va a conseguir mascarillas para todas. Será una pasada. Siempre trae montones de muestras para que nos las apliquemos en casa.

—Suena impresionante —dijo Xavier con un entusiasmo fingido que me arrancó una risita—. ¿A qué hora tengo que ir?

Molly no le hizo ni caso.

—¿Vendrás, Beth?

—He de preguntárselo a Gabriel. Ya te diré —respondí.

Detecté en Xavier una expresión de sorpresa. ¿Qué era lo que encontraba desconcertante?, ¿la idea de pasarse una tarde probándose mascarillas o el hecho de que tuviera que pedirle permiso a mi hermano?

—Ivy y Gabriel también pueden venir —dijo Molly, recuperando su tono normal.

—No creo que les haga demasiada gracia. —Vi que no le sentaba bien mi respuesta y me apresuré a añadir—: Pero se lo diré de todos modos.

Ella volvió a sonreír.

—Gracias. Oye, ¿puedo hacerte una pregunta? —Le lanzó una mirada hostil a Xavier, que todavía seguía allí—. En privado.

Él alzó las manos, como rindiéndose, y se alejó. Yo reprimí el impulso de llamarlo. Molly bajó la voz y me susurró:

—¿Ha dicho Gabriel... mmm... algo de mí?

Ni Gabriel ni Ivy me habían dicho nada de ella desde que nos la habíamos encontrado en la heladería; se habían limitado a repetirme su advertencia sobre los peligros de hacer amistades. Pero por el tono que empleaba comprendí que se había quedado cautivada con Gabriel y no quise decepcionarla.

—En realidad, sí —dije, confiando en sonar convincente. Sólo en un caso estaba permitido mentir: cuando podías evitarle a alguien un dolor innecesario. Pero aun así, siempre costaba.

—¿De veras? —Su rostro se iluminó de golpe.

—Claro —respondí, mientras me decía a mí misma que, estrictamente, no había mentido. Gabriel había mencionado a Molly, sólo que no en el contexto que ella ansiaba—. Dijo que se alegraba de que hubiera encontrado a una amiga tan agradable.

—¿Dijo eso? No puedo creer que advirtiera siquiera mi presencia. ¡Es guapísimo! Perdona, Beth, ya sé que es tu hermano, pero está que arde.

Molly me tomó eufórica del brazo y me arrastró a la cafetería. Xavier también estaba allí, sentado con un grupo de atletas. Esta vez, cuando nuestros ojos se encontraron, le sostuve la mirada. Mientras lo hacía, sentí que me quedaba en blanco, que no podía pensar en nada salvo en su sonrisa: aquella sonrisa perfecta y encantadora que le creaba unas arruguitas casi imperceptibles en el rabillo de los ojos.

7

Fiesta

*M*olly no había dejado de percibir mi interés en Xavier Woods y decidió darme un consejo aunque no se lo hubiera pedido.

—La verdad es que no creo que sea tu tipo —dijo, retorciéndose los rizos mientras hacíamos cola para el almuerzo. Yo no me separaba de ella para evitar que me dieran empujones los alumnos que pretendían llegar al mostrador. Los dos profesores encargados tenían pinta de estar bastante agobiados y procuraban no hacer demasiado caso del pandemónium que los rodeaba. No paraban de mirar el reloj y de contar los minutos que les quedaban antes de poder regresar al santuario de la sala de profesores.

Intenté no prestar atención a los codos que se me clavaban, ni a las manchas pegajosas del suelo que habían dejado las bebidas derramadas, y continué hablando con ella.

—¿A quién te refieres?

Ella me dirigió una mirada ladina, como diciendo que no me iba a servir de nada hacerme la ingenua.

—Reconozco que Xavier es uno de los tipos más sexis del colegio, pero todo el mundo sabe que es problemático. Las chicas que lo intentan acaban con el corazón destrozado. Luego no digas que no te he avisado.

—No parece una persona cruel —le dije, llevada por el deseo de defenderlo, aunque, de hecho, apenas sabía nada de él.

—Mira, Beth. Enamorarte de Xavier sólo servirá para que acabes herida. Ésa es la verdad.

—¿Y cómo es que eres tan experta en la materia? —pregunté—. ¿No habrá sido el tuyo uno de esos corazones destrozados?

Le había formulado la pregunta en broma, pero Molly se puso muy seria de golpe.

—Pues más bien sí.

—Uy, perdona. No tenía ni idea. ¿Qué pasó?

—Bueno, a mí me gustaba desde hacía siglos y, al final, me harté de lanzarle insinuaciones y le pedí que saliéramos.

Me lo dijo todo de carrerilla, como si hubiese sucedido hacía mucho y ya no importase.

—¿Y?

—Nada. —Se encogió de hombros—. Me rechazó. Con educación, eso sí. Me dijo que me veía como una amiga. Pero aun así fue el momento más humillante de mi vida.

No podía decirle que lo que acababa de contarme no era tan terrible. En realidad, la conducta de Xavier podía considerarse sincera, incluso honrada. Al hablar de corazones destrozados, Molly me lo había pintado como una especie de sinvergüenza. Pero lo único que él había hecho había sido declinar una invitación de la mejor manera posible. No obstante, yo ya había aprendido lo suficiente sobre la amistad femenina para saber que la compasión era la única respuesta admisible.

—No hay derecho —prosiguió en tono acusador—. Andar por ahí, un tipo tan espectacular, haciéndose el simpático con todos, pero sin permitir que nadie se le acerque…

—¿Pero él les da a entender a las chicas que quiere algo más que una amistad? —pregunté.

—No —reconoció—, pero sigue siendo totalmente injusto. ¿Cómo va a estar alguien demasiado ocupado para tener novia? Ya sé que suena duro, pero en algún momento habrá de dejar atrás a Emily. Ella no va a volver. En fin, basta de hablar de don Perfecto. Espero que puedas venir a casa el viernes. Así nos sacaremos un rato de la cabeza a esos pesados con pantalones.

—Si estamos aquí no es para alternar —dijo Gabriel cuando le pedí permiso para ir a casa de Molly.

—Quedaré como una maleducada si no voy —argüí—. Además, es el viernes por la noche. No hay colegio al día siguiente.

—Ve si quieres, Bethany —dijo mi hermano, suspirando—. Yo diría que hay maneras más provechosas de pasar una velada, pero no me corresponde a mí prohibírtelo.

—Sólo por esta vez —dije—. No se convertirá en una costumbre.

—Eso espero.

No me gustaba lo que parecían implicar sus palabras ni la insinuación de que estaba perdiendo de vista nuestro objetivo. Pero no dejé que eso me amargara. Yo deseaba experimentar todas las facetas de la vida humana. Al fin y al cabo, así podría comprender mejor nuestra misión.

El viernes, a eso de las siete, ya me había duchado y puesto un vestido de lana verde. Combiné el vestido con unas botas de media caña y unas medias oscuras, e incluso me puse un poco del brillo de labios que me había regalado Molly. Me sentía complacida con el resultado; se me veía un poco menos paliducha de lo normal.

—No hace falta que te arregles tanto, no vas a un baile —me dijo Gabriel al verme.

—Una chica siempre debe esforzarse en estar lo mejor posible —dijo Ivy, saliendo en mi defensa y guiñándome un ojo. Quizá tampoco le habían parecido bien mis planes de pasar la velada con Molly y su pandilla, pero ella no era rencorosa y sabía cuándo había que dejar correr las cosas para evitar conflictos.

Me despedí de ambos con un beso y me dirigí hacia la puerta. Gabriel había insistido en acompañarme con el jeep negro que habíamos encontrado en el garaje el primer día, pero Ivy había logrado disuadirlo, diciéndole que aún había mucha luz y que no corría ningún peligro, puesto que la casa de Molly quedaba sólo a unas calles. Lo que sí acepté fue el ofrecimiento de Gabriel de pasar a recogerme. Acordamos que lo llamaría cuando estuviera lista para regresar.

Sentí una oleada de placer mientras caminaba por la calle. El invierno llegaba a su fin, pero el viento que me agitaba el vestido era frío aún. Aspiré la limpia fragancia del mar, mezclada con el fresco aroma de las plantas de hoja perenne. Me consideraba una privilegiada por estar allí, caminando por la Tierra, convertida en un ser que sentía y respiraba. Era mucho más emocionante que observar la vida desde otra dimensión. Contemplar desde el Cielo la vida agitada y tumultuosa que se desarrollaba abajo venía a ser como asistir a un espectáculo. Estar en el escenario, en cambio, quizá daba más miedo, pero resultaba también más excitante.

Se me pasó el buen humor en cuanto llegué al número 8 de Sycamore Grove. Examiné la casa pensando que había anotado mal el número. La puerta estaba abierta de par en par y parecía que hubieran encendido todas las luces de la casa. De la sala de estar salía una música a todo volumen y en el porche se pavoneaban un montón de adolescentes más bien ligeros de ropa. No podía ser allí. Comprobé la dirección que la propia Molly me había escrito en un trozo de papel y vi que no me había equivocado. Entonces empecé a reconocer algunas caras del colegio; dos o tres me saludaron con la mano. Subí las escaleras de la casa, que era de estilo *bungalow*, y poco me faltó para tropezarme con un chico que estaba vomitando por un lado de la terraza.

Consideré la posibilidad de dar media vuelta y regresar a casa. Me inventaría un dolor de cabeza para disimular ante Ivy y Gabriel. Sabía de sobras que ellos no me habrían permitido asistir si hubieran sabido en qué consistía realmente la velada «para chicas» de Molly. Pero se impuso mi curiosidad y decidí entrar un momentito, sólo para saludar a Molly y disculparme antes de hacer mutis por el foro.

En el pasillo principal, que hedía a humo y colonia, había una aglomeración de cuerpos apretujados. La música estaba tan alta que la gente había de gritarse al oído para hacerse oír. Como el suelo retumbaba y los invitados bailaban dando bandazos, tenía la sensación de que me encontraba atrapada en medio de un terremoto. La percusión sonaba con tal fuerza que me taladraba los tímpanos. Percibía la atmósfera viciada y un olor a cerveza y bilis que impregnaba el aire. En conjunto, la escena me resultó tan dolorosamente abrumadora que estuve a punto de perder el equilibrio. Pero aquello era la vida humana, pensé, y yo estaba decidida a experimentarla por mí misma aunque me hiciera sentir al borde del colapso. Así pues, inspiré hondo y seguí adelante.

Había gente joven en cada rincón de la casa: unos fumando, otros bebiendo y algunos envueltos en un estrecho abrazo. Me abrí paso zigzagueando entre la multitud y observé fascinada a un grupo que jugaba a un juego que uno de ellos llamó la Caza del Tesoro. Las chicas se ponían en fila y los chicos les lanzaban malvaviscos al escote desde corta distancia. Una vez que acertaban, tenían que retirar el malvavisco usando sólo la boca. Las chicas se reían, dando gritos, mientras los chicos hundían la cabeza en su pecho.

No veía a los padres de Molly por ningún lado. Quizás habían salido durante el fin de semana. Me pregunté cómo reaccionarían si vieran su hogar sumido en semejante caos. En el salón de atrás había algunas parejas entrelazadas en los sofás de cuero marrón, haciéndose mimos medio borrachos. Se veían botellas de cerveza vacías por todas partes, y las patatas fritas y las pastillas de chocolate que Molly había puesto en cuencos de vidrio estaban hechas picadillo en el suelo. Identifiqué entre todas aquellas caras la de Leah Green, una de las amigas del grupo de Molly, y me acerqué a ella. Estaba de pie junto a las puertas cristaleras que daban a una terraza con piscina.

—¡Beth! ¡Has venido! —me gritó por encima de la música atronadora—. ¡Una fiesta fantástica!

—¿Has visto a Molly? —respondí, también a gritos.

—En el jacuzzi.

Me escabullí de las garras de un chico ebrio que trataba de arrastrarme hacia la melé de los que bailaban y esquivé a otro que me llamó «hermano» y pretendía darme un abrazo. Una chica lo apartó, disculpándose.

—Disculpa a Stefan —chilló—. Ya va ciego.

Asentí y me deslicé afuera, mientras me hacía una nota mental para añadir aquellas nuevas palabras en el glosario que estaba compilando.

El suelo de la terraza también estaba cubierto de botellas

vacías y tuve que caminar con cuidado para no tropezarme. Pese al frío, había adolescentes con bikinis y *shorts* tirados junto a la piscina o metidos a presión en el jacuzzi. Las luces arrojaban un resplandor azulado e inquietante sobre los cuerpos juguetones. De repente, un chico desnudo pasó corriendo por mi lado y se zambulló en la piscina. Emergió enseguida tiritando, pero con aire satisfecho, mientras los demás lo aclamaban a gritos. Procuré que no se me notara lo horrorizada que estaba.

Sentí un gran alivio cuando localicé por fin a Molly emparedada en el jacuzzi entre dos chicos. Se levantó al verme, estirándose como un gato y entreteniéndose para que los chicos pudieran admirar su cuerpo húmedo y firme.

—Bethie, ¿cuándo has llegado? —preguntó con voz cantarina.

—Ahora mismo —respondí—. ¿Es que ha habido cambio de planes? ¿Qué ha pasado con las mascarillas?

—¡Ay, chica, desechamos esa idea! —dijo, como si la cosa no tuviera la menor importancia—. Mi tía se ha puesto enferma, así que mamá y papá pasarán todo el fin de semana fuera. ¡No podía dejar escapar la ocasión de montar una fiesta!

—Sólo he venido a saludar. No puedo quedarme —le dije—. Mi hermano cree que nos estamos poniendo mascarillas faciales.

—Bueno, pero él no está aquí, ¿no? —Sonrió con picardía—. Y lo que Hermanito Gabriel no sepa no va a hacerle ningún daño. Venga, tómate una copa antes de irte. No quiero que te metas en líos por mi culpa.

En la cocina nos encontramos a Taylah, detrás del mostrador, preparando una mezcla en una licuadora. Tenía alrededor una colección de botellas impresionante. Leí algunas de las etiquetas: ron blanco del Caribe, escocés de malta, whisky, tequila, absenta, Midori, bourbon, champagne. Los nombres no me decían gran cosa. El alcohol no había sido incluido en las materias de mi entrenamiento; una laguna de mi educación.

—¿Nos sirves unos Taylah Special a Beth y a mí? —le dijo Molly, rodeándola con sus brazos, mientras balanceaba las caderas siguiendo el ritmo.

—¡Marchando dos Special! —exclamó Taylah, y llenó dos vasos de cóctel casi hasta el borde con aquel combinado verdoso. Molly me puso uno en la mano y dio un buen trago del suyo. Nos abrimos paso hasta la sala. La música atronaba con tanta fuerza por los dos enormes altavoces situados en las esquinas que incluso el suelo vibraba. Husmeé mi bebida con recelo.

—¿Qué tiene? —le pregunté a Molly por encima del estruendo.

—Es un cóctel —dijo—. ¡Salud!

Di un trago por educación y me arrepentí en el acto. Era de un dulzón repulsivo, pero al mismo tiempo me quemaba en la garganta. Decidida a no ser tildada de aguafiestas, continué de todos modos bebiéndolo poco a poco. Molly se lo estaba pasando en grande y me arrastró entre la masa de gente que bailaba en el centro. Bailamos juntas unos minutos; luego la perdí de vista y me encontré rodeada de una multitud de desconocidos. Intenté hallar algún resquicio entre los cuerpos apretujados, pero en cuanto se abría un hueco, volvía a cerrarse. Varias veces advertí con sorpresa que mi vaso se llenaba de nuevo, como si hubiera una legión de camareros invisibles.

Para entonces ya me sentía mareada y tambaleante, lo que atribuí a mi falta de costumbre a la música ruidosa y al gentío. Daba sorbos a mi bebida con la esperanza de que al menos me refrescara. Gabriel siempre nos daba la lata sobre la importancia de mantener nuestros cuerpos hidratados.

Me estaba terminando mi tercer cóctel cuando sentí un deseo irresistible de desplomarme sin más en el suelo. Pero no llegué a caerme. De repente noté que una mano vigorosa me sujetaba y me guiaba fuera del tumulto. Sentí que me agarraba con más fuerza cuando di un tropezón. Dejé todo mi peso a merced del desconocido y permití que me llevase afuera. Me ayudó a acomodarme en un banco del jardín, donde me senté cabizbaja, todavía con el vaso en la mano.

—No te conviene pasarte con ese mejunje.

El rostro de Xavier Woods se fue perfilando poco a poco en mi campo de visión. Llevaba unos tejanos desteñidos y un polo verde de manga larga bastante ajustado, que realzaba su torso mucho más que el uniforme del colegio. Me aparté el pelo de los ojos y noté que tenía la frente cubierta de sudor.

—¿Pasarme en qué?

—Hmm… con lo que estás bebiendo… porque es bastante fuerte —dijo, como si fuese obvio.

Se me empezaba a revolver el estómago y sentía un martilleo en la cabeza. Quería decir algo, pero no me acababan de salir las palabras a causa de las oleadas de náuseas. Me apoyé débilmente contra él; me sentía a punto de llorar.

—¿Sabe tu familia dónde estás? —me dijo.

Meneé la cabeza, cosa que provocó que todo el jardín empezara a darme vueltas.

—¿Cuántos de éstos te has tomado?

—No sé —musité atontada—. Pero no acaba de sentarme bien.

—¿Estás acostumbrada a beber?

—Es la primera vez.

—Oh, cielos. —Xavier sacudió la cabeza—. Ahora se explica que tengas tan poco aguante.

—¿Cómo…? —Me eché hacia delante y casi me fui al suelo.

—Uf —dijo, sujetándome—. Será mejor que te lleve a casa.

—Enseguida me encontraré bien.

—No, qué va. Estás temblando.

Descubrí con sorpresa que tenía razón. Se fue adentro a recoger su chaqueta, volvió enseguida y me la puso sobre los hombros. Tenía su olor y resultaba reconfortante.

Molly se nos acercó con paso vacilante.

—¿Cómo va? —preguntó, demasiado alegre para que le incomodara la presencia de Xavier.

—¿Qué estaba bebiendo Beth? —preguntó él.

—Sólo un cóctel —respondió Molly—. Vodka, más que nada. ¿No te encuentras bien, Beth?

—No, para nada —explicó Xavier, cortante.

—¿Qué puedo traerle? —murmuró Molly, totalmente perdida.

—Yo me encargo de que llegue sana y salva a casa —concluyó, e incluso en aquel estado no se me escapó su tono acusador.

—Gracias, Xavier. Te debo una. Ah, y procura no contarle demasiado a su hermano. No parece muy comprensivo.

El olor a cuero de los asientos del coche de Xavier me resultó relajante, pero aun así me sentía como si me ardiera todo por dentro. Percibí sólo vagamente el traqueteo del coche durante el trayecto y luego la sensación de ser conducida a tientas hasta la puerta. Me mantenía consciente y oía lo que sucedía alrededor, pero estaba demasiado adormilada para abrir los ojos. Se me cerraban sin que pudiera evitarlo.

Como los tenía cerrados, no vi la expresión de Gabriel cuando abrió la puerta. Pero no se me escapó su tono alarmado.

—¿Qué ha pasado?, ¿está herida? —Noté que me cogía la cabeza con las manos.

—No, no tiene nada —dijo Xavier—. Sólo ha bebido demasiado.

—¿Dónde estaba?

—En la fiesta de Molly.

—¿Qué fiesta? No nos hablaron de ninguna fiesta.

—No ha sido culpa de Beth. Creo que ella tampoco lo sabía.

Noté que pasaba a los brazos de mi hermano.

—Gracias por traerla a casa —dijo Gabriel con un tono que no daba pie a más conversación.

—No hay de qué —dijo Xavier—. Se le ha ido la cabeza un rato; quizá convendría que le echasen un vistazo.

Hubo una pausa mientras Gabriel meditaba su respuesta. Yo estaba segura de que no hacía falta llamar a un médico. Además, una revisión médica pondría de manifiesto ciertas anomalías que no era posible explicar. Pero eso Xavier no lo sabía, así que esperé la respuesta de Gabriel.

—Nosotros nos ocuparemos de ella —dijo al fin.

Sonó medio raro, como si tuviese algo que ocultar. Me habría gustado que hubiera intentado parecer más agradecido. Xavier me había rescatado, al fin y al cabo. Si no hubiera sido por él, porque me había visto en apuros, todavía estaría en casa de Molly. Y quién sabía lo que podría haber pasado.

—Muy bien. —Detecté un matiz suspicaz en la voz de Xavier e intuí que se resistía a marcharse. Pero ya no tenía motivo para seguir allí—. Dígale a Beth que espero que se recupere pronto.

Oí sus pasos bajando la escalera y crujiendo sobre la grava, y luego el ruido de su coche al arrancar. Lo último que recordé más tarde fue el contacto de las manos de Ivy, acariciándome la frente, y la sensación de su energía curativa difundiéndose por todo mi cuerpo.

8

Phantom

$\mathcal{N}$o tenía ni idea de qué hora sería cuando me desperté. Notaba un martilleo incesante en mi cabeza y sentía como si tuviera la lengua de papel de lija. Me costó ordenar de un modo coherente la secuencia de la noche anterior y, cuando lo logré, pensé que mejor habría sido no hacerlo. Sentí una oleada de vergüenza mientras evocaba mi aturdimiento, mis balbuceos, mi incapacidad para tenerme en pie. Recordé que Gabriel me había tomado en brazos y que había en su voz un tono de inquietud pero también de decepción. Ivy me había desnudado y acostado como si fuese una cría, y recordaba haberle visto una expresión de consternación en la cara. Mientras ella me cubría con las mantas, había oído a Gabriel en la puerta dándole otra vez las gracias a alguien.

Luego empecé a recordar que me había pasado casi todo el tiempo en la fiesta de Molly desplomada contra el cálido cuerpo de un desconocido. Gemí en voz alta cuando visualicé vívidamente el rostro de aquel extraño. De entre todos los gallardos caballeros que habrían podido acudir en mi ayuda, ¿por qué tenía que haber sido justamente Xavier Woods? ¿En qué estaría pensando Nuestro Señor en Su infinita sabiduría? Me esforcé en reunir los fragmentos de nuestra breve conversación, pero mi memoria se negaba a ofrecerme detalles.

Me sentía abrumada por una mezcla mortificante de remordimiento y humillación. Me ardían las mejillas del bochorno. Me oculté bajo la colcha y me hice un ovillo, deseando quedarme allí para siempre. ¿Qué pensaría ahora de mí Xavier Woods, el flamante delegado de Bryce Hamilton?

¿Qué pensaría todo el mundo de mí? Apenas llevaba una semana en el colegio y ya había avergonzado a mi familia y proclamado a los cuatro vientos que era una novata integral en las cosas de la vida. ¿Cómo no me había dado cuenta de lo fuertes que eran aquellos cócteles? Y por si fuera poco, les había demostrado a mis hermanos que era incapaz de cuidar de mí misma y de arreglármelas sin su ayuda.

Me llegaban voces amortiguadas desde abajo. Gabriel e Ivy conversaban entre susurros. Noté que me ardían otra vez las mejillas mientras pensaba en la posición en que los había colocado. ¡Qué egoísta había sido al no considerar el impacto que mis actos tendrían también en ellos! Su reputación estaba en peligro igual que la mía. Mejor dicho, la mía había quedado hecha trizas sin paliativos. Consideré la posibilidad de que nos marcháramos y empezáramos de nuevo en otro sitio. Gabriel e Ivy no esperarían que me quedase en Venus Cove después de haberme puesto en ridículo de aquella manera. Ya casi daba por supuesto que aparecerían de un momento a otro para darme la noticia y que empezaríamos a recoger en silencio nuestras cosas para trasladarnos a un nuevo destino. No habría tiempo para despedidas; los lazos que había establecido allí quedarían reducidos a un puñado de recuerdos entrañables.

Pero nadie subía y, al final, no tuve otro remedio que aventurarme a bajar para afrontar las consecuencias de lo que había hecho. Me miré un instante en el espejo del pasillo. Tenía un aspecto frágil y sombras azuladas bajo los ojos. El reloj me informó de que ya casi era mediodía.

Ivy estaba sentada a la mesa de la cocina, haciendo un bordado con increíble destreza, mientras que Gabriel permanecía frente a la ventana, más erguido que un párroco en el púlpito. Tenía las manos entrelazadas a la espalda y miraba pensativo el océano. Fui a la nevera, me serví un zumo de naranja y me lo bebí a toda prisa para apagar la furiosa sed que sentía.

Gabriel no se volvió, pero yo sabía que percibía mi presencia. Me estremecí: una bronca airada me habría sentado mejor que aquella muda recriminación. Me importaba demasiado la estima de Gabriel para estar dispuesta a perderla. Si no para otra cosa, su cólera habría servido para aliviar en cierta medida mi culpa. Deseaba que se volviera para verle al menos la cara.

Ivy dejó su bordado y me miró.

—¿Cómo te encuentras? —preguntó. No sonaba ni enfadada ni defraudada, cosa que me desconcertó.

Me llevé sin querer las manos a las sienes, que aún me palpitaban.

—Podría estar mejor, la verdad. —El silencio se cernía en el aire como un sudario—. Lo siento mucho —continué con un tono sumiso—. No sé cómo ocurrió. Me siento como una cría.

Gabriel se volvió a mirarme con sus ojos grises, pero sólo vi en ellos el profundo afecto que me tenía.

—No te apures, Bethany —dijo con su compostura de siempre—. Ahora que somos humanos estamos condenados a cometer algunos errores.

—¿No estáis enfadados? —exclamé, mirando a uno y otro alternativamente. La piel nacarada de ambos relucía con un brillo luminoso y tranquilizador.

—Claro que no —dijo Ivy—. ¿Cómo vamos a culparte de algo que no podías controlar?

—Ésa es la cuestión justamente —repuse—. Que debería haberlo sabido. A vosotros no os hubiera pasado. ¿Por qué soy la única que comete errores?

—No seas demasiado severa contigo misma —me aconsejó Gabriel—. Recuerda que ésta es tu primera visita aquí. Las cosas te irán mejor con el tiempo.

—Es fácil olvidar que la gente es de carne y hueso, y no indestructible —añadió Ivy.

—Procuraré tenerlo presente —dije, más animada.

—Ya sólo me queda sacarte ese taladro que notas en la cabeza —me dijo Gabriel.

Todavía con mi pijama de franela, me puse a su lado para observarlo mientras sacaba ingredientes de la nevera. Los midió y los vertió en una licuadora con la precisión de un científico. Por fin, me tendió un vaso lleno de un líquido turbio y rojizo.

—¿Qué es? —pregunté.

—Zumo de tomate y yema de huevo con un toque de pimentón —explicó—. Según la enciclopedia médica que leí anoche es uno de los mejores remedios para la resaca.

El olor y el aspecto del brebaje era asqueroso, pero el martilleo de mi cabeza no parecía que fuese a apaciguarse espontáneamente. Así pues, me tapé la nariz y me bebí el vaso entero. Después se me ocurrió que Ivy podría haberme curado la resaca poniéndome dos dedos en las sienes, pero quizá lo que pretendían mis hermanos era que aprendiera a cargar con las consecuencias de mis actos.

—Creo que hoy deberíamos quedarnos en casa, ¿no? —dijo Ivy—. Hemos de tomarnos un poco de tiempo para reflexionar.

Nunca me habían dejado los dos tan maravillada como en aquel momento. La tolerancia que habían mostrado sólo podía describirse como sobrehumana, cosa que era sin duda.

Comparados con el resto de la gente, nosotros vivíamos como cuáqueros: sin televisión, ni ordenadores ni teléfonos móviles. Nuestra única concesión al estilo de vida terrenal del siglo XXI era un teléfono fijo que nos habían conectado en cuanto nos instalamos. Nosotros veíamos en la tecnología una influencia nociva que fomentaba una conducta antisocial y socavaba los valores familiares. Nuestro hogar era un sitio para estar juntos, no para pasar el tiempo comprando por Internet o mirando estúpidos programas televisivos.

Gabriel, en especial, odiaba la influencia de la televisión. Durante la preparación para nuestra misión nos había mostrado para subrayar esta idea el principio de un programa. Consistía en una serie de personas con problemas de obesidad a las que dividían en grupos y les ofrecían platos tentadores para ver si conseguían resistirse. Los que cedían a la tentación recibían severos reproches y quedaban eliminados. Resultaba repulsivo, decía Gabriel, jugar con las emociones de la gente y cebarse en sus debilidades. Y aún era más repugnante que el público mirase semejante crueldad como un entretenimiento.

Así pues, aquella tarde no recurrimos a la tecnología para

entretenernos, sino que pasamos el rato tumbados en la terraza, leyendo, jugando al Scrabble o simplemente enfrascados en nuestros pensamientos. Tomarnos tiempo para reflexionar no significaba que no pudiéramos hacer mientras tanto otras cosas; sólo quería decir que las hacíamos en silencio y que procurábamos dedicar un rato a analizar nuestros éxitos y fracasos. O más bien, que Ivy y Gabriel analizaban sus éxitos y yo contemplaba mis fracasos. Miraba el cielo y mordisqueaba tajadas de melón. Había llegado a la conclusión de que la fruta era mi comida favorita; su frescura dulce y limpia me recordaba nuestro hogar. Mientras seguía mirando, reparé en que el sol aparecía en el cielo como una bola de un blanco deslumbrante. Enfocarlo directamente me cegaba y me dañaba los ojos. En el Reino la iluminación era distinta. Nuestro hogar estaba inundado de una luz suave y dorada que podíamos tocar y que se deslizaba entre nuestros dedos como una miel cálida. Aquí, en cambio, la luz era más violenta, pero también —en cierto sentido— más real.

—¿Habéis visto esto? —Ivy apareció con una bandeja de fruta y queso y tiró el periódico en la mesa con disgusto.

—Ajá —asintió Gabriel.

—¿Qué pasa?

Me incorporé y estiré el cuello para ver los titulares. Atisbé la fotografía que abarcaba la portada. Se veía gente corriendo en todas direcciones: hombres que trataban en vano de proteger a las mujeres, madres que recogían a los niños caídos en el polvo. Algunos rezaban apretando los párpados; otros abrían la boca en gritos silenciosos. Detrás, las llamas se elevaban hacia el cielo y la humareda oscurecía el sol.

—Bombardeos en Oriente Medio —dijo mi hermano, dándole la vuelta al periódico con un gesto rápido. Ya no hacía falta: la imagen se me había quedado grabada a fuego en el cerebro—. Más de trescientos muertos. Sabes lo que esto significa, ¿no?

—¿Que nuestros Agentes allí no están haciendo bien su trabajo? —Me salió una voz trémula.

—Que no *pueden* hacer bien su trabajo —me corrigió Ivy.

—¿Quién se lo impide? —pregunté.

—Las fuerzas de la oscuridad se están imponiendo a las fuerzas de la luz —dijo Gabriel gravemente—. Cada vez más.

—¿Acaso crees que sólo el Cielo envía representantes a la Tierra? —Ivy parecía impacientarse un poco ante mi lentitud para comprender la situación—. Tenemos compañía.

—¿Y no podemos hacer nada?

Gabriel meneó la cabeza.

—Nosotros no podemos actuar sin autorización.

—¡Pero ha habido trescientos muertos! —protesté—. ¡Eso debería contar!

—Claro que cuenta —repuso Gabriel—. Pero no han sido requeridos nuestros servicios. A nosotros nos han asignado un puesto y no podemos abandonarlo porque haya sucedido algo terrible en otra parte del planeta. Nuestras instrucciones son que permanezcamos aquí y vigilemos Venus Cove. Por algo será.

—¿Y qué pasa con toda esa gente? —pregunté, todavía con la imagen de sus rostros horrorizados destellando en mi mente.

—Lo único que podemos hacer es rezar para que se produzca una intervención divina.

A media tarde nos dimos cuenta de que la despensa estaba casi vacía. Aunque me sentía débil, me ofrecí para hacer unas compras en el pueblo. Confiaba en que el paseo me ayudara a borrarme aquellas imágenes turbadoras de la mente y a pensar en otra cosa que no fueran las calamidades humanas.

—¿Qué traigo? —pregunté, tomando un sobre que había a mano para anotar la lista en el dorso.

—Fruta, huevos y un poco de pan de esa tienda francesa que acaban de abrir —me dijo Ivy.

—¿Quieres que te lleve? —me propuso Gabriel.

—No, gracias. Cogeré la bicicleta. Me hace falta ejercicio.

Lo dejé leyendo, fui a recoger la bicicleta en el garaje y metí en la cesta una bolsa de lona doblada. Ivy se había puesto a recortar los rosales y me dijo adiós con la mano cuando pasé por delante del jardín pedaleando.

El trayecto de diez minutos hasta el pueblo me resultó tonificante después de tantas horas durmiendo como un zombi.

El aire fresco y limpio, impregnado del aroma de los pinos, contribuyó a disipar mi abatimiento. No quería que mis pensamientos derivasen hacia Xavier Woods y deseaba cerrar el paso a los recuerdos de la noche anterior. Pero, claro, mi mente seguía sus propios derroteros y no pude dejar de estremecerme al evocar la firmeza de sus brazos mientras me sujetaba, y la caricia de la tela de su camisa en mi mejilla, y el contacto de su mano al apartarme el pelo de la cara con un gesto rápido, tal como había hecho también en mi sueño.

Dejé la bicicleta atada con cadena en el soporte que había frente a la oficina de correos y me encaminé al supermercado. Cuando ya llegaba a la puerta, me detuve para dejar que salieran dos mujeres: una de ellas vieja y algo encorvada, la otra robusta y de mediana edad. Esta última ayudó a la anciana a sentarse en un banco, volvió a la tienda y pegó un cartel en el escaparate. Al lado del banco, obedientemente sentado junto a la mujer, había un perro gris plateado. Era la criatura más extraña que había visto. Su expresión pensativa y reconcentrada parecía casi humana, e incluso sentado sobre sus patas traseras mantenía su cuerpo erguido con una actitud majestuosa. Tenía los carrillos algo caídos, el pelaje lustroso y satinado y los ojos tan incoloros como la luz de la luna.

La anciana mostraba un aire apesadumbrado que me llamó la atención. Al mirar el cartel comprendí sin más el motivo. Era un anuncio que ofrecía el perro «gratis a un buen hogar».

—Es lo mejor, Alice, ya lo verás —le dijo la más joven con tono práctico—. Tú quieres que *Phantom* sea feliz, ¿no? Él no podrá seguir contigo cuando te mudes. Ya conoces las normas.

La otra meneó la cabeza tristemente.

—Pero estará en un lugar extraño y no entenderá nada. Nosotros, en casa, tenemos nuestras pequeñas costumbres.

—Los perros son muy adaptables. Bueno, volvamos antes de que se haga la hora de cenar. Seguro que empieza a sonar el teléfono en cuanto entremos por la puerta.

La mujer llamada Alice no parecía compartir la convicción de la otra. Vi que retorcía con sus dedos nudosos la correa del perro y que se los llevaba luego al pelo, que tenía recogido en un moño medio deshecho en la nuca. No parecía tener ninguna prisa por moverse, como si levantarse del banco implicara sellar un trato que aún no había podido considerar a fondo.

—¿Pero cómo sabré yo que lo cuidan bien? —dijo.

—Nos vamos a asegurar de que quien se lo quede acepte llevarlo de visita a tu nuevo hogar.

Se había deslizado una nota de impaciencia en el tono de la más joven, y advertí que cada vez levantaba más la voz. Respiraba de un modo agitado y se le empezaban a formar gotitas de sudor en las sienes, tan empolvadas como el resto de su rostro. No paraba de mirar el reloj.

—¿Y si lo olvidan? —Alice sonaba irritada.

—Seguro que no —replicó su acompañante con desdén—. Bueno, ¿necesitas algo antes de que te lleve a casa?

—Sólo una bolsa de golosinas para *Phantom*. Pero no las de pollo, ésas no le gustan.

—¿Por qué no te esperas aquí un momento mientras yo entro a comprarlas?

Alice asintió y miró a lo lejos, resignada. Se inclinó para rascarle detrás de las orejas a *Phantom*, que levantó los ojos con un aire de perplejidad. Parecían entenderse en silencio aquel animal y su dueña.

—¡Qué perro tan bonito! —le dije, a modo de presentación—. ¿De qué raza es?

—Es un weimaraner —respondió Alice—. Pero por desgracia ya no va a seguir siendo mío por mucho tiempo.

—Sí. No he podido evitar oír la conversación.

—Pobre *Phantom*. —Alice suspiró y se agachó para hablarle al perro—. Tú sabes muy bien lo que pasa, ¿verdad? Pero te estás portando como un valiente.

Me arrodillé para darle a *Phantom* unas palmaditas. Él me husmeó con cautela y me tendió su enorme pezuña.

—Qué raro —dijo Alice—. Normalmente es más reservado con la gente que no conoce. Debes de ser una amante de los perros.

—Ah, me encantan los animales —dije—. Si no le importa que se lo pregunte, ¿por qué no puede mudarse el perro con usted?

—Me traslado a Fairhaven, la residencia de ancianos del pueblo. ¿Has oído hablar de ella? No admiten perros.

—¡Qué lástima! —dije—. Pero no se preocupe. Estoy segura de que un perro como *Phantom* encontrará otro dueño enseguida. ¿Tiene ganas de trasladarse?

La mujer pareció sorprendida por la pregunta.

—¿Sabes?, eres la primera que me lo pregunta. Supongo que me da igual una cosa que otra. Me sentiré mejor cuando lo de *Phantom* esté resuelto. Yo esperaba que se lo quedara mi hija, pero ella vive en un apartamento y no puede ser.

Mientras *Phantom* restregaba contra mi mano su esponjoso hocico, se me ocurrió una idea. Quizás aquel encuentro era una ocasión que me ofrecía la Providencia para enmendarme por mi irresponsabilidad. ¿No era para eso, al fin y al cabo, para lo que estaba allí, es decir, para ejercer una influencia benéfica en la gente, y no para centrarme en mis propias obsesiones? Yo no podía hacer gran cosa para solucionar una crisis que se desarrollaba en la otra punta del mundo, pero allí tenía una situación en la que podía ser de ayuda.

—Tal vez podría quedármelo yo —le propuse impulsivamente. Sabía que si me lo pensaba mejor, me echaría atrás. El rostro de Alice se iluminó en el acto.

—¿De veras podrías? ¿Estás segura? —dijo—. Sería maravilloso. Nunca encontrarás un amigo más fiel, te lo aseguro. Bueno, ya se ve que le has caído bien. Pero ¿qué dirán tus padres?

—No les importará —dije, confiando en que mis hermanos vieran mi decisión del mismo modo que yo—. ¿Estamos de acuerdo, entonces?

—Ahí viene Felicity. —Alice sonrió ampliamente—. Vamos a darle la buena noticia.

Phantom y yo miramos cómo se alejaban en coche las dos mujeres: una secándose los ojos; la otra, visiblemente aliviada. Aparte de un gañido lastimero dirigido a su dueña y de una mirada conmovedora, *Phantom* parecía impertérrito por el hecho de encontrarse de repente en mis manos, como si comprendiera por instinto que aquélla era la mejor solución dadas las circunstancias. Aguardó fuera con paciencia mientras yo

99

hacía la compra. Luego colgué la bolsa de un lado del manillar, até su correa del otro lado y arrastré la bicicleta hasta casa.

—¿Te ha costado encontrar la tienda nueva? —me gritó Gabe al oírme llegar.

—Ay, lo siento, se me ha olvidado el pan —dije, mientras entraba en la cocina con *Phantom* pisándome los talones—. Pero he pillado una auténtica ganga.

—Oh, Bethany —exclamó Ivy, entusiasmada—. ¿Dónde lo has encontrado?

—Es una larga historia —respondí—. Alguien que necesitaba que le echaran una mano.

Les resumí mi encuentro con Alice. Ivy le acariciaba la cabeza a *Phantom* y él le puso el hocico en la mano. Había en sus ojos claros y melancólicos algo casi sobrenatural, como si realmente nos perteneciera a nosotros.

—Espero que podamos quedárnoslo.

—Claro —dijo Gabriel sin darle más vueltas—. Todo el mundo necesita un hogar.

100 Ivy y yo nos afanamos en prepararle a *Phantom* un sitio para dormir y elegimos un cuenco especial para él. Gabriel nos observaba, con el principio de una sonrisa asomando en la comisura de sus labios. Sonreía tan raramente que cuando lo hacía era como si surgiera el sol entre las nubes.

Estaba claro que *Phantom* iba a ser mi perro. Él ya me miraba como si fuese su madre adoptiva y me seguía por toda la casa a grandes zancadas. Cuando me derrumbé en el diván, se acurrucó a mis pies como una bolsa de agua caliente y enseguida empezó a roncar suavemente. A pesar de su tamaño, *Phantom* era de naturaleza más bien indolente y le costó poco tiempo integrarse del todo en nuestra pequeña familia.

Después de cenar, me duché y me acomodé en el sofá con la cabeza de *Phantom* en mi regazo. Su afecto ejercía sobre mí un efecto terapéutico. Me sentía tan relajada que casi se me había olvidado lo sucedido la noche anterior.

Entonces alguien llamó a la puerta con los nudillos.

9

No se admiten chicos

Phantom dio un gruñido, marcando territorio, salió de un salto de la sala de estar y se puso a husmear furiosamente por debajo de la puerta.

—¿Qué hace ése aquí? —masculló Gabriel.

—¿Quién? —susurramos Ivy y yo a la vez.

—Nuestro heroico delegado del colegio.

El sarcasmo de Gabriel iba por mí.

—¿Xavier Woods está ahí fuera? —pregunté incrédula, mientras me echaba un vistazo disimulado en el espejo que había sobre la chimenea. Era temprano, pero yo ya llevaba mi pijama con su estampado de vacas y el pelo recogido con un clip. Ivy se dio cuenta y pareció divertida ante mi ataque de vanidad.

—No le dejes pasar, por favor —supliqué—. Estoy hecha un adefesio.

Me moví inquieta de un lado para otro mientras mis hermanos decidían qué hacer. Después del espectáculo que había dado en la fiesta de Molly, Xavier Woods era la última persona a la que deseaba ver. Más aún: era la persona a la que deseaba evitar a toda costa.

—¿Se ha marchado? —pregunté al cabo de un minuto.

—No —dijo Gabriel—. Y no parece tener intención de hacerlo.

Me puse a hacerle gestos frenéticos a *Phantom* para que se apartara de la puerta.

—¡Ven aquí, hombre! —le susurré, tratando de silbar por lo bajini—. ¡Basta, *Phantom*!

El perro no me hizo ni caso y metió aún más la nariz por debajo de la puerta.

—¿Qué querrá? —le pregunté a Gabriel.

Mi hermano hizo una pausa. Su rostro se ensombreció.

—Esto me parece un tanto impertinente.

—¿El qué?

—¿Cuánto hace que conoces a ese joven?

—Para ya, Gabe. ¡Eso es asunto mío! —le solté.

—Por favor. —Ivy se puso de pie, meneando la cabeza—. Seguro que nos ha oído a estas alturas. Además, no podemos hacernos los sordos. Le hizo un favor a Bethany, ¿recuerdas?

—Al menos espera a que suba a mi habitación —susurré, pero ella ya estaba en la puerta, apartando a *Phantom* y ordenándole que se sentara. Cuando volvió a la sala, lo hizo seguida de Xavier Woods, que tenía el aspecto de siempre, aunque con el pelo algo alborotado por el viento. Viendo que Xavier no representaba ninguna amenaza, *Phantom* volvió a tenderse con un suspiro en su rincón del sofá. Gabriel se limitó a hacer un gesto de saludo con la cabeza.

—Sólo quería comprobar que Beth ya se encontraba bien —dijo Xavier, indiferente a la fría acogida de Gabriel.

Comprendí que era el momento de que yo dijese algo, pero las palabras no me salían.

—Gracias otra vez por traerla a casa —intervino Ivy apresuradamente. Por lo visto, ella era la única que se acordaba de los buenos modales—. ¿Te apetece beber algo? Ahora mismo iba a preparar chocolate caliente.

—Gracias, pero no puedo quedarme mucho —dijo Xavier.

—Bueno, al menos siéntate un momento —le indicó Ivy—. Gabriel, ¿puedes echarme una mano en la cocina?

Gabriel la siguió de mala gana.

Ahora que me había quedado sola con Xavier fui consciente de lo ridículamente formales que debíamos de resultar: no había televisión a la vista, mis hermanos preparaban chocolate caliente y yo me disponía acostarme a las ocho. Vaya panorama.

—Bonito perro —dijo Xavier. Se agachó y *Phantom* le husmeó la mano con cautela antes de empezar a restregarla con el hocico con gran entusiasmo. Yo casi había esperado que *Phantom* se pusiera a gruñir; así al menos habría tenido un motivo para creer que Xavier no era completamente perfecto. Pero por ahora estaba superando todos los exámenes con nota.

—Me lo he encontrado hoy —dije.

—¿Te lo has encontrado? —Xavier enarcó una ceja—. ¿Tienes la costumbre de adoptar perros extraviados?

—No —dije irritada—. Su dueña estaba a punto de trasladarse a una residencia.

—Ah, debe de ser el perro de Alice Butler.

—¿Cómo lo sabes?

—Éste es un pueblo muy pequeño. —Se encogió de hombros—. Anoche me quedé preocupado, ¿sabes?

Me miraba fijamente.

—Ya estoy bien —respondí con voz trémula. Traté de sostenerle la mirada, pero me sentí mareada y desvié la vista.

—Tendrías que mirar con más cuidado a quién consideras tu amiga.

Había una especie de familiaridad en su manera de hablarme, como si nos conociéramos desde hacía mucho. Era desconcertante y, a la vez, excitante.

—No fue culpa de Molly. Yo debería haber sido más prudente.

—Tú eres muy distinta de las chicas de por aquí —prosiguió.

—¿Qué quieres decir?

—No sales demasiado, ¿verdad?

—Supongo que se me puede considerar más bien hogareña.

—Una novedad muy agradable.

—Me gustaría parecerme más al resto de la gente.

—¿Por qué dices eso? No tiene ningún sentido fingir algo que no eres. Podrías haberte metido en un buen lío anoche. —Sonrió repentinamente—. Suerte que estaba allí para salvarte.

No sabía si hablaba en serio o en broma.

—¿Cómo voy a poder devolverte tu amabilidad? —dije con un punto de coqueteo en mi voz.

—Hay una cosa que podrías hacer... —dijo, dejando la frase en suspenso.

—¿Qué?

—Salir un día conmigo. ¿Qué te parece el próximo fin de semana? Podríamos ir al cine, si quieres.

Me quedé demasiado pasmada para responder. ¿Había oído bien? ¿Xavier Woods, el chico más inaccesible de todo Bryce Hamilton, me invitaba a salir? ¿Dónde estaba Molly ahora que la necesitaba? Mi vacilación duró un segundo más de la cuenta y él se la tomó como una reticencia por mi parte.

—No pasa nada si no te apetece.

—No... ¡me gustaría!

—Estupendo. ¿Qué te parece si me das tu número para que me lo grabe en mi móvil? Ya concretaremos los detalles.

Se sacó del bolsillo de la cazadora un aparatito negro y reluciente. Mientras lo veía destellar en la palma de su mano, oí un ruido de platos en la cocina. No tenía tiempo que perder.

—Será mejor que me des tú el tuyo; yo te llamaré —me apresuré a decirle.

Él no puso objeción. Tomé un periódico de la mesita de café, arranqué una esquina y se la di.

—No tengo bolígrafo —dijo.

Cogí el que había dejado Gabriel como punto en el libro encuadernado en piel que estaba leyendo. Xavier escribió varios dígitos, añadiendo una carita sonriente, y yo me guardé el papel justo a tiempo para dedicarles una sonrisa beatífica a mis hermanos, que entraban ya con unas tazas en una bandeja.

Acompañé a Xavier a la puerta. Sus ojos se detuvieron en la ropa que llevaba puesta. La intensidad había desaparecido de su rostro para dar paso a su media sonrisa característica.

—Bonito pijama, por cierto —dijo, y continuó contemplándome con curiosidad.

Yo me vi incapaz de desprenderme de su mirada. No sería difícil, pensé, pasarse el día mirando esta cara sin aburrirse. Se suponía que los humanos tenían defectos físicos, pero en su caso no lo parecía. Repasé sus rasgos —la boca sinuosa como un arco de flechas, la piel suave, el hoyuelo de la barbilla— y me resistí a creer que fuera real. Bajo la cazadora llevaba una camisa deportiva y vi que tenía colgada del cuello una cruz plateada con un cordón de cuero. Era la primera vez que reparaba en ella.

—Me alegro de que te guste —dije, con más aplomo. Se echó a reír. Su risa sonaba como el repique de la campana de una iglesia.

Gabriel e Ivy hicieron un esfuerzo para disimular la alarma que debieron de sentir cuando les comuniqué mi intención de verme con Xavier el siguiente fin de semana.

—¿De veras te parece una buena idea? —preguntó Gabriel.

—¿Por qué no? —pregunté con tono desafiante. Empezaba a encontrarle el gusto a la idea de tomar mis propias decisiones y no quería verme despojada tan deprisa de mi independencia.

—Bethany, por favor, considera las repercusiones de un acto semejante. —Ivy hablaba con calma, pero tenía el ceño fruncido y una expresión de temor se había adueñado de su rostro.

—No hay nada que considerar. Vosotros dos siempre exageráis. —Ni siquiera a mí me convencía aquel argumento tan confiado, pero me resistía a aceptar que hubiese motivos para recelar—. ¿Qué problema hay?

—Sencillamente que tener citas no es ni ha sido nunca parte de nuestra misión —dijo Gabriel con tono cortante y una mirada gélida.

Me daba cuenta de que no hacía más que alimentar sus dudas sobre mi idoneidad. Estaba visto que yo era demasiado sensible a los caprichos y fantasías humanos. Un vocecita me aconsejaba en mi interior que diera un paso atrás y reflexionara; que reconociera que una relación con Xavier era peligrosa y egoísta en las actuales circunstancias. Pero otra voz más potente acallaba cualquier otro pensamiento y exigía que lo volviera a ver.

—Quizá sería más prudente actuar con discreción durante un tiempo —apuntó Ivy con menos dureza—. ¿Por qué no elaboramos juntas algunas ideas para fomentar la conciencia social en el pueblo?

Sonaba igual que una profesora tratando de contagiar el entusiasmo en un proyecto escolar.

—Esas ideas son tuyas, no mías.

—Podrías llegar a hacerlas tuyas —me animó Ivy.

—Yo quiero encontrar mi propio camino.

—Vamos a continuar esta discusión en otro momento, cuando puedas pensar con más claridad —dijo Gabriel.

—¡No quiero que me traten como a una niña! —le solté y me di media vuelta desafiante, chasqueando la lengua para que me siguiera *Phantom*.

Nos sentamos en lo alto de la escalera; yo echando humo y *Phantom* restregando su hocico en mi regazo. Mis hermanos, creyendo que no podía oírles, siguieron hablando en la cocina.

—Me cuesta creer que sea capaz de ponerlo todo en peligro por un capricho pasajero —decía Gabriel.

Lo oía pasearse de un lado para otro.

—Sabes muy bien que Bethany nunca haría algo así a propósito —respondió Ivy, intentando limar asperezas. Ella no soportaba que hubiera fricciones entre nosotros.

—¿Y qué está haciendo entonces? ¿Tiene la menor idea de por qué estamos aquí? Ya sé que hemos de ser comprensivos con su falta de experiencia, pero se está comportando deliberadamente de un modo rebelde y obstinado. Ya no la reconozco. La tentación siempre se presenta para ponernos a prueba. Llevamos aquí sólo unas semanas y Bethany ni siquiera parece tener la energía suficiente para resistirse a los encantos de un chico atractivo.

—Ten paciencia, Gabriel. No tiene por qué ir más lejos…

—¡Está poniendo a prueba mi paciencia! —exclamó, aunque enseguida recobró el dominio de sí mismo—. ¿Tú qué sugieres?

—No le pongas trabas y el asunto morirá por sí solo. Si te empeñas en llevarle la contraria la situación cobrará más importancia y hasta valdrá la pena luchar por ella.

El silencio de Gabriel indicaba que estaba sopesando la sabiduría de las palabras de Ivy.

—Se dará cuenta con el tiempo de que su deseo es imposible.

—Espero que tengas razón —dijo Gabriel—. ¿Comprendes ahora por qué me preocupaba que interviniera en esta misión?

—Ella no nos desafía deliberadamente —respondió Ivy.

—No, pero la profundidad de sus emociones es antinatural tratándose de uno de nosotros —observó Gabriel—. Nuestro amor a la humanidad ha de ser general: amamos a la humanidad, no establecemos vínculos individuales. Bethany, en cambio, parece amar profunda, incondicionalmente: como un humano.

—Lo he notado —asintió ella—. Eso significa que su amor es mucho más poderoso que el nuestro, pero también más peligroso.

—Exacto —dijo Gabriel—. Con frecuencia esa clase de emoción no puede contenerse. Si permitimos que se desarrolle, pronto se nos podría escapar de las manos.

107

No quise escuchar más y entré en mi habitación. Me desplomé en la cama al borde de las lágrimas. Esa reacción tan vehemente me sorprendió a mí misma y la erupción de la emoción contenida me dejó jadeando. Sabía muy bien lo que me pasaba: me estaba identificando con mi envoltura carnal y con los sentimientos que iban unidos a ella. Me producía una sensación de precariedad e inestabilidad, como una montaña rusa desvencijada. Notaba el latido de la sangre en mis venas, las ideas dándome vueltas en la cabeza y mi estómago encogiéndose de frustración. Me ofendía profundamente que hablasen de mí como si yo no fuera más que un espécimen de laboratorio, y su convicción implícita de que estaba haciendo algo malo, por no hablar de su falta de fe en mí, me dejaba consternada. ¿Por qué se empeñaban en impedirme una relación que ansiaba con toda mi alma? ¿Y qué quería decir Ivy exactamente con «imposible»? Actuaban como si Xavier fuera un pretendiente que no estuviera a la altura de sus exigencias. ¿Quiénes eran ellos para juzgar algo que ni siquiera había empezado? Yo le gustaba a Xavier Woods; por el motivo que fuera, él me consideraba digna de atención. Y no iba a permitir que los temores paranoicos de mi familia lo ahuyentaran. Me sorprendía mi disposición a asumir la atracción humana que sentía por Xavier. Mis sentimientos hacia él crecían a una velocidad peligrosa, pero yo lo permitía con plena conciencia. Debería haberme asustado y, en cambio, lo que me sentía era intrigada. Sí, me intrigaba el hueco doloroso que había notado en el pecho al considerar la posibilidad de rechazarlo, y también aquella reacción física —como si se me contrajeran todos los músculos— que experimentaba al recordar las palabras de mi hermano. ¿Qué me sucedía?, ¿acaso estaba perdiendo mi divinidad?, ¿me estaba volviendo humana?

Dormí sólo a ratos aquella noche y también tuve mi primera pesadilla. Me había habituado ya a la experiencia humana de soñar, pero aquello era distinto. Esta vez me vi llevada ante un Tribunal Celestial formado por un jurado de figuras con toga y sin rostro. No distinguía a uno de otro. Ivy y Gabriel también se hallaban presentes, pero observaban la escena desde lo alto de una galería con expresión impasible. Tenían la vista fija en el jurado y se negaron a mirarme incluso cuando los llamé. Yo aguardaba a que anunciaran el veredicto, pero luego comprendí que ya se había producido. No había nadie que hablase en mi favor, nadie que me defendiera.

Y entonces sentí que caía. Todo lo que me resultaba familiar se desmoronaba y convertía en polvo: las columnas de la sala de justicia, las figuras togadas y, finalmente, también los rostros de Gabriel e Ivy. Seguía cayendo, desplomándome en un viaje interminable a ninguna parte. Luego todo quedó inmóvil y me encontré aprisionada en un espacio vacío. Había caído de rodillas, con la cabeza gacha y las alas rotas y ensangrentadas. No podía levantarme. La luz fue extinguiéndose hasta que me vi rodeada de una oscuridad sofocante, tan densa que al alzar las manos no me las vi. Estaba sola en aquel mundo sepulcral. Me vi a mí misma como la encarnación de la vergüenza suprema: un ángel caído de la Gracia.

Se acercaba una figura oscura de contornos borrosos. Al

principio mi corazón brincó de esperanza ante la posibilidad de que fuera Xavier, pero mis ilusiones se fueron al traste cuando percibí por instinto que lo que se aproximaba era de temer. A pesar del dolor que sentía en todos mis miembros me alejé todo lo que pude e intenté desplegar las alas, mas habían quedado demasiado dañadas y no me obedecían. La figura ya estaba muy cerca y se cernía sobre mí. Sus rasgos se perfilaron lo justo para permitirme ver una sonrisa en su rostro: una sonrisa posesiva. No podía hacer nada, sólo dejarme consumir por las sombras. Aquello era el fin. Estaba perdida.

Por la mañana, como suele ocurrir, vi las cosas de otra manera. Ahora me inundaba una nueva sensación de estabilidad.

Ivy entró a despertarme, con la fragancia a freesia que la seguía siempre como un cortejo.

—He pensado que te apetecería un café —dijo.

—Estoy empezando a cogerle el gusto —respondí y empecé a darle sorbos a la taza que me ofrecía, ahora ya sin hacer muecas. Ella se sentó con aire envarado al borde de la cama.

—Nunca había visto a Gabriel tan enfadado —le dije, deseosa de suavizar las cosas, al menos con ella—. Siempre lo he considerado... no sé... algo así como infalible.

—¿No se te ha ocurrido que él puede tener ya sus propios problemas? Si esto no sale bien, Gabriel y yo habremos de asumir la responsabilidad.

Aquellas palabras me sentaron como un puñetazo. Noté que se me agolpaban las lágrimas en los ojos.

—No quisiera perder tu aprecio.

—Y no lo has perdido —me tranquilizó—. Gabriel quiere protegerte, simplemente. Lo único que pretende es ahorrarte cualquier cosa que pudiera herirte.

—No veo por qué habría de ser malo pasar un rato con Xavier. ¿Tú cómo lo ves? Sinceramente.

Ivy no estaba arisca como Gabe y, cuando me cogió la mano, comprendí que ya había perdonado mi transgresión. Pero la rigidez de su postura y sus labios apretados me decían que su actitud ante aquel asunto no había cambiado.

—Lo que creo es que debemos ser cuidadosos y no empezar cosas que no podamos continuar. No sería justo, ¿no crees?

Las lágrimas que había estado aguantando se me desbordaron entonces de un modo incontenible. Sentí una gran tristeza mientras Ivy me abrazaba y me acariciaba el pelo.

—He sido una estúpida, ¿no?

Dejé que la voz de la razón se impusiera. Apenas conocía a Xavier Woods, y no creía que él derramase un mar de lágrimas si descubría que no podíamos salir por el motivo que fuera. Me estaba comportando como si nos hubiésemos prometido, y de repente todo aquello parecía un poquito absurdo. Quizá se me había contagiado el espíritu de *Romeo y Julieta*. Sentía dentro de mí que existía un vínculo profundo e insondable entre Xavier y yo, pero tal vez me equivocaba. ¿Sería posible que fueran todo imaginaciones mías?

Yo poseía en mí la fuerza necesaria para olvidar a Xavier; la cuestión era si quería hacerlo. No podía negarse que Ivy tenía razón. Nosotras no pertenecíamos a este mundo, no teníamos ningún derecho sobre él ni sobre nada de lo que pudiese ofrecer. No lo tenía yo, desde luego, para entrometerme en la vida de Xavier. Los ángeles sólo éramos mensajeros y portadores de esperanza. Nada más.

Cuando Ivy ya había salido, saqué el papel con el número de Xavier del bolsillo en el que había permanecido toda la noche. Desenrollé el apretado cilindro y lo fui rompiendo en pedacitos muy pequeños. Salí al balcón, los tiré por el aire y observé con tristeza cómo se los llevaba el viento.

10

Rebelde

Desentenderme de la invitación de Xavier resultó más fácil de lo previsto, porque él no vino al colegio durante toda la semana. Tras una discreta indagación, supe que se había ido a un campamento de remo. Libre del peligro de tropezarme con él, me sentí más relajada. No sabía si habría tenido el valor de suspender la cita de haberlo tenido delante, mirándome con aquellos ojos azules. De hecho, no sabía si habría sido capaz de decirle gran cosa, en vista de la torpeza que había demostrado a la hora de charlar con él.

Durante los almuerzos, me sentaba con Molly y sus amigas en el claustro y escuchaba sin interés la letanía interminable de quejas que desgranaban sobre el colegio, los chicos y los padres. Sus conversaciones seguían siempre la misma pauta y a mí me daba la sensación de saberme cada frase de memoria. Aquel día, el baile de promoción era el tema estrella; nada sorprendente tampoco.

—¡Ay, Dios, he de decidir tantas cosas! —dijo Molly, estirándose como una gata sobre el asfalto. Sus amigas se hallaban desparramadas alrededor: algunas en los bancos de madera, con las faldas arremangadas para aprovechar los efectos de aquel sol de principios de primavera. Yo permanecía a su lado con las piernas cruzadas, estirándome la falda recatadamente para taparme las rodillas.

—¡Uf, y que lo digas! —asintió Megan Judd, acomodando la cabeza en el regazo de Hayley y alzándose también la blusa para que le diera el sol en la barriga—. Anoche empecé la lista.

Sin incorporarse, abrió su diario escolar, donde tenía pegadas un montón de etiquetas de marcas de ropa.

—Escucha —prosiguió, leyendo una página con la esquina doblada—. Pedir hora para la manicura francesa, buscar unos zapatos sexis, comprarme un bolsito, decidir qué joyas me pongo, encontrar el peinado de alguna celebridad para copiarlo, decidirme por un spray bronceador: Hawaian Sunset o Champagne, reservar una limusina. Y la lista todavía continúa...

—Se te ha olvidado lo más importante —dijo Hayley—. Encontrar el vestido.

Las demás se echaron a reír ante semejante descuido.

A mí me dejaba perpleja que se empeñaran en analizar con tanto detalle una fiesta que aún quedaba tan lejos, pero me abstuve de comentarlo. No creía que les hubiera gustado.

—Va a salir carísimo —suspiró Taylah—. Me parece que acabaré pasándome del presupuesto y gastándome hasta el último dólar que me he sacado trabajando en esa panadería tan cutre.

—Yo soy rica —dijo Molly, orgullosa—. Llevo ahorrando todo lo que he ganado en la farmacia desde el año pasado.

—A mí me lo van a pagar todo mis padres —alardeó Megan—. Están dispuestos a correr con todos los gastos si apruebo los exámenes. Incluso un autobús de fiesta, si queremos.

Las demás la miraron impresionadas.

—Pues arréglatelas como sea para no cagarla en ningún examen —le dijo Molly.

—Bueno, tampoco le pidas milagros —comentó Hayley, riendo.

—¿Alguien tiene pareja ya? —preguntó otra.

Unas pocas levantaron el dedo; las que mantenían relaciones estables no debían preocuparse. Todas las demás seguían aguardando con desesperación a que alguien se lo pidiera.

—Me gustaría saber si Gabriel piensa ir —musitó Molly, volviéndose hacia mí—. Todos los profesores están invitados.

—No sé —dije—. Él más bien rehúye estas cosas.

—Deberías pedírselo a Ryan —sugirió Hayley—. Antes de que se lo lleve otra.

—Sí, los buenos desaparecen enseguida —asintió Taylah.

Molly pareció ofendida.

—No puedes saltarte la norma, Hayley —dijo—. Es el chico el que ha de pedírtelo.

Taylah soltó un bufido.

—Pues buena suerte.

—A veces pareces idiota, Molly. —Hayley suspiró—. Ryan mide uno ochenta, está cachas, es rubio y juega a lacrosse. No será una lumbrera, pero, vaya, no sé a qué estás esperando.

—Quiero que me lo pida él —dijo Molly con un mohín.

—Quizá sea tímido —apuntó Megan.

—Uf, ¿tú lo has mirado bien? —Taylah puso los ojos en blanco—. No creo que sea un tipo con problemas de autoestima.

A continuación se desarrolló un debate sobre si era mejor un vestido largo o un modelito de cóctel. La conversación se había vuelto tan banal que me entraron unas ganas urgentes de escapar. Musité como excusa que tenía que comprobar en la biblioteca si había llegado un libro.

—Arggg, Bethie, las únicas que andan por la biblioteca son las pringadas —dijo Taylah—. Podría verte alguien.

—Y pensar —gimió Megan— que hemos de pasarnos allí la quinta hora para acabar ese absurdo trabajo de investigación…

—¿De qué has dicho que iba? —preguntó Hayley—. Algo de política en Oriente Medio, ¿no?

—¿Dónde está Oriente Medio? —quiso saber una chica llamada Zoe, que siempre llevaba su pelo rubio amontonado en lo alto de la cabeza como una corona.

—Es una región situada cerca del Golfo Pérsico —dije—. Abarca todo el sudoeste de Asia.

—No creo, Bethie. —Taylah se echó a reír—. Todo el mundo sabe que Oriente Medio está en África.

Me habría gustado irme con Ivy, pero ella estaba ocupada en el pueblo. Se había unido al equipo parroquial y ya andaba reclutando gente. Había mandado hacer insignias para promocionar el mercadillo y también panfletos sobre las injustas condiciones de trabajo en el Tercer Mundo. La fama de su belleza estaba contribuyendo a aumentar la recaudación del grupo parroquial. Los jóvenes del pueblo acudían a comprarle insignias a montones con la esperanza de que les diera su número o al menos una palmadita de agradecimiento. Ivy se había propuesto defender a la Madre Tierra en Venus Cove y propugnaba un regreso a la naturaleza. En fin, algo así como una filosofía ecologista: comida orgánica, espíritu comunitario y el poder del mundo natural sobre todas las cosas materiales.

Como no podía recurrir a su compañía, me encaminé hacia el departamento de música para ver si encontraba a Gabriel.

El ala de música se encontraba en la parte más antigua del colegio. Del vestíbulo principal me llegaba un rumor de cánticos y empujé las pesadas puertas de madera. Era un espacio enorme, con techos altos y retratos de ceñudos directores alineados a lo largo de las paredes. Gabriel se encontraba frente a un atril dirigiendo la coral de tercer curso. Todas las corales habían adquirido popularidad desde su llegada; de hecho, había tantas nuevas incorporaciones femeninas en la coral de último año que habían de ensayar en el auditórium.

Gabriel les estaba enseñando a los de tercero sus himnos favoritos para cuatro voces, acompañado al piano por la delegada de música, Lucy McCrae. Mi entrada interrumpió el canto. Gabriel se volvió para ver a qué se debía aquella distracción y, al hacerlo, la luz de una vidriera iluminó su pelo dorado de tal modo que casi me pareció en llamas por un instante.

Lo saludé con una seña y escuché al coro mientras reanudaba su canto.

> Aquí estoy, Señor. ¿Acaso soy yo, Señor?
> Te he oído llamar en medio de la noche.
> Iré yo, Señor, si Tú me guías.
> Llevaré a tu pueblo en el corazón.

Aunque algunos desafinaban y el piano casi no se oía, la pureza de las voces resultaba arrebatadora. Me quedé hasta que sonó la campana marcando el final del almuerzo. Salí de allí con la sensación de haber recibido un oportuno recordatorio de lo que importaba de verdad.

Los siguientes días se deslizaron borrosamente uno tras otro. Cuando quise darme cuenta, ya era viernes y había concluido una semana más. Los participantes en el campamento de remo, según oí decir, habían regresado después del almuerzo, pero no había visto ni rastro de ellos y supuse que se habrían vuelto directamente a casa. Me pregunté si Xavier habría deducido que yo había perdido el interés en vista de que no había tenido noticias mías. ¿O estaría esperando aún mi llamada? Me molestaba que aguardase en vano, pero ahora ni siquiera tendría la oportunidad de verlo y explicárselo.

Cuando fui a recoger mis cosas, vi que habían metido un pequeño rollo de papel en la ranura de mi taquilla. Cayó al suelo en cuanto abrí la puerta. Lo desenrollé y leí el mensaje, escrito con una letra redondeada y juvenil.

SI CAMBIAS DE OPINIÓN, ESTARÉ EL SÁBADO
EN EL CINE MERCURY A LAS 9.

Lo leí varias veces. Incluso con un simple pedazo de papel, Xavier se las arreglaba para ejercer en mí el mismo efecto mareante. Sujeté su nota tan delicadamente como si fuera una antigua reliquia. No se desanimaba fácilmente, lo cual me gustaba. «Así que esto —pensé— es lo que se siente cuando te persigue un chico.» Me daban ganas de dar saltos de alegría, pero conseguí mantener la calma. No obstante, aún seguía sonriendo cuando me encontré con Gabriel e Ivy. No conseguía adoptar una expresión de serenidad, aunque fuese fingida.

—Pareces muy satisfecha de ti misma —dijo Ivy al verme.

—He sacado buena nota en el examen de francés —mentí.

—¿Es que creías que ibas a suspender?

—No, pero siempre es agradable ver lo negro sobre blanco.

Me sorprendía descubrir lo fácil que me resultaba mentir. Cada vez me salía mejor, lo cual no era nada bueno.

Gabriel parecía contento con mi cambio de humor. No se me escapaba que se había sentido culpable en los últimos días.

Él no soportaba ver a nadie afligido, y mucho menos por su causa. No lo culpaba por su severidad. Difícilmente podría echarle en cara que no fuera capaz de identificarse con lo que me sucedía. Él estaba centrado en supervisar nuestra misión y yo ni siquiera podía imaginarme la tensión que ello debía suponerle. Ivy y yo dependíamos totalmente de él, y los poderes del Reino confiaban en su sabiduría. No dejaba de ser comprensible que quisiera evitarse complicaciones, y eso era justamente lo que Gabriel temía que pudiera acarrear mi contacto con Xavier.

En todo caso, la euforia que me había provocado el mensaje de éste me duró el resto de la tarde. El sábado, sin embargo, me encontré otra vez debatiéndome sobre lo que debía hacer. Tenía unas ganas locas de ver a Xavier, pero era consciente de que se trataba de un impulso temerario y egoísta. Gabriel e Ivy eran mi familia y ellos confiaban en mí. No podía dar a propósito ningún paso que pudiese poner en peligro su posición.

La mañana del sábado discurrió sin novedades. Hice algunos recados y llevé a *Phantom* a correr por la playa. Cuando llegué a casa a primera hora de la tarde, empecé a ponerme nerviosa. Logré disimular mi agitación durante la cena. Después, Ivy nos obsequió con algunas canciones acompañada a la guitarra por Gabriel, que tenía una vieja acústica. La voz melodiosa de Ivy le habría arrancado lágrimas a un criminal redomado. Y cada nota que tocaba Gabriel tenía una suavidad inigualable.

Hacia las ocho y media subí a mi habitación y vacié mi armario para ordenarlo. Por mucho que me esforzara, las ideas relacionadas con Xavier se abrían paso en mi mente con el ímpetu de un tren acelerado. A las nueve menos cinco, ya sólo podía pensar en él esperándome en la calle mientras los minutos desfilaban de modo exasperante. Visualicé el momento en el que comprendería que no iba a presentarme. En mi imaginación, lo vi encogerse de hombros, salir del cine y seguir con su vida. El dolor que me provocó esa idea resultó excesivo; y antes de que pudiera pensármelo, había tomado ya mi bolso y abierto las puertas del balcón, y me encontraba deslizándome por la espaldera de la pared hacia el jardín. Me dominaba un deseo ardiente de ver a Xavier, aunque fuera sin hablar con él. Me deslicé a tientas por la calle oscura, doblé a la izquierda y seguí adelante, directamente hacia las luces del pueblo. Algunas personas que circulaban en coche se volvieron a mirarme: una chica pálida y de aire fantasmal, corriendo calle abajo con el pelo ondeando al viento. Me pareció ver a la señora Henderson atisbando entre las persianas de su salón, pero fue sólo una impresión y ni siquiera volví a pensar en ella. Tardé como diez minutos en encontrar el cine Mercury. Pasé por delante de un café llamado The Fat Cat, que parecía atestado de jóvenes estudiantes. La música de una máquina sonaba a todo volumen y los chicos, tirados por los sofás, bebían batidos y compartían cuencos de nachos. Algunos bailaban enloquecidos sobre las baldosas ajedrezadas. También pasé por The Terrace, uno de los restaurantes de lujo del pueblo, situado en la planta baja de un antiguo hotel victoriano. Las mejores mesas estaban en el balcón que discurría a lo largo de la fachada, y en cada una destellaban las velas de un candelabro. Dejé atrás la nueva panadería francesa y el súper donde había conocido a Alice y *Phantom* unas semanas atrás. Cuando llegué al cine Mercury, iba a tal velocidad que me pasé de largo y tuve que volver sobre mis pasos al darme cuenta de que la calle terminaba bruscamente.

El cine era de los años cincuenta y había sido remodelado hacía poco respetando el estilo de la época. Estaba lleno de objetos retro. El linóleo del suelo era blanco y negro; los sofás, de vinilo anaranjado oscuro con patas cromadas; las lámparas parecían platillos volantes. Me vi un instante en el espejo que había detrás del puesto de golosinas. Respiraba agitadamente por la excitación y se me veía aturdida de tanto correr.

El vestíbulo estaba desierto cuando llegué y no se veía a nadie en la cafetería. Los carteles anunciaban un ciclo de Hitchcock. Ya debía de haber empezado la película. Xavier habría entrado solo o se habría ido a casa.

Oí carraspear a alguien a mi espalda de un modo exagerado, tal como suele hacerse para llamar la atención. Me volví.

—No resulta guay llegar tarde si te pierdes la peli.

Xavier llevaba puesta su habitual sonrisa irónica, unos pantalones cortos azul marino y un polo de color crema.

—No puedo —dije, jadeante—. He venido sólo para decírtelo.

—Para eso no hacía falta venir corriendo hasta aquí. Podías haberme llamado.

Tenía una mirada juguetona. Me devané los sesos para encontrar una respuesta que no me hiciera parecer del todo ridícula. Mi primer impulso fue decirle que había perdido su número, pero no quería mentirle.

—Bueno, ya que estás aquí —prosiguió—, ¿qué tal un café?

—¿Y la película?

—La puedo ver otro día.

—Bueno, pero sólo un rato. Nadie sabe que he salido —le confesé.

—Hay un sitio a dos calles, si no te importa caminar un poco.

El café se llamaba Sweethearts. Xavier me puso la mano en la espalda para hacerme pasar y yo sentí que me llegaba el calor de su palma. Noté también un extraño hormigueo hasta que comprendí que había puesto la mano justo en el punto donde se unían mis alas cuidadosamente plegadas. Me apresuré a apartarme con una risita nerviosa.

—Eres una chica extraña —dijo, divertido.

Me alegró que pidiera un reservado, porque yo prefería estar a cubierto de miradas indiscretas. Ya habíamos llamado un poco la atención al bajar por la calle juntos. En el interior del café reconocí varias caras del colegio, pero eran alumnos que no conocía personalmente y no tuve que saludarlos. A Xavier sí lo vi haciendo gestos de saludo a derecha e izquierda antes de sentarnos. ¿Serían amigos suyos? Me pregunté si nuestra salida se convertiría el lunes en la comidilla del colegio.

El local era acogedor y yo empecé a sentirme más relajada. Había una iluminación amortiguada y las paredes estaban cubiertas de carteles de películas antiguas. En la mesa había postales de anuncio con la obra de pintores locales. La carta incluía batidos variados, café, pasteles y copas de helado. Apareció una camarera con zapatillas en blanco y negro. Yo pedí chocolate caliente y Xavier un café con leche. La camarera lo miró con una sonrisa coqueta mientras tomaba nota.

—Espero que te guste el sitio —dijo Xavier cuando ella se hubo marchado—. Suelo venir aquí después de entrenar.

—Es bonito —dije—. ¿Te entrenas mucho?

—Dos tardes y la mayoría de los fines de semana. ¿Y tú? ¿Te has apuntado a alguna actividad?

—Todavía no. Me lo estoy pensando.

Xavier asintió.

—Estas cosas llevan su tiempo. —Cruzó cómodamente los brazos y se arrellanó en su asiento—. Bueno, cuéntame de ti.

Era la pregunta que me había temido.

—¿Qué quieres saber? —dije con cautela.

—En primer lugar, por qué habéis elegido Venus Cove. No es que sea un lugar muy llamativo, que digamos.

—Precisamente por eso —dije—. Digamos que nos hemos decidido por otro estilo de vida. Estábamos cansados de gente sofisticada y queríamos instalarnos en un sitio tranquilo.

—Sabía que aquella respuesta resultaría aceptable; no faltaban familias que se habían trasladado allí por motivos similares—. Ahora te toca contar a ti.

Supuse que se habría dado cuenta de que yo quería evitarme más preguntas, pero no importaba. A Xavier le gustaba charlar, no hacía falta que lo animaran. A diferencia de mí, se mostraba muy abierto y no tenía reparos en dar información personal. Me contó anécdotas de su familia e incluso me ofreció la versión abreviada de la historia de los Woods.

—Somos seis hermanos; yo, el segundo. Mis padres son médicos: mamá ejerce como médico de cabecera en el pueblo y papá es anestesista. Mi hermana mayor, Clare, ha seguido los pasos de mis padres y ya está en segundo año de medicina. Vive en la universidad, pero viene a casa cada fin de semana. Acaba de prometerse con su novio, Luke; llevan cuatro años juntos. Luego vienen mis tres hermanas menores: Nicola tiene quince; Jasmine, ocho; y Madeline está a punto de cumplir

119

los seis. El más pequeño es Michael, de cuatro años. ¿Ya he conseguido aburrirte?

—No, es fascinante. Sigue —lo animé. Me intrigaba conocer los detalles personales de una familia humana normal y quería escuchar más. ¿Acaso me daba envidia su vida?, me pregunté.

—Bueno, he ido a Bryce Hamilton desde el jardín de infancia. Mi madre se empeñó en que fuera a un colegio católico. Es una persona conservadora. Lleva con mi padre desde los quince años. ¿Te imaginas? Prácticamente han crecido juntos.

—Deben de tener una relación muy estrecha.

—Bueno también han pasado sus altibajos, pero nunca ha sucedido nada que no hayan sido capaces de superar.

—Suena como una familia muy unida.

—Sí, es verdad, aunque mamá puede resultar un poquito demasiado protectora.

Me imaginé que sus padres debían tener grandes aspiraciones para su hijo mayor.

—¿Tú también estudiarás medicina?

—Seguramente —dijo, encogiéndose de hombros.

—No pareces muy entusiasmado.

—Bueno, me interesó el diseño durante un tiempo, pero digamos que la idea no recibió grandes apoyos.

—¿Y eso?

—No se considera una carrera seria, ¿entiendes? La perspectiva de invertir tanto dinero en mi educación para verme convertido al final en un parado no entusiasmaba a mis padres.

—¿Y qué me dices de lo que tú quieres?

—A veces los padres saben lo que es mejor para ti.

Daba la impresión de aceptar de buen talante las decisiones de sus padres y se le veía dispuesto a dejarse guiar por las esperanzas que habían depositado en él. Su vida parecía planeada de antemano y no me lo imaginaba desviándose de esa ruta prefijada. En ese sentido me identificaba con él: mi experiencia humana se producía con unas directrices y unos límites estrictos, y cualquier intento de apartarme de mi camino no sería contemplado con benevolencia. Por suerte para Xavier, sus errores no despertarían la ira del Cielo. Al contrario, pasarían a formar parte de su experiencia.

Cuando ya casi teníamos vacías nuestras tazas, Xavier decidió que nos hacía falta una «inyección de glucosa» y pidió un pastel de chocolate: una ración que nos sirvieron con arándanos y nata montada en un plato blanco enorme, acompañado de dos cucharitas. A pesar de que me animó a «lanzarme», yo me limité a tomar pedacitos del borde con toda delicadeza. Cuando terminamos, se empeñó en pagar la cuenta y pareció ofenderse al ver que pretendía poner mi parte. La rechazó con un gesto y dejó al salir un billete en una jarra para las propinas (el rótulo decía: BUEN KARMA).

Sólo cuando estuvimos fuera me di cuenta de la hora.

—Ya sé que es tarde —dijo Xavier, descifrando mi expresión—. Pero ¿qué tal un paseo? Aún no quiero llevarte a casa.

—Ya estoy metida en un grave aprieto.

—En ese caso, no vendrá de diez minutos.

Era consciente de que debía dar por terminada la velada; Ivy y Gabriel se habrían dado cuenta ya de mi ausencia y estarían preocupados. Y no es que no me importara, pero no soportaba la idea de separarme de Xavier ni un momento antes de lo necesario. Mientras estaba con él, me sentía henchida de una felicidad arrolladora que hacía que el resto del mundo se difuminara y no pasara de ser más que un ruido de fondo. Era como si los dos estuviéramos encerrados en una burbuja privada; nada que no fuera un terremoto podría pincharla.

Deseaba que la noche se prolongase eternamente.

Caminamos hacia el mar. Cuando llegamos al final de la calle, vimos que estaban montando en el paseo marítimo un parque de atracciones itinerante: un recurso muy popular para la gente con críos, que necesitaban airearse después de todo el invierno encerrados. Había una noria balanceándose al viento y vimos los autos de choque esparcidos por la pista. Un castillo hinchable amarillo relucía a la media luz.

—Echemos un vistazo —propuso Xavier con entusiasmo infantil.

—No creo que esté abierto siquiera —dije—. No nos dejarán entrar. —El parque de atracciones tenía un aire desvencijado que más bien me echaba para atrás—. Además, ya casi ha oscurecido del todo.

—¿Y tu espíritu de aventura? Podemos saltar la valla.

—No me importa echar un vistazo, pero no pienso saltar ninguna valla.

Resultó que no había ninguna valla y entramos directamente. Tampoco había mucho que ver, sólo varios hombres tensando cuerdas y moviendo maquinaria. No nos hicieron ni caso. Sentada en los escalones de una caravana, vimos a una mujer fumando; llevaba un vistoso vestido y unos brazaletes hasta el codo que tintineaban sin parar. Tenía profundas arrugas alrededor de los ojos y la boca, y su pelo oscuro empezaba a encanecer en las sienes.

—Ah, jóvenes enamorados —dijo al vernos—. Lo siento, chicos. Aún lo tenemos cerrado.

—Lo siento —dijo Xavier con educación—. Ya nos vamos.

La mujer dio una larga calada a su cigarrillo.

—¿Os gustaría que os echara la buenaventura? —nos propuso con voz áspera—. Ya que estáis aquí.

—¿Es usted vidente? —le pregunté. No sabía si mostrarme escéptica o intrigada. Era cierto que algunos humanos poseían una percepción especial y que podían tener premoniciones, por así llamarlas, aunque la cosa no pasaba de ahí. Algunos eran capaces de ver espíritus o de detectar su presencia, pero el término «vidente» me resultaba un poco exagerado.

—Por supuesto —respondió la mujer—. Ángela la Mensajera, para serviros. —Su nombre me desconcertó; se parecía demasiado a «ángel» para no resultar inquietante—. Venga, no os voy a cobrar —añadió—. A ver si se anima un poco la noche.

El interior de la caravana apestaba a comida rápida. Había velas parpadeando en una mesita y tapices con flecos colgados de las paredes. Ángela nos indicó que nos sentáramos.

—Tú primero —le dijo a Xavier, tomándole la mano y estudiándola atentamente. Por la expresión de él, estaba claro que se lo tomaba más bien a broma—. Bueno, tienes la línea del corazón curvada, lo cual quiere decir que eres un romántico —comenzó la mujer—. La línea de la cabeza corta significa que eres directo y no te andas con rodeos. Percibo en ti una poderosa energía azul que indica que tienes algo heroico en la sangre, pero también que estás destinado a sufrir un gran dolor. De qué tipo, no estoy segura. Pero debes prepararte porque no está muy lejos.

Xavier fingió que se lo tomaba en serio.

—Gracias —le dijo—. Ha sido muy perspicaz. Te toca, Beth.

—No, yo prefiero pasar —murmuré.

—No hay que temer al futuro, sino enfrentarlo —dijo Ángela, y su manera de decirlo resultaba casi un desafío.

Extendí la mano de mala gana para que me la leyera. Aunque tenía los dedos ásperos y callosos, su contacto no resultaba desagradable. En cuanto abrí la palma, ella pareció erguirse ligeramente.

—Lo veo todo blanco —dijo con los ojos cerrados, como si estuviera en trance—. Percibo una felicidad indescriptible. —Abrió los ojos—. Tienes un aura increíble. Déjame ver las líneas. Aquí tenemos una línea del corazón continua, lo cual sugiere que sólo amarás una vez en tu vida... Y luego, veamos... ¡Dios mío!

Me extendió más los dedos para tensar la piel.

—¿Qué? —pregunté, alarmada.

—¡Tu línea de la vida! —exclamó la mujer con unos ojos como platos—. Nunca había visto nada igual.

—¿Qué pasa con mi línea de la vida? —pregunté, ansiosa.

—Querida... —Su voz se convirtió en un susurro—. No tienes.

Volvimos a pie en silencio a buscar el coche de Xavier.

—Qué raro, ¿no? —dijo por fin mientras me abría la puerta.

—Desde luego —asentí, fingiendo despreocupación—. Pero bueno, ¿quién cree en videntes?

Xavier acababa de sacarse el permiso y el coche —un descapotable azul restaurado del 56— había sido su regalo de Navidades. Metió la llave y puso primera antes de manipular el dial de la radio para sintonizar una emisora. Con tono melifluo, el locutor daba en ese momento la bienvenida a los oyentes del programa, que se llamaba *Jazz de noche*. Percibí un aroma agradable: una combinación del cuero de los asientos y de una fragancia fresca que tal vez fuera la de su colonia.

Yo sólo había subido a nuestro jeep hasta entonces, de manera que no estaba preparada para el rugido de aquel motor antiguo y me aferré instintivamente al asiento en cuanto arrancamos. Xavier me echó un vistazo, alzando las cejas.

—¿Vas bien?

—¿Este coche es seguro?

—¿Me tomas por un mal conductor? —preguntó en plan socarrón.

—Confío en ti —respondí—. Pero no si sé tanto en los coches.

—Si te preocupa la seguridad, harías bien en seguir mi ejemplo y ponerte el cinturón.

—¿El qué?

Xavier meneó la cabeza con incredulidad.

—Me preocupas —murmuró.

—¿Vas a tener problemas? —me preguntó cuando paramos delante de Byron. Vi que habían dejado encendida la luz del porche, lo cual quería decir que habían advertido mi escapada.

—Me tiene sin cuidado, la verdad —contesté—. Me lo he pasado bien.

—Yo también. —La luz de la luna centelleó en la cruz que llevaba al cuello.

—Xavier… —dije, titubeando—. ¿Puedo preguntarte una cosa?

—Claro.

—Bueno, me pregunto… ¿por qué me has pedido que saliera esta noche contigo? Es que Molly me habló… bueno, de…

—¿Emily? —Suspiró—. ¿Qué pasa con ella? —Apareció un matiz defensivo en su tono—. La gente no puede dejar de hablar, ¿verdad? Es lo que pasa en los pueblos pequeños. Se pirran por cualquier cotilleo.

No me atrevía a mirarle a los ojos. Me daba la sensación de haber cruzado una frontera, pero ya no podía echarme atrás.

—Me explicó que nunca has querido salir con ninguna otra chica. O sea que siento cierta curiosidad... ¿Por qué yo?

—Emily no era sólo mi novia —dijo Xavier—. Era mi mejor amiga. Nos entendíamos de una manera difícil de explicar y nunca podré reemplazarla. Pero cuando te conocí... —Su voz se apagó.

—¿Me parezco a ella? —pregunté.

Él se echó a reír.

—No, para nada. Pero cuando estoy contigo tengo la misma sensación que tenía con ella.

—¿Qué clase de sensación?

—A veces conoces a una persona y se produce automáticamente un clic: te sientes a gusto con ella, como si la hubieras conocido toda tu vida y no tuvieras que fingir ni hacerte pasar por lo que no eres.

—¿Tú crees que a Emily le importaría —pregunté—, quiero decir, que te sintieras así conmigo?

Xavier sonrió.

—Esté donde esté, Em querría que yo fuera feliz.

Yo sabía muy bien dónde estaba, pero deseché la idea de compartir esa información con él por ahora. Bastante fuerte resultaba ya que no supiera para qué servía el cinturón de seguridad y que no tuviera línea de la vida en la mano. Me pareció que ya había habido suficientes sorpresas por una noche.

Permanecimos en silencio unos minutos. Ninguno de los dos quería romper el hechizo del momento.

—¿Tú crees en Dios? —pregunté al fin.

—Eres la primera persona que me lo pregunta —dijo Xavier—. La mayoría de la gente ve la religión como un modo de distinguirse y de parecer original.

—¿Y tú?

—Yo creo en un poder superior, en una energía espiritual. Creo que la vida es demasiado compleja para ser sólo un accidente, ¿no estás de acuerdo?

—Completamente —respondí.

Me bajé aquella noche del coche de Xavier con la certeza de que el mundo tal como lo conocía había cambiado de modo irrevocable. Mientras subía las escaleras de la puerta principal no pensaba en el sermón que me esperaba, sino en cuánto tiempo habría de pasar para volver a verlo. Había un montón de cosas de las que quería hablar con él.

11

Colada de pies a cabeza

*L*a puerta se abrió antes de que llamara siquiera, e Ivy apareció en el umbral con expresión preocupada. Gabriel aguardaba impertérrito en la sala; podría haber sido la figura de un cuadro, tan inmóvil se le veía. Normalmente aquello me habría provocado un remordimiento abrumador, pero yo aún tenía en mis oídos la voz de Xavier, sentía en la espalda el contacto de su mano cuando me había hecho pasar al Sweethearts, y seguía percibiendo la fresca fragancia de su colonia.

En el fondo, cuando me había descolgado del balcón ya tenía la seguridad de que Gabriel detectaría mi ausencia de inmediato. Sin duda habría deducido a dónde había ido y con quién. Seguramente se le habría pasado por la cabeza la idea de venir a buscarme, aunque enseguida la habría desechado. Ni él ni Ivy deseaban llamar la atención en público.

—No deberíais haber esperado levantados, no corría el menor peligro —dije. Aunque no era mi intención, sonó demasiado displicente por mi parte, más descarado que contrito—. Lo lamento si os he preocupado —añadí.

—No, no lo lamentas, Bethany —dijo Gabriel en voz baja. Aún no había levantado la vista—. No lo lamentas. De lo contrario, no lo habrías hecho.

No soportaba que no me mirase.

—Gabe, por favor —empecé, pero él me acalló alzando la mano.

—Me inquietaba la idea de que nos acompañaras en esta misión y ahora has demostrado que eres totalmente imprevisible. —Daba la impresión de que aquellas palabras le dejaban un mal sabor de boca—. Eres joven e inexperta: tu aura es más cálida y más humana que la de cualquier otro ángel que haya conocido, y sin embargo fuiste escogida. Yo ya intuía que tendríamos problemas contigo, pero los demás creyeron que todo saldría bien. Ahora veo, no obstante, que ya has tomado una decisión; has preferido un capricho pasajero a tu propia familia.

Se levantó bruscamente.

—¿Podemos hablar al menos? —pregunté. Todo aquello sonaba demasiado dramático y yo estaba segura de que no tendría por qué serlo si lograba que Gabriel me entendiera.

—Ahora no. Es tarde. Lo que tengas que decir, puede esperar hasta mañana.

Y sin más, nos dejó solas.

Ivy me contempló con ojos tristes y agrandados. Me horrorizaba acabar la noche de aquel modo tan amargo, sobre todo teniendo en cuenta que me había sentido más feliz que nunca hacía un momento.

—Habría preferido que Gabriel no hiciera su numerito de mensajero de la desgracia —mascullé.

Ivy pareció repentinamente agotada.

—¡Bethany, no digas esas cosas! Lo que has hecho esta noche está mal aunque todavía no seas capaz de verlo. Quizá no entiendas ahora nuestros consejos, pero lo mínimo que puedes hacer es pensártelo bien antes de que la cosa se te vaya de las manos. Con el tiempo te darás cuenta de que no es más que un encaprichamiento. Tus sentimientos por ese chico pasarán.

Ivy y Gabriel me hablaban con enigmas. ¿Cómo querían que viera el problema si ni siquiera eran capaces de formularlo? Yo era consciente de que mi salida con Xavier representaba una desviación menor respecto a nuestros planes. Pero ¿qué tenía de malo, a fin de cuentas? ¿De qué servía estar en la Tierra y acumular experiencias humanas si íbamos a restarles toda importancia? A pesar de lo que considerasen mejor mis hermanos, no quería que mis sentimientos por Xavier «se me pasaran». Eso lo convertía a él en algo parecido a un resfriado que acabaría por salir de mi organismo. Yo nunca había ansiado la presencia de alguien de un modo tan absorbente y avasallador. Me vino a la cabeza una expresión que había leído en alguna parte: «El corazón quiere lo que el corazón desea». No recordaba de dónde procedía, pero quien lo hubiese escrito había acertado de lleno. Si Xavier era una enfermedad, entonces yo no quería curarme. Si la atracción que sentía por él constituía un delito que tal vez podría merecer un castigo divino, que así fuera: que cayera sobre mí, no me importaba.

Ivy subió a su habitación y yo me quedé sola con *Phantom*, que parecía saber por instinto lo que me hacía falta. Se acercó y me restregó el hocico por detrás de las rodillas, sabiendo que así me obligaba a agacharme y a acariciarlo. Al menos uno de los miembros de mi hogar no me odiaba.

Subí a mi habitación, me quité la ropa y la dejé amontonada en el suelo. No tenía sueño; más bien me sentía oprimida por la sensación de estar atrapada. Me metí en la ducha y dejé que el agua caliente me golpeara los hombros y me aflojara un poco la musculatura. Aunque habíamos acordado que nunca lo haríamos, ni siquiera dentro de casa, para evitar que nos vieran, liberé parcialmente las alas y dejé que presionaran el panel de cristal de la ducha. Las tenía agarrotadas después de tantas horas plegadas y me parecía que me pesaban el doble a medida que se empapaban. Eché la cabeza hacia atrás, dejando que el agua me corriera por la cara. Ivy me había pedido que me pensara bien lo que estaba haciendo, pero yo, por una vez, no quería pensar: sólo quería ser.

Me sequé deprisa y, con las alas todavía húmedas, me metí en la cama. Lo último que deseaba era herir a mis hermanos, pero mi corazón parecía petrificarse en cuanto se me cruzaba la idea de no ver nunca más a Xavier. Me habría gustado que estuviera en mi habitación en aquel momento. Y sabía lo que le habría pedido: que me liberase de mi prisión. Estaba segura de que él no habría vacilado. En mi imaginación, yo era la doncella amarrada a los raíles del tren. Y el rostro de mi torturador alternaba entre el de mi hermano y el de mi hermana. No ignoraba que aquello era irracional, que estaba convirtiendo la situación en un melodrama, pero no podía parar. ¿Cómo podría explicarles que Xavier era mucho más que un chico por el que estaba colada? Nos habíamos visto sólo unas pocas veces, pero eso era lo de menos. ¿Cómo podría hacerles ver que un encuentro como aquél no se produciría de nuevo aunque permaneciese en la Tierra un millar de vidas? Eso lo sabía sin la menor duda; para algo poseía aún mi sabiduría celestial. Lo sabía con la misma certeza con la que sabía que mis días en aquel planeta verde estaban contados.

Lo que no podía prever, y no me atrevía siquiera a preguntar, era lo que sucedería cuando los poderes del Reino se enterasen de mi transgresión. No creía que la reacción fuera indulgente. Aun así, ¿sería excesivo pedir un poco de compasión y de comprensión? ¿No las merecía yo igual que cualquier ser humano, que habría sido perdonado sin vacilación alguna? Me preguntaba qué pasaría después. ¿Caería en desgracia? Sentí un escalofrío recorriéndome la espalda ante la sola idea, pero luego la imagen de Xavier volvió a inundarme de calor.

El asunto no volvió a salir a colación a la mañana siguiente ni durante todo el fin de semana. El lunes a primera hora, Gabriel se enfrascó en el ritual de preparar el desayuno en silencio. Y aquel silencio se prolongó hasta que llegamos a las puertas de Bryce Hamilton y nos separamos.

Molly y sus amigas me procuraron la distracción que necesitaba. Dejé que su conversación me envolviera; me servía para dejar de pensar un rato. Esta vez la fuente de diversión consistía en diseccionar con crueldad las últimas pifias de sus profesores más odiados. Según decían, el señor Phillips daba toda la impresión de haberse cortado el pelo con un cortacésped; la señorita Pace llevaba unas faldas que habrían servido mejor de alfombras y la señora Weaver, con aquellos pantalones entallados que le llegaban hasta los pechos, había sido apodada «Doña Pantaleona». La mayoría de ellas miraban a los profesores como si fueran extraterrestres y no merecieran la cortesía más mínima, pero, pese a sus carcajadas, no se burlaban con verdadera malicia. Simplemente estaban aburridas.

La conversación derivó a asuntos más importantes.

—¡Animaos, que pronto saldremos de compras! —dijo Hayley—. Hemos pensado que podríamos ir en tren a la ciudad y recorrer las tiendas de Punch Lane. ¿Vendrás, Molly?

—Contad conmigo —respondió ella—. ¿Tú, Beth?

—Aún no sé si asistiré al baile —dije.

—¿Cómo se te ocurre siquiera la idea de perdértelo? —Molly me miraba horrorizada, como si sólo un auténtico Apocalipsis pudiera justificar que dejaras de asistir.

—Bueno, para empezar no tengo pareja.

No se lo había confesado a Molly, pero varios chicos habían sacado el tema cuando me habían pillado sola entre clases. Yo me los había quitado de encima con evasivas. Les decía a todos que no sabía si iría, lo cual no era del todo mentira. Estaba ganando tiempo y acariciando en secreto la esperanza de que Xavier me lo pidiera.

Una chica llamada Montana puso los ojos en blanco.

—No te preocupes. El vestido es mucho más importante. Aun en el peor de los casos, siempre puedes encontrar a alguien.

Iba a decir algo así como que tenía que consultar mi agenda cuando noté que un brazo vigoroso me rodeaba los hombros. Todas se quedaron paralizadas, con la mirada fija por encima de mi cabeza.

—¿Qué tal, chicas? ¿Os importa si os robo a Beth un minuto? —preguntó Xavier.

—Bueno, estábamos en medio de una conversación importante —protestó Molly, mientras entornaba los ojos con suspicacia y me miraba expectante.

—Os la traigo enseguida —dijo Xavier.

Demostraba cierta familiaridad conmigo que no se les pasó por alto a ninguna de ellas. Aunque me gustó, también me sentí incómoda por haberme convertido en el centro de atención. Xavier me llevó a una mesa vacía.

—¿Se puede saber qué haces? —susurré.

—Según parece, estoy tomando la costumbre de acudir a rescatarte —respondió—. ¿O preferías pasarte el resto del almuerzo hablando de bronceadores y de pestañas postizas?

—¿Y tú cómo sabes siquiera que existen esas cosas?

—Tengo hermanas —contestó.

Se había arrellanado cómodamente en su asiento sin hacer caso de las miradas de reojo que nos dirigían desde todas direcciones. Algunas de envidia; otras, de curiosidad. Xavier habría sido bien recibido en cualquier mesa de aquella cafetería atestada, pero había preferido sentarse conmigo.

—Parece que estamos llamando la atención —le dije, muerta de vergüenza.

—A la gente le encanta el cotilleo, eso no podemos evitarlo.

—¿Por qué no estás con tus amigos?

—Tú eres más interesante.

—No tengo nada de interesante —le dije, con una nota de pánico en la voz.

—No estoy de acuerdo. Hasta tu modo de reaccionar cuando te digo que eres interesante... es interesante.

Nos interrumpieron dos chicos más pequeños que se acercaron a la mesa.

—Hola, Xavier. —El más alto lo saludó con un gesto respetuoso—. El concurso de natación ha sido brutal. He ganado cuatro de las siete eliminatorias.

—Buen trabajo, Parker —le dijo Xavier, adoptando con toda facilidad su papel de delegado y tutor—. Sabía que íbamos a darles una paliza a los de Westwood.

El chico sonrió lleno de orgullo.

—¿Tú crees que puedo llegar a las nacionales? —preguntó, ilusionado.

—No me extrañaría. El entrenador estaba muy contento. Sobre todo, no faltes al entrenamiento de la semana que viene.

—Dalo por hecho —dijo el chico—. ¡Nos vemos el miércoles!

Xavier asintió y los dos chocaron los puños.

—Nos vemos, chaval.

Advertí a simple vista que se le daba bien el trato con la gente; era afable sin dar pie a un exceso de familiaridad. Cuando el chico se hubo ido, cambió de expresión y volvió a concentrarse, como si lo que yo fuese a decir tuviera mucha importancia. Eso me provocó un hormigueo y me arrancó una sonrisa. Noté en el pecho que me iban a subir los colores y enseguida me puse toda roja.

—¿Cómo lo haces? —pregunté para disimular mi confusión.

—¿El qué?

—Hablar con tanta facilidad con la gente.

Xavier se encogió de hombros.

—Gajes del oficio. Ah, casi se me olvida. Te he arrastrado hasta aquí para devolverte una cosa. —Del bolsillo de la chaqueta se sacó una larga e iridiscente pluma blanca moteada de rosa—. Me la encontré ayer en el coche después de dejarte en casa.

Le arranqué la pluma de la mano y la metí entre las tapas de mi agenda. No se me ocurría cómo podía haber acabado en su coche. Yo llevaba las alas firmemente dobladas.

—¿Un amuleto de la suerte? —me preguntó Xavier, clavándome con curiosidad sus ojos de color turquesa.

—Algo así —respondí con cautela.

—Pareces disgustada. ¿Pasa algo? —Me apresuré a menear la cabeza y desvié la mirada—. Ya sabes que puedes confiar en mí.

—En realidad, aún no lo sé.

—Lo descubrirás cuando pasemos más tiempo juntos —dijo—. Soy un tipo muy leal.

Yo no lo escuché. Estaba demasiado ocupada repasando las caras de la gente, por si veía la de Gabriel entre ellas. Sus temores no parecían ahora tan infundados.

—¡Menudo entusiasmo! —exclamó Xavier, riéndose. Sus palabras me devolvieron al presente con un sobresalto.

—Perdona. Estoy un poco preocupada hoy.

—¿Puedo echarte una mano?

—No lo creo, pero gracias por preguntarlo.

—¿Sabes?, guardarse secretos es poco recomendable en una relación. —Se arrellanó en su asiento con los brazos cruzados.

—¿Quién habla de una relación? Además, no estamos obligados a compartirlo todo. Cualquiera diría que estamos casados.

—Ah, ¿quieres casarte conmigo? —dijo Xavier. Advertí que varias caras se volvían con curiosidad—. Yo creía que em-

133

pezaríamos despacio e iríamos viendo sobre la marcha. Pero, bueno, ¡qué demonios!

Puse los ojos en blanco.

—Estate calladito o tendré que darte un cachete.

—Uau —dijo, en plan guasón—. La amenaza suprema. No creo que me hayan dado nunca un cachete.

—¿Insinúas que no puedo hacerte daño?

—Al contrario, creo que tienes la capacidad de causar estragos.

Lo miré desconcertada y me ruboricé hasta la raíz del cabello al comprender lo que quería decir.

—Muy gracioso —dije secamente.

Extendió el brazo sobre la mesa y me rozó el mío. Sentí que me estremecía por dentro.

No podía evitarlo. Mi relación con Xavier Woods se volvió enseguida del todo absorbente. Mi antigua vida parecía de repente muy lejana. Desde luego, yo no añoraba el Cielo como lo añoraban Gabriel e Ivy. A ellos, la vida en la Tierra les hacía pensar a todas horas en las limitaciones de la carne. A mí, me hacía pensar en las maravillas que entrañaba ser humano.

Desarrollé una destreza especial para ocultar mis sentimientos ante mis hermanos. Estaban al corriente de lo que pasaba, claro, pero debían de haber acordado guardarse sus comentarios por negativos que fueran. Eso al menos se lo agradecía. Notaba que se había abierto entre nosotros una grieta que no existía antes. Nuestra relación parecía haberse vuelto más frágil y en la mesa se producían silencios incómodos. Cada noche me dormía con el murmullo de fondo de sus cuchicheos en el piso de abajo, y no tenía ninguna duda de que el tema de conversación era mi desobediencia. Decidí no hacer nada para salvar la creciente distancia que se había creado entre nosotros, aunque sabía que podía llegar a lamentarlo más tarde.

Por ahora, tenía otras cosas en que pensar. De repente me hacía ilusión levantarme por la mañana y saltar de la cama sin necesidad de que Ivy viniese a despertarme. Me entretenía delante del espejo, haciendo pruebas con mi pelo y viéndome a mí misma como tal vez me vería Xavier. Rebobinaba algunos retazos de conversación y evaluaba la impresión que podía haber causado. Unas veces me sentía satisfecha por alguna frase ingeniosa que había soltado; otras, me reprendía a mí misma por haber cometido alguna torpeza. Pensarme salidas graciosas y memorizarlas para el futuro se convirtió en un pasatiempo.

Ahora Molly y su grupo de amigas me daban envidia. Lo que ellas daban por descontado —un futuro en este planeta— yo no lo tendría nunca. Ellas se harían mayores, formarían sus propias familias, desarrollarían una carrera y llegarían a tener toda una vida de recuerdos con la pareja que escogieran. Yo no pasaba de ser una turista que vivía un tiempo de prestado. Sabía que ya sólo por ese motivo debería haber puesto freno a mis sentimientos en lugar de darles pábulo. Pero si algo había descubierto sobre los romances adolescentes era que su intensidad no tenía nada que ver con la duración. Lo normal eran tres meses; seis marcaban un punto de inflexión; y si una relación llegaba a durar un año, la pareja ya estaba más o menos comprometida. Yo no sabía cuánto tiempo tenía en la Tierra, pero tanto si era un mes como un año, no iba a desperdiciar ni un solo día. Al fin y al cabo, cada minuto pasado con Xavier habría de formar parte de los recuerdos que me harían falta para sostenerme durante toda la eternidad.

No me resultaba difícil acumular tales recuerdos, porque ahora no pasaba un día entero sin tener algún tipo de contacto con él. Habíamos adquirido la costumbre de buscarnos el uno al otro siempre que disponíamos de tiempo libre. A veces no era más que una breve conversación junto a las taquillas, o el simple hecho de tomar juntos el almuerzo a toda prisa. Cuando no estaba en clase, me encontraba siempre alerta: mirando por encima del hombro, tratando de sorprenderlo en cuanto saliera del cuarto de las taquillas, aguardando a que subiera al estrado durante las asambleas, guiñando lo ojos para divisarlo entre los jugadores del campo de fútbol. Molly insinuó en plan sarcástico que igual me hacían falta unas gafas.

Si no tenía entrenamiento, Xavier me acompañaba por la tarde a casa y se empeñaba en cargar con mi mochila. Nos cuidábamos de alargar el trayecto dando un rodeo por el pueblo y haciendo una parada en Sweethearts, que se había convertido rápidamente en «nuestro» lugar favorito.

A veces charlábamos de cómo nos había ido el día; otras veces permanecíamos sentados en un relajado silencio. A mí llegaba a hipnotizarme aquel flequillo siempre oscilante, sus ojos del color del océano, la costumbre que tenía de alzar una ceja. Su rostro me resultaba tan fascinante como una obra de arte. Con mis sentidos aguzados, había aprendido a detectar su fragancia. Incluso antes de verlo, percibía que andaba cerca simplemente por aquel aroma fresco que impregnaba el aire.

A veces, durante aquellas tardes bañadas de sol, miraba alrededor temiendo que cayese sobre mí un castigo celestial. Me sentía observada por miradas furtivas que iban reuniendo pruebas de mi mala conducta. Pero no sucedía nada.

En buena parte gracias a Xavier, dejé de ser una intrusa y pasé a formar parte de la vida de Bryce Hamilton. Mi relación con él me permitió descubrir que la popularidad era transferible. Así como podías parecer culpable por simple asociación, podías obtener el reconocimiento de la gente por idéntico motivo. Casi de la noche a la mañana me gané la aceptación general sencillamente porque figuraba entre los amigos de Xavier Woods. Incluso Molly, que al principio había procurado que perdiera mi interés en él, parecía haberse calmado. Cuando Xavier y yo estábamos juntos llamábamos la atención, pero ahora era más bien admiración y no sorpresa lo que despertábamos. Notaba la diferencia incluso cuando estaba sola. Todos me saludaban con gesto simpático al cruzarnos en el pasillo, me daban conversación en clase mientras esperábamos que llegara el profesor o me preguntaban qué tal me había ido el último examen.

Nuestro contacto en el colegio, de todos modos, era limitado porque en casi todas las asignaturas íbamos a clases distintas. Mejor así. De lo contrario, habría corrido el riesgo de seguirlo a todas partes como un perrito faldero. Dejando aparte el francés —la única clase que compartíamos—, su fuerte eran las mates y las ciencias, mientras que a mí me atraían más las artes.

—La literatura es mi asignatura preferida —le anuncié un día en la cafetería, como si acabara de hacer un descubrimiento crucial. Llevaba mi librito de términos literarios y lo abrí al azar—. Apuesto a que no sabes qué es un encabalgamiento.

—Ni idea, pero suena muy doloroso —respondió Xavier.

—Es cuando el verso de una poesía continúa en el siguiente.

—¿No sería más fácil poner puntos?

Ésa era una de las cosas que me encantaban de él: su visión del mundo era siempre en blanco y negro. Me eché a reír.

—Seguramente, pero quizá no resultaría tan interesante.

—La verdad, ¿qué es lo que te gusta tanto de la literatura? —me preguntó con genuino interés—. No soporto que no haya nunca respuestas correctas o equivocadas. Todo está abierto a la interpretación.

—Bueno, a mí me gusta que cada persona pueda entender de un modo distinto la misma palabra o la misma frase —contesté—. Puedes pasarte horas discutiendo el significado de un poema y no llegar al final a ninguna conclusión.

—¿Y no te parece frustrante? ¿No quieres saber la respuesta?

—A veces es mejor dejar de intentar que las cosas encajen. La vida misma no es tan definida, siempre hay zonas grises.

—Mi vida está muy bien definida —dijo—. ¿La tuya no?

—No —murmuré con un suspiro, pensando en el conflicto con mis hermanos—. Para mí el mundo es confuso y desordenado. A veces resulta agotador.

—Me parece que a lo mejor tendré que cambiar tu visión del mundo —repuso Xavier.

Nos miramos en silencio unos instantes y yo me sentí como si sus brillantes ojos de color océano pudieran ver el interior de mi mente y sacar a la luz mis ideas y mis sentimientos más recónditos.

—¿Sabes?, es muy fácil identificar a los estudiantes de literatura —prosiguió con una sonrisa.

—¿Ah, sí? ¿Cómo?

137

—Son los que andan por ahí con boina y con esa expresión de «yo sé una cosa que tú no sabes».

—¡No es justo! —exclamé—. Yo no lo hago.

—No, tú eres demasiado auténtica para eso. No cambies nunca, y bajo ninguna circunstancia se te ocurra llevar una boina.

—Haré lo posible —dije con una carcajada.

Sonó el timbre, indicando el comienzo de la clase siguiente.

—¿Qué tienes ahora? —me preguntó.

A modo de respuesta, agité alegremente ante sus narices mi glosario de literatura.

Siempre me gustaba asistir a la clase de literatura de la señorita Castle. Era un grupo muy variopinto a pesar de que sólo fuéramos doce alumnos. Había dos chicas góticas de aire lúgubre, con una gruesa raya de lápiz de ojos y unas mejillas tan empolvadas de blanco que parecía que nunca hubieran visto el sol. Luego había un grupo de chicas diligentes con cintas en el pelo e impecables estuches de lápices que tenían una auténtica obsesión con las notas. Éstas solían estar demasiado ocupadas tomando apuntes para intervenir en las discusiones de la clase. Sólo había dos chicos: Ben Carter, un tipo engreído pero inteligente, con un corte de pelo alternativo, a quien le encantaba discutir; y Tyler Jensen, un fornido jugador de rugby que siempre llegaba tarde y se pasaba la hora entera con expresión pasmada sin decir nada. Su presencia allí era un misterio para todos.

Debido al reducido tamaño del grupo nos habían relegado a una exigua clase situada en la parte antigua del colegio, justo al lado de las oficinas de administración. Como aquella aula no la usaba nadie más, nos habían dejado apartar los pupitres y colgar carteles en las paredes. Mi preferido era uno de Shakespeare caracterizado como un pirata y con un pendiente en la oreja. La única ventaja de aquel rincón era que se veían por las ventanas los prados de delante y una calle flanqueada de palmeras. A diferencia de lo que sucedía en otras asignaturas, el ambiente en literatura nunca resultaba amuermado. Al contrario, incluso el aire mismo parecía cargado de ideas que rivalizaban por hacerse oír.

Me senté al lado de Ben y observé cómo veía a sus grupos favoritos en el portátil, una actividad que no interrumpía ni siquiera cuando había dado comienzo la clase. La señorita Castle llegó con una taza de café y un montón de fotocopias. Era una mujer alta y delgada, de unos cuarenta años, con ojos soñadores y una mata de pelo oscuro y ensortijado. Llevaba siempre blusas de color pastel y unas gafas de montura gruesa colgadas del cuello con un cordón rojo. Por su porte y su manera de hablar, sin duda se habría sentido más a gusto en una novela de Jane Austen: una de esas historias con damas, carruajes y salones de conversación ingeniosa y chispeante. Sentía pasión por su materia y, fuera cual fuese el texto que estudiáramos, ella se identificaba vívidamente con cada heroína. Sus lecciones resultaban tan animadas que la gente se detenía a veces y se asomaba un momento al aula, donde la señorita Castle aporreaba la mesa con saña, nos ametrallaba a preguntas o gesticulaba como loca para ilustrar mejor su explicación. No me habría sorprendido entrar un día y encontrármela de pie en el escritorio o colgada de una lámpara.

Habíamos empezado el trimestre estudiando *Romeo y Julieta* en paralelo con los sonetos de amor de Shakespeare. Ahora nos encomendó la tarea de escribir nuestros propios poemas de amor, que habríamos de leer en clase. Entre el grupito de las estudiosas, que nunca hasta entonces habían tenido que recurrir a su imaginación, cundió el pánico: aquello no iban a poder encontrarlo en Internet.

—¡No sabemos qué escribir! —gemían—. ¡Es demasiado difícil!

—Pensad un poco —dijo la señorita Castle con su voz delicada.

—A nosotras no nos pasa nada interesante.

—No tiene por qué ser personal —dijo para engatusarlas—. Puede ser perfectamente producto de vuestra imaginación.

Las chicas seguían sin encontrar la inspiración.

—¿No podría ponernos un ejemplo? —insistieron.

—Nos hemos pasado todo el trimestre viendo ejemplos —dijo la señorita Castle con desaliento. Pero entonces se le

139

ocurrió una idea como punto de partida—. Pensad en las cualidades que encontráis atractivas en un chico.

—Bueno, yo creo que la inteligencia es algo importante —aventuró una chica llamada Bianca.

—Obviamente, debería tener un buen empleo —añadió su amiga Hannah.

La señorita Castle pareció totalmente desconcertada. La eximió de responder un comentario procedente de otro sector.

—Sólo son interesantes las personas oscuras y angustiadas —dijo Alicia, una de las góticas.

—Las chavalas no deberían hablar tanto —farfulló Tyler desde la última fila. Era lo primero que le oíamos en todo el trimestre y la señorita Castle pareció dispuesta a pasar por alto su tono despectivo.

—Gracias, Tyler —dijo con implícito sarcasmo—. Acabas de demostrar que la búsqueda de pareja es un asunto estrictamente individual. Hay quien dice que no podemos elegir a la persona de la que nos enamoramos; que es el amor quien nos elige. A veces la gente se enamora de la antítesis exacta de todo aquello que creían estar buscando. ¿Alguna otra idea?

Ben Carter, que no había parado de poner los ojos en blanco con expresión martirizada, se tapó la cara con las manos.

—Las grandes historias de amor han de ser trágicas —solté de repente.

—¿Sí? —me alentó la señorita Castle.

—Bueno, tomemos a Romeo y Julieta, por ejemplo. Si su amor se vuelve más intenso es porque los mantienen separados.

—Vaya cosa. Los dos acaban muertos —dijo Ben con un bufido.

—Habrían terminado divorciándose si hubieran seguido vivos —declaró Bianca—. ¿Nadie se ha fijado en que Romeo sólo necesita cinco segundos para pasar de Rosalinda a Julieta?

—Porque se da cuenta de que Julieta es LA chica en cuanto la ve —argumenté.

—¡Por faaavor! —replicó Bianca—. No puedes saber que amas a alguien a los dos minutos. Él sólo pretendía llevársela a la cama. Romeo no es más que el típico adolescente salido.

—Él no sabía nada de ella —dijo Ben—. Todos esos encendidos elogios se refieren a sus atributos físicos: «Julieta es un sol», bla, bla, bla. Lo único que piensa es que es un bombón.

—Yo creo que es porque, después de conocerla, el resto de la gente le parece insignificante —comenté—. Él sabe en el acto que ella se va a convertir en su mundo entero.

—Oh, Dios —gimió Ben.

La señorita Castle me dirigió una sonrisa significativa. Siendo como era una romántica incurable, no podía sino ponerse del lado de Romeo. A diferencia de la mayoría de los profesores de Bryce Hamilton, que parecían hacer carreras a ver quién llegaba primero al aparcamiento en cuanto sonaba el último timbre, ella no parecía harta de todo. Era una soñadora. Me daba la impresión de que si le hubiera dicho que yo era un ser celestial enviado a la Tierra para salvar el mundo, ella ni siquiera habría parpadeado.

12

Gracia salvadora

Yo nunca había visto a Dios. Había sentido Su presencia y oído Su voz, pero no había llegado a estar cara a cara con Él. Su voz no era como la gente imaginaba, estruendosa y retumbante como en las películas de Hollywood; más bien resultaba sutil como un susurro, y se deslizaba por nuestros pensamientos con tanta delicadeza como una brisa entre los juncos. Ivy lo había visto. Las audiencias en la corte de Nuestro Padre estaban reservadas sólo a los serafines. Gabriel, por su parte, poseía como arcángel el nivel más alto de interacción humana. Veía todos los grandes sufrimientos, esos que muestran las noticias: guerras, desastres naturales, enfermedades. Actuaba guiado por Nuestro Padre y trabajaba con sus demás congéneres para reorientar a la Tierra en la buena dirección. Aunque Ivy tuviera línea directa con Nuestro Creador, era del todo imposible obligarla a hablar de ello. Muchas veces Gabriel y yo habíamos intentado arrancarle información en vano. Curiosamente, yo había acabado imaginándome a Dios de la misma manera que Miguel Ángel, o sea, como un sabio anciano con barba sentado en su trono del cielo. Mi imagen mental no sería seguramente muy exacta, pero había algo indiscutible: fuera cual fuese su apariencia, Nuestro Padre era la encarnación absoluta del amor.

Por mucho que yo disfrutara de mis días en la Tierra, había algo que sí echaba de menos del Cielo: allí todo estaba claro, nunca había conflictos ni disensiones, dejando aparte la rebelión histórica que había concluido con la primera y única expulsión del Reino. Pero de eso (aunque había alterado para siempre el destino de la humanidad) raramente se hablaba. En el Cielo yo conocía vagamente la existencia de un mundo más oscuro, pero se trataba de uno muy alejado de nosotros y los ángeles normalmente estábamos demasiado ocupados para pensar en él. Cada uno teníamos asignado un puesto y unas responsabilidades: algunos recibíamos a las almas nuevas llegadas al Reino y tratábamos de facilitar su tránsito; otros se materializaban junto al lecho de los moribundos para ofrecer consuelo a sus almas en el momento de partir; y otros eran ángeles de la guarda adscritos a los seres humanos. Yo me ocupaba de las almas de los niños que acababan de entrar en el Reino. Mi trabajo consistía en confortarlas, en explicarles que volverían a ver a sus padres a su debido tiempo si abandonaban todas sus dudas. En fin, era una especie de ujier celestial para preescolares.

Me alegraba no ser un ángel de la guarda, porque solían estar saturados de trabajo. Su misión consistía en escuchar las oraciones de las numerosas personas que estaban a su cargo y en librarlas de todo daño, lo cual podía resultar realmente frenético: una vez vi a un guardián que tenía que acudir en socorro de un niño enfermo, de una mujer metida en un divorcio espinoso, de un hombre que había sido despedido y de la víctima de un accidente de tráfico… todo a la vez. Había trabajo de sobras y nunca éramos suficientes para dar abasto.

Xavier y yo estábamos sentados en el claustro, a la sombra de un arce, tomando el almuerzo. Yo no podía dejar de percibir la cercanía de su mano, que descansaba apenas a unos centímetros de la mía. Una mano delgada pero masculina, con un sencillo anillo de plata en el índice. Estaba tan absorta mirándola que apenas lo oí cuando me habló.

—¿Te puedo pedir un favor?

—¿Qué? Ah, claro. ¿Qué quieres?

—¿Podrías revisar el discurso que he escrito? Me lo he leído dos veces, pero estoy seguro de que se me han pasado cosas.

—Claro. ¿Para qué es?

—Para una convención de delegados que hay la semana que viene —dijo sin darle importancia, como si fuera algo que hiciera todos los días—. No hace falta que te lo leas ahora. Llévatelo a casa si quieres.

—No, no hay problema.

Me halagaba que valorase mi opinión hasta ese punto. Extendí las hojas sobre la hierba y me las leí de cabo a rabo. El discurso era muy elocuente, pero había cometido algunos errores gramaticales menores que identifiqué con facilidad.

—Eres buena correctora —comentó—. Gracias.

—No hay de qué.

—En serio, te debo una. Si se te ocurre algo que pueda hacer por ti, dímelo.

—No me debes nada —dije.

—Sí, claro que sí. Por cierto, ¿cuándo es tu cumpleaños?

La pregunta me dejó patidifusa.

—No me gustan los regalos —me apresuré a decir, por si estaba barajando alguna idea.

—¿Quién ha hablado de regalos? Sólo te he preguntado tu fecha de nacimiento.

—El 30 de febrero —dije, soltando la primera fecha que me vino a la cabeza.

Xavier alzó las cejas.

—¿Estás segura?

Me entró pánico. ¿Qué habría hecho mal ahora? Repasé los meses mentalmente y advertí mi error. Uf… ¡febrero sólo tenía veintiocho días!

—Digo, el 30 de abril —me corregí tímidamente.

Xavier se echó a reír.

—Eres la primera persona que conozco que olvida la fecha de su cumpleaños.

Incluso cuando hacía el ridículo como esa vez, las conversaciones con Xavier resultaban siempre atractivas.

Era capaz de hablar de las cosas más triviales de un modo que las hacía fascinantes. Además, me encantaba el sonido de su voz y lo habría escuchado encandilada aunque se hubiera puesto a leer la guía telefónica. Me preguntaba si aquello estaría entre los síntomas del enamoramiento.

Mientras él tomaba notas en los márgenes de su discurso, yo le di un mordisco a mi *focaccia* vegetal. No pude reprimir una mueca al notar un regusto amargo en mis papilas gustativas. Gabriel nos había introducido en la mayoría de alimentos, pero aún había muchas cosas que no había probado. Levanté la tapa con recelo y examiné la sustancia que embadurnaba el pan bajo las verduras.

—¿Esto qué es? —le pregunté a Xavier.

—Creo que se conoce como berenjena —repuso—. Aunque en los restaurantes de moda lo llaman *aubergine*, a la francesa.

—No. Me refiero a esto —dije, señalando una pasta verdosa.

—No sé, déjame ver.

Lo miré mientras daba un mordisquito para probarlo y masticaba, concentrado.

—*Pesto* —dictaminó.

—¿Por qué habrá de ser todo tan complicado? —dije, irritada—, incluidos los sándwiches.

—Tienes mucha razón —murmuró, pensativo—. La salsa al *pesto* te complica un montón la vida.

Se puso a reír y dio otro mordisco, mientras me pasaba su sándwich de ensalada, todavía intacto.

—No seas tonto —le dije—. Cómete el tuyo. Ya me las arreglaré con el *pesto*.

Pero él se negó a devolvérmelo y yo me di por vencida y me comí el suyo, disfrutando de la familiaridad que existía entre nosotros.

—No te sientas mal —dijo—. Soy un tío; me como cualquier cosa.

De camino a las clases después del almuerzo nos tropezamos con un gran alboroto en el pasillo. La gente hablaba con agitación de un accidente. Nadie sabía quién lo había sufrido, pero los estudiantes se dirigían en masa hacia la entrada, frente a la cual se había formado un corro enorme. Percibí el pánico en el ambiente y yo misma sentí una oleada en mi pecho.

Seguí a Xavier entre la multitud, que se abría instintivamente para dejar paso al delegado. Lo primero que vi, ya en el
exterior, fue el suelo cubierto de cristales. El reguero llegaba
hasta un coche con el capó destrozado y humeante. Dos alumnos de último curso habían chocado de frente. Uno estaba de
pie junto a su coche, completamente aturdido. Por suerte, sólo
había sufrido unos arañazos. Mi mirada voló de su Volkswa-
gen abollado al otro coche, ahora empotrado con él. Advertí
sobresaltada que la conductora seguía dentro, derrumbada sobre el volante. Incluso a distancia se veía que estaba gravemente herida.

La gente miraba boquiabierta sin saber muy bien qué hacer. Sólo Xavier mantuvo la cabeza fría y echó a correr enseguida para pedir ayuda y alertar a los profesores.

Aunque no muy segura de lo que hacía, y más bien siguiendo un impulso, me acerqué al coche. El humo era muy
espeso y empecé a toser. La puerta del conductor había quedado espachurrada con el impacto y casi se había desprendido
del chasis. Sin hacer caso del metal ardiente que me lastimaba
las manos, acabé de retirarla del todo. Me quedé paralizada al
ver de cerca a la chica. Le salía sangre en abundancia de un
corte en la frente; tenía la boca abierta, pero los ojos cerrados,
y el cuerpo totalmente inerte.

Incluso en el Cielo, yo siempre me había sentido desfallecer cuando veía las escenas sangrientas que se desarrollaban
en la Tierra. Pero ese día apenas fui consciente de ello. Con
todo cuidado, tomé a la chica por debajo de las axilas y empecé a tirar de ella. Pesaba más que yo, así que agradecí que llegaran corriendo dos grandullones, todavía con el uniforme de
gimnasia. Entre los tres depositamos a la víctima en el suelo, a
una distancia prudencial del coche humeante.

Comprendí que la ayuda de los chicos acababa allí, porque
los dos se limitaban a mirar nerviosos por encima del hombro,
aguardando a que llegara alguien. No había tiempo que perder.

—Mantened a la gente a distancia —les dije, y me concentré por completo en la chica. Me arrodillé a su lado y le
puse dos dedos en el cuello, tal como Gabriel me había ense-

146

ñado una vez. No le encontraba el pulso. No había signos visibles de que aún respirara. Llamé mentalmente a Gabriel para que acudiera en mi ayuda; yo no tenía la menor posibilidad de solventar aquello por mi cuenta. Ya estaba perdiendo la batalla. La sangre seguía manando de la herida de la frente y le había dejado a la chica todo el pelo apelmazado. Tenía una palidez mortal en la cara y cercos azulados bajo los ojos. Me temía que había sufrido heridas internas, pero no podía determinar dónde.

—Aguanta —le susurré al oído—. La ambulancia está en camino.

Le había sujetado la cabeza con las manos, y mientras notaba cómo se me humedecían de sangre caliente y pegajosa, me concentré para enviar a través de su cuerpo toda mi energía curativa. Sabía que apenas tenía unos minutos para ayudarla. Su cuerpo prácticamente había abandonado la lucha y yo sentía que su alma intentaba desprenderse ya. Pronto estaría contemplando su propio cuerpo inerte desde fuera.

Me concentré con tal intensidad que temí perder también el conocimiento. Procuré sobreponerme al mareo y volví a concentrarme aún más profundamente. Me imaginé una fuente de poder que brotaba desde muy dentro de mí, que se propagaba a través de mis arterias y cargaba de energía las puntas de mis dedos para fluir hacia aquel cuerpo tendido en el suelo. Mientras dejaba que se derramase de mí todo aquel poder, pensé que quizá —sólo quizá— la chica sobreviviría.

Oí a Gabriel antes de verlo, instando a la gente a abrir paso. Hubo un suspiro general de alivio entre los estudiantes ante la llegada de una autoridad. Ahora ellos quedaban absueltos de cualquier responsabilidad; lo que pudiera suceder ya no estaba en sus manos.

Mientras Xavier socorría al otro conductor, Gabriel se arrodilló a mi lado y utilizó su poder para cerrar las heridas de la chica. Trabajaba rápido y en silencio, palpando delicadamente las costillas rotas, el pulmón perforado, la muñeca torcida, que se había partido tan fácilmente como una ramita. Cuando llegaron los enfermeros, la chica volvía a respirar con normalidad, aunque todavía no había recobrado el conocimiento. Noté que Gabriel había dejado sin curar varios cortes menores, seguramente para no levantar sospechas.

Mientras los enfermeros depositaban a la chica en la camilla, sus amigas se nos acercaron histéricas.

—¡Grace! —gritaba una de ellas—. ¡Oh, Dios mío! ¿Está bien?

—¡Gracie! ¿Qué ha pasado? ¿Nos oyes?

—Está inconsciente —dijo Gabriel—, pero se pondrá bien.

Aunque las chicas seguían sollozando y se abrazaban unas a otras, me di cuenta de que Gabriel las había aplacado.

Tras ordenar a los alumnos que regresaran a clase, Gabriel me tomó del brazo y me llevó hacia la escalinata de la entrada, donde Ivy nos estaba esperando. Xavier, que no había entrado en el colegio con los demás, vino corriendo al ver mi cara.

—Beth, ¿estás bien? —El viento le alborotaba el pelo castaño y la tensión se le notaba en las venas prominentes del cuello.

Quería contestarle, pero me faltaba el aliento y todo me daba vueltas. Noté que Gabriel estaba deseoso de que nos dejaran solos.

—Será mejor que vuelvas a clase —le dijo a Xavier, adoptando su tono profesoral.

—Esperaré a Beth —respondió Xavier, mientras recorría con la vista mi pelo enmarañado y mi blusa manchada de sangre. Yo me sujetaba del brazo de mi hermano.

—Necesita un minuto para reponerse —dijo Gabriel fríamente—. Puedes venir más tarde a ver cómo está.

Xavier se mantuvo firme.

—No pienso irme si Beth no me lo pide.

Me pregunté qué cara se le habría quedado a Gabriel ante su réplica, pero al volver la cabeza para verlo, sentí como si el escalón fuese a ceder bajo mis pies. ¿O eran mis rodillas las que flaqueaban? Aparecieron manchas negras en mi campo visual y me apoyé en Gabriel con más fuerza.

Xavier gritó mi nombre y dio un paso hacia mí (eso fue lo último que recordé después), mientras yo me desplomaba blandamente en los brazos de mi hermano.

Υ

Me desperté en el entorno familiar de mi habitación. Estaba acurrucada bajo la colcha y notaba que las puertas del balcón permanecían entornadas porque me llegaba una leve brisa con el olor a salitre del mar. Alcé un poco la cabeza y me concentré en algunos detalles relajantes, como la pintura medio descascarillada del alféizar de la ventana o las manchitas del entarimado tamizadas por la luz ámbar del atardecer. Mi almohada era blanda y olía a lavanda. Hundí otra vez la cabeza, reacia a moverme. Entonces vi la hora en el despertador... ¡las siete de la tarde! Llevaba horas durmiendo, me pesaban los miembros como si fueran de plomo. Me entró un acceso de pánico cuando noté que no podía mover las piernas... hasta que descubrí que *Phantom* estaba sentado encima.

Dio un bostezo y se estiró al ver que me había despertado. Acaricié su pelaje sedoso y él me miró con sus ojos incoloros y tristones.

—Vamos —murmuró—. Todavía no es tu hora de ir a dormir.

Debí de incorporarme demasiado bruscamente porque sentí que se me venía encima una oleada de fatiga y poco me faltó para volver a caerme hacia atrás. Deslicé las piernas fuera de la cama y me levanté con un gran esfuerzo. No me fue fácil, pero logré echarme encima la bata y bajar tambaleante a la planta baja, donde sonaba de fondo el *Ave María* de Schubert. Me dejé caer en la silla más cercana. Gabriel e Ivy debían de estar en la cocina. Me llegaba un aroma de ajo y jengibre. Enseguida vinieron a recibirme: Ivy secándose las manos con un trapo y ambos sonriendo, cosa que me sorprendió porque hacía tiempo que no pasábamos de la cortesía más imprescindible.

—¿Cómo te sientes? —Ivy me acarició la cabeza con sus dedos esbeltos.

—Como si me hubiera atropellado un autobús —repuse con sinceridad—. No entiendo qué ha pasado. Me sentía perfectamente hasta ese momento.

—Tú sabes por qué te has desmayado, Bethany —dijo Gabriel.

Lo miré sin entender.

—He estado comiendo bien, he seguido todos tus consejos.

—No tiene nada que ver con eso —me interrumpió mi hermano—. Ha sido porque le has salvado la vida a esa chica.

—Esta clase de cosas pueden dejarte agotada —añadió Ivy.

Reprimí una carcajada.

—Pero, Gabe, ¡si has sido tú quien le ha salvado la vida!

Ivy miró a nuestro hermano, como indicándole que me debía una explicación, y se alejó discretamente para poner la mesa.

—Yo sólo le he curado las heridas físicas —dijo Gabriel.

Lo miré estupefacta. Creí que estaba de broma.

—¿Qué quieres decir con «sólo»? En eso consiste salvar a alguien. Si una persona recibe un disparo y tú le sacas la bala y le curas la herida, la has salvado.

—No, Bethany, esa chica estaba a punto de morir. Si no le hubieras transmitido tu energía vital, habría sido inútil todo lo que yo hubiese hecho. No basta con cerrar las heridas para recuperar a alguien cuando ha llegado a ese punto. Tú le has hablado; ha sido tu voz la que la ha traído de vuelta, tu propia energía la que ha impedido que su alma abandonara el cuerpo.

No podía creer lo que me estaba diciendo. ¿Yo había salvado una vida humana? Ni siquiera era consciente de que poseía la capacidad para hacerlo. Creía que mis poderes en la Tierra no servían más que para serenar los ánimos o para ayudar a recuperar objetos perdidos. ¿Cómo era posible que hubiera encontrado en mí la fuerza necesaria para salvar a una chica al borde de la muerte? El poder sobre el océano, sobre el cielo y sobre la vida humana era el don específico de Gabriel. Nunca se me habría pasado por la cabeza que mis poderes pudieran ser mayores de lo que yo creía.

Ivy me miró desde el otro lado del salón con los ojos brillantes de orgullo.

—Enhorabuena —dijo—. Es un gran paso para ti.

—Pero ¿cómo es que me encuentro tan mal ahora? —pregunté, otra vez consciente de que me dolía todo el cuerpo.

—El esfuerzo para revivir a alguien puede llegar a ser muy debilitante —me explicó Ivy—, especialmente las primeras veces. Le provoca una conmoción a tu envoltura humana. Pero no siempre será así; te acostumbrarás y, al final, serás capaz de recuperarte mucho más deprisa.

—¿Quieres decir que podré hacerlo otra vez? —pregunté—. ¿No ha sido un golpe de suerte?

—Si lo has hecho una vez es que puedes volver a hacerlo —dijo Gabriel—. Todos los ángeles poseen la capacidad, pero hay que desarrollarla con la práctica.

A pesar de mi cansancio, me sentía repentinamente animada y devoré la cena con apetito. Luego Gabriel e Ivy se negaron a que los ayudara a fregar. Ivy me arrastró a la terraza y me obligó a tenderme en una hamaca.

—Has tenido un día agotador —me dijo.

—Pero no soporto convertirme en una inútil.

—Ya me ayudarás dentro de un rato. Tengo un montón de gorros y bufandas que tejer para el mercadillo de beneficencia. —Ivy siempre encontraba tiempo para conectarse con la comunidad, aunque fuese mediante tareas modestas—. A veces son las pequeñas cosas las que cuentan —añadió.

—Ya. Aunque la idea es donar a esos mercadillos tus ropas viejas, no hacer otras nuevas —dije para tomarle el pelo.

—Bueno, nosotras no llevamos tanto tiempo aquí y no tenemos nada viejo —respondió Ivy—. Alguna cosa he de darles. Me sentiría fatal, si no. Además, yo las hago en un santiamén.

Me tumbé en la hamaca y me envolví los hombros con una manta de angora, mientras intentaba procesar todo lo sucedido aquella tarde. Por un lado, ahora me parecía entender mejor el propósito de nuestra misión. Nunca me había sentido tan confusa, sin embargo. Acababa de tener un ejemplo excelente de lo que debía hacer: proteger la santidad de la vida. Pero yo me había pasado todo mi tiempo absorta en una obsesión adolescente por un chico que en realidad no sabía nada de mí. «Pobre Xavier», pensé. Nunca llegaría a entenderme, por mucho que lo intentara. No era culpa suya. Él sólo podía saber hasta donde yo se lo permitiera. Y por mi parte, había estado tan ocupada en mantener las apariencias que no me había parado a pensar que tarde o temprano habría de desmantelar esa fachada. Xavier se encontraba atado a la vida humana, a una existencia de la que yo nunca podría formar parte. La satisfacción que había sentido por mi éxito de aquella tarde se desvaneció sin más y me dejó con una extraña sensación de entumecimiento.

13

Rompiendo el sello

*L*a misa del domingo era el único momento en el que tenía la sensación de poder reconectarme con mi hogar. El sólo hecho de arrodillarme en un banco y de escuchar los acordes del *Agnus Dei* me retrotraía a mi antiguo ser. En el interior de la iglesia reinaba una etérea tranquilidad que no podía encontrarse en ninguna otra parte. Era una sensación de frescor y de paz, como estar en el fondo del océano. Y siempre, en cuanto franqueaba las puertas, tenía la impresión de hallarme en un lugar seguro. Ivy y yo ayudábamos los domingos en el altar, y Gabriel acompañaba al padre Mel a la hora de dar la Sagrada Comunión. Al acabar, nos quedábamos un rato a charlar.

—La congregación está creciendo —nos comentó un día—. Cada semana veo caras nuevas.

—Quizá la gente esté empezando a darse cuenta de lo que es importante de verdad —dijo Ivy.

—O será que siguen vuestro ejemplo —dijo el padre Mel, sonriendo.

—La Iglesia no debería necesitar defensores —repuso Gabriel—; ha de hablar por sí misma.

—No importa el motivo de la gente para venir —dijo el padre Mel—. Lo importante es lo que encuentran aquí.

—Lo único que nosotros podemos hacer es guiarlos por el buen camino —asintió Ivy.

—En efecto, no podemos obligarlos a tener fe —observó el padre Mel—. Pero sí podemos demostrarles su enorme poder.

—Y también rezar por ellos —añadí.

—Desde luego. —El padre Mel me hizo un guiño—. Y algo me dice que el Señor escucha cuando vosotros lo llamáis.

—No nos escucha más que al resto —sentenció Gabriel. Yo percibía que le preocupaba delatarse demasiado. Aunque nunca le habíamos insinuado siquiera al padre Mel de dónde veníamos, se había creado un tácito entendimiento entre nosotros. Era lógico, pensaba yo. Él era sacerdote, al fin y al cabo: empleaba todo su tiempo en conectarse con las fuerzas celestiales.

—Sólo podemos confiar en que Él otorgue su bendición a este pueblo —añadió Gabriel.

Lo ojos azules del padre Mel destellaron mientras nos contemplaba a los tres.

—Yo creo que ya lo ha hecho.

Al día siguiente del accidente, Xavier tenía una competición durante la hora libre de la mañana, así que me pasé el rato escuchando hablar a Molly y Taylah de una tienda de ropa de las afueras del pueblo. Al parecer, vendían etiquetas de marca falsificadas tan bien hechas que resultaba imposible adivinar que no eran auténticas. Me preguntaron si quería acompañarlas y yo estaba tan ensimismada que acepté sin pensármelo. Incluso cuando me invitaron a una fogata en la playa para aquel sábado por la noche, asentí maquinalmente sin fijarme siquiera en los detalles de la invitación.

Me alegré cuando llegó al fin la quinta hora; Xavier y yo asistíamos juntos a la clase de francés. Me producía una sensación de alivio que compartiéramos la misma aula, a pesar de que no iba a ser capaz de concentrarme. Necesitaba desesperadamente hablar con él, aunque todavía no hubiera decidido qué iba a decirle. Sólo sabía que ya no podía esperar más.

Lo tenía casi al alcance de la mano y había de contenerme para no tocarlo furtivamente. En parte porque quería asegurarme de que no era producto de mi imaginación, pero también porque veníamos a ser como dos imanes que se atraen mutuamente, y resistirse resultaba más doloroso que sucumbir. Los minutos avanzaban penosamente y parecía que el tiempo se hubiera ralentizado a propósito sólo para fastidiarme.

Xavier percibió mi desazón y, cuando sonó el timbre, se quedó sentado mirando cómo desfilaban los demás. Mientras yo hacía comedia, recogiendo los lápices y los libros, él permaneció muy quieto, sin tamborilear siquiera con los dedos. Algunos curiosos nos echaron un vistazo, seguramente con la esperanza de pillar algún retazo de conversación susceptible de convertirse en un jugoso cotilleo.

—Te llamé anoche, pero nadie atendió —dijo, viendo que yo me debatía sin saber cómo empezar—. Estaba preocupado por ti.

Jugueteé, nerviosa, con la cremallera del plumier, que parecía atascada. Se me debía de notar la incomodidad porque Xavier se levantó y me puso las manos en los hombros.

—¿Qué pasa, Beth? —Tenía una arruga entre las cejas que ya conocía bien y que aparecía siempre que estaba preocupado.

—El accidente de ayer me dejó extenuada —dije—. Ahora ya estoy mejor.

—Estupendo. Pero tengo la impresión de que hay algo más.

A pesar del poco tiempo que hacía que nos conocíamos, Xavier siempre se las arreglaba para descifrar mis humores; en cambio, sus propios ojos no delataban nada de lo que él pudiera sentir. No desvió la vista; su mirada turquesa era como un láser perforándome.

—Mi vida es bastante complicada —empecé, indecisa.

—¿Por qué no intentas explicármelo? A lo mejor te sorprendo.

—Esta situación —dije—, tú y yo saliendo juntos, está resultando más difícil de lo que había previsto. —Hice una pausa—. Es mejor de lo que me habría imaginado nunca, pero yo tengo otras responsabilidades, otros deberes que no puedo dejar de lado.

Me salió una voz estridente mientras una oleada de emoción me estallaba en el pecho. Me detuve y respiré hondo.

—Está bien, Beth —dijo Xavier—. Ya sé que tienes un secreto.

Sentí un repentino escalofrío de temor y al mismo tiempo una sensación de alivio. Si Xavier sabía que era una farsante y una mentirosa, quería decir que había fracasado estrepitosamente en nuestra misión. La regla número uno para los Agentes de la Luz era mantener nuestra identidad en secreto mientras nos esforzábamos en recomponer el mundo: quedar al descubierto podía dar lugar fácilmente a situaciones caóticas. Pero por otra parte, aquello podía significar también que Xavier había decidido aceptarme de todos modos y que la verdad no le había impulsado a alejarse de mí.

—¿Lo sabes? —susurré.

Él se encogió de hombros.

—Es obvio que ocultas algo. No sé lo que es, pero sí sé que te atormenta.

No respondí de inmediato. Yo deseaba más que nada contárselo todo, dejar que mis secretos y temores fluyeran como el vino derramado de una botella, manchándolo todo a su paso.

—Comprendo que por un motivo u otro no puedes o no quieres hablar de ello —continuó Xavier—. Pero no has de hacerlo. Yo puedo respetar tu intimidad.

—Eso no sería justo contigo.

Me sentía más desgarrada que nunca. La sola idea de separarme de él me provocaba un dolor en el pecho, como si se me partiera en dos el corazón.

—¿No crees que eso debo decidirlo yo?

—No me lo pongas más difícil. ¡Estoy tratando de protegerte!

—¿Protegerme? —Se echó a reír—. ¿De qué?

—De mí —dije en voz baja, dándome cuenta de lo ridículo que sonaba.

—A mí no me pareces demasiado peligrosa. A menos que te conviertas en un hombre lobo por las noches...

—No soy lo que parezco.

Me aparté de él, como si pretendiese ocultarme. Ahora me sentía débil y carente de energía. Me apoyé en la pared, sin atreverme a sostener su mirada.

—Nadie lo es. Escucha, ¿te crees que no me he dado cuenta de que hay algo diferente en ti? Me basta con mirarte.

—¿A qué te refieres? —pregunté con curiosidad.

—No lo sé. Pero sí sé que eso es lo que me gusta de ti.

—Lo que estoy tratando de explicarte es que, aunque te guste, eso no me convierte en lo que tú deseas o necesitas.

—¿Qué crees que necesito?

—Alguien con quien tener una relación sincera. ¿Qué sentido tendría, si no?

—¿Pretendes decirme que tú no puedes ser esa persona? —me preguntó con una expresión indescifrable. Su rostro parecía impasible, desprovisto de emoción. Después de todo lo que había tenido que pasar, supuse, no era el tipo de persona que lleva el corazón en la mano.

Sabía que él sólo pretendía ponerme las cosas más fáciles, pero la crudeza de su pregunta tuvo el efecto contrario. Ahora que la idea había salido a la luz, sonaba demasiado definitiva. Yo aún estaba debatiéndome para encontrar las palabras adecuadas y me inquietó que mi silencio pudiera ser interpretado como un signo de indiferencia.

—Está bien —prosiguió Xavier—. Comprendo que no debe de ser fácil para ti y no quiero complicarte más las cosas. ¿Serviría de algo que me mantuviera alejado durante un tiempo?

¡Qué imprevisibles y contradictorias llegaban a ser las emociones humanas! Me había pasado los últimos minutos tratando de insinuar aquella misma idea, pero ahora descubrí que su pronta disposición a alejarse me dejaba destrozada, aunque lo hiciera por mi bien. En realidad, ni siquiera yo misma sabía qué reacción me había esperado, pero desde luego no era aquélla. ¿Pretendía ver cómo caía de rodillas y me declaraba su amor eterno? Eso evidentemente no iba a hacerlo, pero yo no podía dejar que se fuera: no creía que fuese capaz de resistirlo.

—¿Así que eso es todo? —pregunté con voz estrangulada—. ¿No voy a verte más?

Xavier parecía confuso.

—Un momento… ¿no es eso lo que quieres?

—¿No se te ocurre nada más? —le solté—. ¿Ni siquiera vas a tratar de disuadirme?

—¿Pretendes que intente hacerte cambiar de opinión? Ahora reapareció su sonrisa socarrona y cariñosa.

Hice una pausa para pensar. Sabía muy bien lo que debía responder. Un simple «no» pondría fin a todo y volvería a dejar las cosas como estaban antes de que nos encontráramos en aquel pasillo, frente al laboratorio de química, cuando yo había salido para que no se viera mi resplandor en la oscuridad. Pero no tenía fuerzas para decirlo. Habría sido una mentira.

—Quizás es eso lo que quiero que hagas —dije lentamente.

—A mí me da la impresión de que no sabes lo que quieres, Beth —murmuró Xavier. Alzó la mano y me secó con el pulgar una lágrima que se deslizaba por mi mejilla.

—No quiero complicarte la vida —respondí, sorbiéndome la nariz, aunque me daba cuenta de lo irracional que debía de sonar—. Eres tú el que dijo que preferías las cosas bien definidas.

—Me refería a las ideas, no a la gente. Y tal vez no me importaría un poquito de complicación —dijo—. Las relaciones sinceras están sobrevaloradas.

Gemí de pura frustración.

—Tienes una respuesta para todo.

—¿Qué puedo decir? Es un don. —Estrechó mi mano entre las suyas—. Tengo una idea. ¿Qué tal si te doy algo que te ayude a tomar una decisión más fácilmente?

—De acuerdo —asentí—. Si crees que va a ayudarme.

Antes de que entendiera lo que sucedía, Xavier ya había tomado mi rostro en sus manos y me alzaba la barbilla hacia él. Sus labios rozaron los míos con la suavidad de una pluma, pero bastó con eso para que me estremeciera. Me gustó su modo de sujetarme, como si yo fuese muy frágil y pudiera romperme si apretaba demasiado. Apoyó su frente en la mía como si tuviéramos todo el tiempo del mundo. Un calor delicioso empezó a derramarse por mi cuerpo y yo me incorporé, buscando sus labios. Le devolví el beso con una urgencia apasionada y lo rodeé con mis brazos. Me fundí con él y dejé que nuestros cuerpos se juntaran. Sentía su calor a través de la fina tela de la camisa y percibía los latidos de su corazón acelerado.

—Bueno, bueno… —me susurró al oído, sin apartarse aún.

Permanecimos entrelazados hasta que Xavier se retiró suavemente, pero con decisión. Me colocó un mechón suelto detrás de la oreja y me dedicó una de sus medias sonrisas de ensueño.

—¿Y bien? —preguntó, cruzando los brazos sobre el pecho. Yo estaba totalmente confusa.

—¿Qué?

—¿Te ha ayudado a cambiar de opinión?

Por toda respuesta, hundí los dedos en su suave pelo castaño y lo atraje hacia mí.

—Creo que sí —respondí con indisimulado placer.

Aquel día descubrí que deseaba algo más que su compañía: anhelaba tocarlo. Ya no albergaba ninguna duda en mi interior. Sentía que me ardía la cara allí donde él me había tocado y lo único que deseaba era que volviera a hacerlo. Sólo unas horas antes había creído sinceramente que no me quedaba más remedio que alejarme de él, porque no veía ningún modo factible de hacerle comprender quién era yo de verdad. Ahora veía que sí había otra manera. Sería considerada una grave transgresión y acarrearía un castigo (¿quién sabía cuál?), pero me resultaba menos espantosa que separarme de él. Si servía para ahorrarnos el dolor de la separación, estaba dispuesta a afrontar las consecuencias.

Lo único que tenía que hacer era bajar la guardia y dejar que Xavier participara de mi secreto.

—Quiero que estemos juntos —le dije—. No creo que nunca haya deseado tanto una cosa.

Xavier me acarició la mano y entrelazamos nuestros dedos. Tenía su cara tan cerca que me tocaba la punta de la nariz con la suya. Se inclinó y me susurró al oído:

—Si me quieres… ya me tienes.

No pude dejar de suspirar agitadamente mientras él trazaba un camino de besos desde mi oreja a mi cuello. El aula entera y todo lo que nos rodeaba se disolvió como nieve al sol.

—Sólo una cosa —dije, apartándolo con cierta dificultad.

Él me miraba con aquellos penetrantes ojos azules y poco me

faltó para que se me fuera el santo al cielo—. Esto no va a funcionar a menos que sepas la verdad.

Si Xavier me importaba tanto como me decía mi corazón palpitante, entonces se merecía la verdad. Si luego resultaba que era demasiado para él y no podía asimilarla, eso tal vez significara que mis sentimientos no eran correspondidos y yo debería aceptarlo. En cualquier caso, había llegado el momento de acabar con la farsa. Xavier tenía que conocer mi verdadero yo, no la versión idealizada que existiera en su cabeza. Dicho de otro modo, tenía que conocer la versión sin censurar o, tal como decía la expresión humana, con pelos y señales.

—Soy todo oídos —me dijo con expectación.

—Ahora no. No va a ser nada fácil y necesito más tiempo del que tenemos ahora.

—Entonces, ¿dónde? —preguntó, desconcertado.

—¿Irás este fin de semana a la fogata de la playa? —inquirí a toda prisa, porque ya empezaban a entrar los alumnos para la siguiente clase.

—Iba a preguntarte si querías que fuéramos juntos.

—De acuerdo —susurré—. Te lo contaré entonces.

Xavier me dio un beso rápido y salió del aula. Yo me aferré al borde del pupitre más cercano. Me faltaba el aliento, como si acabara de correr una maratón.

14

Desafiando a la gravedad

Alo largo de la semana, la fogata de la playa se perfiló como una sombra amenazante en mi imaginación. Me aterrorizaba lo que había planeado, pero también sentía una rara excitación. Ahora que había tomado la decisión, era como si me hubiese quitado un gran peso de encima. Después de todo el tiempo que había pasado debatiéndome, me sentía sorprendentemente segura de mí misma. Ensayaba una y otra vez para mis adentros las palabras que utilizaría para decirle la verdad a Xavier, y hacía sutiles ajustes cada vez.

Xavier se comportaba ya como si fuéramos pareja, cosa que me encantaba. Eso nos colocaba a los dos en un mundo propio y exclusivo al que nadie más tenía acceso. Y significaba que nos tomábamos en serio nuestra relación y que creíamos que tenía futuro. No era un simple capricho del que acabaríamos cansándonos: estábamos contrayendo un compromiso el uno con el otro. Cada vez que lo pensaba, no podía impedir que se me pintase en la cara una gran sonrisa. Desde luego, recordaba las advertencias de Ivy y Gabriel y su convicción de que no era posible que existiera un futuro para los dos juntos. Pero todo eso había dejado de importar ya. Podían abrirse los cielos y llover fuego y azufre; nada me borraría la sonrisa de la cara. Ése era el efecto que él tenía en mí: una explosión de felicidad en mi pecho, que se esparcía por mi cuerpo con un hormigueo y me hacía estremecer de pies a cabeza.

Una vida con Xavier parecía preñada de promesas. Pero él ¿seguiría deseándola cuando le revelase mi identidad?

Procuraba ocultar mi euforia ante Ivy y Gabriel. Bastante les había costado recuperarse de mi última escapada con Xavier; no creía que fuesen capaces de soportar otra. Cada vez que me sentaba con ellos me sentía como un agente doble y no paraba de preguntarme si mi expresión me delataría. Pero que mis hermanos pudieran leer la mente humana no significaba que pudiesen leer la mía, y mi capacidad para hacer comedia debía de haber mejorado, porque mi entusiasmo pasó inadvertido y sin mayores comentarios. Se me ocurrió pensar que por fin comprendía el significado de la expresión «la calma que precede a la tormenta». Todo parecía transcurrir sin sobresaltos, pero yo sabía que las apariencias engañan y estaba a punto de producirse una explosión. La tensión, la cólera y la culpa borboteaban bajo la superficie de nuestra representación de una familia feliz, listas para irrumpir brutalmente en la superficie en cuanto Ivy y Gabriel descubrieran mi traición.

—Uno de mis alumnos me ha preguntado hoy si existe el limbo —dijo Gabriel una noche durante la cena. Me pareció irónico que la conversación derivase hacia la cuestión del castigo de los pecados.

Ivy dejó el tenedor en el plato.

—¿Y qué has dicho?

—Que nadie lo sabe.

—¿Por qué no le has dicho que sí? —le pregunté.

—Porque las buenas obras deben ser voluntarias —me explicó mi hermano—. Si las personas saben con seguridad que serán juzgadas, actuarán sólo por eso.

Ahí no cabía discusión.

—¿Qué es el limbo, de todos modos?

Sabía bastante sobre el Cielo y el Infierno, pero nunca me habían hablado sobre aquel punto intermedio de la vida eterna.

—Se presenta con distintas apariencias —dijo Ivy—. Puede ser una sala de espera, o una estación de tren…

—Algunas almas afirman que es aún peor que el Infierno —añadió Gabriel.

—Qué disparate —me burlé—. ¿Por qué habría de ser peor?

—La nada eterna —dijo Ivy—. Un año tras otro esperando un tren que no llega, aguardando a que alguien pronuncie tu nombre. Las almas pierden la noción del tiempo y todo se acaba convirtiendo en un mismo instante borroso e inacabable. Entonces suplican que las envíen al Cielo, o intentan arrojarse ellas mismas al Infierno. Pero no hay salida, y las almas deambulan sin rumbo. Y nunca se acaba, Bethany. Pasarán siglos en la Tierra y ellas seguirán allí.

—Ah —murmuré. Fue lo único que se me ocurrió. Me pregunté si un ángel podía ser exiliado al limbo.

El martes, a la hora del almuerzo, me senté con Molly y las demás chicas en el césped, bajo un sol radiante de mediodía. Las ramas de los árboles empezaban a llenarse de brotes verdes y todo parecía volver a la vida. La mole imponente de Bryce Hamilton se alzaba a nuestra espalda, arrojando su sombra sobre un grupo de bancos dispuestos en círculo alrededor del anciano roble. La hiedra ascendía serpenteando en torno a su tronco en un abrazo amoroso. A lo lejos, hacia el oeste, veíamos el mar extendiéndose hacia el horizonte y las nubes que se desplazaban perezosamente por encima. Nos estiramos todas sobre la hierba exuberante, dejando que el sol nos diera en la cara. Yo me sentía audaz y me atreví a alzarme la falda por encima de las rodillas.

—¡Así se hace! —gritaron las chicas, aplaudiendo mis progresos y comentando que me estaba convirtiendo en «una de ellas». Enseguida se entregaron a los cotilleos habituales sobre los profesores y las amigas ausentes.

—La señorita Lucas es una auténtica bruja —se quejó Megan—. Me ha hecho repetir el trabajo sobre la Revolución rusa porque lo encuentra «desaliñado». ¿Qué pretende decir con eso?

—Pues que lo hiciste media hora antes de entregarlo —comentó Hayley—. ¿Qué te esperabas?, ¿una matrícula de honor?

Megan se encogió de hombros.

—Yo creo que está celosa porque es tan peluda como el yeti.

—Deberías presentar una queja —dijo muy en serio una chica llamada Tara—. Te está discriminando descaradamente.

—Estoy de acuerdo, la ha tomado contigo —empezó Molly. Y de pronto se quedó muda y con la mirada fija en una figura que cruzaba el césped a grandes zancadas.

Me volví para identificar el motivo de aquel trance repentino y vi a cierta distancia a Gabriel, caminando hacia el centro de música. Tenía cierto aire solitario con aquella mirada remota y el estuche de la guitarra al hombro. Hacía tiempo que había abandonado el protocolo del colegio en cuanto a indumentaria y esta vez llevaba sus tejanos rajados con una camiseta blanca y un chaleco a rayas. Nadie se había atrevido a recriminárselo. ¿Por qué iban a hacerlo? Gabriel se había vuelto tan popular que se habría armado un gran jaleo entre los estudiantes si hubiera tenido que renunciar a su puesto. Advertí que Gabe parecía a sus anchas en aquel ambiente. Caminaba con desenvoltura y todos sus movimientos fluían con naturalidad. Parecía que venía en nuestra dirección, lo cual hizo que Molly se incorporase de golpe y empezara a alisarse sus rizos enmarañados. Sin embargo, Gabriel se desvió bruscamente en otra dirección. Perdido en sus propios pensamientos, ni siquiera nos había dedicado una mirada. Molly se quedó cariacontecida.

—¿Qué podemos decir del señor Church? —murmuró Taylah al divisarlo, decidida a continuar con su deporte favorito. Yo llevaba tanto rato callada, absorta como estaba en mis fantasías (me veía abandonada en un islote perdido del Caribe o cautiva en un barco pirata, esperando a que Xavier viniera a rescatarme) que parecían haberse olvidado de mi presencia; de lo contrario, no se habrían atrevido a hablar de Gabriel delante de mí.

—Nada —dijo Molly a la defensiva—. Es una auténtica leyenda.

Casi veía girar los engranajes de su mente. Sabía que su fascinación por Gabriel había ido en aumento en las últimas semanas, en buena parte por la actitud distante que él adoptaba. No deseaba que Molly sufriera el desaire al que inevitablemente habría de conducir aquel encaprichamiento. Gabriel era de piedra, por decirlo así, y totalmente incapaz de corresponder a sus sentimientos. Estaba tan alejado de la vida humana como el Cielo de la Tierra. Cuando él contemplaba a la humanidad, lo único que veía eran almas en peligro, y casi no distinguía entre hombres y mujeres. Me daba cuenta de que Molly incurría en el error de suponer que Gabriel funcionaba como los demás jóvenes que ella conocía: tipos con las hormonas disparadas, incapaces de resistir los encantos femeninos si la chica en cuestión jugaba sus cartas con destreza. Pero Molly, naturalmente, no tenía ni idea de quién era Gabriel. Él podía haber adoptado forma humana, pero en su naturaleza —a diferencia de mí— no había nada ni siquiera remotamente humano. En el Cielo lo conocían como el Ángel de la Justicia.

—Es un poquito rígido —dijo Clara.

—¡Para nada! —le espetó Molly—. Ni siquiera lo conoces.

—¿Y tú sí?

—Ojalá.

—Bueno, sigue suspirando.

—Es un profesor —intervino Megan— y tiene veintitantos.

—Los profesores de música están justo en el límite —dijo Molly con optimismo.

—Sí, pero justo por el lado contrario —replicó Taylah—. Olvídate, Molly. Él no juega en nuestra liga.

Molly entornó los ojos como si le hubiesen lanzado un desafío.

—No sé —dijo—. Yo prefiero pensar que juega en su propia liga.

Se hizo un brusco silencio, como si acabaran de advertir mi presencia, y cambiaron rápidamente de tema.

—Bueno —exclamó Megan con más jovialidad de la cuenta—. Volviendo al baile de promoción…

Cuando Xavier me dejó aquella tarde en casa, me encontré a Ivy preparando pastelitos en la cocina. Tenía la nariz algo manchada de harina y un brillo muy especial en los ojos, como si el proceso de elaboración le resultara fascinante. Había ordenado pulcramente todos los ingredientes en una hilera de vasos medidores y ahora estaba empezando a distribuirlos formando dibujos de simetría perfecta. Ninguna mano humana habría sido capaz de semejante filigrana. Los pastelitos parecían obras de arte en miniatura más que un producto pensado para comer. Me ofreció uno en cuanto entré.

—Tienen un aspecto fantástico —le dije—. ¿Puedo hablar contigo de una cosa?

—Claro.

—¿Tú crees que Gabriel me dejará ir al baile del colegio? Ivy hizo un alto y levantó la vista.

—Xavier te ha pedido que vayas con él, ¿no?

—¿Y qué si me lo ha pedido? —repliqué a la defensiva.

—Cálmate, Bethany —me dijo mi hermana—. Estará muy guapo con un esmoquin...

—¿Me estás diciendo que no ves objeción?

—No. Me parece que haréis muy buena pareja.

—Ya, tal vez. Si consigo ir.

—No seas tan negativa —me reprendió—. Veremos qué le parece a Gabriel. Pero es una fiesta organizada por el colegio y sería una lástima perdérsela.

Me sentía impaciente por oír el veredicto. Arrastré a Ivy afuera y fuimos a buscar a Gabriel por la playa, a donde había ido a dar un paseo. La costa, por un lado, se extendía sinuosamente hacia la playa principal, donde había surfistas cabalgando las olas y heladerías ambulantes aparcadas bajo las palmeras. Por el otro lado, si aguzabas la vista, divisabas un panorama mucho más salvaje, con los abruptos acantilados de la Costa de los Naufragios y un promontorio llamado el Peñasco. Era una zona conocida por sus peligrosos vientos, por su oleaje embravecido y sus violentas corrientes. Algunos submarinistas se aventuraban a veces a buscar restos de los numerosos navíos que se habían hundido a lo largo de los años por aquella zona, pero normalmente no se veían más que gaviotas flotando tranquilamente en el agua.

Divisamos a nuestro hermano sentado sobre una roca, contemplando el mar. Con el reflejo del sol en su camiseta blanca, parecía rodeado de un aura de luz. Estaba demasiado lejos y no le veía la cara, pero me imaginé que tendría una expresión de profunda añoranza. A veces había en Gabriel una tristeza inefable que él procuraba ocultar. Yo creía que se debía a la carga de conocimientos que no podía compartir con nadie. Él sabía mucho más que Ivy, y no debía de ser fácil cargar solo con todo eso. Conocía todos los horrores del pasado y yo intuía que podía ver también las tragedias que aún habían de producirse. No era de extrañar que fuera pesimista. No tenía a nadie en quien confiar. Su servicio al Creador del universo llevaba aparejado un aislamiento total, lo que le confería una austeridad en sus modales que podía resultar incómoda para quienes no lo conocían. Los jóvenes lo adoraban, pero los adultos reaccionaban invariablemente como si los estuviera juzgando.

Gabriel se sintió observado y se volvió hacia nosotras. Di un paso atrás, porque tuve la impresión de que nos estábamos entrometiendo en su soledad, pero él cambió de expresión en cuanto nos vio e hizo señas para que nos acercáramos.

Cuando llegamos a su lado, nos ayudó a subir por las rocas y nos quedamos allí sentados un rato. Yo pensé que no lo había visto tan relajado en mucho tiempo.

—¿Por qué tengo la sensación de que se avecina una encerrona? —murmuró Gabriel.

—Por favor, ¿puedo ir al baile de promoción? —le dije sin más.

Gabriel sacudió la cabeza, divertido.

—No sabía que querías asistir. No creía que te interesara.

—Es que va todo el mundo —le dije—. Es de lo único que hablan las chicas desde hace meses. Se llevarían una decepción si yo no fuera. Para ellas es muy importante. —Le di unos golpecitos en el brazo—. No me digas que piensas perdértelo.

—Me encantaría, pero me han pedido que ayude a vigilar —me respondió, nada ilusionado ante semejante perspectiva—. No sé cómo se les ocurren estas ideas. A mí todo el montaje me parece una pérdida de tiempo y de dinero.

—Forma parte de la vida del colegio —dijo Ivy—. ¿Por qué no te lo tomas como una especie de investigación?

—Exacto —añadí—. Estaremos en el meollo del asunto. Si lo que queríamos era mirar las cosas a distancia, podríamos habernos quedarnos en el Reino.

—Pero no habrá que vestirse de gala, ¿no? —preguntó Gabriel.

—¡Para nada! —dije, escandalizada—. Bueno, quizás un poquito.

Él dio un suspiro.

—Bueno, supongo que es sólo una noche.

—Y tú estarás allí para controlar —añadí.

—Ivy, esperaba que tú me acompañaras —dijo Gabriel.

—Claro —respondió mi hermana, aplaudiendo. Era típico de ella entusiasmarse una vez que nos habíamos puesto de acuerdo—. ¡Será fantástico!

La atmósfera estaba templada y despejada el sábado por la noche: el tiempo ideal para una fogata en la playa. El cielo tenía un matiz aterciopelado y soplaba del sur una brisa que mecía los árboles, como si se hicieran reverencias unos a otros. Yo debería haberme sentido al borde de la histeria, pero en mi interior todo me parecía perfectamente lógico. Estaba a punto de unir nuestros mundos, por contradictorios que fueran, y de cimentar así mi relación con Xavier.

Elegí cuidadosamente lo que iba a ponerme aquella noche y acabé decidiéndome por una falda holgada y una blusa de estilo campesino con el cuello bordado. Cuando bajé, Gabriel e Ivy estaban en el salón; Gabe leyendo las letras minúsculas de un texto religioso con ayuda de una lupa: una estampa tan incongruente, dado su físico juvenil, que tuve que reprimir una risita. Ivy, por su parte, trataba en vano de adiestrar a *Phantom* dándole algunas órdenes básicas.

—Siéntate, *Phantom* —le decía, con esa voz empalagosa que la gente suele reservar para los bebés—. Hazlo por mami.

Yo estaba segura de que *Phantom* no obedecería mientras utilizase aquel tono con él. Era un perro muy inteligente y no le gustaba que lo tratasen como si fuera tonto. Me imaginaba que su expresión sólo podía ser de desdén.

—No llegues demasiado tarde —me advirtió Gabriel. Él sabía que me iba a dar una vuelta por la playa con Molly y sus amigos, y también que entre ellos estaría Xavier. No había puesto ninguna objeción, así que me figuré que estaba empezando a calmarse en lo tocante a mi vida social. El peso que suponía sobrellevar nuestra misión implicaba que a veces uno de nosotros necesitaba rehuir un rato sus deberes. Nadie protestaba cuando él se iba a correr en solitario, ni cuando Ivy se encerraba en el anexo de invitados con su bloc de dibujo como única compañía, así que no había motivo para no concederme a mí la misma licencia cuando necesitaba airearme un poco.

Confiaban en mí lo suficiente como para no hacer demasiadas preguntas, y yo me odiaba a mí misma al pensar que iba a traicionarlos. Pero ya no había marcha atrás: quería hacer partícipe a Xavier de mi mundo secreto, deseaba con locura llegar a ese grado de intimidad. Junto a esa determinación, no dejaba de haber en mí un miedo persistente a que esa transgresión me acarreara un severo castigo. Pero yo procuraba alejar de mi mente la preocupación y la llenaba con la imagen de Xavier. A partir de aquella noche, nos enfrentaríamos juntos a todo.

No pensaba quedarme hasta muy tarde: sólo el tiempo suficiente para contarle mi secreto a Xavier y enfrentarme con su reacción, fuera cual fuese. Había revisado una y otra vez todas las posibilidades y las había acabado reduciendo a tres. Podía quedarse cautivado, consternado o aterrorizado. ¿Me tomaría por una pieza de museo? ¿Llegaría a creer la verdad cuando por fin me armase de valor para decirla, o pensaría que era una broma de mal gusto? Estaba a punto de descubrirlo.

—Bethany ya sabe cuidarse de sí misma —dijo Ivy—. ¡Siéntate, *Phantom*! ¡Siéntate!

—No es Bethany, sino el resto del mundo lo que me preocupa —dijo Gabriel—. Ya hemos visto algunas de las estupideces más corrientes. Vete con cuidado y mantente ojo avizor.

—¡A sus órdenes! —dije, haciéndole un saludo militar y pasando por alto las punzadas de culpabilidad que sentía en el pecho. Aquello no me lo iba a perdonar Gabriel así como así.

—¡Siéntate, *Phantom*! —decía Ivy con su tonillo arrullador—. ¡Sobre el trasero!

—¡Ay, por Dios! —Gabriel dejó el libro y apuntó a *Phantom* con un dedo—. Siéntate —le ordenó con voz grave.

Phantom lo miró tímidamente y se tendió en el suelo.

Ivy frunció el ceño, decepcionada

—¡Yo llevaba todo el día intentándolo! ¿Por qué será que sólo hacen caso de la autoridad masculina?

Descendí con ligereza los estrechos escalones y empecé a recorrer el sendero lleno de maleza que iba a la playa. A veces se distinguían en la arena huellas de serpiente, o se cruzaba una lagartija a toda velocidad. Las ramitas se quebraban bajo mis pies con un chasquido. La arboleda era tan densa en algunos puntos que formaba un espeso dosel por el que sólo se colaba alguna que otra esquirla del sol del atardecer. Una orquesta de cigarras ahogaba los demás sonidos, salvo el rugido del océano. Si me perdía, siempre podría orientarme siguiendo el rumor de su oleaje.

Llegué a la playa de arena blanca y sedosa, que crujía bajo mis pies. Habían decidido montar la fogata cerca de los acantilados porque sabían que la zona estaría desierta. Me encaminé hacia allí pensando que aquel paisaje parecía mucho más escabroso de noche. No había más que un pescador solitario plantado en la orilla. Lo observé mientras recogía el sedal para examinar su captura; enseguida volvió a arrojar al agua el cuerpo palpitante del pez. Advertí que el océano cambiaba de color con la distancia: era azul oscuro en lo más profundo, allí donde se juntaba con el horizonte; casi aguamarina en medio; y de un verde claro y vidrioso entre el oleaje que lamía la orilla. Vi un promontorio que se destacaba a lo lejos y un faro blanco encaramado en lo alto. Desde donde yo estaba, parecía del tamaño de un dedal.

Para entonces ya empezaba a oscurecer. Oí ruido de voces y luego distinguí a varias figuras que iban apilando apuntes, exámenes, hojas de ejercicios y otros materiales inflamables en un gran montón para encender la fogata. No había música atronando ni una masa apretada de cuerpos, como en la fiesta de Molly. Aún eran pocos los presentes y se limitaban a tum-

barse en la arena, echando tragos de cerveza y pasándose ciga-
rrillos liados a mano. Molly y sus amigas todavía no habían
llegado.

Xavier estaba sentado en un tronco caído y medio enterra-
do en la arena. Llevaba tejanos, una holgada sudadera azul claro y la cruz de plata colgada al cuello. Tenía una botella a medias en la mano y se reía a carcajadas de la imitación que
estaba haciendo uno de los chicos. La luz de las llamas bailaba
en su rostro, dándole un aspecto más cautivador que nunca.

—Eh, Beth —dijo alguien, y los demás me saludaron con
la mano o con un gesto de cabeza. ¿Había dejado la gente por
fin de considerarnos material de «interés informativo»?, ¿habían aceptado ya que íbamos los dos en el mismo paquete?
Sonreí a todos tímidamente y me deslicé enseguida junto a
Xavier, donde me sentía segura.

—Tienes un olor increíble —me dijo y se inclinó para besarme en lo alto de la cabeza. Algunos de sus amigos silbaron,
le dieron codazos o pusieron los ojos en blanco.

—Venga. —Me ayudó a levantarme—. Vamos.

—¿Ya os marcháis? —se mofó uno de sus amigos.

—Sólo vamos a dar un paseo —dijo Xavier con buen talante—. Si no tienes inconveniente.

Oímos algunos silbidos a nuestra espalda mientras nos
alejábamos del grupo y del calor de la fogata recién encendida.
Procedían del círculo de los amigos íntimos de Xavier y sabía
que no pretendían ofender. Sus voces se amortiguaron enseguida para convertirse en un zumbido lejano.

—No puedo quedarme hasta muy tarde, Xavier.

—Ya me lo figuraba.

Me puso un brazo sobre los hombros despreocupadamen-
te, mientras recorríamos la playa en silencio hacia los acantilados, convertidos ya en negras siluetas dentadas que se recor-
taban contra el cielo nocturno. La cálida presión del brazo de
Xavier hacía que me sintiera protegida. Sabía que la fría sensación de inseguridad regresaría en cuanto me separase de él.

Cuando me hice un corte en el pie con el filo de una con-
cha, Xavier se empeñó en llevarme en brazos. En la oscuridad,
por suerte, él no podía ver cómo se me curaba el corte por sí

mismo. Aunque el dolor ya se había mitigado, seguí aferrada a él, decidida a disfrutar de la situación. Relajé todo mi cuerpo, dejando que se fundiera con el suyo. En mi entusiasmo por pegarme todo lo posible a él, le metí sin querer un dedo en el ojo. Me sentí tan torpe como una colegiala, justamente cuando debería haberme comportado con la grácil levedad de un ángel. Me disculpé una y otra vez.

—No pasa nada, aún me queda otro —bromeó, mientras le lloraba el ojo a causa del golpe. Él parpadeaba y lo guiñaba para librarse de las lágrimas.

Volvió a depositarme en el suelo cuando llegamos a una ensenada arenosa sumida bajo la sombra del acantilado. Las rocas dentadas formaban un arco natural, como la entrada a otro mundo, y la luz de la luna le daba a la arena un tono azul nacarado. Una empinada serie de escalones conducía hasta lo alto, desde donde se disfrutaba de la mejor vista del faro. En el agua, junto a la orilla, sobresalían a la superficie formaciones rocosas dispersas como monolitos. Casi nadie solía aventurarse por allí, salvo algún grupo ocasional de turistas. La mayoría prefería quedarse en la playa principal, donde tenían a mano los cafés y las tiendas de regalos. Aquel sitio estaba totalmente apartado: no había nada ni nadie a la vista. El único sonido era el de los embates del mar: como un centenar de voces hablando una lengua misteriosa.

Xavier se sentó y apoyó la espalda contra la fría roca. Yo me quedé rondando a su lado, sin querer aplazar más lo inevitable pero sin saber cómo empezar. Ambos sabíamos a qué habíamos venido: yo quería desahogarme y contarle al fin mi secreto. Me imaginaba que Xavier había estaba aguardando aquel momento tanto como yo, pero no sabía lo que se le venía encima.

Ahora se quedó en silencio, esperando mis palabras, pero yo tenía la boca completamente seca. Se suponía que era mi gran momento. Había planeado revelarle mi identidad aquella noche. Durante toda la semana me había parecido que el tiempo transcurría lentamente, que las horas desfilaban a paso de tortuga. Pero ahora que había llegado al fin el momento, era como si quisiera ganar un poco más de tiempo. Me sentía como una actriz que olvida bruscamente su texto, aunque durante los ensayos previos le saliera a la perfección. Sabía lo que debía decirle básicamente, pero no recordaba cómo hacerlo, ni con qué gestos acompañarlo ni en qué orden iba a explicárselo. Deambulé de aquí para allá por la orilla, retorciéndome las manos, mientras me preguntaba cómo empezar. A pesar de que hacía una noche templada, sentía escalofríos, y mi vacilación estaba empezando a impacientar a Xavier.

—Sea lo que sea, Beth, dímelo de una vez. Podré resistirlo.

—Gracias, pero la cosa es un poquito más complicada.

Me había imaginado la escena más de un centenar de veces, pero ahora no me salían las palabras.

Xavier se levantó y me puso las manos en los hombros para tranquilizarme.

—Escucha. No importa lo que estés a punto de contarme, eso no va a cambiar lo que pienso de ti. Es imposible.

—¿Por qué imposible?

—No sé si te has dado cuenta, pero estoy loco por ti.

—¿De veras? —dije, complacida por aquella súbita distracción.

—¿No lo habías notado? Mal asunto. Tendré que ser más demostrativo de ahora en adelante.

—Eso será si todavía deseas que sigamos juntos después de esta noche.

—Cuando me conozcas mejor, descubrirás que no soy de los que salen corriendo. Me cuesta mucho tiempo tomar una decisión sobre la gente, pero, una vez que la he tomado, me mantengo firme a su lado.

—¿Incluso si te has equivocado?

—No creo que me equivoque contigo.

—¿Cómo puedes decir eso cuando no sabes lo que voy a contarte? —murmuré.

Xavier abrió los brazos, dispuesto a recibir el golpe.

—Deja que te lo demuestre.

—No puedo —negué con voz entrecortada—. Tengo miedo. ¿Y si no quieres volver a verme nunca más?

—Eso no va a suceder, Beth —dijo, ahora con tono más enérgico. Bajó la voz y añadió con toda seriedad—: Ya sé que es un trago difícil, pero vas a tener que confiar en mí.

Lo miré a los ojos, que relucían como dos estanques azules, y comprendí que tenía razón. Confiaba en él.

—Primero dime una cosa —murmuré—. ¿Qué es lo más espeluznante que te ha pasado en tu vida?

Xavier reflexionó unos instantes.

—Bueno, mirar desde lo alto de un descenso en rápel de treinta metros fue bastante espeluznante. Y una vez, en un viaje con el equipo de waterpolo infantil, incumplí una de las normas y el entrenador Benson me agarró por su cuenta. Es un tipo bastante intimidante cuando quiere y me hizo pedazos. No me dejó participar al día siguiente en el partido contra Creswell.

Por primera vez me dejó impresionada su inocencia humana; si aquélla era su definición de una experiencia terrorífica, ¿qué posibilidades tenía de sobrevivir ante la bomba que yo estaba a punto de soltar?

—¿Y ya está? —pregunté, aunque me salió un tono más brusco de lo que pretendía—. ¿Eso ha sido lo más espeluznante de todo?

Me miró a los ojos.

—Bueno, supongo que podrías incluir aquella noche también, cuando me llamaron para decirme que había habido un incendio en casa de mi novia. Aunque de eso preferiría no hablar...

—Lo siento. —Miré al suelo. No entendía cómo había sido tan estúpida para olvidarme de Emily. Xavier conocía una pérdida, una tristeza y un dolor que yo no había experimentado.

—No lo sientas. —Me cogió la mano—. Sólo escucha: vi a la familia después. Estaban todos en la calle y yo por un momento pensé que no había pasado nada. Esperaba verla entre ellos. Me acerqué dispuesto a consolarla. Pero entonces vi la cara de su madre. Una cara... bueno, como si ya no tuviera motivo para seguir viviendo. Entonces lo supe. No sólo había desaparecido su casa: Emily también se había ido.

—¡Qué espanto! —susurré, mientras notaba que se me llenaban los ojos de lágrimas. Xavier me las secó con el pulgar.

—No te lo cuento para afligirte —me dijo—. Te lo cuento para que sepas que no puedes asustarme. Puedes decirme lo que sea. No saldré corriendo.

Así pues, inspiré hondo y empecé la confesión que habría de cambiar nuestras vidas para siempre.

—Quiero que sepas que si todavía me quieres después de esta noche... en fin, que nada podría hacerme más feliz. —Xavier sonrió y alargó una mano para acariciarme, pero yo lo detuve—. Déjame terminar primero. Voy a procurar explicártelo de la mejor manera posible.

Él asintió, cruzando los brazos, y me prestó toda su atención. Durante una fracción de segundo, lo vi como si fuera un colegial sentado en primera fila: un chico ansioso por complacer, expectante ante las instrucciones del profesor.

—Sé que te parecerá una locura —le dije—, pero quiero que me mires caminar.

Parpadeó con cierta perplejidad, pero no discutió.

—Está bien.

—Pero no me mires a mí; mira la arena.

Sin apartar la vista de su rostro, describí lentamente un círculo alrededor de él.

—¿Qué has notado? —pregunté.

—Que no dejas huellas —respondió Xavier, como si fuera la cosa más evidente del mundo—. Un truco guay. Seguramente te haría falta comer un poco más.

Por ahora, todo bien. No era fácil desconcertarle. Sonreí con tristeza, me senté a su lado y giré el pie para que pudiera ver la planta. La piel, suave y de color melocotón, se veía intacta.

—Antes me he cortado...

—Pero no hay ningún corte —dijo Xavier, arrugando la frente—. ¿Cómo puede...?

Antes de que pudiera terminar, le tomé la mano y me la puse en el estómago.

—¿Notas la diferencia? —pregunté.

Sus dedos recorrieron delicadamente mi vientre. Se detuvo al llegar justo al centro y presionó un poco, buscando con el pulgar la hendidura del ombligo.

—No vas a encontrarlo —dije, antes de que pronunciase palabra—. No tengo.

—¿Qué te pasó? —preguntó Xavier. Debía figurarse que había sufrido algún accidente y que era sólo una secuela.

175

—No me pasó nada. Es lo que soy.

Casi percibía su esfuerzo mental para tratar de encajar todas las piezas.

—¿Quién eres? —Fue apenas un susurro.

—Estoy a punto de mostrártelo. ¿Te importaría cerrar los ojos? No los abras hasta que yo te lo diga.

Cuando comprobé que los tenía del todo cerrados, me apresuré a subir de tres en tres los empinados escalones del acantilado. Una vez arriba, avancé de puntillas y me situé en el borde, justo por encima de donde estaba Xavier. El suelo de roca era áspero e irregular, pero conseguí mantener el equilibrio. Aunque estaba a unos diez metros, la altura no me intimidó. Sólo confiaba en ser capaz de llevar a cabo mi plan. El corazón me palpitaba, casi me daba brincos en el pecho. Oía dos voces a la vez en mi cabeza. «¿Qué estás haciendo?», gritaba una. «¿Te has vuelto loca? ¡Baja corriendo, vuelve a casa! ¡Todavía no es demasiado tarde!» La otra voz tenía otras ideas. «Ya has llegado hasta aquí —decía—. No puedes echarte atrás ahora. Tú sabes bien cuánto le quieres. Nunca podrás estar con él si no lo haces. Muy bien, sí, pórtate como una cobarde y márchate. Deja que siga con su vida y que se olvide de ti. Espero que disfrutes de tu eterna soledad.»

Me tapé la boca con la mano para no gritar de pura frustración. No tenía sentido darle más vueltas. Ya había tomado mi decisión.

—¡Ya puedes abrir los ojos! —le grité a Xavier.

Primero miró alrededor sorprendido y sólo después levantó la vista. Agité la mano cuando me vio.

—¿Qué haces ahí arriba? —Detecté una nota de pánico en su voz—. Esto no tiene ninguna gracia, Beth. Baja ahora mismo antes de que te hagas daño.

—No te preocupes. Ya bajo —le dije—. A mi manera.

Di un paso más y me balanceé al borde del acantilado, depositando todo mi peso en el pulpejo de los pies. La roca me arañaba la piel, pero yo apenas lo notaba. Era como si ya estuviera volando. Me invadía el deseo imperioso de sentir de nuevo el viento alborotándome el pelo.

—¡Basta ya, Beth! ¡No te muevas, voy a buscarte! —oí

que gritaba Xavier, pero yo ya no le escuchaba. Mientras el viento me agitaba las ropas, extendí los brazos y me dejé caer desde lo alto del acantilado. Si hubiera sido humana, habría sentido que se me subía el estómago a la boca; yo, en cambio, noté que mi corazón se aligeraba y que todo mi cuerpo hormigueaba de pura embriaguez. Caí en picado hacia el suelo, disfrutando de la presión del viento en mis mejillas. Xavier dio un grito y corrió a atraparme, pero sus esfuerzos eran inútiles. Esta vez no necesitaba que me salvaran. A medio camino, bajé los brazos y dejé que se produjera la transformación. Una luz cegadora surgió del interior de mi cuerpo, brotando de cada poro y haciendo que me resplandeciera la piel como un metal candente. Vi que Xavier retrocedía, protegiéndose los ojos con una mano. Noté que mis alas se liberaban de detrás de mis omoplatos y explotaban bruscamente, haciendo trizas la fina tela de la blusa. Completamente desplegadas, arrojaban sobre la arena una larga sombra, como si yo fuera un pájaro majestuoso.

Xavier se había agazapado y advertí que la luz palpitante lo deslumbraba. Yo me sentía expuesta y desnuda mientras planeaba allá arriba y batía las alas para sostenerme en el aire. Pero también experimentaba una extraña euforia. Sentía con placer cómo se extendían los tendones de mis alas, muy necesitados de ejercicio; últimamente pasaban demasiado tiempo agarrotados bajo las ropas. Contuve la tentación de volar más alto y de zambullirme entre las nubes. Me limité a planear unos instantes y luego descendí de golpe y me posé suavemente en la arena. La incandescencia que me rodeaba empezó a extinguirse en cuanto mis pies tocaron suelo firme.

Xavier se frotaba los ojos y parpadeaba, tratando de recuperar la visión. Finalmente, me vio. Dio un paso atrás, estupefacto, con los brazos caídos y flácidos, como si no supiera bien qué hacer con ellos. Yo permanecí frente él, todavía con la piel encendida. Los restos de mi camisa me colgaban como tentáculos. Un par de alas prominentes se arqueaban a mi espalda, ligeras como plumas, pero con un aspecto poderoso. Tenía el pelo echado hacia atrás y sabía que el cerco de luz en torno a mi cabeza debía brillar como nunca.

—¡Joder, la Virgen! —soltó Xavier.

—¿Te importaría no blasfemar? —le dije educadamente. Él me miró, sin saber qué decir—. Lo sé —añadí, suspirando—. Ésta no te la esperabas. —Señalé la playa con un gesto—. Ahora puedes irte, si quieres.

Xavier permaneció inmóvil un instante, mirándome con unos ojos como platos. Luego me rodeó lentamente y noté que me rozaba las alas delicadamente con los dedos. Aunque no lo pareciera, eran delgadas como pergamino y apenas pesaban. Noté por su expresión que se había quedado maravillado ante aquellas plumas blancas tan frágiles y ante las finísimas membranas que se vislumbraban a través de la piel translúcida.

—Uau —dijo, pasmado—. Es tan...

—¿Monstruoso?

—Increíble —dijo—. Pero ¿quién eres entonces? No puedes ser...

—¿Un ángel? —respondí—. Premio.

Xavier se frotó la nariz, mientras trataba de encontrarle sentido a todo aquello.

—No puede ser real —dijo al fin—. No lo entiendo.

—Claro que no —susurré—. Mi mundo y el tuyo están a años luz.

—¿Tu mundo? —preguntó, incrédulo—. Esto es demencial.

—¿El qué?

—Estas cosas son pura fantasía. ¡No suceden en la vida real!

—Es real. Yo soy real.

—Ya —contestó—. Lo más espeluznante es que te creo. Perdona, necesito un minuto...

Se desplomó en la arena con la cara contraída, como quien trata de resolver un enigma indescifrable. Intenté figurarme lo que sucedía en su cabeza. Debía de ser un caos total. Tendría millones de preguntas.

—¿Estás enfadado? —pregunté.

—¿Enfadado? —repitió—. ¿Por qué habría de estarlo?

—Por no habértelo dicho antes.

—Estoy intentando entenderlo.

—Ya entiendo que no debe de ser fácil. Tómatelo con calma.

Permaneció en silencio un buen rato. Su pecho subía y bajaba agitadamente. Debía de estar produciéndose una gran lucha en su interior. Se incorporó y pasó una mano lentamente alrededor de mi cabeza. Yo sabía que sus dedos detectarían el calor que emitía mi halo.

—Vale, o sea que los ángeles existen —admitió al fin, hablando despacio, como si se estuviera convenciendo a sí mismo—. Pero ¿qué haces aquí, en la Tierra?

—Ahora mismo somos miles los que estamos distribuidos bajo apariencia humana por todo el planeta —respondí—. Formamos parte de una misión.

—¿Con qué objetivo?

—Es difícil de explicar. Estamos aquí para ayudar a la gente a reconectarse entre sí, a amarse unos a otros. —Xavier me miraba confuso, así que procuré explicarme—. Hay demasiada ira en el mundo, demasiado odio, lo cual espolea a las fuerzas oscuras y las estimula. Una vez desatadas, es casi imposible dominarlas. Nuestro trabajo consiste en contrarrestar toda esa negatividad, en impedir que se produzcan más desastres. Este lugar, por ejemplo, se ha visto afectado gravemente.

—¿Estás diciendo que las cosas malas que han sucedido aquí se deben a las fuerzas oscuras?

—Más o menos.

—Y con «fuerzas oscuras» te refieres al demonio, ¿no?

—Bueno, a sus representantes al menos.

Xavier parecía a punto de echarse a reír, pero se contuvo.

—¡Qué locura! ¿Quién se supone que te ha enviado a esta misión?

—Creía que eso resultaría obvio.

Xavier me miró incrédulo.

—No querrás decir…

—Sí.

Me miró consternado, como si un huracán lo hubiese lanzado por los aires y hubiera vuelto a arrojarlo al suelo. Se apartó el pelo de la frente.

—¿Me estás diciendo... que Dios existe de verdad?

—No estoy autorizada a hablar de ello —contesté, pensando que sería mejor que la conversación no fuera más lejos—. Hay cosas que quedan más allá de la comprensión humana. Me vería en un aprieto si intentara explicártelo. Ni siquiera deberíamos pronunciar su nombre.

Xavier asintió.

—Pero ¿hay vida después de la muerte? —dijo—. ¿Un Cielo?

—Sin duda.

—Entonces... —Se frotó la barbilla, pensativo—. Si existe el Cielo, es lógico pensar... que también debe de haber...

Completé su pensamiento.

—Sí, también. Pero, por favor, basta de preguntas por ahora.

Xavier se masajeó las sienes, como buscando la mejor manera de procesar toda aquella información.

—Perdona —le dije—. Comprendo que debe de ser abrumador.

Él me tranquilizó con un gesto, mientras seguía tratando de hacerse una idea coherente.

—A ver si me aclaro. Los ángeles estáis metidos en una misión para ayudar a la humanidad... ¿y tú has sido destinada a Venus Cove?

—En realidad, Gabriel es un arcángel —lo corregí—. Pero, por lo demás, sí.

—Ah, vale. Así se explica que sea tan poco impresionable —dijo Xavier con ligereza.

—Eres la única persona que lo sabe —le advertí—. No puedes decirle una palabra a nadie.

—¿A quién voy a contárselo? —exclamó—. ¿Y quién va a creerme, además?

—Bien observado.

Se echó a reír de improviso.

—Mi novia es un ángel —dijo, y luego lo repitió en voz más alta, cambiando el énfasis, probando a ver qué tal sonaba—. Mi *novia* es un *ángel*.

—Baja la voz, Xavier —le advertí.

Sonaba tan extravagante y tan sencillo a la vez que no pude reprimir una risita. Cualquier otra persona habría entendido al oírle que no era más que un adolescente enamorado manifestando su rendida admiración. Sólo nosotros dos lo entendíamos de otra manera. Ahora compartíamos un secreto: un peligroso secreto que nos acercaba más que nunca. Era como si hubiéramos sellado un vínculo, cerrando la brecha entre ambos y volviéndolo definitivo.

—Me preocupaba muchísimo que no quisieras saber nada de mí en cuanto lo descubrieras.

Suspiré con una gran sensación de alivio.

—¿Bromeas? —Alargó la mano y enrolló en su dedo un mechón de mi pelo—. Debo de ser el tipo más afortunado del mundo.

—¿Cómo es eso?

—¿No te parece obvio? Tengo aquí mismo mi pequeña parcela del Cielo.

Me rodeó con sus brazos y me atrajo hacia sí. Yo restregué la nariz contra su pecho, aspirando su fragancia.

—¿Me prometes no hacer demasiadas preguntas?

—Sólo respóndeme ésta —replicó—. Supongo que esto hace que lo nuestro sean un gran… —Completó la frase meneando el dedo y chasqueando la lengua con seriedad. Me alegró que se le hubiera pasado la impresión y que empezara a comportarse como el de siempre.

—No sólo grande —dije—, sino el más grande.

—No te preocupes. Me encantan los desafíos.

15

El Cónclave

—*B*ueno, y ahora, ¿qué? —preguntó Xavier.

—¿Qué quieres decir?

—Ahora que sé lo tuyo.

—No tengo ni idea, la verdad. Nunca se había dado entre nosotros una situación parecida —reconocí.

—O sea que por mucho que seas un ángel… —vaciló.

—Eso no implica que tenga respuesta para todo —dije, concluyendo su frase.

—Creía que sería una de las ventajas.

—Por desgracia, no.

—Bueno, a mí me parece que mientras nadie más lo sepa, estás a salvo. Porque en cuestión de secretos, yo soy una tumba. Pregunta a mis amigos.

—Sé que puedo confiar en ti. Pero tienes que saber otra cosa. —Hice una pausa. Aquélla iba a ser la parte más difícil.

—De acuerdo. —Xavier pareció armarse de valor.

—Has de comprender que tarde o temprano la misión concluirá y que tendremos que volvernos a casa —le expliqué.

—A casa, en el sentido… —Levantó los ojos al cielo.

—Exacto.

Aunque debía de esperarse la respuesta, aparecieron en su rostro indicios de desazón. Sus ojos color océano se oscurecieron y en sus labios se dibujó un rictus de contrariedad.

—Y después, ¿volverás alguna vez? —preguntó con voz tirante.

—No lo creo —murmuré—. Y si llego a volver, no es probable que sea pronto. Ni siquiera al mismo sitio.

Xavier se puso rígido.

—¿Y tú no tienes ni voz ni voto? —preguntó con una nota de incredulidad—. ¿Qué hay del libre albedrío?

—Ése fue un don otorgado a la humanidad, ¿recuerdas? A nosotros no nos incumbe. Mira, si hay alguna manera de que me quede, todavía no se me ha ocurrido —proseguí—. Yo ya sabía al venir que no iba a ser algo permanente, que al final habríamos de marcharnos. Pero no esperaba encontrarte. Y ahora que te he encontrado...

—No puedes irte —dijo Xavier sencillamente, con el mismo tono desapasionado con el que podría haber dado la previsión del tiempo: chubascos ocasionales a última hora. Traslucía seguridad, como retando a cualquiera a desafiar su convicción.

—Yo siento lo mismo —le dije, frotándole los hombros para aliviar la tensión que lo atenazaba—, pero no depende de mí.

—Es tu vida —replicó.

—No es así exactamente. Yo estoy, como si dijéramos, con un contrato de alquiler.

—Tendremos que renegociar las cláusulas del contrato.

—¿Cómo pretendes hacerlo? No es como llamar por teléfono, ¿sabes?

—Déjame pensarlo.

Debía reconocer que su determinación era impactante y típicamente humana. Me acurruqué entre sus brazos.

—No hablemos más esta noche —le propuse. No quería arruinar el momento dándole vueltas a algo que no podíamos cambiar. Por ahora, me bastaba con que deseara que me quedase a su lado y con su disposición a enfrentarse incluso con los poderes celestiales para conseguirlo—. Ahora mismo estamos juntos; no nos amarguemos pensando en el futuro. ¿Vale?

Xavier asintió y se dejó llevar en cuanto pegué mis labios a los suyos. La tensión pareció desaparecer en un instante, y los dos caímos sobre la arena. Notaba cómo encajaban a la perfección nuestros cuerpos. Él me rodeaba la cintura con los brazos mientras yo le deslizaba los dedos por el pelo y le acariciaba la cara. Nunca había besado a nadie más, pero sentía como si una extraña se hubiera apoderado de mi cuerpo: una extraña que sabía muy bien lo que se hacía. Ladeé la cabeza para reseguir su mandíbula con los labios, bajando por el cuello y continuando por la clavícula. Él contuvo la respiración un momento. Me tomó la cara con ambas manos, acariciándome el pelo y poniéndomelo detrás de las orejas.

No sabría decir cuánto tiempo permanecimos así, entrelazados sobre la arena, a ratos fundidos en un abrazo, a ratos mirando la luna y el acantilado que se alzaba sobre nosotros. Lo único seguro es que cuando quise darme cuenta, había pasado mucho más tiempo de lo que pensaba. Me incorporé, sacudiéndome la arena de la ropa y de la piel.

—Se ha hecho tarde —dije—. He de volver a casa.

La imagen de Xavier desparramado sobre la arena, con su pelo castaño desordenado y una media sonrisa en los labios, resultaba tan seductora que me entró la tentación de tenderme de nuevo a su lado. Pero me las arreglé para serenarme y me dispuse a volver por donde habíamos venido.

—Eh, Beth —me dijo, levantándose—. Igual te convendría… hum, taparte.

Necesité un momento para advertir que aún se me veían las alas perfectamente entre la camisa desgarrada.

—¡Ah, sí, gracias!

Me lanzó su sudadera y yo me apresuré a pasármela por la cabeza. Me iba muy grande y prácticamente me llegaba a medio muslo, pero era cálida y agradable y olía deliciosamente a él. Cuando nos separamos, hice todo el trayecto hasta casa corriendo con la sensación de que seguía a mi lado. Pensaba dormir con la sudadera y empaparme de su fragancia.

Al llegar al patio trasero de Byron, que estaba cubierto de maleza, me pasé rápidamente los dedos por el pelo y me alisé la ropa para que pareciese que venía de dar un inocente paseo en grupo, y no de una cita secreta en una playa bañada por la luz de la luna. Luego me desplomé en el pesado columpio de madera, que rechinó bajo mi peso. Apoyé la mejilla en la áspera soga, que colgaba de la rama retorcida del roble, y miré hacia el interior de la casa. Por la ventana del salón vi a mis hermanos sentados bajo la luz de lámpara: Ivy tejiendo unos guantes y Gabriel tocando la guitarra. Mientras los contemplaba, sentí que los fríos dedos de la culpa me envolvían el pecho.

Había luna llena y su claridad azulada inundaba el jardín e iluminaba una estatua medio derruida que sobresalía entre los arbustos. Era un ángel de expresión severa que alzaba la vista hacia el cielo, con las manos entrelazadas sobre el pecho en un gesto de devoción. Gabriel la consideraba una pobre imitación y más bien desagradable, pero Ivy la encontraba bonita. A mí, personalmente, siempre me había resultado algo inquietante. No sabía si la luz me jugaba una mala pasada o eran sólo imaginaciones mías, pero mientras contemplaba la estatua en la penumbra me pareció que volvía los ojos para mirarme y que me apuntaba acusadoramente con un dedo.

La ilusión no duró más que un segundo, pero bastó para que saltara de golpe del columpio. Éste se bamboleó hacia atrás y fue a chocar con el tronco ruidosamente. Antes de que pudiera echarle otro vistazo al ángel para comprobar si no estaría perdiendo el juicio, oí que se deslizaban y abrían del todo las puertas cristaleras. Ivy apareció en la terraza como un espectro. La luz de la luna alumbraba su piel blanca como la nieve y resaltaba las venas verde azuladas de sus brazos y su pecho.

—¿Bethany, eres tú? —hablaba con voz almibarada, y la expresión de su rostro parecía tan confiada que me resultó mortificante. Se me hizo un nudo en el estómago y me entraron náuseas. Me vislumbró entre las densas sombras del roble—. ¿Qué haces ahí? Entra.

Dentro de casa, todo resultaba familiar y tranquilizador. La luz amarillenta de la lámpara se reflejaba en las tablas del suelo; la cama de *Phantom*, con su estampado de pezuñas, ocupaba su sitio habitual junto al sofá; y los libros de arte de Ivy y las revistas de decoración se hallaban cuidadosamente ordenadas sobre la mesita de café.

Gabriel levantó la vista cuando entré.

—¿Una buena velada? —me preguntó con una sonrisa.

Intenté devolvérsela, pero me pareció que tenía paralizados los músculos de la cara. Era como si el peso de lo que había hecho me abrumara y me hundiera la cabeza bajo el agua, de tal manera que no podía respirar. Cuando estaba con Xavier me resultaba fácil olvidar que yo tenía otro lugar en el mundo y que no sólo le debía lealtad a él.

No me arrepentía de haberle revelado la verdad, pero yo no soportaba los subterfugios, especialmente cuando tenían que ver con mi familia. Me aterrorizaba pensar cómo reaccionarían mis hermanos cuando descubrieran lo que había hecho. ¿Sería capaz de hacerles comprender mis motivos? Pero lo que más miedo me daba era que los poderes del Reino suspendieran nuestra misión o exigiesen mi retirada inmediata. En uno u otro caso, me vería obligada a abandonar la Tierra y a separarme de la persona que más me importaba.

Gabriel debía de haber advertido que llevaba puesta la sudadera de Xavier, pero se abstuvo de hacer comentarios. Aunque una parte de mí deseaba confesarlo todo allí mismo, me obligué a morderme la lengua. Me disculpé por llegar tarde, alegué que estaba cansada y me excusé sin más, rechazando la taza de chocolate que me ofrecía Ivy y las galletas que ella misma había preparado aquella tarde.

Gabriel me llamó cuando ya estaba al pie de la escalera y yo aguardé mientras se acercaba. El corazón se agitaba en mi pecho. Mi hermano tenía unas dotes de observación terroríficas y estaba segura de que había notado que yo no era la de siempre. Esperaba que me mirase fijamente, que empezara a hacerme preguntas extrañas o a lanzarme acusaciones, pero lo único que hizo fue ponerme una mano en la mejilla (noté el frío metal de sus anillos) y darme un beso en la frente. Su rostro exquisito parecía totalmente relajado aquella noche. Algunos mechones de pelo rubio se le habían escapado de la cinta que se ponía a veces para recogérselo. Sus ojos de color lluvia habían perdido parte de su severidad y me miraban con genuino afecto fraternal.

—Me siento orgulloso de ti, Bethany —dijo—. Has hecho grandes progresos en poco tiempo y estás aprendiendo a tomar mejores decisiones. Llévate arriba a *Phantom*. Te andaba buscando muy ansioso hace un rato.

Me hizo falta toda mi fuerza de voluntad para contener las lágrimas. Arriba, ya acostada y con el cálido cuerpo de *Phantom* a mi lado, dejé que fluyeran con toda libertad. Sentía que mis mentiras se me deslizaban por dentro como serpientes, envolviéndome poco a poco y apretándome con sus anillos. Me parecía que exprimían todo el aire de mis pulmones y me estrechaban el corazón. Aparte de la culpa lacerante que recorría mi cuerpo como un veneno, me invadía un temor espantoso. ¿Seguiría en la Tierra cuando despertase? No lo sabía. Quería rezar, pero no podía. Estaba demasiado avergonzada, después de los pecados que había cometido, para hablar con Nuestro Padre. Sólo llevaba unas horas con mi secreto y ya me sentía deshecha.

Junto a la sensación de culpa y vergüenza, sin embargo, había una ira latente ante la conciencia de que mi destino no se hallaba en mis manos. Xavier me había inoculado esa idea. El futuro de mi relación con él sería decidido sin mi intervención, y lo peor de todo era que yo no sabía cuándo. Mi estancia en la Tierra no venía con una fecha de caducidad definida. ¿Y si ni siquiera tenía la oportunidad de despedirme de él? Aparté las mantas de una patada a pesar de que sentía un frío glacial. Empezaba a pensar que no podía concebir mi existencia sin la compañía de Xavier. No quería.

Horas más tarde seguía debatiéndome furiosamente con mis pensamientos. Nada había cambiado, salvo que tenía la almohada empapada de lágrimas. Me dormía con un sueño entrecortado. Me despertaba y me incorporaba de golpe, escrutando la oscuridad, como si intuyera una presencia que venía a imponerme un castigo. «Mía es la venganza; yo pagaré, dice el Señor.» En un momento dado, vi al despertarme una figura encapuchada que supuse que venía a darme mi merecido, pero resultó que no era más que el abrigo colgado del perchero que había junto a la puerta. Después de semejante susto me daba miedo cerrar los ojos, como si hacerlo me volviera más vulnerable. Era algo irracional, desde luego. Yo sabía perfectamente que si venían a por mí, no importaría si estaba despierta o dormida. Me hallarían en cualquier caso totalmente indefensa.

Por la mañana, estaba hecha una piltrafa emocional. Cuando me lavé y me miré al espejo, me di cuenta de que, además, se me notaba. Tenía la cara mucho más blanca de lo normal y se me veían bajo los ojos unos cercos muy marcados. Ahora tenía toda la pinta de un ángel caído que ha perdido la Gracia. Cuando bajé y me encontré la cocina vacía, comprendí en el acto que algo andaba mal. No recordaba ni una sola mañana en la que Gabriel no me hubiera recibido con el desayuno preparado. Le había dicho muchas veces que me lo podía preparar yo misma, pero él se empeñaba en seguir haciéndolo, como un padre abnegado, y decía que lo disfrutaba. Ahora, sin embargo, la mesa estaba vacía y la cocina desierta. Me dije que no podía ser más que una alteración sin importancia de la rutina. Fui a la nevera a servirme un zumo de naranja, pero me temblaban tanto las manos que derramé la mitad en la encimera. Limpié el estropicio con una toalla de papel, mientras trataba de ahuyentar el miedo que me atenazaba la garganta.

Sentí la presencia de Ivy y Gabriel antes de verlos o de oírlos entrar. Aparecieron los dos juntos en el umbral, unidos en una silenciosa condena, mirándome con rostros pétreos e inexpresivos. No me hizo falta que me lo dijeran con palabras. Lo sabían. ¿Era mi desasosiego lo que me había delatado? Debería haberme esperado su reacción, pero aun así me sentó como una bofetada. Durante largos minutos no pude pronunciar palabra. Quería correr y ocultar mi rostro en el pecho de Gabriel; suplicar su perdón, sentir sus brazos estrechándome. Pero sabía que allí no encontraría ningún consuelo. A pesar de la representación habitual de los ángeles como seres dotados de un amor y una compasión inagotables, yo no ignoraba que eran capaces de adoptar una actitud muy distinta: una actitud severa y despiadada. El perdón estaba reservado para los humanos. A éstos siempre se les perdonaba. Teníamos tendencia a mirarlos como si fueran niños, a considerar que los «pobrecitos» no sabían hacerlo mejor. En mi caso, en cambio, las expectativas eran mucho más altas. Yo no era humana, sino uno de ellos, y no tenía excusa.

No se oía nada, salvo el goteo del grifo y mi respiración entrecortada. No podía soportar aquel silencio. Habría resultado más fácil si me hubieran atacado abiertamente, si me hubieran amonestado o expulsado. Cualquier cosa, en fin, menos aquel silencio ensordecedor.

—¡Ya sé lo que os debe parecer a vosotros, pero tenía que decírselo! —exploté.

La cara de Ivy estaba congelada en una mueca de horror, pero la de Gabriel parecía petrificada.

—Lo lamento —proseguí—. No puedo evitar sentir lo que siento por él. Significa muchísimo para mí.

Nadie respondió.

—Decid algo, por favor —supliqué—. ¿Qué va a suceder ahora? Nos van a ordenar que volvamos al Reino, ¿verdad? No volveré a verlo nunca más.

Rompí en un acceso de sollozos sin lágrimas y me agarré del borde de la encimera para sostenerme. Ninguno de mis hermanos hizo ademán de venir a consolarme. No los culpaba. Fue Gabriel quien rompió el silencio. Volvió sus acerados ojos grises hacia mí con una expresión llameante. Cuando habló al fin, lo hizo con un tono lleno de ira.

—¿Tienes idea de lo que has hecho? —dijo—. ¿Te das cuenta del peligro en el que nos has puesto a todos?

Su cólera iba en aumento, eso era evidente. Afuera, se levantó un viento furioso que sacudió los cristales. Un vaso se hizo añicos bruscamente sobre la encimera. Ivy le puso a Gabriel las manos en los hombros. Él pareció reaccionar y se dejó guiar hacia la mesa, donde se sentó dándome la espalda. Sus hombros subían y bajaban de modo desacompasado mientras procuraba dominarse. ¿Dónde había quedado ahora su paciencia inagotable?

—Por favor —dije en un susurro casi inaudible—. Ya sé que no es excusa, pero creo...

—No lo digas. —Ivy se volvió con una mirada de advertencia—. No digas que lo amas.

—¿Queréis que os mienta? —pregunté—. He intentado no sentirme así, de veras que lo he intentado, pero él no es como los demás humanos. Es diferente. Él... comprende.

—¿Comprende? —dijo Gabriel con una voz trémula muy alejada de su calma habitual. Siempre había creído que no había nada capaz de alterar su compostura—. Sólo un puñado de mortales a lo largo de la historia ha estado cerca de comprender lo divino. ¿Insinúas que tu amigo del colegio es uno de ellos?

Di un paso atrás. Nunca le había oído hablar en aquel tono.

—¿Qué voy a hacerle? —musité, mientras las lágrimas rodaban por mis mejillas—. Estoy enamorada de él.

—Tal vez, pero tu amor es inútil —dijo Gabriel sin la menor comprensión—. Tú tienes el deber de mostrar amor y compasión a la humanidad entera y tu vínculo exclusivo con ese chico es un error. Pertenecéis a mundos distintos. Es imposible. Has puesto en peligro tu propia vida y también la suya.

—¿La suya? —repetí, llena de pánico—. ¿Qué quieres decir?

—Cálmate, Gabriel —dijo Ivy, agarrándolo del hombro—. El problema ya ha surgido y ahora hemos de ocuparnos de él.

—¡Necesito saber qué va a pasar! —grité—. ¿Nos ordenarán que volvamos al Reino? Por favor, tengo derecho a saberlo.

Me horrorizaba que me vieran en aquel estado, tan desesperada y fuera de mí, pero de una cosa estaba segura: si quería impedir que todo mi mundo se viniera abajo, debía conservar a Xavier.

—Yo diría que has perdido todos tus derechos. Ahora sólo se puede hacer una cosa —dijo Gabriel.

—¿Qué? —pregunté, tratando de no sonar histérica.

—Debo hablar con el Cónclave.

Sabía que se refería al círculo de arcángeles que se convocaba únicamente para intervenir en las situaciones extremas. Eran los más sabios, los más poderosos de su casta, sólo por debajo de Nuestro Creador. Evidentemente, Gabriel se sentía necesitado de ayuda.

—¿Les explicarás cómo ha sucedido? —le pregunté.

—No hará falta —replicó—. Ya lo sabrán.

—¿Qué sucederá entonces?

—Ellos darán su veredicto y nosotros obedeceremos.

Y sin más, abandonó la cocina. Al cabo de unos instantes, oímos que salía por la puerta principal.

Y

La espera resultó atroz. Ivy preparó unas tazas de manzanilla y se sentó conmigo en la sala, aunque daba la impresión de que había descendido una nube oscura entre nosotras. Estábamos en la misma habitación, pero nos separaba un abismo. *Phantom* también parecía inquieto; percibía que las cosas iban mal y enterró su hocico en mi regazo. Traté de quitarme de la cabeza la idea de que, según cual fuese el veredicto, tampoco a él volvería a verlo.

No sabíamos a dónde había ido Gabriel, pero Ivy dijo que seguramente se trataría de algún lugar desierto y desolado donde poder comunicarse con los arcángeles sin interferencias humanas. Venía a ser como conectarse a Internet por satélite: tenías que encontrar el sitio adecuado para establecer la conexión y, cuantos menos humanos a la vista, mejor captabas la señal. Gabriel necesitaba un sitio para meditar a sus anchas y comunicarse con las fuerzas del universo.

Yo no sabía gran cosa de los otros seis integrantes del coro angélico de Gabriel; sólo conocía sus nombres y su fama. Me pregunté si alguno se mostraría comprensivo con mi caso.

Miguel era el líder del coro. Era un Príncipe de la Luz, un ángel de la virtud, la honestidad y la salvación. A diferencia de los demás, Miguel era el único que ejercía como Ángel de la Muerte. Rafael era conocido como la Medicina de Dios, porque era un sanador y tenía la misión de supervisar el bienestar físico de sus protegidos en la Tierra. Estaba considerado como el más afectuoso de los arcángeles. Uriel recibía el nombre de Fuego del Señor, pues era el ángel del castigo y había sido uno de los encargados de asolar Sodoma y Gomorra. Raguel tenía como misión vigilar a los demás miembros del coro y asegurarse de que se comportaban de acuerdo con las leyes del Señor. Zeraquiel, ángel del sol, mantenía una constante vigilancia del Cielo y la Tierra. El papel de Remiel era el de supervisar las visiones divinas de los elegidos en la Tierra. También tenía el deber de conducir las almas al juicio cuando llegaba su hora.

Y por supuesto, estaba Gabriel. A él se le conocía como el Héroe de Dios y como guerrero principal del Reino, y decían que se sentaba a la izquierda del Padre. Pero así como los otros arcángeles eran más distantes, yo a él lo consideraba un hermano, un protector y un amigo. Recordé un dicho humano sobre el poder de los lazos de sangre. Eso era lo que sentía respecto a Gabe e Ivy, que formábamos parte del mismo espíritu. Esperaba no haber destruido ese lazo por un descuido.

—¿Qué crees que dirán? —le pregunté a Ivy por quinta vez. Ella soltó un profundo suspiro.

—La verdad es que no lo sé, Bethany —contestó con voz remota—. Nos dieron instrucciones bien claras de que no quedáramos al descubierto. Nadie esperaba que esa norma fuera transgredida y, por tanto, ni siquiera se habló de las consecuencias.

—Debes odiarme —murmuré.

Ella me miró.

—No puedo decir que comprenda en qué estabas pensando —repuso—, pero sigues siendo mi hermana.

—Ya sé que no puedo justificar lo que he hecho.

—Tu encarnación es muy distinta de la nuestra. Tú sientes las cosas apasionadamente. Para nosotros, Xavier es como cualquier otro humano; para ti, representa algo totalmente distinto.

—Para mí lo es todo.

—Eso es una temeridad.

—Lo sé.

—Convertir a alguien en el centro de tu mundo no puede conducir sino al desastre. Hay demasiados factores que se escapan de tus manos.

—Lo sé —repetí con un suspiro.

—¿Hay alguna posibilidad de que puedas retractarte y reprimir tus sentimientos? —me preguntó Ivy—. ¿O es impensable?

Meneé la cabeza.

—Ya es demasiado tarde.

—Me esperaba tu respuesta.

—¿Por qué soy tan diferente? —le pregunté al cabo de un rato—. ¿Por qué tengo estos sentimientos? Tú y Gabe controláis lo que sentís. Yo… es como si no tuviera el menor control.

—Eres joven —dijo Ivy lentamente.

—No es eso. —Me retorcí las manos—. Ha de haber algo más.

—Sí —asintió mi hermana—. Eres más humana que ningún otro ángel que yo haya conocido. Te has identificado profundamente con la vida terrenal. Tu hermano y yo añoramos nuestro hogar, y esto nos resulta ajeno. Tú, en cambio, encajas aquí a la perfección. Como si éste hubiera sido siempre tu lugar.

—¿Por qué? —pregunté.

Mi hermana meneó la cabeza.

—No lo sé.

Por un instante capté un deje melancólico en su mirada y me pregunté si, en algún rincón recóndito de su mente, no desearía comprender mi absorbente amor por Xavier. Pero la expresión se desvaneció de inmediato.

—¿Crees que Gabriel llegará a perdonarme?

—Nuestro hermano se encuentra en un plano de la existencia distinto —me explicó Ivy—. Está menos habituado a los errores y tiene la sensación de que tus fallos son suyos en última instancia. Él vivirá todo esto como un fracaso suyo, no tuyo. ¿Entiendes?

Asentí y no me molesté en hacerle más preguntas. Ya sólo nos quedaba esperar y eso podíamos hacerlo en silencio.

Los segundos pasaban despacio y los minutos se estiraban y parecían horas. Mis temores crecían y se atenuaban a intervalos, como las olas del mar. Sabía que si volvía al Reino estaría de nuevo con mis hermanas y hermanos, pero también completamente sola, con el resto de la eternidad para suspirar por lo que había tenido en la Tierra. Eso suponiendo que me permitieran regresar al Reino. Nuestro Creador, aunque misericordioso y lleno de amor, reaccionaba mal ante los desafíos. Existía la posibilidad de que fuese excomulgada. No quería ni imaginarme cómo debía ser el Infierno, había oído algunas historias y me bastaba con eso. A los pecadores, según las leyendas, los colgaban de los párpados, los quemaban y torturaban, los hacían pedazos y volvían a remendarlos. Decían que el lugar apestaba a carne quemada y pelo chamuscado y que ha-

193

bía ríos de sangre. Naturalmente, no me creía nada de todo aquello, pero sólo de pensarlo me daban escalofríos.

Me constaba que mucha gente en la Tierra no creía que existiera un sitio como el Infierno. No sabían lo equivocados que estaban. Los ángeles como yo no tenían ni idea de cómo era, pero de una cosa estaba segura: que no quería descubrirlo por mí misma. Un arcángel como Gabriel debía de saber mucho más sobre el reino oscuro, pero tenía terminantemente prohibido hablar de ello.

Di un respingo al oír la puerta y el corazón empezó a retumbarme bajo las costillas. Un instante después, Gabriel se plantó ante nosotras con los brazos cruzados y una expresión agobiada, pero tan inescrutable como de costumbre, por lo demás. Ivy se levantó y se puso a su lado, aunque sin el menor entusiasmo por escuchar el veredicto.

—¿Qué han decidido? —estallé, incapaz de soportar el suspense.

—El Cónclave lamenta haber recomendado a Bethany para la misión —dijo Gabriel con los ojos fijos en mí—. Esperaba más de un ángel de su categoría.

Empecé a temblar. «Ya está —pensé—; se acabó.» Volvía al lugar del que procedía. Se me pasó por la cabeza intentar escapar, pero sabía de sobras que era inútil. No había un solo rincón de la Tierra donde pudiera esconderme. Me levanté, hice una reverencia y me dirigí a las escaleras.

Gabriel entornó los párpados.

—¿Se puede saber a dónde vas?

—A hacer los preparativos para irme —respondí, armándome de valor para mirarle a los ojos.

—¿Irte?, ¿adónde?

—A casa.

—Tú no te vas a casa, Bethany. Ninguno de nosotros —dijo—. No me has dejado terminar. Tus acciones han provocado una gran decepción, pero la propuesta del Cónclave para que se pusiera fin a tu misión ha sido denegada.

Me dio un vuelco el corazón.

—¿Por quién?

—Por un poder superior.

Me aferré con uñas y dientes a aquella brizna de esperanza.

—¿Me estás diciendo que nos quedamos?, ¿que no me envían de vuelta?

—Por lo visto, se han invertido demasiados esfuerzos en esta misión como para echarlo todo por la borda simplemente por un contratiempo menor. En consecuencia, la respuesta es sí, nos quedamos.

—¿Y Xavier? —pregunté—. ¿Tengo permiso para verle?

Gabriel pareció irritado, como si la decisión que se había tomado respecto a ese punto fuese del todo intrascendente.

—Se te permite seguir viendo al chico mientras permanezcamos aquí. Puesto que ya conoce nuestra identidad, impedirte que lo vieras sería más perjudicial que otra cosa.

—¡Oh, gracias! —empecé, pero Gabriel me interrumpió.

—No tienes que dármelas, la decisión no ha sido mía.

Nos quedamos los tres sumidos en un doloroso silencio que se prolongó varios minutos, hasta que yo me atreví a romperlo.

—Por favor, Gabriel, no sigas enfadado conmigo. En realidad, tienes todo el derecho a estarlo, pero al menos comprende que no lo he hecho adrede.

—No me interesa escucharte, Bethany. Ya tienes a tu *novio*, date por satisfecha.

Y me dio la espalda. Enseguida noté, reconfortada, que Ivy me ponía las manos en los hombros. Mi estado de ánimo pasó en un instante de la sensación de catástrofe a las rutinas de la vida cotidiana. Lo cual confirmaba que nos quedábamos con más contundencia que nada de lo que Gabriel pudiese decir.

—He de ir al supermercado —dijo Ivy—. No me vendría mal algo de ayuda.

Miré a Gabriel, esperando su aprobación.

—Ve con ella y échale una mano —dijo con tono más agradable, mientras terminaba de madurar en su cabeza una idea—. Esta noche seremos cuatro.

16

Lazos familiares

*E*l anuncio de que Xavier iba a tener el honor de ser nuestro primer invitado a cenar despertó mis suspicacias. No pude evitar preguntarme cuál sería el motivo oculto tras aquella invitación. Hasta ahora, la actitud de Gabriel respecto a Xavier había oscilado entre el desdén y la indiferencia.

—¿Por qué vas a invitarlo? —le pregunté.

—¿Y por qué no? —replicó—. Ahora ya sabe quiénes somos, así que no veo qué mal podría hacer. Además, hay ciertas normas básicas que debemos establecer.

—¿Como por ejemplo?

—La importancia de la confidencialidad, para empezar.

—No conoces a Xavier. Es tan capaz de irse de la lengua como yo —le dije. Capté la ironía que encerraban mis palabras en cuanto las pronuncié.

—Lo cual no sirve para inspirar mucha confianza, ¿no te parece? —comentó.

—No te preocupes, Bethany, sólo queremos conocerlo —me dijo Ivy, dándome una palmadita maternal. Luego miró a Gabriel con toda la intención—. Nos conviene que se sienta cómodo. Si vamos a confiar en él, tiene que poder confiar en nosotros.

—¿Y si está ocupado esta noche? —objeté.

—No lo sabremos si no se lo preguntas —replicó Gabriel.

—Ni siquiera conservo su número.

Gabriel fue al armario del pasillo, volvió con una gruesa guía telefónica y la tiró sin contemplaciones sobre la mesa.

—Seguro que figura ahí —dijo con irritación.

HALO

Era evidente que no iba a dejarse disuadir, así que no discutí más y salí a regañadientes para hacer la llamada. El único gesto de protesta que me permití fue subir los peldaños tan ruidosamente como pude. Nunca había llamado a casa de Xavier y respondió una voz desconocida.

—Hola, habla Claire.

Una voz llena de aplomo y de educación. Yo había acariciado secretamente la esperanza de que no atendiera nadie. Me daba la impresión de que si algo podía echar para atrás a Xavier era una velada con mi extravagante familia. Consideré la posibilidad de colgar y decirle a Gabriel que no conseguía comunicarme, pero me daba cuenta de que era poco práctica: adivinaría que le estaba mintiendo y me obligaría a llamar de nuevo. O peor aún: se empeñaría en llamar él mismo.

—Hola, soy Bethany Church —dije con una vocecita tan tímida que apenas reconocí—. ¿Podría hablar con Xavier?

—Claro —respondió la chica—. Voy a buscarlo. —Oí cómo dejaba el auricular y luego su voz resonando por la casa—. ¡Xavier, al teléfono! —Me llegaron unos ruidos amortiguados y voces de niños riñendo. Finalmente, oí unos pasos y la voz soñolienta de Xavier reverberó en el auricular.

—Hola, soy Xavier.

—Hola, soy yo.

—Hola, yo. —Alzó un poco la voz—. ¿Va todo bien?

—Bueno, depende de cómo lo mires —respondí.

—¿Qué ha pasado? —Ahora sonaba muy serio.

—Mi familia sabe que lo sabes. Ni siquiera he tenido que decírselo yo.

—Jo, qué rapidez. ¿Cómo se lo han tomado?

—No muy bien —reconocí—. Pero después Gabriel se ha reunido con el Cónclave y…

—Perdón… ¿con qué?

—Es un consejo de autoridades. Demasiado complicado para explicártelo ahora mismo, pero se le consulta siempre que las cosas, hum, se desvían de su curso.

—Ya… ¿y cuál ha sido el resultado?

—Bueno… nada.

—¿Qué significa «nada»?

—Han dicho que por ahora las cosas pueden quedarse como están.

—¿Y lo nuestro? ¿Qué pasa con eso?

—Al parecer, estoy autorizada a seguir viéndote.

—Ah, entonces son buenas noticias, ¿no?

—Creo que sí, pero no estoy segura. Escucha, Gabriel actúa de un modo extraño: quiere que vengas esta noche a cenar.

—Bueno, suena bien.

Permanecí en silencio, sin compartir su optimismo.

—Tranquila, me las arreglaré.

—No estoy tan segura de que yo pueda.

—Lo superaremos juntos —me dijo Xavier—. ¿A qué hora quieres que vaya?

—¿A las siete está bien?

—Sin problemas. Nos vemos entonces.

—Xavier... —musité, mordiéndome una uña—. Estoy preocupada. Esto va a ser como la prueba de fuego. ¿Qué pasa si sale mal? ¿Y si tiene malas noticias para nosotros? ¿Tú crees que serán malas?

—No, no lo creo. Y deja de ponerte nerviosa. Por favor. Hazlo por mí.

—Vale. Perdona. Es que toda nuestra relación parece pender de un hilo, y hasta ahora han sido clementes, sí, pero esta cena podría ser decisiva, y no entiendo por qué Gabe...

—Ay, madre —gimió Xavier—. ¿Has visto lo que has conseguido? Ahora me estoy poniendo nervioso yo.

—Ni se te ocurra. ¡Tú eres el tranquilo!

Se echó a reír y me di cuenta de que había simulado su nerviosismo para convencerme. No estaba nada preocupado.

—Tú relájate. Ve a bañarte o tómate una copa de coñac.

—Vale.

—Lo segundo iba en broma. Los dos sabemos que no aguantas las bebidas fuertes.

—Te veo muy tranquilo.

—Porque lo estoy. Beth. ¿La serenidad no debería ser, bueno, cosa tuya? Te preocupas demasiado. En serio, irá todo bien. Incluso me arreglaré para impresionarles.

—No, ¡ven como vas siempre! —grité, pero él ya había colgado.

Se presentó a la hora en punto, con un traje gris claro a rayas y una corbata roja de seda. Algo había hecho con su pelo para que no le bailara todo el rato ni le cayera sobre la cara. Traía bajo el brazo un ramo de rosas amarillas de tallo largo, envuelto en celofán verde y atado con rafia. Tuve que mirarlo dos veces cuando abrí la puerta. Él sonrió al ver mi cara.

—¿Me he pasado? —preguntó.

—¡No, estás impresionante! —le dije, complacida por el esfuerzo que había hecho. Pero enseguida se me nubló la expresión.

—¿Por qué pareces tan aterrorizada entonces? —Me hizo un guiño, lleno de confianza—. Los voy a encandilar.

—Sobre todo no hagas bromas. No las captan.

Me había entrado canguelo y me temblaban las rodillas.

—Está bien, nada de bromas. ¿He de ofrecerme para bendecir la mesa?

No tuve más remedio que reírme, no pude evitarlo.

Aunque yo tenía que ejercer de anfitriona y hacerlo pasar a la sala de estar, nos entretuvimos en la puerta como conspiradores. No sabía lo que iba a depararnos la velada y, por instinto, me inclinaba a postergar el comienzo todo lo posible. Además, yo sólo sentía en aquel momento que Xavier era mío y que nos teníamos el uno al otro; lo demás no importaba. A lo mejor se había engalanado más de la cuenta para una cena improvisada, pero lo cierto era que tenía un aspecto muy llamativo con sus hombros musculosos, sus insondables ojos azules y todo el pelo echado hacia atrás. Era mi héroe de cuento de hadas. Y como correspondía con semejante héroe, yo sabía sin lugar a dudas que no se daría a la fuga si las cosas se ponían feas. Xavier se mantendría firme, y cualquier decisión que tomara se basaría en su propio criterio. Al menos con eso podía contar.

Ivy adoptó el papel de anfitriona con toda naturalidad. Le encantaron las flores y se pasó toda la cena dándole conversación a Xavier y haciendo lo posible para que se sintiera a gusto. La severidad no acababa de cuadrar con su carácter y el co-

199

razón se le ablandaba en cuanto llegaba a la conclusión de que una persona era sincera. La sinceridad de Xavier era auténtica; y había sido eso justamente lo que le había granjeado su popularidad y proporcionado el puesto de delegado del colegio. Gabriel, por su parte, lo observaba con recelo.

Mi hermana se había esforzado de veras con el menú. Había preparado una sopa aromática de patata y puerros, seguida de trucha al horno y de una bandeja de verduras asadas. Yo sabía que había crema catalana de postre, porque había visto las tarrinas en la nevera. Ivy incluso había enviado a Gabe a comprar un soplete de cocina para caramelizar la capa de azúcar de encima. Y por si fuera poco, había puesto la mesa con todos los objetos de plata y la vajilla de porcelana. Había vino en un escanciador —un vino con sabor a bayas— y agua mineral con gas en una jarra de vidrio.

Las velas iluminaban nuestros rostros con su cálido resplandor. Al principio comíamos en silencio y la tensión era palpable. Ivy oscilaba con la mirada de Xavier a mí y sonreía demasiado, mientras que Gabriel se ensañaba furiosamente con la comida, como si las patatas que tenía en el plato fuesen la cabeza de Xavier.

—Una cena estupenda —dijo al final Xavier, aflojándose la corbata y con las mejillas encendidas por el vino.

—Gracias. —Ivy le dedicó una sonrisa radiante—. No estaba segura de si te gustaría.

—No soy muy complicado en cuestión de gustos, pero esto era superior —dijo, ganándose otra sonrisa.

Por mi parte, yo seguía tratando de descifrar el objetivo de aquella cena tan poco ortodoxa. Gabriel sin duda se proponía algo más que alternar socialmente. ¿Estaba tratando de captar la personalidad de Xavier? ¿Acaso no se fiaba de él? No acababa de verlo claro, y Gabriel, aparte de un par de comentarios, apenas nos había dirigido la palabra.

Al final, hasta la pobre Ivy se quedó sin recursos y la conversación se extinguió del todo. Atisbé a Xavier mirando fijamente su plato, como si las verduras que se había dejado fueran a revelarle los misterios del universo. Intenté darle un toque a Ivy con el pie por debajo de la mesa, para que siguiera animando la charla, pero le di sin querer a Xavier en la espinilla. Él se sobresaltó y dio un respingo en su silla, y poco le faltó para derramar su copa de vino. Retiré el pie con una sonrisita contrita y me quedé inmóvil.

—Y dime, Xavier —preguntó Ivy, dejando el tenedor, aunque todavía tenía el plato lleno—, ¿qué clase de cosas te interesan?

Él tragó saliva, incómodo.

—Hmm… bueno, lo típico. —Carraspeó—. Los deportes, el colegio, la música…

—¿Qué deportes practicas? —preguntó Ivy, con un interés más bien exagerado.

—Waterpolo, rugby, béisbol, fútbol —recitó Xavier de un tirón.

—Es muy bueno —añadí, servicial—. Deberías verlo jugar. Es el capitán del equipo de waterpolo. Y también es el delegado del colegio… aunque eso ya lo sabes.

Ivy decidió cambiar de tema.

—¿Cuánto tiempo llevas viviendo aquí, en Venus Cove?

—Toda mi vida. No he vivido en ningún otro sitio.

—¿Tienes hermanos?

—Somos seis en total.

—Me imagino que debe de ser divertido formar parte de una gran familia.

—A veces —asintió Xavier—. Otras, es sólo ruidoso. Nunca dispones de mucha privacidad.

Gabriel eligió aquel momento para interrumpir con muy poco tacto.

—Hablando de privacidad, creo que has hecho hace poco un interesante descubrimiento…

—Interesante no es la palabra que yo usaría —repuso Xavier, a quien aquella pregunta repentina no le había pillado para nada con la guardia baja.

—¿Qué palabra emplearías?

—Pues… algo así como alucinante.

—Más allá de como quieras describirlo, hemos de dejar claras algunas cosas.

—No pienso contárselo a nadie, si es eso lo que le inquieta

—contestó Xavier en el acto—. Deseo proteger a Beth tanto como usted.

—Bethany tiene una elevada opinión de ti —dijo Gabriel—. Espero que su afecto no sea inmerecido.

—Sólo puedo decir que Beth es muy importante para mí y que me propongo cuidar de ella.

—En el lugar de donde venimos, la gente no es juzgada por sus palabras —afirmó Gabriel.

Xavier se quedó tan pancho.

—Entonces tendrá que esperar y juzgarme por mis actos.

Aunque Gabriel no hizo ningún intento de aligerar la tensión, advertí por su mirada que le había sorprendido el aplomo de Xavier. No se había dejado intimidar y su mejor armadura era su franqueza. Cualquiera podía apreciar que Xavier se guiaba por su propia ética, cosa que tenía que inspirarle admiración incluso a Gabe.

—Ya ve, tenemos una cosa vital en común —prosiguió Xavier—. Los dos amamos a Beth.

Un espeso silencio se adueñó del comedor. Ni Gabriel ni Ivy se esperaban una declaración semejante y se quedaron pasmados. Quizás habían subestimado para sus adentros la intensidad de los sentimientos de Xavier por mí. Ni siquiera yo misma podía creer que hubiera dicho aquellas palabras en voz alta. Hice un esfuerzo para mantener la compostura y seguir comiendo en silencio, pero no pude evitar que se me iluminara la cara con una sonrisa y alargué el brazo hasta el otro lado de la mesa para estrecharle a Xavier la mano. Gabriel miró para otro lado con toda intención, pero yo todavía se la estreché con más fuerza. El verbo «amar» reverberaba en mi cerebro, como si alguien lo hubiera conjugado a gritos por un altavoz. Él me *amaba*. A Xavier Woods le tenía sin cuidado que fuese pálida como un fantasma, que apenas comprendiera cómo funcionaba el mundo y que tuviese tendencia a soltar plumas blancas. Aun así me quería. Me *amaba*. Me sentí tan feliz que, si Xavier no me hubiera tenido sujeta de la mano, habría empezado a flotar por los aires.

—En ese caso, podemos pasar rápidamente al segundo punto de la noche —dijo Gabriel, ahora inesperadamente incómodo—. Bethany tiende a meterse en situaciones complicadas y en este momento sólo nos tiene a nosotros para cuidar de ella.

Me irritaba aquel modo de hablar de mí en tercera persona, como si no estuviera presente, pero me pareció que no era el momento adecuado para interrumpir.

—Si vas a pasar mucho tiempo a su lado —continuó—, debemos asegurarnos de que puedes protegerla.

—¿Es que no lo ha demostrado ya? —pregunté, perdiendo ya la paciencia. Estaba decidida a darle fin a aquel suplicio—. Fue él quien me rescató de la fiesta de Molly, y nunca ha pasado nada malo mientras estaba a su lado.

—Bethany no conoce cómo funciona el mundo —dijo Gabriel, como si no me hubiera oído—. Aún tiene mucho que aprender y eso la vuelve particularmente vulnerable.

—¿Hace falta que hables de mí como si fuera un bebé? —le solté.

—Tengo mucha experiencia cuidando bebés —bromeó Xavier—. Puedo traer mi currículum, si quiere.

Ivy tuvo que taparse con la servilleta para ocultar su sonrisa; en el rostro de Gabriel, en cambio, no percibí ni el más mínimo cambio de expresión.

—¿Estás seguro de que sabes dónde te estás metiendo? —le preguntó Ivy, mirándolo fijamente.

—No —reconoció—. Pero estoy dispuesto a descubrirlo.

—No podrás volverte atrás una vez que nos hayas prometido lealtad.

—No vamos a ninguna guerra —masculló. Nadie me hizo caso.

—Lo comprendo —dijo Xavier, sosteniéndole la mirada a Ivy.

—No lo creo —murmuró Gabriel—. Pero ya lo comprenderás.

—¿Hay algo más que considere que debo saber? —le preguntó Xavier.

—Todo a su debido tiempo —respondió mi hermano.

Υ

Al fin me encontré a solas con Xavier. Aguardaba sentado en el borde de la bañera mientras yo me cepillaba los dientes, cosa que me había acostumbrado a hacer después de cada comida.

—No ha sido tan terrible. —Xavier se recostó contra la pared—. Me temía que fuese peor.

—¿Me estás diciendo que no han conseguido ahuyentarte?

—Qué va —dijo, despreocupado—. Tu hermano es algo vehemente, pero las dotes culinarias de tu hermana lo compensan.

Me eché a reír.

—No te preocupes por Gabe. Siempre es así.

—No me preocupa. Me recuerda un poco a mi madre.

—No se te ocurra decírselo a él. —Me entró una risita tonta.

—Creía que no usabas maquillaje —dijo Xavier, tomando un lápiz de ojos del estante.

—Me lo compré por complacer a Molly —dije, buscando el elixir bucal—. Me ha convertido en una especie de proyecto personal.

—¿En serio? Bueno, a mí me gustas tal cual.

—Gracias. Pero yo creo que a ti no te iría mal un toquecito.

Blandí el lápiz hacia él, sonriendo.

—No, ni se te ocurra. —Se agachó—. Ni hablar.

—¿Por qué no? —dije, poniendo morros.

—Porque soy un hombre. Y los hombres no llevan maquillaje a menos que sean del rollo *emo* o toquen en un grupo.

—*Porfa* —insistí.

Capté un destello en sus ojos azules.

—Vale…

—¿En serio? —dije, entusiasmada.

—¡No! No soy tan fácil de convencer.

—Muy bien. —Hice otro mohín—. Pues entonces voy a hacer que huelas como una chica…

Antes de que pudiera detenerme, agarré el frasco de perfume y le rocié el pecho. Él se husmeó la camisa con curiosidad.

—Afrutado —concluyó—, con un punto de almizcle.

Me desternillé de risa.

—¡Eres absurdo!

—Quieres decir irresistible —dijo Xavier.

—Sí —asentí—, absurdamente irresistible.

Me incliné para besarlo y justo entonces llamaron a la puerta. Ivy asomó la cabeza, y Xavier y yo nos apartamos de golpe.

—Me envía tu hermano para controlar —dijo, arqueando una ceja—. Para asegurarme de que no os proponéis nada malo.

—En realidad —empecé, indignada—, estábamos...

—A punto de salir —me cortó Xavier. Abrí la boca para discutir, pero él me lanzó una mirada tajante—. Es su casa, jugamos con sus reglas —murmuró.

Mientras me arrastraba fuera, advertí que Ivy lo miraba con renovado respeto.

Nos sentamos en el columpio del jardín, rodeándonos el uno al otro con el brazo. Xavier se soltó un momento para subirse las mangas de la camisa y luego arrojó entre la hierba la deshilachada pelota de tenis de *Phantom*. Éste la recogía en un periquete, pero luego se resistía a soltarla, así que había que arrancarle de los dientes la pelota empapada de babas. Xavier se echó hacia atrás para lanzársela y se limpió la mano con las hierbas. Yo aspiraba su fresca y limpia fragancia. No podía dejar de pensar que habíamos salido prácticamente ilesos de la primera prueba. Xavier había cumplido su palabra y no se había dejado intimidar; al contrario, se había mantenido firme con una convicción inquebrantable. No sólo lo admiraba más que nunca, sino que disfrutaba del hecho de que estuviera en casa y, por si fuera poco, como invitado, no como un intruso.

—Me pasaría la noche aquí —murmuré, con los labios pegados a su camisa.

—¿Sabes lo que resulta más extraño? —me dijo.

—¿Qué?

—Lo normal que parece todo.

Enrolló en sus dedos un mechón de mi pelo y yo vi, reflejadas en su gesto, nuestras vidas entrelazadas.

—Ivy se hacía la dramática cuando ha dicho que no hay marcha atrás —le dije.

—No importa, Beth. No quiero que mi vida vuelva a ser como antes de conocerte. Creía tenerlo todo, pero en realidad me faltaba algo. Ahora me siento una persona completamente distinta. Quizá suene trillado, pero me siento como si hubiera estado dormido mucho tiempo y acabara de despertarme... —Hizo una pausa—. No puedo creer que haya dicho una cosa así. ¿Qué estás haciendo conmigo?

—Te estoy convirtiendo en un poeta —me mofé.

—¿A mí? —refunfuñó, fingiendo indignación—. La poesía es cosa de chicas.

—Has estado estupendo durante la cena. Me siento orgullosa de cómo te has portado.

—Gracias. ¿Quién sabe?, quizás en unas cuantas décadas llegue a caerles bien a tus hermanos.

—Ojalá tuviéramos tanto tiempo —suspiré, y en el acto me arrepentí de haberlo dicho. Se me había escapado sin querer. Me habría abofeteado a mí misma por estúpida. ¡Qué manera tan infalible de arruinar el momento!

Xavier se quedó tan callado que me pregunté si me habría oído siquiera. Noté sus dedos cálidos en la barbilla. Me alzó la cara y nos miramos directamente a los ojos. Entonces se acercó y me besó suavemente. El dulce sabor de sus labios permaneció en los míos cuando se apartó. Se inclinó y me susurró al oído:

—Encontraremos una salida. Te lo prometo.

—Tú no puedes saberlo —le dije—. Esto es diferente...

—Beth —dijo, poniéndome un dedo en los labios—. Yo no rompo mis promesas.

—Pero...

—Sin peros... Tú confía en mí.

Después de que Xavier se marchara, nadie parecía tener ganas de irse a la cama, a pesar de que ya eran más de las doce. Gabriel padecía insomnio, eso ya lo sabíamos; no era infrecuente que él o Ivy se quedaran levantados hasta bien entrada la madrugada. Pero esta vez los tres estábamos desvelados. Ivy nos ofreció tomar algo caliente y ya estaba sacando la leche de la nevera cuando Gabriel la detuvo.

—Se me ocurre algo mejor —dijo—. Creo que nos conviene relajarnos a los tres. Nos lo merecemos.

Ivy y yo adivinamos en el acto a qué se refería y ni siquiera tratamos de disimular nuestro entusiasmo.

—¿Ahora, quieres decir? —preguntó Ivy, sujetando el cartón de leche, que no se le había escurrido de las manos por poco.

—Claro, ahora mismo. Pero hemos de darnos prisa; amanecerá dentro de pocas horas.

Ivy soltó un chillido.

—Danos un momento para cambiarnos. Enseguida bajamos.

Tampoco yo podía contener la impaciencia. Aquélla iba a ser la manera perfecta de desahogar la euforia que sentía por el giro que habían tomado las cosas. Había pasado mucho tiempo desde la última vez que había tenido la oportunidad de estirar las alas de verdad. Mi pequeña demostración en el acantilado ante Xavier apenas podía considerarse un ejercicio. Si para algo había servido, si acaso, había sido para darme más ganas y recordarme lo rígidas y agarrotadas que las tenía. Había intentado desplegarlas y flotar un poco por mi habitación con las cortinas corridas, pero no había hecho más que chocar con el ventilador del techo y golpearme las piernas con los muebles. Mientras me cambiaba y me ponía una camiseta holgada, sentí una descarga de adrenalina por todo el cuerpo. Realmente iba a disfrutar aquel vuelo nocturno. Bajé corriendo y los tres nos deslizamos en silencio por el jardín hacia el jeep negro aparcado en el garaje.

Era una experiencia muy distinta circular por la carretera de la costa de madrugada. El aire estaba impregnado de la fragancia de los pinos. El mar parecía casi sólido, como un manto de terciopelo tendido sobre la Tierra. Todas las persianas estaban cerradas y las calles se veían completamente vacías, como si la gente hubiera hecho de pronto las maletas y hubiera evacuado la zona. El pueblo, cuando lo atravesamos en silencio, también parecía desierto. Nunca lo había visto dormido. Estaba acostumbrada a ver gente por todas partes: circulando en bicicleta, comiendo patatas fritas en el muelle, dejándose adornar el pelo con cuentas de colores o comprándole bisutería a la artista local que montaba su tenderete en la acera casi todos los fines de semana. Pero a aquella hora todo permanecía tan inmóvil que me daba la sensación de que éramos los únicos seres vivos en el mundo. Pese a las historias siniestras que la gente solía asociar con la madrugada, aquél era el mejor momento para conectar con las fuerzas celestiales.

Gabriel condujo durante una hora por una carretera recta y luego se metió por una pista accidentada, flanqueada de matorrales, que ascendía hacia lo alto en zigzag. Sabía dónde estábamos. Gabriel había tomado la ruta de la Montaña Blanca, así llamada porque la cima solía estar cubierta de nieve a pesar de encontrarse tan cerca de la costa. Desde Venus Cove se divisaba la silueta de la montaña como si fuera un monolito gris pálido que se alzara sobre un cielo tachonado de estrellas.

Había niebla y se volvía más y más espesa a medida que subíamos. Cuando ya no pudo distinguir bien la carretera, Gabriel aparcó y nos bajamos. Estábamos en mitad de una pista estrecha y sinuosa que seguía ascendiendo por la ladera; nos rodeaban a ambos lados, como centinelas, unos enormes abetos que apenas nos dejaban ver el cielo. Veíamos relucir las gotas de rocío en las copas de los árboles, y nuestro aliento se condensaba en contacto con el aire gélido. Una capa de hojarasca y corteza amortiguaba nuestros pasos; las ramas cubiertas de musgo y los helechos nos rozaban la cara. Nos alejamos de la carretera y nos adentramos en el bosque. Los rayos de la luna se abrían paso en algunos puntos entre la fronda, iluminando nuestro camino. Los árboles parecían susurrarse unos a otros y nos llegaba el crujido amortiguado de pequeñas pezuñas. A pesar de la oscuridad, ninguno de nosotros tenía miedo. Sabíamos que aquél era un paraje muy apartado. Nadie iba a encontrarnos allí.

Ivy fue la primera en despojarse de la chaqueta para hacer lo que todos deseábamos. Se irguió ante nosotros con la espalda bien recta y la cabeza hacia atrás, de manera que su pálida melena le cayera junto a la cara y sobre los hombros como un nimbo dorado. Todo su cuerpo resplandecía a la luz de la luna y su figura escultural parecía de un mármol blanco y sin tacha. Sus miembros se perfilaban con curvas prolongadas y elegantes, como un árbol joven.

—Nos vemos ahí arriba —dijo, tan excitada como una cría. Cerró los ojos un instante, inspiró hondo y se alejó corriendo. Se deslizó ágilmente entre los árboles, rozando apenas el suelo con los pies, y tomó velocidad hasta que su imagen se volvió casi borrosa. Y súbitamente se elevó por los aires con impresionante destreza, con la misma facilidad con la que un cisne emprende el vuelo. Sus alas, esbeltas pero poderosas, atravesaron la camiseta holgada que llevaba y se alzaron hacia el cielo como si fueran criaturas vivientes. Aunque parecieran tan sólidas en reposo, brillaban como una capa de raso cuando se encontraban en vuelo.

Eché a correr y sentí que mis propias alas empezaban a agitarse y que desgarraban su prisión de tela. Una vez liberadas, aceleraron sus movimientos y, un instante más tarde, me alcé por los aires para reunirme con Ivy. Volamos un rato de modo sincronizado, ascendiendo poco a poco y lanzándonos bruscamente en picado. Luego fuimos a posarnos en las ramas de un árbol. Radiantes de felicidad, miramos hacia abajo y vimos a Gabriel a nuestros pies. Ivy se inclinó y se dejó caer desde lo alto. Desplegó las alas, frenando su caída, y se elevó de nuevo con un grito de placer.

—¿A qué esperas? —le gritó a Gabriel antes de perderse en el espesor de una nube.

Él nunca hacía nada con prisas. Primero se despojó de la chaqueta y las botas; luego se quitó la camiseta pasándosela por la cabeza. Entonces lo vimos desplegar las alas y, súbitamente, el remilgado profesor de música desapareció ante nuestros ojos para dar paso al majestuoso guerrero celestial que constituía su auténtica naturaleza. Aquél era el ángel que, eones atrás, había reducido una ciudad a escombros por sí solo. Su figura entera destellaba como si fuese de metal pulido. Su estilo al volar era distinto del nuestro: carecía de precipitación, resultaba más estructurado y reflexivo.

Por encima de las copas de los árboles, me envolvían la niebla y las nubes. Sentía la espalda cubierta de gotitas de agua. Batí las alas con furia y me elevé aún más. Deseché cualquier pensamiento y remonté el vuelo, dejando que mi cuerpo girase y se retorciera, trazando círculos sobre los árboles. Notaba cómo se liberaba toda la energía tanto tiempo retenida. Vi que Gabriel se detenía un momento en el aire para comprobar que yo no había perdido el control. A Ivy sólo la divisaba de vez en cuando, y sólo como un destello de color ámbar entre la niebla.

La mayor parte del tiempo eludíamos cualquier interacción. Era una ocasión extremadamente personal para volver a sentirnos completos y abrazar la clase de libertad que sólo podía sentirse de verdad en el Reino de los Cielos. Nuestro sentido de la individualidad no podía transmitirse con palabras. La humanidad que habíamos asumido parecía quedar atrás mientras nos compenetrábamos con nuestra auténtica forma.

Volamos así durante lo que debieron de ser varias horas, hasta que Gabriel emitió un zumbido grave y melódico, como una nota de oboe, que era la señal para que descendiéramos.

Cuando volvimos a subir al jeep, pensé que me sería imposible dormir una vez que llegáramos a casa. Estaba demasiado eufórica, y sabía que pasarían horas antes de que se me pasara aquella exaltación. Pero me equivocaba. El trayecto de vuelta por la carretera sinuosa resultó tan sedante que me hice un ovillo en el asiento de atrás como un gatito y me quedé completamente dormida mucho antes de llegar a Byron.

17

La calma antes de la tormenta

$\mathcal{M}$i relación con Xavier pareció profundizarse tras la cena con mi familia. Nos daba la impresión de haber recibido permiso para expresar nuestras emociones sin temor a represalias. Empezábamos a pensar y a movernos en perfecta sincronía, como una sola entidad con dos cuerpos distintos. Aunque hacíamos un esfuerzo para no desconectarnos de la gente que nos rodeaba, a veces no podíamos evitarlo. Incluso tratamos de asignar unas horas específicas para estar con otras personas. Pero, cuando lo hacíamos, los minutos parecían avanzar penosamente y nuestra conducta nos resultaba tan artificiosa que volvíamos a gravitar el uno hacia el otro antes de que pasara media hora.

Durante los almuerzos, Xavier y yo nos habíamos habituado a sentarnos juntos en nuestra propia mesa al fondo de la cafetería. La gente pasaba de vez en cuando para hacer algún comentario jocoso o para preguntarle a «Woodsy» los detalles de la próxima regata de remo, pero raramente trataban de sentarse con nosotros y tampoco se atrevían a lanzarnos la menor indirecta sobre nuestra relación. Se limitaban a orbitar a nuestro alrededor, manteniendo una distancia prudencial. Si intuían que compartíamos algún secreto, al menos tenían la educación de no fisgonear.

—Salgamos de aquí —me dijo Xavier, recogiendo sus libros.

—Hasta que no acabes tu redacción, no.

—Ya he terminado.

—Has escrito tres líneas.

—Tres líneas muy meditadas —objetó Xavier—. La calidad importa más que la cantidad, ¿recuerdas?

—Sólo pretendo asegurarme de que te mantienes centrado. No quiero que te distraigas de tus objetivos por mi culpa.

—Un poco tarde para eso —bromeó Xavier—. Eres una tremenda distracción y una pésima influencia.

—¡Cómo te atreves! —exclamé, siguiéndole la broma—. Es del todo imposible que yo represente una mala influencia para nadie.

—¿De veras? ¿Y eso por qué?

—Porque soy la bondad personificada. Una chica intachable.

Xavier frunció el entrecejo, sopesando aquella declaración.

—Hum —murmuró—. Tendremos que hacer algo al respecto.

—¡Cualquier cosa con tal de saltarse los deberes!

—Quizá sea más bien que tengo el resto de mi vida para alcanzar mis objetivos. ¿Quién sabe cuánto tiempo te tendré?

Noté que todo el desenfado de la conversación se disolvía en cuanto pronunció aquellas palabras. Aquel tema solíamos evitarlo: no hacía más que llevarnos a la confusión, como todas las cosas que quedan fuera de nuestro control.

—No pensemos en eso.

—¿Cómo no voy a pensarlo? ¿A ti no te quita el sueño por las noches?

La conversación tomaba un derrotero que no me gustaba.

—Claro que sí. Pero ¿para qué estropear el tiempo que pasamos juntos hablando de ello?

—A mí me parece que deberíamos hacer algo —dijo con irritación. Sabía que no era contra mí y que enseguida se transformaría en tristeza—. Al menos deberíamos intentarlo.

—No podemos hacer nada —murmuré—. Me temo que no te das cuenta de con quién estás lidiando. ¡No puedes andarte con tonterías con las fuerzas del universo!

—¿Y qué ha sido del libre albedrío? ¿O sólo era un mito?

—¿No se te olvida algo? Yo no soy como tú, o sea que esas normas no rigen conmigo.

—Pues deberían.

—Quizá... Pero ¿qué pretendes?, ¿organizar una recogida de firmas?

—No tiene gracia, Beth. ¿Tú quieres irte a casa? —me preguntó mirándome a los ojos.

No se refería a Byron, desde luego.

—No puedo creer que hayas de preguntármelo siquiera.

—Entonces, ¿por qué no te fastidia tanto como a mí?

—Si yo pensara que había algún modo de quedarme, ¿crees que dudaría? —grité—. ¿Crees que estaría dispuesta a separarme de la persona más importante de mi vida?

Xavier me miró. Sus ojos azul turquesa se veían más oscuros y sus labios apretados trazaban una línea severa.

—Sean quienes sean, ellos no deberían controlar nuestra vida —dijo—. No estoy dispuesto a perderte. Ya pasé por eso una vez y voy a asegurarme a toda costa de que no vuelve a suceder.

—Xavier... —empecé, pero él me puso un dedo en la boca.

—Sólo contéstame una pregunta. Si quisiéramos pelear, ¿qué posibilidades tendríamos?

—¡No lo sé!

—Pero ¿hay alguna posibilidad?, ¿alguien a quien pedir ayuda?, ¿algo que podamos intentar, aunque sea poco probable que resulte? —Lo miré a los ojos y percibí en ellos una ansiedad que no había visto otras veces. Xavier siempre parecía tranquilo y relajado—. He de saberlo, Beth. ¿Hay alguna posibilidad, por pequeña que sea?

—Tal vez —dije—. Pero me da miedo descubrirlo.

—A mí también, pero no podemos pensar así. Hemos de tener fe.

—¿Aunque al final no sirva para nada?

—Tú acabas de decir que hay una posibilidad. —Entrelazó sus dedos con los míos—. Es lo único que necesitamos.

Durante las últimas semanas me había sentido un poco culpable porque me había distanciado de Molly, pero ella se había resignado a estar conmigo sólo cuando Xavier tenía otras ocupaciones. No debía de sentarle muy bien que él mo-

213

nopolizara la mayor parte de mi tiempo, pero Molly era realista y consideraba que las amistades habían de pasar a segundo plano cuando empezaba una relación, sobre todo si era tan intensa como la nuestra. Al parecer, había superado ya el rencor que le tenía antes a Xavier y, aunque aún estaba lejos de considerarlo amigo suyo, parecía dispuesta a aceptarlo como uno de los míos.

Una tarde, mientras Xavier y yo paseábamos por el pueblo, vimos a Iyv bajo un roble en compañía de un chico moreno que estaba en último año en Bryce Hamilton. Éste llevaba una gorra de béisbol con la visera hacia atrás y la camisa bien arremangada para mostrar sus brazos musculosos. Hablaba con una permanente sonrisa en los labios. Yo nunca había visto a mi hermana tan confusa. El chico parecía tenerla acorralada; ella agarraba la bolsa de la compra con una mano y con la otra se recogía nerviosamente el pelo detrás de la oreja. Era evidente que estaba buscando la manera de escapar.

Le di un codazo a Xavier.

—¿Qué está pasando ahí?

—Parece que Chris Bucknall se ha armado al fin de valor para pedirle que salga con él —dijo Xavier.

—¿Lo conoces?

—Está en mi equipo de waterpolo.

—No creo que sea el tipo de Ivy.

—No me extraña —dijo Xavier—. Es un auténtico sinvergüenza.

—¿Qué hacemos?

—¡Eh, Bucknall! —gritó—. ¿Podemos hablar un momento?

—Estoy un poco liado, colega —contestó el chico.

—¿Ya te has enterado? —insistió Xavier—. El entrenador quiere ver a todo el mundo en su despacho después del partido.

—¿Ah, sí? ¿Para qué? —preguntó Chris sin volverse.

—No estoy seguro. Creo que para hacer la lista para las pruebas de la próxima temporada. El que no se presente, no entra.

Chris Bucknall pareció alarmado.

—He de irme —le dijo a Ivy—. Pero no te preocupes, cielo. Ya te pillaré más tarde.

Mientras el grandullón se alejaba, Ivy le dirigió una sonrisa agradecida a Xavier.

Gabriel e Ivy parecían haber aceptado a Xavier. Él no se entrometía en nuestra vida cotidiana, pero se había convertido en un accesorio habitual de la misma. Empezaba a sospechar que a mis hermanos les gustaba tenerlo cerca. Primero porque así delegaban en él la tarea de no perderme de vista, y segundo porque les resultaba útil cuando tenían que trabajar con artilugios técnicos. Gabriel había notado que sus alumnos le lanzaban miradas de extrañeza porque no sabía arreglárselas con el reproductor de DVD, e Ivy quería promocionar su programa de servicios sociales a través del sistema de correo electrónico del colegio. Los dos habían recurrido a Xavier. Por muchos conocimientos que tuvieran mis hermanos, la tecnología venía a ser un campo minado para ellos porque cambiaba constantemente. Gabriel había dejado a regañadientes que Xavier le enseñara cómo enviar correos a sus colegas de Bryce Hamilton y cómo manejar un iPod. A veces me parecía que Xavier hablaba un idioma completamente distinto, con términos tan extraños como *Bluetooth, gigabyte* y *WiFi*. Si se hubiera tratado de otra persona, yo habría desconectado en el acto, pero a mí me encantaba oír el sonido de su voz, hablara de lo que hablase. Podía pasarme horas observando cómo se movía y escuchándole hablar, y lo almacenaba todo en mi memoria.

Además de ser nuestro ángel de la guarda en materia tecnológica, Xavier se había tomado tan en serio su responsabilidad como «guardaespaldas» que me veía obligada a recordarle que yo no era de cristal y que me las había arreglado perfectamente antes de su aparición. No obstante, Gabriel e Ivy le habían confiado la misión de cuidar de mí y él estaba decidido a mantener su palabra y a convencerles de su integridad. Ahora era él quien me recordaba que bebiera agua en abundancia para no deshidratarme y quien se encargaba de desviar las preguntas sobre mi familia que me formulaban mis compañeros más curiosos. Incluso se tomó un día la libertad de contestar por mí, cuando la señorita Collins preguntó por qué no había podido terminar un trabajo en la fecha fijada.

—Beth tiene un montón de deberes ahora mismo —explicó—. Lo entregará al final de la semana.

Era capaz incluso de hacerlo por mí si llegaba a olvidarme y de entregarlo sin que yo me enterase.

Se ponía tremendamente protector siempre que se me acercaba alguien que no era de su gusto.

—Oh-oh —musitó una tarde, sacudiendo la cabeza, cuando un chico llamado Tom Snooks me preguntó si quería dar una vuelta con él y sus amigos.

—¿Por qué no? —pregunté, enfadada—. Parece simpático.

—No es la clase de persona que te conviene.

—¿Por qué?

—Tú preguntas mucho, ¿no?

—Sí. Dime por qué.

—Bueno, porque le gustan demasiado las hierbas aromáticas.

Me lo quedé mirando tan perpleja que tuvo que explicarse.

—Se pasa el día con María de los Canutos —me insinuó, esperando a ver si lo captaba. Al ver que no, puso los ojos en blanco—. Mira que eres boba.

La verdad es que si no hubiera sido por él, mi vida en Bryce Hamilton habría sido mucho más difícil. Yo era más bien proclive a meterme en situaciones delicadas. Los líos parecían venir a mi encuentro, aunque yo hiciera todo lo posible para evitarlos. Me pasó un día, por ejemplo, mientras atravesaba el aparcamiento para ir a la clase de inglés.

—¡Eh, cielo! —dijo una voz a mi espalda.

Me giré en redondo. Era un chico larguirucho de último año, con el pelo rubio y la cara llena de acné. Estaba en mi clase de biología, pero casi nunca asistía. Lo había visto a veces en la calle, fumando detrás de los contenedores de basura o derrapando salvajemente con su coche. Siempre iba flanqueado por tres amigos que se reían de un modo desagradable.

—Hola —musité, nerviosa.

—Me parece que no nos han presentado como es debido —dijo con una sonrisita—. Me llamo Kirk.

H A L O

—Encantada. —No le miré a los ojos. Había algo en su actitud que me incomodaba.

—¿No te han dicho nunca que tienes unas lolas estupendas? —me preguntó.

Los que iban detrás sofocaban la risa.

—¿Perdón? —No había comprendido lo que decía.

—Me gustaría conocerte mejor, ya me entiendes. —Dio un paso hacia mí y me aparté instintivamente—. Vamos, no seas vergonzosa, nena.

—He de irme a clase.

—Seguro que puedes saltarte unos minutos —dijo, con mirada impúdica—. Me basta con uno rápido.

Me agarró del hombro.

—¡No me toques!

—¡Ah, es más peleona de lo que parece! —exclamó, sin dejar de reírse y agarrándome con más fuerza.

—¡Quítale las manos de encima!

Suspiré de alivio al ver que Xavier se plantaba a mi lado, erguido y desafiante. Me pegué a él instintivamente, sintiéndome a salvo. Se había apartado el pelo de la cara y entornaba sus ojos verdes con furia.

—No estaba hablando contigo —dijo Kirk, soltándome—. Esto no es asunto tuyo.

—Sus problemas son asunto mío también.

—¿Ah, sí? ¿Te ves capaz de pararme los pies?

—Tócala otra vez y verás —le advirtió Xavier.

—¿Quieres jaleo?

—Tú decides.

Xavier se quitó la chaqueta y se arremangó. Llevaba la corbata floja y, en la base de su garganta, vi brillar su crucifijo de plata. Su desarrollada musculatura resaltaba bajo la camisa del uniforme. Tenía un torso mucho más ancho que Kirk, cosa que éste captó de un vistazo.

—Vamos, tío —le aconsejó uno de sus amigotes, y añadió bajando la voz—: Es Xavier Woods.

Aquello pareció frenar a Kirk.

—¡Bah! —Escupió en el suelo, me lanzó una mirada asquerosa y se alejó airadamente.

Xavier me rodeó los hombros con el brazo y yo me arrimé más a él, aspirando su fresca fragancia.

—Algunos necesitarían que les enseñaran modales —dijo con desdén. Yo levanté la vista.

—¿Te habrías metido en una pelea por mí?

—Claro —respondió sin vacilar.

—Pero ellos eran cuatro.

—Me enfrentaría al ejército de Megatrón para defenderte.

—¿De quién?

Xavier sacudió la cabeza y sonrió.

—Siempre se me olvida que tenemos distintos puntos de referencia. Digamos que a mí no me dan miedo cuatro matones de poca monta.

Xavier no sabía gran cosa de ángeles, pero sí de la gente en general. Intuía lo que querían mucho mejor que yo y, por tanto, podía evaluar con más conocimiento de causa en quién confiar y con quién mantener una distancia prudencial. Yo no ignoraba que Ivy y Gabriel seguían preocupados por las consecuencias de nuestra relación, pero notaba que Xavier me proporcionaba una energía y una seguridad en mí misma que me volvía mucho más fuerte para ejercer el papel que me correspondiera en nuestra misión. Aunque él no acabase de entender la naturaleza de nuestra tarea en la Tierra, había tomado conciencia de que no debía distraerme ni apartarme de ella. Y al mismo tiempo, su inquietud por mi bienestar bordeaba la obsesión, porque llegaba a preocuparse por las cosas más insignificantes, como por ejemplo mi nivel energético.

—No has de preocuparte por mí —le recordé un día en la cafetería—. A pesar de lo que piense Gabriel, sé cuidar de mí misma.

—Me limito a cumplir con mi cometido —replicó—. Por cierto, ¿ya has almorzado?

—No tengo hambre. Gabriel nos prepara unos desayunos monumentales.

—Toma, cómete esto —me dijo, lanzándome una barrita energética. Como atleta que era, siempre parecía llevar enci-

HALO

ma una provisión inagotable. Según la etiqueta, aquélla contenía anacardos, coco, albaricoque y semillas.

—No puedo comérmelo. ¡Lleva alpiste!

—Son semillas de sésamo, están repletas de energía. No quiero que acabes agotada.

—¿Por qué habría de agotarme?

—Porque debes de tener bajo el nivel de glucosa en sangre, así que no discutas.

Cuando se empeñaba en cuidar de mí, era preferible no discutir con él.

—Vale, mami —le dije, dándole un mordisco a aquella correosa barrita—. Por cierto, sabe a cartón.

Apoyé la cabeza en sus brazos fuertes y bronceados, reconfortada como siempre por su solidez.

—¿Tienes sueño? —me preguntó.

—*Phantom* se ha pasado la noche roncando y yo no he tenido valor para sacarlo de mi habitación.

Xavier dio un suspiro y me acarició la cabeza.

—A veces te pasas de buena. No creas que no he notado que sólo has dado un mordisco a esa barrita. Venga, termínatela.

—Por favor, Xavier, ¡alguien te va a oír!

Recogió la barrita y la paseó por el aire, emitiendo una especie de zumbido con los labios.

—Todavía será más embarazoso si tengo que empezar a jugar a los avioncitos.

—¿Qué avioncitos?

—Es un truco que emplean las madres para que coman los niños más testarudos.

Me eché a reír y aprovechó la ocasión para meterme volando la barrita dietética en la boca.

A Xavier le encantaba contar historias de su familia; y a mí escucharlas. Cuando se ponía a hablar, me quedaba totalmente absorta. Últimamente las anécdotas versaban sobre la boda inminente de su hermana mayor. Yo lo interrumpía con preguntas frecuentes, deseosa de conocer los detalles que él omitía. ¿De qué color eran los vestidos de las damas de honor? ¿Cómo se llamaba el primo al que habían reclutado para llevar los anillos? ¿Quiénes preferían un grupo de rock que un cuarteto de cuerda? ¿Al final serían de satén blanco los zapatos de la novia? Si no sabía la respuesta, me prometía averiguarla.

Mientras comía, Xavier me explicó que no había manera de que su madre y su hermana se pusieran de acuerdo en los detalles de la boda. Claire quería montar la ceremonia en el jardín botánico local, pero su madre opinaba que era un entorno demasiado «primitivo». Los Wood eran feligreses de la parroquia de Saint Mark's, con la cual la familia había mantenido desde antiguo una estrecha relación. La madre deseaba que la boda tuviera lugar allí y, durante la última discusión, había llegado a amenazar con no asistir si la ceremonia no se celebraba en una Casa de Dios. Según ella, si los votos no se hacían en un lugar santificado ni siquiera tenían validez. Al final llegaron a un acuerdo: la ceremonia se haría en la iglesia y la recepción en un pabellón junto a la playa. Xavier sofocaba la risa mientras me contaba la historia, divertido por las extravagancias de las mujeres de su familia. Yo no podía dejar de pensar que su madre y Gabriel congeniarían a las mil maravillas.

A veces me sentía excluida de esa parte de su existencia. Era como si él llevase una doble vida: la que compartía con su familia y sus amigos, y el profundo vínculo que lo unía a mí.

—¿No piensas nunca que no estamos hechos el uno para el otro? —le pregunté, apoyando la barbilla en las manos y tratando de descifrar su expresión.

—No, no lo pienso —dijo sin vacilar ni un segundo—. ¿Y tú?

—Bueno, lo único que sé es que esto no estaba previsto. Alguien ahí arriba ha metido la pata en serio.

—Lo nuestro no es ningún error —insistió Xavier.

—No, pero lo que digo es que hemos ido en contra del destino. No es esto lo que habían planeado para nosotros.

—Me alegro de la confusión, ¿tú no?

—Por mí sí.

—¿Pero?

—Pero no quiero convertirme en una carga para ti.

—No eres ninguna carga. Puedes resultar exasperante y no hacer caso de los consejos, pero nunca eres una carga.

—No soy exasperante.

—Se me olvidaba añadir que no tienes mucho ojo para conocer a la gente, ni siquiera a ti misma.

Le alboroté el pelo, regodeándome con la sensación de suavidad que sentía en los dedos.

—¿Tú crees que le caería bien a tu familia? —pregunté.

—Claro. Confían en mi criterio para casi todas las cosas.

—Sí, pero… ¿y si me encontraran extraña?

—Ellos no son de ese estilo, pero, bueno, ¿por qué no lo averiguas tú misma? Ven este fin de semana a conocerlos. Hace días que quería proponértelo.

—No sé —me escabullí—. Me siento incómoda entre desconocidos.

—Ellos no lo son —dijo—. Yo los conozco de toda la vida.

—Quiero decir para mí.

—Son parte de lo que yo soy, Beth. Significaría mucho para mí que pudieran conocerte. Ya han oído bastante de ti.

—¿Qué les has contado?

—Sólo lo buena que eres.

—Tan buena no soy. Si no, no estaríamos en esta situación.

—A mí nunca me han atraído las chicas completamente buenas. En fin, ¿vendrás?

—Me lo pensaré.

Yo había esperado que me lo pidiera y quería decirle que sí, pero temía en parte sentirme demasiado distinta de ellos. Después de lo que había oído de aquella madre tan conservadora, no me apetecía que me juzgaran. Xavier vio mi expresión.

—¿Cuál es el problema? —preguntó.

—Si tu madre es una mujer religiosa, quizá sea capaz de reconocer a un ángel caído cuando lo vea.

La objeción, una vez pronunciada en voz alta, sonaba bastante estúpida.

—Tú no eres un ángel caído. ¿Por qué has de ponerte tan melodramática?

—Lo soy en comparación con Ivy y Gabriel.

—Bueno, dudo mucho que mi madre vaya a darse cuenta.

Yo tuve que enfrentarme con el escuadrón de Dios, ¿recuerdas? Y no traté de escaquearme.

—Eso es cierto.

—Entonces, decidido. Pasaré a buscarte el sábado a las cinco. Tu clase de literatura está a punto de empezar. Te acompaño.

Mientras recogía mis libros, resonó en la cafetería el eco de un trueno. La luz del sol que se colaba por los ventanales desapareció bruscamente y el cielo se oscureció, amenazando lluvia. Ya habíamos oído que el tiempo primaveral no iba a durar, pero resultaba decepcionante igualmente. La temporada lluviosa llegaba a ser muy fría en aquella parte de la costa.

—Está a punto de llover —dijo Xavier, mirando el cielo.

—Adiós, sol —gemí.

Apenas lo había dicho, empezaron a caer gruesas gotas. Y en un abrir y cerrar de ojos, una tupida cortina de lluvia estaba tamborileando en el techo de la cafetería. Miré a los estudiantes que cruzaban corriendo el claustro, cubriéndose la cabeza con la carpeta. Un par de chicas de tercero permanecían a cielo abierto, dejando que la lluvia las empapase y riéndose histéricamente. Se las iban a cargar cuando aparecieran en clase caladas hasta los huesos. Vi a Gabriel dirigiéndose hacia el ala de música con expresión preocupada. Su paraguas se inclinaba, azotado por el viento enfurecido que se había levantado.

—¿Vamos? —me dijo Xavier.

—Quedémonos un rato a mirar la lluvia. No hay nada muy interesante en literatura ahora mismo.

—¿Ésa es la Beth mala?

—Me parece que hemos de revisar tu definición de mala. ¿No puedo quedarme contigo durante esta clase?

—¿Y que luego tu hermano me acuse de ser una mala influencia? Ni hablar. Por cierto, me he enterado de que hay un nuevo alumno. Un intercambio con un colegio de Londres. Y creo que está en tu clase. ¿No sientes curiosidad?

—No mucha. Tengo aquí todo lo que necesito. —Deslicé el dedo por su mejilla, disfrutando de la suavidad de sus contornos.

Xavier me tomó el dedo y me besó la punta antes de depositármelo con firmeza en mi regazo.

—Escucha, ese chico podría venirte como anillo al dedo. Según radio macuto ya lo han expulsado de tres colegios. Lo han enviado aquí para regenerarse, supongo que porque cualquier posibilidad de meterse en líos le queda muy lejos. Su padre es un magnate de los medios de comunicación. ¿Ahora estás más interesada?

—Tal vez un poquito.

—Bueno, ve a clase de literatura, a ver qué tal es.

—Vale, vale. Pero, oye, yo ya tengo conciencia; y bastante me atormenta por sí sola. No me hace falta otra.

—Yo también te quiero, Beth.

Al evocar más tarde aquel día, habría de recordar la lluvia y la expresión de Xavier. Aquel cambio de tiempo marcó también un cambio en nuestras vidas que ninguno de los dos habría podido prever. Mi vida en la Tierra hasta entonces había transcurrido entre dramas menores y angustias de adolescente, pero estaba a punto de descubrir que aquellos problemas habían sido sólo un juego de niños comparados con lo que vino a continuación. Supongo que eso sirvió para enseñarnos un montón sobre lo que era importante en la vida. Y no creo que hubiéramos podido evitarlo. Formaba parte de nuestra historia desde el principio. Al fin y al cabo, las cosas habían discurrido con relativa suavidad; era inevitable que tropezáramos con algún bache. Sólo que no esperábamos que el impacto fuese tan fuerte.

El bache en cuestión había venido desde Inglaterra y tenía nombre: Jake Thorn.

223

18

El Príncipe Oscuro

*A*unque fuera de largo la más interesante de todas mis materias, no estaba de humor para una clase de literatura. Me apetecía quedarme más rato con Xavier; separarme de él me producía siempre una especie de dolor físico, como un calambre en el pecho. Cuando llegamos al aula, estreché sus dedos con más fuerza y lo atraje hacia mí. No importaba cuánto tiempo pasáramos juntos: nunca me parecía suficiente, siempre quería más. Cuando se trataba de él, me entraba un apetito voraz que no había modo de satisfacer.

—No pasa nada si llego unos minutos tarde —dije para engatusarle.

—Ni hablar —replicó Xavier, quitando uno a uno los dedos con los que lo agarraba de la manga—. Vas a entrar puntualmente.

—Te estás convirtiendo en un repelente —rezongué.

Él no hizo caso y me puso los libros en las manos. Ahora casi nunca me dejaba llevar ningún peso cuando me acompañaba. La gente debía tomarme por una perezosa incurable viéndome deambular por ahí con las manos vacías, mientras Xavier me seguía cargado con mis pertenencias.

—Yo puedo llevar perfectamente mis propias cosas, Xav. No soy ninguna inválida, ¿sabes?

—Ya —respondió, lanzándome su adorable media sonrisa—. Pero a mí me gusta estar a tu disposición.

Antes de que pudiera detenerme, le eché los brazos al cuello y lo arrastré a un hueco entre las taquillas. La culpa era suya, qué caramba, por plantarse allí delante con aquel pelo castaño tan suave bailándole sobre los ojos, con la camisa del uniforme por fuera y el cordón de cuero trenzado ciñéndole la muñeca y casi confundiéndose con su piel bronceada. Si no quería que le atacara, que no se pusiera en mi camino.

Xavier dejó caer sus propios libros y me devolvió el beso con pasión, sujetándome el cuello con ambas manos y apretándose contra mí. Algunos rezagados que corrían a sus clases nos miraron con todo descaro.

—¡Buscaos una habitación! —nos soltó uno, pero nosotros no le hicimos ni caso. Durante ese momento el espacio y el tiempo se desvanecían: sólo existíamos nosotros dos, en nuestra propia dimensión personal, y yo apenas podía recordar dónde estaba ni quién era. No distinguía donde terminaba mi ser y empezaba el suyo. Lo cual me recordaba un pasaje de *Jane Eyre* en el que Rochester le dice a Jane que la ama como si fuera su propia carne. Así era exactamente como amaba a Xavier.

Entonces se separó de mí.

—Es usted muy mala, señorita Church —jadeó, con una sonrisa en los labios y una voz remilgada—. Y yo estoy totalmente indefenso ante sus encantos. Bueno, ahora creo que llegamos tarde los dos.

Por suerte para mí, la señorita Castle no era el tipo de profesora que se preocupara por la puntualidad. En cuanto entré y fui a sentarme entre las primeras filas, me entregó una carpeta.

—Hola, Beth —me dijo—. Estábamos hablando de la introducción al primer trimestre. He decidido asignaros un trabajo de escritura creativa por parejas. Habréis de preparar juntos y leer en clase un poema sobre el amor, como preludio para el estudio que realizaremos acto seguido de los grandes poetas románticos: Wordsworth, Shelley, Keats y Byron. Antes de empezar, ¿alguien tiene algún poema favorito que desee compartir con todos nosotros?

—Yo tengo uno —dijo una voz refinada desde el fondo. Me volví para identificar quién poseía aquel inconfundible acento inglés. Todo el mundo había enmudecido de asombro. Era el nuevo. «Qué valor —pensé—. Mira que meterse en semejante compromiso el primer día...» O eso, o era un tremendo vanidoso.

—¡Gracias, Jake! —gorjeó la señorita Castle con entusiasmo—. ¿Quieres venir a recitarlo?

—Desde luego.

El chico que avanzaba con aplomo entre las filas no era como yo había esperado. Había algo en su apariencia que hizo que se me encogiera el estómago. Era alto y delgado, y su pelo largo, oscuro y liso se le desparramaba sobre los hombros. Tenía pómulos prominentes, lo que le daba un aire demacrado. Su nariz se curvaba ligeramente en la punta y sus ojos oscuros se agazapaban bajo unas cejas muy marcadas.

Iba con tejanos negros y una camiseta del mismo color, y tenía tatuada una serpiente que se enroscaba alrededor de su antebrazo. El hecho de no llevar uniforme en su primer día no parecía preocuparle demasiado. Es más: se movía con la firmeza y la arrogancia de quien se considera por encima de las normas. No podía negarse: era guapísimo. Pero había algo en él que iba más allá de la belleza. ¿Gracia, encanto, elegancia?, ¿o algo más peligroso?

Su mirada provocativa barrió toda la clase. Antes de que yo pudiera bajar la vista, sus ojos se encontraron con los míos y permanecieron un rato observándome. Luego esbozó una sonrisa aplomada.

—«Annabel Lee», un romance de Edgar Allan Poe —anunció con toda calma—. Quizás os interese saber que Poe se casó con su prima de trece años, Virginia, cuando él tenía veintisiete. Ella murió dos años más tarde de tuberculosis.

Todo el mundo lo miraba hechizado. Cuando al fin empezó a recitar, su voz pareció derramarse como un almíbar e inundar la clase entera.

Hace largos, largos años,
En un reino frente al mar,
Vivía una hermosa doncella, Annabel,
Llamadla así: Annabel Lee,
Que sólo deseaba que la amara,
Que sólo quería amarme a mí.

Aunque muy niños los dos,
En aquel reino nos amamos
La bella Annabel Lee y yo,
Con un amor sin igual
Que los serafines desde el cielo
Envidiaban con rencor.

Y fue así que de las nubes,
En aquel reino junto al mar
Surgió un mal viento helado,
Ay, Annabel, hace ya tanto,
Y me la dejó yerta en las manos.
Yerta y helada, sus deudos
Vinieron y me la arrebataron
Para encerrarla frente al mar
En un sepulcro de mármol.

No tan dichosos allá en el cielo,
Por celos de ella y de mí,
Fueron los ángeles traicioneros
(Bien lo saben en aquel reino)
Quienes alzaron de noche al viento
Dejando helada a mi Annabel Lee.

Pero más fuerte era nuestro amor
Que el amor de otros más sabios
O de los que sólo nos aventajaban en años.
Y ni los ángeles que están en lo alto,
Ni los demonios en las honduras del mar,
Podrán separarme jamás de ti,
Mi bella, mi dulce Annabel Lee.

Pues no brilla la luna sin decirme en sueños
Annabel, Annabel Lee,
Ni se alzan las estrellas sin hablarme de los ojos
De mi bella Annabel Lee.
Y así permanezco la noche entera con ella
Mi amada, mi vida, mi novia sin par,

En aquel sepulcro de la orilla,
En su tumba resonante junto al mar.

No se me escapó, cuando Jake terminó de recitar, que todas las mujeres de la clase, incluida la señorita Castle, lo miraban extasiadas como si su caballero andante acabara de llegar con su reluciente armadura. Incluso yo misma debía reconocer que su actuación había resultado impresionante. Había declamado de un modo conmovedor, como si Annabel Lee hubiera sido el amor de su vida. A juzgar por su manera de mirarlo, algunas chicas parecían dispuestas a abalanzarse sobre él para consolarlo por su pérdida.

—Una interpretación muy expresiva —susurró la señorita Castle—. Debemos recordarlo para cuando llegue la velada de jazz y poesía. Bueno, estoy segura de que esto habrá servido para inspiraros y sugeriros ideas de vuestra propia cosecha. Ahora quiero que os juntéis por parejas y que discutáis ideas para el poema. La forma es totalmente libre. Dad rienda suelta a vuestra imaginación. Cualquier licencia poética será bienvenida.

La gente empezó a cambiar de asiento y a distribuirse de dos en dos. De vuelta a su sitio, Jake se detuvo frente a mi mesa.

—¿Quieres que vayamos juntos? —me susurró—. Tengo entendido que tú también eres nueva.

—Bueno, ya llevo un tiempo aquí —respondí, no muy contenta con la comparación.

Jake interpretó mi respuesta como un sí y se sentó sin más a mi lado. Luego se arrellanó cómodamente en su silla, con las manos en la nuca.

—Me llamo Jake Thorn —dijo, mirándome con sus ojos oscuros entornados y tendiéndome la mano: la cortesía en persona.

—Bethany Church —repuse, ofreciéndole mi mano con cautela.

En lugar de estrechármela, como yo esperaba, le dio la vuelta y se la llevó a los labios con un ridículo gesto de galantería.

—Es un gran placer conocerte.

Estuve a punto de soltar una carcajada. ¿Pretendía que me lo tomase en serio? ¿Dónde creía que estábamos? No me reí porque me quedé mirándolo a los ojos. Eran de color verde oscuro y poseían una intensidad llameante. Y no obstante, había un matiz hastiado en su expresión que sugería que había vivido mucho más que la mayoría de los chicos de su edad. Su mirada me recorrió de arriba abajo y tuve la sensación de que no se había dejado nada. Llevaba un colgante de plata alrededor del cuello: una media luna con extraños símbolos grabados.

Tamborileó con los dedos en la mesa.

—Bueno —dijo—, ¿alguna idea?

Yo lo miré desconcertada.

—Para el poema —me recordó, enarcando una ceja.

—Empieza tú. Yo aún estoy pensando.

—Muy bien. ¿Prefieres alguna metáfora en particular? ¿Una selva exuberante?, ¿el arco iris?, ¿algo por el estilo? —Se echó a reír como si fuera un chiste privado—. Yo tengo debilidad por los reptiles.

—¿Y eso qué se supone que significa? —pregunté con curiosidad.

—Tener debilidad por algo significa que te gusta.

—Ya sé lo que significa, pero ¿por qué los reptiles?

—Piel dura y sangre fría —dijo Jake con una sonrisa.

Repentinamente se desentendió de mí y garabateó una nota en un trozo de papel. Lo estrujó en una bola y se la lanzó a las dos chicas góticas, Alicia y Alexandra, que estaban en la fila de delante, inclinadas sobre sus cuadernos, escribiendo con brío. Se volvieron a mirar enojadas, pero cambiaron de expresión en cuanto vieron quién era el remitente. Entonces se apresuraron a leer la nota y a cuchichear entre ellas, muy excitadas. Alicia le echó una miradita a Jake por debajo del flequillo y asintió de un modo casi imperceptible. Jake guiñó un ojo y volvió a arrellanarse en su asiento con aire satisfecho.

—O sea que el tema es el amor —prosiguió como si nada.

—¿Cómo? —pregunté estúpidamente.

—Para nuestro poema. —Me miró de soslayo—. ¿Ya has vuelto a olvidarlo?

—Estaba distraída.

—¿Preguntándote qué les he dicho a esas chicas? —comentó con picardía.

—¡No! —me apresuré a responder.

—Sólo pretendo hacer amistades —dijo, ahora con una expresión franca e inocente—. Siempre es duro ser el nuevo.

Sentí una punzada de compasión.

—Estoy segura de que harás amigos muy deprisa —le dije—. Todo el mundo fue muy amable cuando llegué. Y cuenta conmigo si necesitas que alguien te enseñe todo esto.

Sus labios se retorcieron en una sonrisa.

—Gracias, Bethany. Te tomo la palabra.

Permanecimos durante un rato en silencio, sopesando ideas, hasta que Jake me hizo otra pregunta.

—Oye, ¿qué hacéis aquí para divertiros?

—Bueno... —Hice una pausa—. Yo paso la mayor parte del tiempo con mi familia. Y con mi novio.

—¡Ah, conque hay un novio! ¡Qué bueno! —Sonrió—. No es que me sorprenda. Naturalmente que tienes novio... con esa cara. ¿Quién es el afortunado?

—Xavier Woods —contesté, avergonzada por su cumplido.

—¿Tiene intención de tomar los hábitos pronto?

Fruncí el ceño.

—Es un nombre muy bonito —repliqué a la defensiva—. Quiere decir «luz». ¿No has oído hablar de san Francisco Javier?

Él sonrió con aire burlón.

—¿No era el que perdió la chaveta y se fue a una cueva?

—En realidad —lo corregí— a mí me parece más bien que decidió vivir con sencillez y renunciar a las comodidades mundanas.

—Ya veo. Perdón por el error.

Me removí incómoda en mi asiento.

—¿Y qué te parece tu nuevo hogar? —me preguntó más tarde.

—Venus Cove es muy agradable para vivir. La gente es auténtica —respondí—. Aunque alguien como tú quizá lo encuentre aburrido.

—No lo creo —dijo, mirándome—. Ya no, si hay gente como tú.

Sonó el timbre y recogí a toda prisa mis libros, deseosa de reunirme con Xavier.

—Nos vemos, Bethany —dijo Jake—. Quizá seamos más productivos la próxima vez.

Me asaltó una sensación de inseguridad cuando le di alcance a Xavier junto a las taquillas. Me sentía intranquila y lo único que deseaba era acomodarme entre sus brazos protectores, a pesar de que ya me pasaba así la mayor parte del día. En cuanto guardó sus libros, me acurruqué contra su pecho y me aferré a él como una lapa.

—Uau —dijo, estrechándome con fuerza—. Yo también me alegro de verte. ¿Estás bien?

—Sí —respondí, enterrando la cara en su camisa y aspirando su fragancia—. Te echaba de menos, nada más.

—Sólo hemos estado separados una hora. —Rio—. Venga, salgamos de aquí.

Caminamos hasta el aparcamiento. Gabriel e Ivy le habían dado permiso para llevarme a casa en coche de vez en cuando, cosa que él consideraba un gran progreso. Lo tenía aparcado en el sitio de siempre, a la sombra de una hilera de robles, y se adelantó a abrirme la puerta. No sabía qué se creía que iba a pasarme si me dejaba abrirla a mí misma. Quizá temía que se desprendiera de las bisagras y me aplastara, o que yo me torciera la muñeca al manejar la palanca. O acaso era que lo habían educado con excelentes modales anticuados.

Xavier no arrancó el motor hasta que coloqué en el asiento de atrás la mochila y me puse el cinturón de seguridad. Gabriel le había explicado que yo era la única de nosotros tres que podía sufrir heridas y dolor: mi forma humana podía resultar dañada. Xavier se lo había tomado muy a pecho y salió del aparcamiento con un aire de intensa concentración.

Pese a su prudencia, sin embargo, no pudo impedir lo que sucedió a continuación. Cuando ya salíamos a la avenida, una reluciente moto negra salió disparada de improviso y se nos cruzó por delante. Xavier frenó bruscamente, haciendo derrapar el coche y evitando por poco la colisión. Viramos a la derecha y chocamos con el bordillo. Yo me fui hacia delante; el cinturón me paró en seco y me retuvo contra el asiento con un doloroso tirón. La moto se alejó rugiendo calle abajo, dejando una estela de gases. Xavier lo miró mudo de asombro antes de volverse para comprobar que yo estaba bien. Sólo al ver que no me había pasado nada, dio rienda suelta a su rabia.

—¿Quién demonios era ése? —rugió—. ¡Menudo idiota! ¿Has visto cómo conducía? Si llego a averiguar quién es, que el Cielo me ayude, te aseguro que lo voy a moler a palos.

—No se le veía la cara con ese casco —murmuré.

—Ya nos enteraremos —gruñó Xavier—. No se ven muchas Kawasaki Ninja ZX-14 por aquí.

—¿Cómo es que conoces tan bien el modelo?

—Soy un chico. Me gustan las motos.

Xavier me llevó a casa todavía furioso. Escrutaba el tráfico y no les quitaba ojo a los conductores vecinos, como si el incidente pudiera repetirse. Cuando nos detuvimos frente a Byron, ya se había calmado un poco.

—He preparado limonada —nos dijo Ivy abriendo la puerta. Tenía un aire tan doméstico con su delantal que a los dos se nos escapó una sonrisa—. ¿Por qué no pasas, Xavier? —le preguntó—. Puedes hacer los deberes con Bethany.

—Uh, no, gracias. Le he prometido a mi madre que le haría unos recados —dijo, eludiendo la invitación.

—Gabriel no está.

—Ah, bueno, entonces sí. Gracias.

Mi hermana nos hizo pasar y cerró la puerta. *Phantom* salió disparado de la cocina al oírnos y se abalanzó sobre nuestras piernas a modo de saludo.

—Primero los deberes; luego el paseo —le dije.

Desplegamos los libros sobre la mesa del comedor. Xavier tenía que terminar un trabajo de psicología y yo había de analizar una viñeta humorística para la clase de historia. La viñeta mostraba al rey Luis XVI, de pie junto al trono, al parecer muy satisfecho de sí mismo. Mi tarea consistía en interpretar el significado de los objetos que había alrededor.

—¿Cómo se llama eso que sujeta en la mano? —le pregunté a Xavier—. No lo veo bien.

—Parece un atizador —respondió.

—Dudo muchísimo que Luis XVI se ocupara de atizar el fuego. Yo diría que es un cetro. ¿Y qué es lo que lleva puesto?

—Hum... ¿un poncho? —sugirió Xavier.

Puse los ojos en blanco.

—Voy a sacar un sobresaliente con tus consejos.

A decir verdad, ni la tarea que me habían asignado ni las notas con las que recompensaran mis esfuerzos me interesaban lo más mínimo. Las cosas que deseaba aprender no venían en los libros; procedían de la experiencia y de la relación con la gente. Pero Xavier estaba concentrado en su trabajo de psicología y no quería distraerlo más, así que volví a examinar la viñeta. Mi capacidad de atención resultó muy efímera.

—Si pudieras rectificar una sola cosa de toda tu vida, ¿cuál sería? —le pregunté, mientras le hacía cosquillas a *Phantom* en el hocico con las plumas de mi bolígrafo de fantasía. Él lo agarró entre los dientes, creyendo que era un bicho peludo, y se alejó muy ufano con él.

Xavier dejó su propio bolígrafo y me miró, socarrón.

—¿No querrás decir: cuál es la variable independiente en el Experimento de la Prisión de Stanford?

—Vaya rollo —dije.

—Me temo que no todos hemos recibido la bendición del conocimiento divino.

Di un suspiro.

—No entiendo cómo te interesan estas cosas.

—No me interesan. Pero no me queda otro remedio —dijo—. He de entrar en la universidad y conseguir un trabajo si quiero seguir adelante. Ésa es la realidad. —Se echó a reír—. Bueno, no en tu caso, supongo; pero en el mío seguro que sí.

No tenía respuesta. Sólo de imaginarme a Xavier haciéndose mayor, obligado a trabajar un día sí y otro también para mantener a una familia hasta la muerte, me daban ganas de llorar. Yo quería que su vida fuera más fácil y que la pasara conmigo.

—Lo siento —murmuré.

Él deslizó su silla para acercarse más.

—No lo sientas. Yo preferiría mucho más hacer esto...

Se inclinó y me besó el pelo, deslizando lentamente los labios hasta encontrar mi barbilla y, finalmente, mi boca.

—Preferiría mucho más pasarme todo el tiempo hablando contigo, estando a tu lado, descubriéndote —añadió—. Pero aunque me haya metido en esta locura, eso no significa que pueda abandonar todos mis otros planes. No podría, por mucho que lo deseara. Mis padres esperan que entre en una universidad de elite. —Frunció el ceño—. Es muy importante para ellos.

—¿Y para ti? —pregunté.

—Supongo que también —respondió—. ¿Qué otra cosa puedo hacer?

Asentí. Yo sabía bien lo que era tener que cumplir las expectativas de tu familia.

—Has de hacer algo que te satisfaga también a ti —le dije.

—Por eso estoy contigo.

—¿Cómo se supone que voy a estudiar si me sigues diciendo cosas como ésta? —me quejé.

—Tengo muchas más guardadas del mismo estilo —dijo, burlón.

—¿A eso dedicas tu tiempo libre?

—Me has pillado. Lo único que hago es prepararme frases para impresionar a las mujeres.

—¿A las mujeres?

—Perdón. A una mujer —rectificó al ver cómo me enfurruñaba—. Una mujer que vale por mil.

—Venga ya, cierra el pico. No trates de arreglarlo ahora.

—Tan misericordiosa —Xavier sacudió la cabeza—, tan compasiva y dispuesta a perdonar.

—No te pases, amigo —le dije, adoptando voz de matón.

Xavier bajó la cabeza.

—Te pido perdón… Jo, soy un calzonazos.

Continué con mi tarea de historia mientras él acababa de redactar su informe. Aún le quedaban un montón de deberes, pero al final quedó claro que yo representaba una distracción excesiva. Justo cuando acababa de resolver su tercer problema de trigonometría, noté su mano deslizándose sobre mi regazo. Le di un ligero cachete.

—Continúa estudiando —le dije cuando levantó la vista—. Nadie te ha dado permiso para parar.

Sonrió y escribió algo al pie de la hoja. Ahora la solución decía:

«Halla x si (x)=2sen3x, sobre el dominio —2π<x<2π»
x=Beth

—¡Para de hacer el tonto!

—¡De eso nada! ¡Es la verdad! Tú eres mi solución para todo —replicó—. El resultado final siempre eres tú. X siempre es igual a Beth.

19

Entre los Wood

Me tenía inquieta la perspectiva de conocer el sábado a la familia de Xavier. Ya me había invitado varias veces y no podía negarme sin dar la impresión de que no tenía el menor interés. Además, él no iba a aceptar un no por respuesta. No es que yo no quisiera conocerlos; pero más bien me daba terror la reacción que pudieran tener al conocerme a mí. En el colegio, pasados los nervios del primer día, nunca me había preocupado demasiado la impresión que pudiera causar. Pero en el caso de la familia de Xavier la cosa cambiaba; ellos sí eran importantes. Yo deseaba caerles bien y quería que pensaran que Xavier había salido ganando al conocerme. En definitiva, deseaba contar con su aprobación. Molly me había explicado un sinfín de historias sobre su ex novio, un tal Kyle, a quien sus padres nunca habían mirado con buenos ojos, hasta el punto de no permitirle entrar en su casa. Estaba segura de que el clan de los Wood no se pondría en mi contra hasta ese extremo, pero si no llegaba a gustarles, su influencia podía pesar lo suficiente como para afectar a los sentimientos de Xavier.

El sábado, Xavier apareció con su coche en el sendero cuando apenas faltaban dos minutos para las cinco, tal como habíamos quedado. Nos dirigimos hacia su casa, que se hallaba en la otra punta del pueblo: un trayecto de unos diez minutos. Al llegar a su calle, me zumbaban en el cerebro un centenar de pensamientos negativos. ¿Y si creían que mi palidez natural se debía a una enfermedad o a una adicción a las drogas? ¿Y si pensaban que no estaba a la altura de Xavier y que él se merecía algo mejor? ¿Y qué pasaría si hacía o decía sin querer algo embarazoso, como solía ocurrirme cuando me ponía nerviosa? ¿Y si sus padres, ambos médicos, percibían que había algo raro en mí? ¿No formaba parte de su trabajo darse cuenta de esas cosas? ¿Y si Claire o Nicola pensaban que mi ropa estaba pasada de moda? En realidad, no creía que por ese lado tuviera que haber ningún problema, porque Ivy me había ayudado a elegir el conjunto: un vestido azul marino de crepé con cuello redondo y botones de color crema. En palabras de Molly, elegante y con un toque francés. Pero todo lo demás estaba en el aire y dibujaba un gran interrogante.

—¿Por qué no te relajas? —dijo Xavier cuando me pasé las manos por el pelo y me alisé el vestido por décima vez desde que habíamos salido—. Casi te oigo el corazón desde aquí. Son buena gente, van a la iglesia todos los domingos. Has de gustarles a la fuerza. Y si no fuera así, lo cual es imposible, no te darías ni cuenta. Pero te van a adorar; ya te adoran.

—¿Qué quieres decir?

—Les he hablado de ti y se mueren por conocerte desde hace tiempo —dijo—. O sea que deja de comportarte como si fueras a encontrarte con el verdugo.

—Podrías ser más comprensivo —repliqué de mal humor—. Tengo motivos para preocuparme. ¡Eres tan antipático a veces!

Xavier estalló en carcajadas.

—¿Me has llamado antipático?

—Por supuesto. ¡Te importa un bledo que esté nerviosa!

—Claro que me importa —dijo, armándose de paciencia—. Pero te estoy diciendo que no tienes por qué preocuparte. Mi madre ya es tu fan número uno y todos esperan con emoción el momento de conocerte. Durante un tiempo albergaron la sospecha de que eras una invención mía. Te lo cuento para que te sientas mejor, porque me importa cómo te sientes, y ahora exijo que retires ese insulto. No puedo seguir viviendo con el estigma de haber sido tildado de «antipático».

—Lo retiro. —Me eché a reír—. Pero eres un zopenco.

—Mi autoestima está sufriendo hoy un rapapolvo —dijo, meneando la cabeza—. Primero antipático, ahora zopenco... Esto supongo que me convierte en un zopenco antipático.

237

—Es que estoy nerviosa. —Se me borró la sonrisa—. ¿Y si me comparan con Emily? ¿Y si no creen que esté a su altura?

—Beth. —Xavier tomó mi rostro entre sus manos y me obligó a mirarlo—. Eres una persona increíble. Eso lo verán de entrada. Además, a mi madre no le gustaba Emily.

—¿Por qué?

—Era demasiado impulsiva.

—¿En qué sentido? —pregunté.

—Tenía problemas —contestó Xavier—. Sus padres estaban divorciados, ella no veía a su padre y a veces hacía cosas sin pensárselas. Yo siempre estaba ahí para mantenerla a salvo, gracias a Dios, pero esa manera de ser no le granjeó demasiadas simpatías entre mi familia.

—Si pudieras cambiar el destino y tenerla otra vez contigo, ¿lo harías? —pregunté.

—Emily está muerta —respondió—. Así han sido las cosas. Luego apareciste tú. Tal vez entonces estaba enamorado de ella, pero ahora estoy enamorado de ti. Y si volviera mañana, seguiría siendo mi mejor amiga, pero tú serías mi novia igualmente.

—Perdona, Xav —murmuré—. A veces tengo la sensación de que sólo estás conmigo porque perdiste a la chica para la que estabas predestinado.

—¿Pero es que no te das cuenta, Beth? —insistió—. Mi destino no era estar con Em; mi destino era amarla y perderla. Tú eres la persona para la que estoy predestinado.

—Creo que ahora lo entiendo. —Cogí su mano y se la apreté un poco—. Gracias por explicármelo. Ya sé que parezco una cría.

Él me guiñó un ojo.

—Una cría adorable.

En casa de Xavier todo tenía un aire confortable. Era un edificio grande y bastante nuevo, de estilo neogeorgiano, con setos pulcramente recortados y una puerta principal reluciente flanqueada de columnas. Adentro, las paredes estaban pintadas de blanco y había parquet de madera en el suelo. La parte delantera, con un lujoso salón, estaba reservada a los invitados, mientras que el espacio diáfano de detrás, que se abría a una terraza con piscina, era donde pasaba la mayor parte del tiempo aquella familia de ocho miembros. Había unos enormes sofás con mullidos cobertores frente a una televisión de pantalla plana montada en la pared. La mesa estada atestada con un surtido de cachivaches de chicas adolescentes; en una esquina había una cesta de ropa doblada y, junto a la puerta trasera, se veían alineados varios pares de zapatillas. En la pared opuesta a la tele había un rincón de juegos con una colección entera de Barbies, camiones y puzles, sin duda pensado para tener entretenidos a los más pequeños. Un gato rojizo se acurrucaba en una canasta.

Quizá tenía que ver con el olor a comida que había en el aire o con las voces que resonaban al fondo, pero todo el lugar daba una sensación acogedora a pesar de su tamaño.

Xavier me llevó a una cocina enorme donde su madre trataba frenéticamente de terminar de cocinar y de arreglar la casa al mismo tiempo. Parecía a cien por hora, pero aun así se las arregló para dedicarme una cálida sonrisa cuando entré. Reconocí las facciones de Xavier en las suyas a primera vista. Ambos tenían la misma nariz recta y unos vívidos ojos azules.

—¡Tú debes de ser Beth! —dijo, poniendo una sartén a fuego lento y acercándose para darme un abrazo—. Hemos oído hablar mucho de ti. Yo soy Bernadette, aunque puedes llamarme Bernie como todo el mundo.

— Encantada de conocerla, Bernie. ¿Necesita ayuda? —le pregunté enseguida.

—¡Vaya, eso no se oye muy a menudo por aquí! —respondió.

Me tomó del brazo y me mostró un montón de servilletas que doblar y una pila de platos que secar. El padre de Xavier, que estaba encendiendo la barbacoa en la terraza, bajo la sombra de unos toldos triangulares, entró un momento a saludarme. Era un hombre alto y delgado, con una mata de pelo castaño y gafas redondas de profesor. Ahora entendía de dónde le venía a Xavier su estatura.

—¿Ya la habéis puesto a trabajar? —dijo con una risotada, estrechándome la mano y presentándose como Peter.

Xavier me dio un apretón en el hombro y salió para ayudar a su padre con la barbacoa. Mientras ponía la mesa con Bernie, observé el maravilloso desorden doméstico que reinaba en la casa. Había un partido de béisbol en la televisión y oía ruido de pasos arriba, y también las notas de una pieza sencilla de clarinete que alguien debía de estar ensayando. Bernie se afanaba a mi lado, poniendo fuentes sobre la mesa. Era todo deliciosamente cotidiano y normal.

—Perdona el desbarajuste —me dijo, disculpándose—. El otro día fue el cumpleaños de Jasmine y está todo manga por hombro.

Sonreí. No me importaba que imperase el desorden. Para mi sorpresa, me sentía como en casa.

—¡Te dije que no tocases mis cuchillas de afeitar! —gritó una chica mientras bajaba ruidosamente las escaleras.

Xavier, que había entrado a recoger unos platos, dio un suspiro exagerado.

—Ahora sería el momento si quieres escapar —susurró.

—¡Por el amor de Dios, tienes un paquete entero! ¡Deja ya de lloriquear! —replicó otra voz.

—Era la última y ahora ha quedado impregnada de tus células asquerosas. —Sonó un violento portazo y apareció una chica de rizos castaños recogidos con una cinta. Llevaba unos pantalones cortos de licra, como si acabase de hacer deporte, y un top rojo sin mangas—. Mamá, ¿quieres decirle a Claire que no se meta más en mi habitación?

—¡No he entrado en tu habitación! ¡Te la has dejado en el baño! —gritó Claire desde detrás de la puerta.

—¿Por qué no te largas de una vez y te vas a vivir con Luke? —le replicó a voz en cuello su hermana.

—¡Lo haría si pudiera, créeme!

—¡Te odio! ¡No hay derecho!

De repente la chica pareció advertir mi presencia y dejó de gritar para examinarme de arriba a abajo.

—¿Quién es ésta? —preguntó con brusquedad.

—¡Nicola! —la reprendió su madre—. ¿Dónde están tus

modales? Es Beth. Beth, acércate, ésta es mi hija de quince años, Nicola.

—Encantada de conocerte —dijo de mala gana—. Aunque no entiendo cómo se te ocurre salir con él —añadió, señalando con la cabeza a Xavier—. Es un pringado total y sus chistes dan pena.

—Nicola está atravesando ahora mismo la crisis de la adolescencia y ha perdido el sentido del humor —me explicó Xavier—. De lo contrario, apreciaría mi ingenio.

Nicola le dirigió una mirada asesina. Yo me vi liberada de hacer comentarios porque en ese momento hizo su entrada la hermana mayor, Claire. Tenía el pelo liso como Xavier y le caía suelto sobre los hombros. Llevaba una chaqueta de punto negra y botas altas. A pesar del duelo de berridos al que acababa de asistir, se le veía en la cara que era simpática.

—Uau, Xavier, ¡no nos habías dicho que Beth fuera tan despampanante! —dijo, acercándose y dándome un abrazo.

—En realidad sí lo dije —replicó Xavier.

—Pues no te creímos. —Claire se echó a reír—. Hola, Beth, bienvenida al zoológico.

—Enhorabuena por tu compromiso —dije.

—Gracias, aunque es un momento muy desquiciante, no sé si Xavier te habrá puesto al corriente. Ayer mismo recibí una llamada de la empresa de cátering diciendo…

Xavier sonrió y nos dejó que siguiéramos charlando. No es que yo tuviera mucho que decir, pero Claire hablaba por los codos de la organización de la boda y, por mi parte, la escuchaba encantada. Me intrigaba que una ocasión tan feliz tuviera que ser tan complicada. Según ella, todo lo que podía salir mal estaba saliendo mal, y no dejaba de preguntarse si habría roto un espejo o algo así para merecer tan mala suerte.

Bernie entró en la cocina buscando a Xavier, que se asomó por la puerta trasera con unas tenazas en la mano.

—Xavier, cariño, sube un momento y haz bajar a los pequeños para que conozcan a Beth. Están viendo *El rey león*. —Bernie se volvió hacia mí—. Es la única manera de tenerlos tranquilos un rato.

Xavier me guiñó un ojo y desapareció por el pasillo. Al

cabo de dos minutos, lo oí bajar por la escalera; sus pasos rápidos y firmes seguidos de otros más livianos, de piececitos descalzos bajando en tropel. Madeline y Michael eran los más pequeños: rubios, con grandes ojos castaños y la cara manchada de chocolate. Jasmine, que acababa de cumplir nueve años, era una niña muy seria de enormes ojos azules. Llevaba el pelo largo, al estilo de Alicia en el País de las Maravillas, recogido con una cinta de raso.

—¡Beth! —exclamaron Michael y Madeline, tras un breve instante de timidez. Vinieron corriendo y, tomándome cada uno de una mano, me arrastraron al rincón de juegos. Bernie no sabía muy bien si permitir aquel asalto, pero a mí no me importaba. Siempre me habían gustado las almas infantiles, y aquello venía a ser lo mismo, sólo que con más alboroto.

—¿Jugarás con nosotros? —me rogaron.

—Ahora no —dijo Bernie—. Esperad a que terminemos de cenar para molestar a la pobre Beth.

—Yo me siento a su lado —anunció Michael.

—No, me siento yo —dijo Madeline, dándole un empujón—. Yo la he visto primero.

—¡No, señora!

—¡Sí, señor!

—Eh, eh. Los dos podéis sentaros al lado de Beth —dijo Claire, agarrándolos y haciéndoles cosquillas.

De pronto noté a mi lado la presencia de una figura menuda. Jasmine me miraba desde abajo con sus grandes ojos claros.

—Hacen mucho ruido —murmuró—. A mí me gusta el silencio.

Xavier, que acababa de entrar, se rio y le alborotó el pelo.

—Ésta es muy pensativa —dijo—. Siempre en las nubes con las hadas.

—Yo creo en las hadas —dijo Jasmine—. ¿Y tú?

—Desde luego —respondí, arrodillándome junto a ella—. Yo creo en todas esas cosas: hadas, sirenas y ángeles.

—¿En serio?

—Sí. Y entre tú y yo: las he visto.

Jasmine abrió mucho los ojos, y también su boquita de labios rosados.

—¿De veras? Ojalá pudiera verlas.

—Claro que puedes. Sólo tienes que mirar con mucha atención. A veces las encuentras donde menos te lo esperas. Cuando llegó el momento de sentarse a cenar descubrí que Bernie y Peter habían preparado un festín, pero me entró una repentina inquietud al ver todas aquellas fuentes de carne de cerdo, salchichas y costillas asadas en la barbacoa. Xavier debía de haber olvidado decirles que yo no comía carne. No era tanto una cuestión ética, sino sencillamente que nuestra constitución no toleraba bien la carne. Nos resultaba difícil digerirla y nos dejaba aletargados. Pero incluso de no haber sido así, yo no habría querido probarla. La sola idea me revolvía el estómago. Y sin embargo, se habían tomado tantas molestias que no conseguía reunir el valor para decírselo.

Por suerte, no tuve que hacerlo yo.

—Beth no come carne —dijo Xavier sin darle mayor importancia—. ¿No os lo había dicho?

—¿Por qué no? —preguntó Nicola.

—Busca «vegetariano» en el diccionario —replicó en plan sarcástico.

—No importa, cielo —dijo Bernie, tomando mi plato y llenándolo de patatas, verduras asadas y ensalada de arroz—. No hay problema. —Y siguió echando aunque el plato ya estaba repleto.

—Mamá… —Xavier se lo quitó de las manos y me lo puso delante—. Me parece que ya tiene de sobras.

Una vez servido todo el mundo, vi que Nicola cogía sin más el tenedor. Ya se disponía a tomar un bocado de arroz cuando su madre la detuvo con una mirada fulminante.

—Xavier, cariño, ¿quieres bendecir la mesa?

Nicola dejó caer el tenedor adrede con gran estrépito.

—Chist… —susurró Jasmine.

Toda la familia bajó la cabeza. Claire sujetó a Madeline y Michael para que se estuvieran quietos.

Xavier se persignó.

—Demos gracias al Señor por los alimentos que vamos a recibir. Y tengamos presentes, por amor a Jesús, a los que pasan necesidad. Amén.

Al terminar, levantó la vista y me miró una fracción de segundo a los ojos antes de dar un sorbo de soda. Había en su mirada un entendimiento y una lealtad hacía mí tan profunda que me dio la sensación de que nunca lo había amado tanto.

—Bueno, Beth —dijo Peter—, Xavier nos ha contado que te has trasladado aquí con tu hermano y tu hermana.

—Exacto —asentí. Ya notaba que se me atragantaba la comida ante la cuestión inevitable: «¿Y qué me dices de tus padres?». Pero la pregunta no llegó a producirse.

—Me encantaría conocerlos —se limitó a decir Bernie—. ¿También son vegetarianos?

Sonreí.

—Lo somos los tres.

—Qué raro —dijo Nicola.

Bernie la taladró con la mirada, pero Xavier se echó a reír.

—Ya descubrirás que el mundo está lleno de vegetarianos, Nic —le dijo.

—¿Tú eres novia de Xavier? —intervino Michael, mientras mareaba las alubias por el plato y las pinchaba con el tenedor.

—No juegues con la comida —le dijo Bernie, pero Michael no la escuchaba. Me miraba fijamente, aguardando una respuesta.

Me volví hacia Xavier, sin saber lo que debía o no debía decir delante de su familia.

—¿Verdad que tengo suerte? —le dijo él a su hermanito.

—Uf, ahórranos los... —empezó Nicola, pero Claire la silenció de un codazo.

—Yo voy a echarme novia pronto —declaró Michael, muy serio.

Todos se pusieron a reír.

—Tienes tiempo de sobras, hijito —dijo su padre—. No hay prisa.

—Pues yo no quiero ningún novio, papi —opinó Madeline—. Los chicos son sucios y dejan todo hecho un asco cuando comen.

—Me figuro que los de seis años, sí. —Xavier sofocó una risita—. Pero no te preocupes, luego mejoran.

HALO

—Aun así no quiero ninguno —insistió Madeline, enojada.
—Yo te apoyo —dijo Nicola.
—¿Pero qué dices? ¡Si tú tienes novio! —exclamó Xavier—. Aunque en tu caso sea casi lo mismo que seguir soltera.
—Cierra el pico —le soltó Nicola—. Y no tengo novio desde hace dos horas, para que te enteres.
A nadie pareció preocuparle saberlo, salvo a mí.
—¡Ay, qué mala noticia! —dije—. ¿Estás bien?
Claire soltó una risotada.
—Ella y Hamish rompen una vez a la semana por lo menos —me explicó—. Se reconcilian cuando se acerca el sábado.
Nicola se puso de morros.
—Esta vez es definitivo. Y estoy bien, Beth, gracias por preguntarlo —añadió, abarcando a todos los demás con una mirada furibunda.
—Nic será una solterona —dijo Michael con una risita.
—¿Qué? —explotó ella—. ¿Cómo sabes siquiera lo que significa esa palabra? ¡Sólo tienes cuatro años!
—Lo dijo mami —respondió Michael.
Bernie tosió y casi se atragantó con la comida. Peter y Xavier se taparon con la servilleta para disimular la risa.
—Gracias, Michael —dijo Bernie—. Lo que quería decir es que tal vez deberías reconsiderar tu modo de tratar a la gente si quieres que sigan a tu lado. No hace falta enfadarse todo el rato.
—¡Yo nunca me enfado! —Nicola dejó el vaso de golpe sobre la mesa, derramando parte de su contenido.
—A Hamish le tiraste la pelota de tenis a la cabeza —dijo Claire.
—¡Porque me había dicho que mi vestido era demasiado corto! —gritó Nicola.
—¿Y qué? —preguntó Xavier.
—Que se lo tenía que haber callado. Era un comentario fuera de lugar.
—Ya. Y por eso merecía que le reventaras los sesos con una pelota de tenis —asintió Xavier—. Totalmente lógico.

245

—Encuentro muy agradable tener al fin a una chica invitada en casa —dijo Bernie para zanjar la disputa—. Luke y Hamish vienen continuamente, pero es algo muy especial que Beth haya venido esta noche.

—Gracias —dije—. Me alegro mucho de estar aquí.

Sonó el teléfono móvil de Claire y ella se excusó y fue a atender la llamada. Volvió unos segundos después, tapando el auricular con la mano.

—Es Luke. Se ha retrasado un poco, pero ya no tardará. —Hizo una pausa—. Sería más sencillo si pudiera quedarse a dormir.

—Ya sabes lo que tu padre y yo pensamos al respecto —le dijo Bernie—. Hemos tenido esta conversación otras veces.

Claire se volvió implorante hacia su padre, que simuló estar absorto en su plato.

—No depende de mí —musitó, avergonzado.

—¿No va siendo hora de aflojar un poco? —le dijo Xavier a su madre—. Ya han fijado fecha y todo.

Bernie se mantuvo inflexible.

—No es apropiado. Imagínate el ejemplo que daría así.

Xavier se agarró la cabeza con las manos.

—Podría dormir en la habitación de invitados.

—¿No te estarás ofreciendo para montar guardia toda la noche? No, ya me lo parecía. Mientras viváis bajo este techo, las normas las fijarán vuestros padres.

Xavier soltó un gruñido, dando a entender que ya había oído aquel discursito otras veces.

—No hace falta reaccionar así —dijo Bernie—. He criado a mis hijos de acuerdo con ciertos valores, y el sexo antes del matrimonio no se consiente en esta familia. Espero que tú, Xavier, no hayas cambiado de opinión al respecto.

—¡Desde luego que no! —proclamó él con exagerada seriedad—. ¡La sola idea me repugna!

Sus hermanas no pudieron contenerse y sus carcajadas aliviaron un poco el ambiente. Enseguida se unieron a ellos los pequeños, que no tenían ni idea de qué se reían, pero no querían quedarse al margen.

—Perdona, Beth —dijo Claire cuando recuperó el aliento—. Mamá nos suelta un discursito de tanto en tanto, aunque nunca se sabe cuándo va a tocar.

—No tienes por qué disculparte, querida. Estoy segura de que Beth comprende lo que digo. Parece una persona responsable. ¿Es religiosa tu familia?

—Mucho —dije, sonriendo—. Creo que congeniará con ellos.

Durante el resto de la noche hablamos de cosas más inofensivas. Bernie me hizo un montón de preguntas siempre discretas sobre mis intereses en el colegio y mis sueños para el futuro. Xavier ya había previsto que la conversación tomaría esos derroteros y yo había ensayado las respuestas con antelación. Claire trajo a la mesa un ejemplar de *Novias* y me pidió mi opinión sobre una infinidad de vestidos y de pasteles de boda. Nicola se hacía la enfurruñada y soltaba comentarios sarcásticos cuando se dirigían a ella. Los pequeños vinieron a sentarse en mi regazo a la hora de los postres y Peter empezó a contar lo que Jasmine llamaba los «chistes de papá». Xavier permanecía a mi lado muy satisfecho, con un brazo sobre mis hombros, y metía baza en la conversación de vez en cuando.

Yo jamás había vivido una experiencia tan parecida a la vida terrenal normal y corriente, y disfruté cada minuto de aquella noche. La familia de Xavier, pese a sus pequeñas trifulcas, parecía tremendamente unida, cariñosa y humana, y yo me moría de ganas de compartir un don tan precioso. Ellos conocían mutuamente sus virtudes y sus flaquezas, y se aceptaban sin restricciones. Me maravillaba lo sinceros que eran y lo mucho que sabían unos de otros; incluso las minucias más insignificantes, como sus helados o sus películas favoritas.

—¿Vale la pena la nueva peli de James Bond? —preguntó Nicola en un momento dado.

—No te gustará, Nic —contestó Xavier—. Demasiada acción para ti.

Gabriel, Ivy y yo compartíamos un vínculo de confianza, pero no nos conocíamos hasta tal punto. La mayoría de nuestras reflexiones las hacíamos para nuestros adentros y no las manifestábamos, quizá porque a nosotros no se nos exigía que tuviéramos una personalidad propia y definida y porque, por lo tanto, no dedicábamos tiempo a desarrollarla. Como espectadores que éramos, no teníamos decisiones que tomar ni dilemas morales que resolver. Haber alcanzado la unión con el universo significaba que no necesitábamos mantener conexiones personales. El único amor que se suponía que sentíamos era general y abarcaba a todos los seres vivientes.

Advertí con una punzada que estaba empezando a sentirme más identificada con los humanos que con mi propia estirpe. Los humanos parecían querer conectarse profundamente unos con otros; temían y ansiaban a la vez la intimidad. En una familia era imposible guardar secretos. Si Nicola estaba de mal humor, todo el mundo se enteraba. Si su madre se llevaba una decepción, sólo tenían que mirarle la cara para notarlo. Tratar de fingir allí era una pérdida de tiempo y de energía.

Al terminar la velada, sentía un enorme agradecimiento hacia Xavier. Haberme permitido conocer a su familia era uno de los mayores regalos que podía haberme hecho.

—¿Cómo te sientes? —me preguntó al dejarme en casa.

—Agotada —reconocí—. Pero feliz.

Esa noche pensé una cosa que nunca se me había ocurrido hasta entonces. El comentario de Bernie sobre el sexo antes del matrimonio me había tocado la fibra sensible. No ignoraba que nosotros dos podíamos mantener relaciones sexuales, porque yo había asumido forma humana y estaba capacitada para entablar cualquier tipo de interacción física. Pero ¿cuáles serían las consecuencias de semejante acto?

Decidí abordar el tema con Ivy. Aunque no aquella noche. No quería arruinar mi excelente estado de ánimo.

20

Señal de peligro

Abrí la puerta de la clase de literatura y lo primero que vi fue a Jake Thorn sentado con desparpajo en el borde del escritorio de la señorita Castle. La miraba fijamente a los ojos y ella estaba muy ruborizada. Comprendí que no me habían oído entrar porque ninguno de los dos se volvió. Jake llevaba su lustroso pelo oscuro peinado hacia atrás y se le veían los pómulos más afilados que nunca. Sus ojos verdes se clavaban en la señorita Castle con la sugestión hipnótica de una serpiente a punto de lanzarse al ataque. Había una rosa roja en el escritorio, y sólo entonces advertí que él había posado suavemente su mano esbelta sobre la de ella. No se oía ningún ruido en el aula, únicamente la respiración entrecortada de la señorita Castle.

—Esto es del todo inapropiado —susurró.

—¿Según qué ley? —Jake hablaba con voz grave y aplomada.

—La del colegio, para empezar. ¡Eres alumno mío!

Él soltó una risita.

—Ya soy bastante mayor. Lo suficiente para tomar mis propias decisiones.

—¿Y si nos descubren? Perderé mi puesto, nunca más podré trabajar como profesora. Yo...

Oí que sofocaba un grito y vi que Jake le ponía un dedo en los labios y le recorría lentamente la garganta hasta la base del cuello.

—Podemos ser discretos.

Cuando ya se inclinaba sobre ella, y la señorita Castle

cerraba los ojos, sonó un tremendo porrazo a mi espalda, seguido de una sarta de maldiciones. A Ben, que acababa de llegar, se le había enganchado la mochila en la puerta. Jake se apartó del escritorio con agilidad felina, mientras la señorita Castle, totalmente aturdida, se apresuraba a revolver sus papeles y alisarse el pelo.

—Hola —gruñó Ben al pasar por mi lado, sin percatarse de la escena que acababa de interrumpir. Se desplomó en su silla y escrutó el reloj con el ceño fruncido—. Ni siquiera es tarde.

Me senté detrás de él mientras iban llegando los demás y miré fijamente mi pupitre. Alguien, raspando la superficie, había escrito: «La literatura está muerta. La muerte es una mierda». No quería mirar a Jake; estaba consternada. Pero sabía que no tenía derecho a estarlo: Jake había cumplido los dieciocho, podía insinuarse a quien quisiera. Y además, no era asunto mío.

Debería haber previsto que él no iba a permitir que me hiciera la distraída. En efecto, se deslizó en el asiento contiguo.

—Hola —dijo con voz almibarada. Sus ojos resultaban aún más cautivadores que su voz. Cuando los miraba de frente, me costaba desviar la vista.

Las cosas estaban cambiando en Bryce Hamilton. No era fácil precisar qué era lo que había cambiado, ni cuándo, pero el colegio parecía distinto. Ahora se percibía más cohesión donde al principio sólo había disparidad. Nunca había participado la gente con tanto entusiasmo en las actividades escolares y, a juzgar por los carteles que habían aparecido por todas partes, la concienciación sobre temas globales iba en aumento. Yo no podía atribuirme ningún mérito por esas mejoras; había estado demasiado ocupada adaptándome al ambiente y conociendo a Xavier como para pensar en nada más. No: el cambio se debía enteramente a la influencia de Gabriel e Ivy.

Desde el principio, la gente de Venus Cove había reconocido la voluntad de Ivy de ayudar a los demás. Aunque ella no asistía a clases, sí venía al colegio en busca de apoyo para una serie de causas que iban desde los derechos de los animales a la protección del medio ambiente. Hacía campaña con su discreción habitual; no necesitaba gritar para transmitir sus argumentos. En Bryce Hamilton la habían invitado a hablar en las asambleas para informar de las campañas y cuestaciones con fines caritativos que se organizaban en el pueblo. Si se montaba una feria de repostería, un túnel de lavado o un concurso de Miss Venus Cove para recoger fondos, era Ivy la que solía estar detrás. Parecía haber creado por sí misma todo un programa de servicios sociales en el pueblo, y había un grupo reducido pero creciente de voluntarios que se habían sumado para echar una mano los miércoles por la tarde. El colegio había introducido incluso, como alternativa a las actividades deportivas de la tarde, un programa de voluntariado que consistía en colaborar con las organizaciones caritativas locales, haciéndoles la compra a los ancianos de la comunidad o trabajando en el comedor popular de Port Circe. Algunos, hay que reconocerlo, simulaban interés sólo para acercarse a Ivy, pero la mayoría se sentían genuinamente estimulados por su dedicación.

A falta de dos semanas para el baile de promoción, sin embargo, todos los proyectos y servicios sociales habían quedado provisionalmente aparcados. Las chicas se hallaban en un estado que bordeaba la obsesión. Costaba creer que el tiempo hubiera pasado tan deprisa. Parecía que hubiera sido ayer cuando Molly había marcado la fecha con un círculo en mi agenda mientras me afeaba mi falta de entusiasmo. Para mi sorpresa, descubrí que ahora yo esperaba la gran noche tan ansiosa como las demás. Aplaudía y daba chillidos como ellas cuando salía el tema y me tenía sin cuidado parecer pueril.

Un viernes, después de clase, me encontré con Molly y las demás frente al colegio para emprender aquella expedición de compras a Port Circe que llevábamos tanto tiempo planeando. Port Circe, que quedaba al sur, a media hora en tren, era una población considerablemente más grande —tendría unos doscientos mil habitantes— y buena parte de la gente que vivía en Venus Cove se desplazaba allí a diario para trabajar. Los adolescentes, por su parte, solían ir de compras o intentaban colarse en las discotecas con documentos falsos.

Gabriel me había dejado una tarjeta de crédito, recomendándome que fuese sensata y que no olvidara la irrelevancia de todos los bienes materiales. Sin duda intuía el peligro que representaban un puñado de adolescentes sueltas con una tarjeta de crédito, pero no tenía por qué preocuparse porque yo no creía que fuera a encontrar nada que me convenciera. Mis gustos en cuestión de ropa eran exigentes y me había hecho una idea muy clara de cómo quería presentarme la noche del baile. Había puesto el listón bastante alto. Esa noche, al menos, quería parecer y sentirme como un ángel en la Tierra.

Estaba un poco nerviosa cuando nos dirigimos a la estación por la calle principal. Era mi primera experiencia en un medio de transporte público. Aunque me hiciera ilusión, no podía evitar sentirme un poco intimidada. Cuando llegamos, seguí a las demás por un paso subterráneo y subí a un andén de aspecto anticuado. Hicimos cola frente a la taquilla y le compramos los billetes al hombre de bigotes grises que había tras la ventanilla. El tipo meneó la cabeza ante al alboroto que armaban las chicas, pero yo le dediqué una amplia sonrisa mientras me guardaba el billete en el monedero.

Fuimos a sentarnos en los bancos de madera alineados a lo largo del andén y aguardamos a que llegara el expreso de las cuatro y cuarto. Las chicas no paraban de charlar y de teclear mensajes a velocidad supersónica para quedar con los chicos del colegio Saint Dominique de Port Circe. Molly dijo que estaba muerta de sed y se compró una lata de cola *light* en una máquina expendedora. Yo seguí tranquilamente sentada hasta que la llegada del tren me provocó un tremendo sobresalto.

Al principio no fue más que un sordo retumbo, como un trueno lejano. Pero luego fue cobrando fuerza progresivamente y enseguida todo el andén se puso a vibrar bajo mis pies. Súbitamente, el tren surgió de una curva traqueteando a tal velocidad que me pregunté si el maquinista sería capaz de frenar. Me levanté de un salto sin poder contenerme y me pegué contra la pared del andén mientras los vagones, que no parecían nada estables, aminoraban la marcha ruidosamente hasta detenerse. Todas me miraron boquiabiertas.

—¿Qué haces? —me preguntó Taylah, mirando alrededor avergonzada por si alguien había presenciado mi numerito.

Yo examiné el tren con desconfianza.

—¿Se supone que ha de hacer tanto ruido?

Se abrieron las puertas metálicas y salió una oleada de gente. En uno de los vagones las puertas volvieron a cerrarse de golpe, pillándole a un hombre los faldones del abrigo. Solté un grito y las chicas estallaron en carcajadas. El hombre aporreó la ventanilla hasta que abrieron de nuevo y se alejó airado, lanzándonos una mirada furibunda.

—Ay, Beth —farfulló Molly, agarrándose la barriga y todavía partiéndose de la risa—. Cualquiera diría que nunca habías visto un tren.

Aquella mastodóntica hilera de cajones metálicos interconectados, más que un sistema fiable de transporte, me parecía un arma de destrucción masiva.

—No parece nada seguro —dije.

—¡No seas boba! —Molly me agarró de la muñeca y me arrastró hacia la puerta abierta—. ¡Se nos va a escapar!

El interior del tren no estaba tan mal. Molly y las demás chicas se lanzaron sobre una hilera de asientos, sin hacer ningún caso de las miradas irritadas de los pasajeros que había al lado. Mientras nos dirigíamos traqueteando a Port Circe, me incorporé en mi asiento y observé a la gente. Me sorprendió la gran variedad de personas que usaban el transporte de masas: desde ejecutivos trajeados hasta colegiales sudorosos, e incluso una anciana vagabunda que llevaba unas pantuflas ribeteadas de felpa. No me resultaba agradable verme rodeada por toda aquella gente y sentirme casi expulsada del asiento cada vez que el tren paraba con una sacudida, pero me dije que debía agradecer todas las experiencias humanas que pudiera almacenar. Todo aquello concluiría demasiado pronto.

Al llegar a nuestra parada, nos unimos al gentío que se abría paso a empujones para bajar del tren y salir a la plaza principal de Port Circe. Ciertamente, aquello no tenía nada que ver con el ambiente adormilado de Venus Cove. Las calles, flanqueadas de árboles, eran amplias y en el horizonte se dibujaba la silueta de los rascacielos y de las agujas de las iglesias. Molly se empeñó en serpentear entre el tráfico congestionado en lugar de cruzar por los pasos de peatones. Había gente de compras por todas partes. Vimos a un vagabundo de barba blanca sentado en las escalinatas de la catedral; tenía profundas arrugas alrededor de los ojos, llevaba sobre los hombros una manta gris del ejército y golpeaba una taza de hojalata. Hurgué en el bolsillo buscando alguna moneda, pero Molly me detuvo.

—No debes acercarte a gente como ésa —me dijo—. Es peligroso. Seguramente es drogadicto o algo así.

—¿A ti te parece que tiene pinta de drogadicto? —objeté.

Molly se encogió de hombros y siguió caminando, pero yo retrocedí para ponerle al hombre en la mano un billete de diez dólares. Él me agarró del brazo.

—Dios te bendiga —dijo.

Cuando alzó el rostro, vi que era ciego.

Las chicas decidieron que debíamos dividirnos. Unas se fueron a una pequeña tienda de una calleja adoquinada que salía de la plaza principal, mientras que Molly, Taylah y yo entramos directamente en unos grandes almacenes con puertas de cristal giratorias y un suelo de mármol ajedrezado. Me alegraba librarme un rato del ajetreo de la calle. Alcé la cabeza hacia la rejilla del aire acondicionado con alivio.

—Esto es Madisons —me explicó Molly como si hablase con un marciano—. Venden una gran variedad de productos en sus distintas plantas.

—Gracias, Molly, creo que me hago una idea. ¿Dónde queda la sección de mujer?

—¿Estás de broma? No vamos a pisarla, eso es para pringadas. Nosotras vamos a Mademoiselle, en la tercera planta. Tienen cosas increíbles, te lo aseguro, y mucho más baratas que en esas *boutiques* tan exclusivas. Sólo porque a Megan le salga el dinero de las orejas…

Hicieron falta dos horas revisando percheros, y la ayuda de dos dependientas muy pacientes, para que Molly y Taylah encontraran finalmente unos vestidos de su gusto. Eso sí, reco-

rrieron todos los percheros sin dejarse uno, desechando docenas de conjuntos porque les parecían demasiado anticuados,
descocados, formales, ñoños o no lo bastante sexis. Olvidando
que ya lo habían discutido otras veces, se enzarzaron en un interminable debate sobre la longitud ideal del vestido. Por lo
visto, justo por encima de la rodilla era demasiado de colegiala; por debajo resultaba geriátrico y a media pantorrilla sólo lo
llevaban las chicas que se compraban la ropa en las tiendas de
segunda mano. Lo cual no dejaba más que dos opciones acep-
tables: o mini o hasta el suelo, sin intermedio posible. Y a fe
que lo discutieron como si fuese un asunto de trascendencia
nacional, aunque la cosa se extendió para abarcar otras materias anexas: con volantes o sin volantes, sin tirantes o sin espalda ni mangas, de satén o de pura seda. Yo las seguía de aquí
para allá como sonámbula, procurando mantener su ritmo y
no demostrar lo agotada que estaba.

Tras lo que pareció una deliberación inacabable, Taylah se
decidió por un vestido corto y sin espalda de tafetán color melocotón, con los bajos abombados. Era ideal para exhibir sus
piernas torneadas, aunque le diera todo el aspecto de un
pastelito de hojaldre, a mi entender.

Vi un modelito que me pareció que le sentaría perfecto a
Molly y se lo señalé. La dependienta coincidió conmigo en el
acto.

—Ese color le sentaría de maravilla —le dijo a Molly.

—Es precioso —asintió ella.

—Bueno, ¿a qué esperas? —dijo Taylah—. Pruébatelo.

Al cabo de unos minutos, Molly salió del probador como si
hubiera experimentado una transformación y dejado de ser
una colegiala desgarbada para convertirse en una diosa. Incluso algunas clientas se pararon para admirarla. Hicimos que se
girase para examinarla desde todos los ángulos. Era un vestido largo de estilo griego, con el hombro desnudo y una fina
tira dorada. La tela envolvía con suaves pliegues su figura sinuosa y se derramaba luego como un líquido hasta el suelo.
Pero lo más increíble era el color: un bronce deslumbrante que
se irisaba según cómo le daba la luz. Entonaba con el matiz rojizo de sus rizos y realzaba su cutis rosado.

—Uau… —resopló Taylah—. Creo que hemos encontrado tu vestido. Tú y Ryan vais a hacer una pareja impresionante.

—¿Cómo?, ¿te lo ha pedido? —le pregunté.

Molly asintió.

—Le ha costado, pero sí.

—¿Por qué no me lo habías contado? —le dije.

—Tampoco es que sea una noticia bomba.

—¿Bromeas? —exclamó Taylah—. Llevas varias semanas hablando de él. Ahora sí que es perfecto. Tienes todo lo que querías.

—Eso creo —asintió ella, aunque no se la veía tan entusiasmada como siempre. ¿Estaría pensando aún en Gabriel? Tal vez Molly estaba cambiando, y Ryan Robertson, con toda su planta y sus músculos, ya no podía satisfacerla.

Para Taylah y Molly había concluido la búsqueda angustiosa y el alivio se reflejaba claramente en sus caras. Los zapatos y demás accesorios podían esperar; ya habían encontrado unos vestidos que les venían a la perfección. En cuanto a mí, yo no había visto nada ni remotamente atractivo. Todos los vestidos me parecían más o menos iguales: o demasiado recargados y cubiertos de lazos y lentejuelas, o totalmente insulsos. Yo quería algo sencillo y llamativo a la vez, algo que me permitiera destacar entre la multitud y que dejara sin aliento a Xavier. No era nada fácil y no veía muchas posibilidades de conseguirlo. En parte me avergonzaba un poco de mi vanidad recién adquirida, pero mis deseos de impresionar a Xavier se imponían.

—¡Venga, Beth! —dijo Molly, cruzando los brazos con expresión obstinada—. ¡Tiene que haber algo que te guste! No nos vamos a ir hasta que lo encuentres.

Traté de protestar, pero ella, ahora que ya tenía resuelto su conjunto, se entregó generosamente a la tarea de encontrar uno para mí. Sólo por su insistencia me probé un vestido tras otro, pero ninguno parecía quedarme bien.

—¡Estás chiflada! —me dijo cuando llevábamos una hora buscando—. ¡A ti todo te queda de fábula!

—Claro, ¡estás tan delgada! —dijo Taylah, rechinando de dientes.

—¡Aquí hay uno! —gritó Molly. Sacó un vestido de blanco satén con una serie de pliegues en abanico—. Una réplica de Marilyn Monroe. ¡Pruébatelo!

—Es precioso —asentí—. Pero no es lo que estoy buscando.

Ella dio un suspiro y tiró el vestido sobre la percha.

Salí de Madisons con un escaso botín: un frasco de esmalte de uñas llamado Whisper Pink y un par de aros de plata de ley. Poca cosa para todo el tiempo y el esfuerzo dedicados.

Nos encontramos con las demás en el café Starbucks. Había varias bolsas de marca esparcidas a sus pies y se les habían unido dos chicos con chaqueta de rayas y la camisa sin remeter.

—Me muero de hambre —proclamó Molly—. Mataría por una de esas galletas gigantes.

Taylah alzó un dedo admonitorio.

—Ensalada y nada más hasta el día del baile —le dijo.

—Tienes razón —gimió Molly—. ¿Se puede tomar café?

—Con leche desnatada y sin azúcar.

Cuando llegué al fin a casa, mi desaliento resultaba difícil de disimular. La expedición de compras no había dado resultado y no sabía dónde iba a encontrar un vestido. Ya había recorrido todas las tiendas de Venus Cove hacía semanas y lo único que me quedaba era un par de almacenes de segunda mano.

—¿No ha habido suerte? —Ivy no parecía sorprendida—. ¿Te has divertido al menos?

—No, la verdad. Ha sido una pérdida de tiempo. Sólo puedes probarte un número limitado de vestidos antes de que todos empiecen a parecerte iguales.

—No te preocupes. Ya encontrarás algo. Aún queda mucho.

—Da igual. No existe lo que yo quiero. Ni siquiera debería molestarme en asistir.

—Venga ya —dijo Ivy—. No puedes hacerle eso a Xavier. Tengo una idea: ¿por qué no me dices qué clase de vestido quieres y te lo hago yo?

—No puedo pedirte una cosa así. Tienes cosas más importantes en que pensar.

257

—Me apetece hacértelo —insistió ella—. Además, no me costará mucho tiempo; y ya sabes que soy capaz de hacer exactamente lo que deseas.

Tenía razón. Ivy podía convertirse en una diestra modista en cuestión de horas. No había nada de lo que no fueran capaces ella y Gabriel cuando se les metía entre ceja y ceja.

—¿Por qué no dedicamos un rato a mirar revistas a ver si hay algo que te gusta?

—No me hace falta ninguna revista. Lo tengo en la cabeza.

Ella sonrió.

—Está bien. Entonces cierra los ojos y envíamelo.

Cerré los ojos y me imaginé la noche del baile: Xavier y yo tomados del brazo bajo un arco de luces de fantasía. Él con su esmoquin, con su fresca fragancia y un mechón sobre los ojos. Y yo a su lado, con el modelito de mis sueños: un vestido largo de color marfil irisado, con la falda de seda en tono crema y una capa de puntilla antigua. El canesú estaba salpicado de perlas; las mangas, muy ceñidas, tenían una hilera de botones de satén y el cuello, un ribete dorado de capullos de rosa diminutos. La tela parecía entretejida con finísimos rayos de luz y emitía un leve resplandor nacarado. En los pies llevaba unas delicadísimas zapatillas de satén bordado con cuentas.

Miré a Ivy, un poco avergonzada. No era un encargo sencillo precisamente.

—Esto es pan comido —dijo mi hermana—. Te lo puedo hacer en un santiamén.

El lunes, a la hora del almuerzo, me senté sola en la cafetería. Xavier estaba en el entrenamiento de waterpolo, y Molly y las chicas en el comité organizador del baile: tenían una reunión para decidir los últimos detalles de la decoración y la distribución de asientos. Cuando me instalé en una mesa y empecé a comerme mi plato de lechuga, la gente me miró con curiosidad, seguramente por no verme acompañada, pero yo apenas me di cuenta. Como de costumbre, Xavier ocupaba todos mis pensamientos; todavía más cuando no estábamos juntos. Ahora, al sorprenderme contando los minutos que faltaban para volver a verlo, pensé que debería emplear mejor mi tiempo y decidí marcharme a la biblioteca. Aquél era el único sitio del colegio donde resultaba aceptable estar solo. Me propuse dedicar el resto de la hora del almuerzo a estudiar las causas de la Revolución francesa. Acababa de recoger mis libros de la taquilla y estaba atajando por un angosto corredor cuando oí una voz a mi espalda.

—Hola.

Me di la vuelta y vi a Jake Thorn apoyado en una pared con los brazos cruzados. El pelo lacio y oscuro le enmarcaba la cara, siempre tan pálida, y los labios se le retorcían en una sonrisa sardónica. Ahora ya llevaba el uniforme de Bryce Hamilton, pero con un estilo totalmente personal, o sea, sin la corbata y con el cuello de la camisa alzado, y además con una cazadora gris con capucha, en lugar de la chaqueta. Los pantalones le colgaban holgadamente de sus estrechas caderas, y en vez del calzado reglamentario iba con unos zapatos de piel blanca. Por primera vez me fijé en que lucía un diamante incrustado en la oreja izquierda, además del misterioso colgante alrededor del cuello. Le dio una larga calada a un cigarrillo y exhaló un anillo de humo.

—No deberías fumar aquí —le advertí, mientras me preguntaba cómo podía burlarse con tanto descaro de las normas del colegio—. Te vas a meter en un lío.

—¿En serio? —repuso, fingiendo preocupación—. Pues a este sitio lo llaman el rincón de los fumadores.

—Todavía hay profesores de guardia.

—He descubierto que nunca llegan por aquí. Se limitan a merodear sin alejarse mucho de la sala de profesores, contando los minutos para poder regresar adentro a tomar café y hacer crucigramas.

—Será mejor que lo apagues antes de que te vea alguien.

—Si tú lo dices…

Aplastó la colilla con el tacón y la lanzó de una patada a un macizo de flores justo cuando la señorita Pace, la vieja y gruñona bibliotecaria, pasaba a toda prisa echándonos un vistazo suspicaz.

—Gracias, Beth —dijo Jake, cuando la mujer ya se había alejado—. Creo que acabas de salvarme la piel.

—No hay de qué —respondí, sonrojándome por su melodramática expresión de gratitud—. Todo resulta más complicado cuando no sabes cómo funcionan las cosas. Debías de tener mucha libertad en tu colegio anterior.

—Bueno, digamos que corrí ciertos riesgos. Y algunos no valieron la pena. De ahí mi exilio a este colegio. ¿Sabes?, los antiguos romanos preferían la muerte al exilio. Aunque al menos el mío no es permanente.

—¿Cuánto tiempo vas a estar aquí?

—Todo el que sea necesario para que me regenere.

Me eché a reír.

—¿Hay alguna posibilidad de éxito?

—Yo diría que muchas si me encontrara bajo buenas influencias —dijo con toda la intención. Bruscamente entornó los ojos, como si se le acabara de ocurrir algo—. No te veo sola a menudo. ¿Dónde anda ese asfixiante Príncipe Encantador tuyo? Espero que no esté enfermo.

—Xavier está entrenando —me apresuré a responder.

—Ah, deportes. La invención de los pedagogos para mantener a raya las hormonas revolucionadas.

—¿Cómo?

—No importa. —Se frotó su barba incipiente con gesto pensativo—. Dime, ya sé que tu novio es un atleta. Pero ¿se le da bien la poesía?

—A Xavier se le dan bien la mayoría de las cosas —alardeé.

—¿De veras? Qué suerte la tuya —dijo, arqueando una ceja.

Su actitud me desconcertaba, pero desde luego no se lo iba a demostrar. Decidí que lo mejor sería cambiar de tema.

—¿Dónde vives aquí? —le pregunté—. ¿Cerca del colegio?

—Ahora ocupo unas habitaciones encima del salón de tatuajes —contestó Jake—. Hasta que encuentre un alojamiento más estable.

—Creía que estarías con una familia de acogida —dije, sorprendida.

—Uf, sería como vivir con unos parientes aburridos, ¿no? Prefiero mi propia compañía.

—¿Y a tus padres les parece bien? —Encontraba chocante que viviera solo. Aunque pareciese maduro y desenvuelto, no dejaba de ser un adolescente.

—Te hablaré de mis padres si tú me hablas de los tuyos. —Sus ojos oscuros taladraron los míos como rayos láser—. Sospecho que tenemos muchas más cosas en común de lo que creemos. Por cierto, ¿qué haces el domingo por la mañana? He pensado que podríamos trabajar en nuestra obra maestra.

—El domingo por la mañana voy a la iglesia.

—Por supuesto.

—Puedes venir, si quieres.

—Gracias, pero soy alérgico al incienso.

—Qué lástima.

—Es la desgracia de mi vida.

—Bueno, tengo que irme a estudiar —dije poniéndome en movimiento, porque ya había perdido bastante tiempo.

Él se me plantó delante con aire despreocupado.

—Antes de que te marches… mira, ya tengo el primer verso de nuestro poema. —Sacó un papel arrugado del bolsillo y me lo lanzó sin fuerza—. No seas muy severa conmigo. No es más que un principio. Podemos continuar como quieras a partir de ahí.

Me regaló una sonrisa y se alejó lentamente. Fui a sentarme a un banco cercano y alisé el papel. La letra de Jake era estrecha y elegante, más bien alargada. Nada que ver con el estilo juvenil de Xavier, que odiaba la letra ligada; a su modo de ver, daba mucho trabajo y resultaba demasiado elaborada. Jake escribía, en cambio, como si hiciera un trabajo de caligrafía y sus letras se movían por la página como si estuvieran bailando. Pero lo que me dejó patidifusa no fue su caligrafía, sino las siete palabras que había escrito:

«Ella tenía la cara de un ángel.»

21

Ahogo

¿Qué quería decir con aquella frase? «Ella tenía la cara de un ángel.» Sentía como si esas palabras se me hubieran quedado grabadas a fuego en el cerebro. Como si, en una fracción de segundo, Jake me hubiera desnudado y dejado temblorosa y totalmente expuesta. ¿Podría ser que hubiera adivinado mi secreto? ¿Sería ésa su manera de hacer un chiste retorcido?

Entonces reaccioné y me dominó una furia repentina. Dejé de lado mis planes de estudiar la Revolución francesa y entré otra vez disparada para buscar a Jake. Crucé a toda prisa los pasillos desiertos, volví a la cafetería y repasé uno a uno los grupitos dispersos por las mesas. Pero no estaba allí. Sentí un espasmo de temor en el pecho. Sabía que la sensación iría en aumento si no hacía algo rápido. Tenía que localizar a Jake y preguntarle qué significaba aquello antes de que empezara la clase siguiente; de lo contrario, me corroería por dentro durante el resto del día.

Lo encontré junto a su taquilla.

—¿A qué viene esto? —le pregunté, encarándome con él y agitando el papel antes sus narices.

—¿Cómo dices?

—No tiene ninguna gracia.

—No lo pretendía.

—No estoy de humor para jueguecitos. Dime qué querías decir con esto.

—Hmm. Deduzco que no te gusta —dijo—. No te preocupes, podemos tirarlo. No hace falta acalorarse.

—¿En qué estabas pensando cuando lo escribiste?

—Me pareció que era un buen punto de partida, simplemente. —Se encogió de hombros—. ¿Te he ofendido o algo así?

Inspiré hondo para serenarme y me obligué a mí misma a recordar cómo había propuesto la señorita Castle aquel trabajo a la clase. Primero nos había hecho un breve resumen de la tradición del amor cortés y nos había leído varios poemas de Petrarca, así como algunos sonetos de Shakespeare. Se había referido a la idealización y al culto a la mujer a distancia. ¿Sería posible que Jake se hubiera atenido simplemente a esas referencias? Ahora mi furia se revolvió contra mí misma por haberme precipitado a sacar conclusiones.

—No me he ofendido —le dije, sintiéndome ridícula. La furia y el temor se habían extinguido tan deprisa como habían llegado. Yo no podía echarle la culpa a Jake simplemente porque se le hubiera ocurrido la palabra «ángel» para escribir un poema de amor. Me estaba poniendo paranoica con cualquier referencia al mundo celestial, pero lo más probable era que hubiera recurrido a aquella palabra con toda la inocencia. Ni siquiera era original: ¿cuántos poetas habían hecho comparaciones similares a lo largo de la historia?

—Está bien —añadí—. Lo trabajaremos más en clase. Perdona si me he puesto un poco loca.

—No pasa nada, todos tenemos días raros.

Me dedicó una sonrisa —esta vez normal, sin su expresión sardónica— y me tocó el brazo para tranquilizarme.

—Gracias, me parece guay tu actitud —le dije, tratando de imitar lo que Molly habría dicho en una situación parecida.

—Yo soy así —respondió.

Observé cómo se alejaba para reunirse con un grupito en el que estaban Alicia, Alexandra y Ben, de nuestra clase de literatura, además de otros chicos que iban con la corbata floja y el pelo desaliñado: estudiantes de música, supuse. Todos lo rodearon como devotos en cuanto se acercó y empezaron a charlar animadamente. Me alegró que ya hubiera encontrado un grupo y se hubiera integrado.

Me fui a mi taquilla, todavía con una sensación de incomodidad. No fue sino después de recoger mis libros, mientras

263

esperaba a que Xavier viniera a buscarme, cuando me di cuenta de que sentía un cierto malestar físico. No era propiamente dolor, sino más bien como si me hubiera quemado un poco tomando el sol. Me picaba la piel del brazo, debajo del codo, justo donde me había tocado Jake. Pero ¿cómo era posible que su simple contacto me hubiera hecho daño? Sólo me había puesto suavemente la mano en el brazo, y yo no había notado nada raro en el momento.

—Pareces abstraída —me dijo Xavier mientras nos íbamos juntos a la clase de francés. Me conocía muy bien, no se le escapaba nada.

—Sólo estaba pensando en el baile —le respondí.

—¿Por eso tienes esa cara tan triste?

Decidí quitarme a Jake Thorn de la cabeza. El dolor del brazo probablemente no tenía nada que ver con él. Debía haberme arañado sin darme cuenta con la puerta de la taquilla o con el pupitre. Tenía que dejar de exagerar por todo.

—No estoy triste —dije a la ligera—. Ésta es mi expresión pensativa. La verdad, Xavier... ¿aún no me conoces?

—Uf, qué fallo.

—Con eso no basta.

—Lo sé. Puedes aplicarme el castigo que creas conveniente.

—¿Te he dicho ya que he decidido qué apodo ponerte?

—No sabía que me estabas buscando uno.

—Bueno, pues he considerado el asunto seriamente.

—¿Y cuál ha sido la conclusión?

—Gallito —anuncié con orgullo.

Xavier hizo una mueca.

—Ni hablar.

—¿No te gusta? ¿Qué me dices de Abejorrito?

—Peor.

—¿Monito Peludo?

—¿No tendrás un poco de cianuro?

—Bueno, ya veo que hay gente muy difícil de contentar.

Nos cruzamos con un grupo de chicas que estaban absortas estudiando en una revista los vestidos de las famosas y me acordé de la otra noticia que quería contarle.

—¿Te he dicho ya que Ivy me está haciendo el vestido? Espero que no le dé demasiados quebraderos de cabeza.

—¿Para qué están las hermanas, si no?

—¡Me pone tan contenta que vayamos juntos! —Suspiré—. Va a ser perfecto.

—¿Tú estás contenta? —susurró—. Pues imagínate yo, que voy a ir con un ángel.

—¡Chist! —Le tapé la boca con la mano—. Acuérdate de lo que le prometiste a Gabe.

—Calma, Beth. Nadie tiene oído supersónico por aquí.

—Me dio un besito en la mejilla—. Y la fiesta va a ser fantástica. Cuéntame cómo será el vestido.

Fruncí los labios y me negué a revelarle ningún detalle.

—¡Va, venga!

—No. Tendrás que esperar hasta la gran noche.

—¿No puedo saber al menos el color?

—No, no, no.

—Qué crueles llegáis a ser las mujeres.

—Xavier…

—¿Sí, cielo?

—Si te lo pidiera, ¿me escribirías un poema?

Me miró con aire burlón.

—¿Estamos hablando de un poema de amor?

—Supongo.

—Bueno, no puedo decir que sea mi fuerte, pero tendré algo para ti a última hora.

—Tampoco hace falta —dije, riendo—. Era sólo una pregunta.

Siempre me asombraba su deseo de complacerme. ¿Habría algo que no estuviera dispuesto a hacer si se lo pedía?

Xavier y yo teníamos que dar aquel día en clase una conferencia en francés y habíamos decidido hacerla sobre París, la ciudad del amor. A decir verdad, no habíamos investigado mucho; Gabriel nos había facilitado toda la información. Ni siquiera habíamos tenido que abrir un libro o una página de Internet.

Fue Xavier el que empezó cuando nos llamó la señora Collins, y me fijé en que las demás chicas lo miraban atentamente. Traté de ponerme en su lugar: tener que mirarlo anhelante desde lejos sin llegar a conocerlo nunca... Contemplé su piel ligeramente bronceada, sus fascinantes ojos aguamarina, su media sonrisa, sus brazos musculosos y los mechones de color castaño claro que le caían sobre la frente. Seguía llevando su crucifijo de plata colgado del cuello con un cordón de cuero. En fin, era impresionante. Y era todo mío.

Estaba tan arrobada admirándolo que ni siquiera advertí que había llegado mi turno. Xavier carraspeó para devolverme a la realidad y yo me apresuré a exponer mi parte, hablando de las vistas románticas y de la maravillosa cocina que ofrecía París. Mientras hablaba, me di cuenta de que en vez de mirar al resto de la clase para tratar de interesarlos, no hacía otra cosa que lanzarle miradas de soslayo a Xavier. Estaba visto que no podía quitarle los ojos de encima ni un minuto.

Cuando concluí, Xavier me levantó en brazos por los aires en un gesto espontáneo.

—Arg, ¿por qué no os buscáis una habitación? —clamó Taylah—. *C'est très...* repugnante.

—Bueno, ya está bien —dijo la señora Collins, separándonos.

—Disculpe —dijo Xavier con una sonrisa contrita—. Sólo pretendíamos hacer la presentación lo más auténtica posible.

La señora Collins nos miró airada, pero el resto de la clase estalló en carcajadas.

La noticia de nuestra actuación corrió como la pólvora y Molly no dejó pasar la primera oportunidad para refregármelo.

—Así que Xavier y tú estáis del todo colados el uno por el otro —me dijo con envidia.

—Sí. —Procuré reprimir la sonrisa que me salía sin querer cuando pensaba en él.

—Todavía no puedo creer que estés con Xavier Woods —dijo, menando la cabeza—. O sea, no me entiendas mal. Tú eres espectacular y tal, pero las chicas le han ido detrás durante meses sin que él moviera una ceja. La gente ya creía que nunca superaría lo de Emily. Y de pronto, apareces tú...

—Yo tampoco me lo puedo creer a veces —dije con modestia.

—Reconoce que resulta bastante romántica su manera de cuidarte, como un caballero con su reluciente armadura. —Molly soltó un suspiro—. Ojalá algún chico me tratara así.

—Tú tienes a un montón de tipos chalados por ti —le dije—. Te siguen a todas partes como perritos falderos.

—Sí, ya. Pero no es lo mismo que lo vuestro —repuso—. Vosotros sí parecéis conectados. Los demás sólo quieren una cosa. —Hizo una pausa—. Bueno, seguro que tú y Xavier os montaréis vuestro rollito y tal, pero da la impresión de que hay algo más.

—¿Qué rollito? —repetí, intrigada.

—Ya me entiendes. En la cama. —Soltó una risita—. No tiene que darte vergüenza decírmelo, yo también lo he hecho prácticamente... Bueno, casi.

—No estoy avergonzada. Y no nos hemos montado nada.

Ella abrió unos ojos como platos.

—¿Me estás diciendo que tú y Xavier...?

—¡Chist! —Agité las manos para que bajase el tono mientras los de la mesa de al lado se volvían a mirarnos—. ¡No, claro que no!

—Perdona. Me has sorprendido. En fin, yo pensaba que habríais... Pero otras cosas sí, ¿no?

—Claro. Vamos de paseo, nos cogemos de la mano, compartimos el almuerzo...

—¡Por el amor de Dios, Beth! ¿De dónde sales? —refunfuñó—. ¿Tengo que deletreártelo todo? —Entornó los ojos—. Un momento... ¿se la has visto alguna vez?

—¿El qué? —estallé.

—Ya me entiendes —dijo con énfasis—. ¡Eso!

Se señaló la zona de la ingle hasta que comprendí a qué se refería.

—¡Oh! —exclamé—. Yo no haría una cosa así.

—Bueno, ¿él no te ha insinuado que quiere más?

—¡No! —repliqué, indignada—. A Xavier no le interesan ese tipo de cosas.

—Eso dicen todos al principio —dijo Molly cínicamente—. Tú dale tiempo. Por fantástico que sea Xavier, todos los chicos quieren lo mismo.

—¿De veras?

—Claro, cariño. —Me dio unas palmaditas en el brazo—. Deberías estar preparada.

Me quedé callada. Si en algún tema confiaba en su opinión era en cuestión de chicos; en ese terreno no se podía negar que estaba bien cualificada: había tenido experiencia suficiente para saber de qué hablaba. Me sentí repentinamente incómoda. Yo había dado por supuesto que a Xavier no le importaba mi incapacidad para satisfacer todos los aspectos de nuestra relación. Al fin y al cabo, nunca había sacado el tema ni había insinuado que figurase entre sus expectativas. Pero ¿cabía la posibilidad de que me ocultase sus verdaderos deseos? Que nunca hablara de ello no significaba que no lo tuviera en la cabeza. Él me amaba porque yo era diferente, pero los seres humanos tenían aun así ciertas necesidades... algunas de las cuales no podían dejarse de lado indefinidamente.

—Ay, Dios mío, ¿has visto al nuevo? —me dijo Molly, interrumpiendo mis pensamientos. Levanté la vista. Jake Thorn acababa de pasar por nuestro lado. Sin mirarme siquiera, cruzó toda la cafetería y fue a sentarse a la cabecera de una mesa de unos quince alumnos mayores, que lo miraban con una extraña mezcla de adoración y respeto.

—No ha perdido el tiempo para reclutar amigos —le comenté a Molly.

—¿Te sorprende? Ese tipo está muy bueno.

—¿Tú crees?

—Sí, en un estilo oscuro y siniestro. Podría ser modelo con esa cara.

Todos los admiradores de Jake tenían un aire similar: cercos oscuros bajo los ojos y cierta tendencia a bajar la cabeza y rehuir la mirada de cualquiera ajeno a su grupo. Observé cómo los contemplaba Jake, con una sonrisa satisfecha en la cara, como un gato con un plato de leche.

—Está en mi clase de literatura —dije, sin darle importancia.

—¡Oh, Dios! Qué suerte la tuya —gimió Molly—. Bueno, ¿y cómo es? A mí me parece un rebelde.

—Es bastante inteligente, de hecho.

—Maldita sea. —Hizo un mohín—. Ésos nunca van por mí. A mí sólo me tocan los musculitos descerebrados. Pero bueno, por probar no se pierde nada.

—No creo que sea buena idea —comenté.

—Eso es fácil de decir teniendo a Xavier Woods —replicó Molly.

Nos interrumpió un grito desgarrador procedente de las cocinas, seguido de un ruido de pasos precipitados y voces despavoridas. Los que estaban en la cafetería se miraron inquietos y algunos se levantaron titubeando para investigar. Uno de ellos, Simon Laurence, se quedó petrificado en la entrada de la cocina. Se llevó una mano a la boca y dio media vuelta, completamente lívido, como si estuviera a punto de vomitar.

—Eh, ¿qué ha pasado?

Molly agarró del brazo a Simon cuando pasó por nuestro lado.

—Una de las cocineras —farfulló—. Se le ha volcado una freidora y le ha quemado las piernas de mala manera. Acaban de llamar a una ambulancia.

Se alejó tambaleante.

Yo bajé la vista a mi plato y traté de concentrarme para enviar hacia la cocina energía curativa, o al menos para mitigar el dolor. Era más efectivo si veía a la persona herida o podía tocarla, pero habría levantado sospechas entrando en la cocina y seguro que me habrían sacado de allí antes de poder acercarme a la cocinera. Me quedé en mi sitio, pues, y traté de hacer todo lo posible. Pero algo fallaba: no conseguía canalizar bien la energía. Cada vez que lo intentaba, sentía que algo la bloqueaba y la hacía rebotar. Era como si otra fuerza interceptara la mía como un muro de hormigón y la devolviera hacia mí. Tal vez estaba cansada, simplemente. Me concentré aún más, pero sólo sirvió para tropezarme con una resistencia más fuerte.

—Hmm, Beth… ¿qué te pasa? Parece como si estuvieras estreñida —me soltó Molly, arrancándome de mi trance.

Sacudí la cabeza y le dirigí una sonrisa forzada.

—Es que hace calor aquí.

—Sí, vamos. Tampoco podemos hacer gran cosa —dijo, apartando su silla y poniéndose de pie.

La seguí en silencio hacia la salida.

Al pasar junto a la mesa de Jake y de sus nuevos amigos, él levantó la vista y me clavó sus ojos oscuros. Durante una fracción de segundo, sentí que me ahogaba en sus profundidades.

22

La palabra que empieza por «s»

Aquel fin de semana Molly vino a Byron por primera vez. Llevaba un tiempo haciendo alusiones veladas a la posibilidad de pasarse por casa y, al final, cedí y la invité. No tardó en ponerse a sus anchas. Se desplomó en el sofá y se quitó los zapatos con un par de patadas.

—¡Esta casa es fantástica! —exclamó—. Podrías montar una fiesta de muerte aquí.

—No me parece probable por ahora.

Sin prestar atención a mi falta de entusiasmo, se puso de pie para examinar más de cerca el cuadro colgado encima de la chimenea. Era una pintura abstracta que mostraba un fondo blanco con un símbolo circular en medio y una serie de círculos azules concéntricos alrededor, que se volvían cada vez más tenues a medida que se alejaban.

—¿Qué se supone que es? —preguntó, dubitativa.

Contemplé los círculos azules, que resaltaban sobre el fondo absolutamente blanco, y se me ocurrieron algunas ideas. A mí me parecía una expresión de la realidad suprema, una ilustración del papel de Nuestro Creador en el universo. Él era la fuente, el centro de todas las cosas. El tejido de la vida se originaba en Él y se iba desplegando, pero permanecía siempre inextricablemente unido a Él. Los círculos podían representar el alcance de Sus dominios y el fondo blanco, la extensión del espacio-tiempo. Su poder, Su propio ser en expansión llegaba hasta el borde del lienzo, y se entendía implícitamente que todavía se prolongaba más allá, llenando todo el espacio. No sólo el mundo le pertenecía, sino todo el universo. Era una expresión de lo infinito e incluso más allá. Él era la única realidad verdadera que jamás podría negarse.

Naturalmente, no iba a intentar explicárselo a Molly. No era una muestra de arrogancia por mi parte creer que todo aquello quedaba más allá de la comprensión humana. A los humanos les asustaba la vida fuera de su propio mundo y, aunque algunos especulaban sobre lo que había más allá, nunca se acercaban siquiera a comprender la verdad. La vida humana se extinguiría e incluso la Tierra llegaría a desaparecer, pero la existencia proseguiría.

Molly perdió muy pronto su interés en el cuadro y tomó la guitarra acústica que estaba apoyada en una silla.

—¿Es de Gabriel? —preguntó, sujetándola con cuidado.

—Sí, y te aseguro que la adora —respondí con la esperanza de que la dejara en su sitio.

Miré alrededor con disimulo por si Gabriel o Ivy nos estaban espiando, pero habían tenido la delicadeza de dejarnos solas. Molly sostuvo el instrumento y pasó los dedos fascinada por sus cuerdas.

—Me gustaría tener dotes musicales. Cuando era pequeña tocaba un poco el piano, pero nunca fui lo bastante disciplinada para seguir practicando. Me parecía mucho trabajo. Me encantaría oír tocar a tu hermano.

—Bueno, podemos pedírselo cuando vuelva. ¿Te apetece comer algo?

La idea logró distraerla. Me la llevé a la cocina, donde Ivy se había cuidado de dejar un surtido de magdalenas y una bandeja de fruta. Mis hermanos ya habían olvidado el incidente de la fiesta y habían terminado aceptando a Molly como una de mis amigas. Tampoco tenían otro remedio: yo parecía haber desarrollado últimamente una voluntad propia e inexorable.

—¡Hmm! —murmuró Molly, dándole un mordisco a una magdalena de arándanos y poniendo los ojos en blanco para ensalzar las dotes culinarias de Ivy. De repente, se quedó petrificada y adoptó una expresión compungida—. Esto no cuenta como ensalada... ¿no?

Entonces apareció Gabriel por la puerta trasera, con una tabla de surf a cuestas y la camiseta humedecida pegada al torso. Había adquirido hacía poco aquella afición como un buen sistema para desfogar la tensión acumulada. Por supuesto, no le habían hecho falta clases. ¿Para qué, si las olas mismas se plegaban a su voluntad? Gabriel era muy activo en su forma humana; necesitaba una actividad física constante, como nadar, correr o levantar pesos, para disipar su agitación interior. Molly dejó disimuladamente la magdalena en el plato cuando él entró en la cocina.

—Hola, Molly —dijo.

A Gabriel no se le escapaba nada y ahora se fijó en su magdalena mordisqueada. Quizá se preguntaba qué había hecho él para quitarle el apetito.

—Bethany, quizá podríamos ofrecerle a Molly otra cosa —dijo, educadamente—. Las magdalenas de Ivy no parecen gustarle demasiado.

—No, qué va. Son deliciosas —lo interrumpió ella.

—No te preocupes, Gabe —dije, soltando una carcajada—. Molly está siguiendo una dieta intensiva para el baile de promoción.

Gabriel meneó la cabeza.

—Las dietas intensivas son muy nocivas para las chicas de tu edad —afirmó—. Además, no me parecería recomendable bajar de peso en tu caso. No te hace ninguna falta.

Molly lo miró boquiabierta.

—Eres muy amable —dijo—, pero no me vendría mal perder unos kilos. —Para ilustrar lo que decía, tomó entre el índice y el pulgar un rollo de carne que le sobresalía en la cintura.

Gabriel se apoyó en la encimera y la estudió un momento.

—Molly —le dijo por fin—, la forma humana es hermosa más allá del tamaño y la silueta. Algún día llegarás a comprenderlo.

—¿Pero no son más bellas unas siluetas que otras? —contestó Molly—. Las supermodelos, por ejemplo.

—No hay nada más atractivo que una chica que sabe apreciar la comida de un modo saludable —dijo Gabriel.

Ese comentario me sorprendió; nunca le había oído ninguna opinión sobre lo que constituía el atractivo femenino. Nor-

273

malmente se mostraba del todo inmune a los encantos de las mujeres. Era algo que no parecía advertir, sencillamente.

—¡Estoy totalmente de acuerdo! —dijo Molly, mientras volvía a mordisquear la magdalena.

Complacido por haber conseguido transmitirle su idea, Gabriel se dispuso a dejarnos solas.

—¡Espera! ¿Vendrás al baile de promoción? —le preguntó Molly cuando mi hermano salía de la cocina.

Él se volvió con una expresión vagamente divertida brillándole en sus ojos grises.

—Sí —respondió—. Por desgracia figura entre las condiciones de mi puesto.

—Igual te lo pasas bien —sugirió ella tímidamente.

—Ya veremos.

A pesar de aquella respuesta más bien evasiva, Molly pareció satisfecha.

—Supongo que nos veremos allí —dijo.

Nos pasamos el resto de la tarde ojeando revistas de moda e imágenes de Google en el portátil de Molly, tratando de encontrar peinados que imitar. Ella estaba decidida a llevar el pelo recogido, bien en un moño de estilo francés, bien con una corona de rizos. Yo no sabía todavía cómo lo quería, pero seguro que a Ivy se le ocurría alguna idea.

—He estado pensando en lo que me dijiste —le solté de repente, mientras ella imprimía una foto de Gwyneth Paltrow caracterizada como Emma Woodhouse—. Sobre Xavier y… hum… la parte física de nuestra relación.

—Ay, Dios —chilló Molly—. Cuéntame. ¿Cómo fue? ¿Te gustó? Si no, tampoco importa. No puedes esperar que la primera vez salga muy bien. Mejora con la práctica.

—No, no. No ha pasado nada —respondí—. Sólo me preguntaba si debería sacarle el tema a Xavier.

—¿Sacarlo? ¿Para qué?

—Para saber lo que piensa.

—Si le preocupara ya lo habría sacado él. ¿Por qué te estresas ahora?

—Bueno, quiero saber lo que desea, lo que espera, lo que le haría feliz…

—Beth, tú no tienes que hacer nada sólo para hacer feliz a un chico —me dijo Molly—. Si no estás preparada, deberías esperar. Ojalá yo hubiera esperado.

—Pero es que quiero hablar con él del asunto —dije—. No quiero parecer una cría.

—Beth. —Molly cerró la página web que estaba explorando y se volvió para mirarme con su expresión más seria de consejera—. Esto es algo que todas las parejas han de hablar finalmente. Lo mejor es ser sincero, no fingir lo que no eres. Él sabe que tú no has tenido ninguna experiencia, ¿no?

—Asentí en silencio—. Vale. Mucho mejor, así no habrá sorpresas. Tú sólo has de decirle que se te ha pasado por la cabeza y que quieres saber qué piensa él. Entonces sabréis los dos qué terreno pisáis.

—Gracias. —Sonreí, agradecida—. Eres la mejor.

Ella se echó a reír

—Ya lo sé. Por cierto, ¿te he contado que se me ha ocurrido un plan fabuloso?

—No —le dije—. ¿Para qué?

—Para que Gabriel me haga caso.

Gemí para mis adentros.

—Otra vez, no, Molly. Ya hemos hablado de este asunto.

—Lo sé. Pero nunca he conocido a nadie como él. Y las cosas son distintas ahora… Yo soy diferente.

—¿Qué quieres decir?

—Bueno, he comprendido una cosa —dijo con una amplia sonrisa—. Lo único que puedo hacer para conseguir gustarle a Gabriel es volverme mejor persona. O sea que… he decidido desarrollar mi conciencia social; ya me entiendes, implicarme más en la comunidad.

—¿Y cómo pretendes hacerlo?

—Trabajando unas horas de voluntaria en la residencia de ancianos. Es una gran estrategia, has de reconocerlo.

—La verdad, Molly, la mayoría de la gente no asume esos servicios comunitarios como parte de una estrategia —le dije—. No deberías planteártelo así. A Gabe no le gustaría.

—Bueno, pero él no lo sabe ¿verdad? Además, lo hago por un buen motivo —dijo—. Ya sé que ahora mismo Gabe no me ve tal como yo lo veo a él, pero quizá sí en el futuro. Tampoco puedo esperar que cambie de idea de la noche a la mañana. Tengo que demostrarle que soy digna de él.

—Pero ¿cómo vas a demostrárselo si estás fingiendo?

—A lo mejor quiero cambiar de verdad.

—Molls… —empecé, pero ella me cortó en seco.

—No trates de disuadirme. Quiero seguir el plan hasta el final y ver qué pasa. He de intentarlo.

«No servirá de nada, es imposible», pensé, rememorando en aquel momento las advertencias que me habían hecho a mí no hacía tanto tiempo.

—Tú no sabes nada de Gabriel —dije—. Él no es lo que parece. Tiene tantos sentimientos como ese ángel de piedra del jardín.

—¿Cómo puedes decir eso? —gritó Molly—. Todo el mundo tiene sentimientos, lo que pasa es que algunas personas son más inaccesibles que otras. No me importa esperar.

—Estás perdiendo el tiempo con Gabriel. Él no siente las cosas como la gente normal.

—Bueno, si tienes razón, lo dejaré correr.

—Perdona. No es que quiera disgustarte. Pero no me gustaría verte lastimada.

—Ya sé que es arriesgado —admitió Molly—, pero estoy dispuesta a correr el riesgo. Además, ya es tarde para echarme atrás. ¿Cómo voy a mirar a cualquier otro después de conocerlo a él?

La miré atentamente. Tenía una expresión tan franca y auténtica que no me quedó más remedio que creerla. Sus ojos relucían de deseo.

—¿Él te ha dado motivos para creer que podría pasar algo?

—Aún no —reconoció—. Estoy esperando alguna señal.

—Dime, ¿por qué te gusta tanto? ¿Por su aspecto?

—Al principio, sí —confesó—. Pero ahora es algo más. Cada vez que lo veo tengo esa extraña sensación de *déjà vu*, como si lo hubiera visto antes. Es una sensación un poquito espeluznante, pero asombrosa. A veces me da la impresión de que sé lo que está a punto de hacer o de decir. —Sacudió sus rizos con actitud resuelta—. Bueno, ¿me ayudarás?

—¿Qué puedo hacer?

—Colaborar con mi plan. Déjame acompañarte la próxima vez que vayáis a Fairhaven.

¿No formaría parte del plan divino aquel repentino interés de Molly en la residencia de ancianos? Nosotros estábamos procurando fomentar el espíritu caritativo, incluso aunque los motivos de la gente pudieran ser cuestionables.

—Supongo que eso sí puedo hacerlo. Pero prométeme que no te vas a hacer demasiadas ilusiones.

Ya había empezado a oscurecer cuando Molly se dispuso a marcharse. Gabriel se ofreció educadamente a acompañarla en coche.

—No, gracias —dijo ella, sin querer obligarlo—. Puedo irme a pie, no está muy lejos.

—Me temo que no puedo permitirlo —repuso Gabriel cogiendo las llaves del jeep—. Las calles no son seguras a estas horas para una chica.

No era la clase de persona con la que se pudiera discutir, así que Molly me hizo un guiño mientras me daba un abrazo.

—¡Una señal! —me susurró al oído, y siguió a Gabriel, caminando con tanto recato como le era posible a alguien como ella.

Arriba, en mi habitación, intenté seguir trabajando en la poesía que nos habían encargado, pero me sentía completamente bloqueada. No se me ocurría una sola idea. Garabateé algunas posibilidades, pero todas me resultaban trilladas y acababan en la papelera. Puesto que había sido Jake quien había empezado, no sentía el poema como algo mío y nada de lo que me venía a la cabeza parecía encajar. Acabé dándome por vencida y bajé para llamar a Xavier.

Al final resultó que mi bloqueo creativo tampoco representaba ningún problema.

—Me he tomado la libertad de escribir el resto de la primera estrofa —me anunció Jake cuando nos sentamos al otro día en la última fila de la clase—. Espero que no te importe.

—No, te lo agradezco. ¿Me la recitas?

Con un gesto seco de muñeca, abrió su diario escolar por la página justa. Su voz se derramaba como un líquido mientras leía en voz alta.

Ella tenía la cara de un ángel
En cuyos ojos me viera reflejado,
Como si fuéramos uno y el mismo
A una mentira esclavizado.

Levanté la vista lentamente, sin saber muy bien lo que había estado esperando. Jake seguía mirándome con aire amigable.

—¿Espantoso? —preguntó, escrutando mi rostro con sus ojos. Habría jurado que eran verdes la última vez, pero ahora relucían negros como el carbón.

—Está muy bien —murmuré—. Es evidente que tienes un don para estas cosas.

—Gracias —dijo—. Intenté ponerme en el lugar de Heathcliff escribiéndole a Cathy. Nadie significó tanto para él como esa chica. La amaba tanto que no le quedaba nada para los demás.

—Era un amor absorbente —asentí.

Bajé la vista, pero Jake me tomó la mano y empezó a deslizar un dedo en espiral por mi muñeca. Tenía los dedos calientes y me parecía que me quemaban la piel. Era como si estuviera tratando de enviarme un mensaje sin palabras.

—Eres preciosa —murmuró—. Nunca había visto una piel tan delicada, como una flor. Pero me figuro que estas cosas te las dicen continuamente.

Aparté la muñeca.

—No —le dije—. Nadie me lo había dicho.

—Hay un montón de cosas más que me gustaría decirte si me dieras la oportunidad. —Jake parecía ahora casi en trance místico—. Podría enseñarte lo que es estar enamorado de verdad.

—Yo ya estoy enamorada. No necesito tu ayuda.

—Podría hacerte sentir cosas que nunca has sentido.

—Xavier me da todo lo que deseo —le espeté.

—Podría mostrarte un grado de placer que nunca has llegado a imaginar —insistió Jake. Su voz se había transformado en un zumbido hipnótico.

—No creo que a Xavier le gustara esto —dije fríamente.

—Piensa en lo que te gustaría a ti, Bethany. En cuanto a Xavier, se diría que le cuentas demasiado. Yo, en tu lugar, utilizaría el sistema de dar a conocer sólo lo imprescindible.

Me dejó de piedra la brutalidad de su franqueza.

—Bueno, resulta que no estás en mi lugar y no es así como yo funciono. Mi relación con Xavier se basa en la confianza, una cosa con la que no pareces muy familiarizado —le solté, tratando de subrayar el abismo moral que nos separaba.

Aparté la silla y me levanté. Algunos compañeros se volvieron a mirarme con curiosidad. Incluso la señorita Castle levantó la vista del montón de trabajos que estaba corrigiendo.

—No te enfades conmigo, Beth —me dijo Jake, de repente con un aire suplicante—. Por favor, siéntate.

Volví a tomar asiento de mala gana, y más que nada porque no quería llamar la atención ni alimentar las habladurías.

—Me parece que no quiero continuar este trabajo contigo —le dije—. Estoy segura de que la señorita Castle lo entenderá.

—No seas así. Perdona. ¿No podríamos olvidar todo lo que he dicho?

Resoplé y me crucé de brazos, pero su expresión de inocencia me podía.

—Te necesito como amiga —me dijo—. Dame otra oportunidad.

—Sólo si me prometes no volver a decirme nada parecido.

—De acuerdo, de acuerdo. —Alzó las manos, rindiéndose—. Te lo prometo… ni una palabra más.

Cuando me encontré después de clase con Xavier no le conté mi conversación con Jake. Intuía que sólo serviría para ponerlo furioso y provocar un enfrentamiento. Además, bastante teníamos en qué pensar nosotros dos sin meter a Jake por en medio. Aun así, guardármelo me provocó una sensación de incomodidad. Al analizar la situación más adelante, me di cuenta de que era exactamente aquello lo que buscaba Jake Thorn.

—¿Puedo hablar contigo de una cosa? —le pregunté a Xavier, mientras permanecíamos tendidos en la arena.

Teníamos previsto volver directamente a casa y ponernos a estudiar, porque se acercaban los exámenes del tercer trimestre. Pero nos habíamos distraído con la perspectiva de tomarnos un helado. Compramos unos conos y tomamos el camino más largo a casa, a través de la playa, caminando cogidos de la mano. Indefectiblemente, a mí me entraron ganas de mojarme los pies y acabamos persiguiéndonos como críos, hasta que Xavier me atrapó y nos tiramos sobre la arena.

Xavier se dio la vuelta para mirarme y me quitó los granos de arena húmeda que tenía pegados en la nariz.

—Puedes hablar conmigo de lo que quieras.

—Bueno —empecé con torpeza—. No sé cómo decirlo... no quiero que vaya a sonar mal...

Xavier se incorporó de golpe y se apartó el pelo de los ojos, con una expresión muy seria.

—¿Estás rompiendo conmigo? —preguntó.

—¿Qué? —grité—. No, claro que no. Al contrario.

—Ah. —Volvió a tumbarse y sonrió perezosamente—. Entonces es que estás a punto de pedirme que me case conmigo. No es año bisiesto,[2] ¿sabes?

—No me lo estás poniendo nada fácil —protesté.

—Perdona. —Me miró en serio—. ¿De qué quieres hablar?

—Quiero saber lo que piensas... qué opinas sobre... —Hice una pausa y bajé la voz—. La palabra que empieza por «s».

Xavier se llevó una mano a la barbilla.

2. Según una vieja tradición anglosajona, sólo en los años bisiestos podían las mujeres proponerles matrimonio a los hombres.

—No se me dan bien las adivinanzas. Vas a tener que concretar un poco más.

Yo me removí avergonzada, sin querer decirlo en voz alta.

—¿Cuál es la siguiente letra? —preguntó Xavier riéndose y tratando de echarme una mano.

—La «e», seguida de una «x» y una...

—¿Quieres que hablemos de sexo?

—Bueno, no tanto hablar —dije—. Lo que te pregunto es... si piensas en ello alguna vez.

—¿De dónde ha salido esto? —preguntó Xavier en voz baja—. No parece nada propio de ti.

—Bueno, estuve hablando con Molly. Y ella encontró raro que no hubiéramos... ya me entiendes, hecho nada.

Xavier frunció el ceño.

—¿Hace falta que Molly conozca todos los detalles de nuestra relación?

—¿Tú no piensas en mí de esa manera? —pregunté, sintiendo una repentina opresión en el pecho. Aquélla era una posibilidad que no había considerado—. ¿Es que tengo algo raro?

—Eh, eh. Claro que no. —Xavier me cogió la mano—. Beth... para muchos tíos el sexo es el único motivo de que sus relaciones no se vayan al garete. Pero nosotros no somos así; tenemos mucho más. Si nunca he hablado contigo de ello es porque no me ha parecido que lo necesitáramos. —Me miró fijamente—. Estoy seguro de que sería increíble, pero yo te quiero por ti misma, no por lo que puedas ofrecerme.

Yo apenas lo escuchaba.

—¿Tú y Emily tuvisteis una relación física?

—Oh, Dios. —Se dejó caer sobre la arena—. Otra vez no.

—¿Sí o no?

—¿Qué importancia tiene?

—¡Responde a mi pregunta!

—Sí, la tuvimos. ¿Contenta?

—¡Ahí tienes! Otra cosa que ella podía darte y yo no.

—Beth, una relación no se basa únicamente en lo físico —me dijo con calma.

—Pero es una parte de ella —objeté.

—Claro. Pero ni la crea ni la rompe.

—Tú eres un chico. ¿No tienes... ganas? —pregunté bajando la voz.

Xavier se echó a reír.

—Cuando resulta que has conocido a una familia de mensajeros celestiales, tiendes a olvidar tus «ganas» y a centrarte en lo importante.

—¿Y si yo te dijera que lo deseo? —le pregunté de pronto, yo misma asombrada de las palabras que acababan de salir de mis labios. ¿Cómo se me había ocurrido? ¿Acaso tenía idea de dónde me estaba metiendo? Lo único que sabía era que amaba a Xavier más que a nada en el mundo y que estar separada de él me causaba un dolor físico. No podía soportar la idea de que existiera una parte suya que yo no hubiera descubierto, una parte que me estuviera vedada. Quería conocerlo del derecho y del revés, aprenderme de memoria su cuerpo, grabármelo a fuego en mi mente. Quería estar lo más cerca posible de él, fundidos los dos en cuerpo y alma.

—¿Y bien? —le pregunté suavemente—. ¿Dirías que sí?

—De ninguna manera.

—¿Por qué?

—Porque no creo que estés preparada.

—¿Eso no debo decidirlo yo? —dije con terquedad—. Tú no puedes detenerme.

—Ya descubrirás que hacen falta dos para bailar el tango —dijo Xavier. Me acarició la cara—. Beth, yo te quiero y nada me hace tan feliz como estar contigo. Eres embriagadora.

—¿Entonces...?

—Entonces, si de veras lo quieres, yo querré incluso más que tú, pero no sin antes considerarlo con mucho cuidado.

—¿Y eso cuándo será?

—Cuando hayas podido pensártelo bien, cuando simplemente no acabes de hablarlo con Molly.

Di un suspiro.

—No tiene nada que ver con ella.

—Escucha, Beth, ¿te has parado a pensar en cuáles podrían ser las consecuencias?

—Supongo...

—¿Y aun así lo quieres hacer? Es demencial.

—¿No te das cuenta? —murmuré—. Ya no me importa. —Volví el rostro hacia el Cielo—. Aquello ya no es mi hogar; lo eres tú.

Xavier me estrechó entre sus brazos y me atrajo hacia sí.

—Y tú el mío. Pero no sería capaz de hacer nada que pudiera perjudicarte. Hemos de atenernos a las normas.

—No es justo. Y no soporto que dirijan mi vida.

—Ya. Pero ahora mismo no podemos remediarlo.

—Podríamos hacer lo que quisiéramos. —Intenté frenarme, pero las palabras parecían salirme de un modo incontrolable—. Podríamos marcharnos, olvidarnos de los demás. —Advertí que llevaba tiempo acariciando aquella idea en secreto—. Podríamos escondernos. Quizá no nos encontrasen nunca.

—Sí nos encontrarían y yo no voy a perderte, Beth —dijo Xavier enérgicamente—. Y si ello implica atenerse a sus reglas, que así sea. Comprendo que te dé rabia, pero quiero que pienses bien lo que estás insinuando. Piénsalo un poco.

—¿Un par de días?

—Un par de meses.

Suspiré, pero Xavier era inflexible.

—No voy a dejar que te precipites y hagas algo de lo que puedas arrepentirte. No corras tanto. Hemos de actuar con calma y sensatez. Hazlo por mí.

Apoyé la cabeza en su pecho y sentí que toda la irritación acumulada abandonaba mi cuerpo.

—Haré cualquier cosa por ti.

—¿Qué pasaría si un ángel y un humano hiciesen el amor? —le pregunté a Ivy aquella misma noche, mientras me servía un taza de leche.

Ella me miró con aspereza.

—¿Por qué lo preguntas? Bethany, por favor, dime que no...

—Claro que no —la corté—. Es sólo curiosidad.

—Bueno... —Mi hermana se quedó pensativa—. El

propósito de nuestra existencia es servir a Dios ayudando a los hombres, no mezclándonos con ellos.

—¿Ha ocurrido alguna vez?

—Sí. Con consecuencias desastrosas.

—Lo cual significa...

—Significa que lo humano y lo divino no han sido creados para fundirse. Si llegara a suceder, creo que el ángel perdería su divinidad. No podría redimirse después de una transgresión semejante.

—¿Y el humano?

—El humano no podría volver a llevar una vida normal.

—¿Por qué?

—Porque su experiencia —me explicó Ivy— rebasaría cualquier experiencia humana.

—¿O sea que quedaría dañado de por vida?

—Sí —dijo ella—. Supongo que es una manera de expresarlo; se convertiría en una especie de paria. Creo que sería una crueldad; como dejarle entrever a un humano otra dimensión y luego impedirle que accediese a ella. Los ángeles existen fuera del tiempo y del espacio, pueden viajar libremente de un mundo a otro. La mayor parte de nuestra existencia es incomprensible para los humanos.

Aunque no tuviera todo aquello nada claro, sí sabía una cosa: que no podía precipitarme a hacer nada con Xavier por muchas ganas que tuviera. Una unión semejante era peligrosa y estaba prohibida. Implicaría una unión antinatural entre el Cielo y la Tierra, una colisión entre ambos mundos. Y por lo que Ivy decía, el impacto podía ser demoledor.

—Xavier y yo hemos decidido esperar —le dije a Molly cuando se apresuró a interrogarme en la cafetería del colegio. A veces me daba la impresión de que tenía un interés malsano en mi vida amorosa. No podía explicarle lo que Ivy me había dicho, así que lo expresé como mejor pude—. No hemos de hacer nada para demostrarnos lo que sentimos.

—¿Pero tú no lo deseas? —dijo Molly—. ¿No sientes curiosidad?

—Supongo, pero no tenemos prisa.

—Uy, chica, la verdad es que vivís en otra dimensión.

—Molly se rio—. Todo el mundo se muere por hacerlo en cuanto se presenta la ocasión.

—¿Se mueren por hacer qué? —preguntó Taylah, que apareció por detrás de Molly lamiendo una piruleta. Yo moví la cabeza para que cambiáramos de tema, pero Molly no me hizo caso.

—Por echarse un revolcón —dijo.

—Ah, ¿quieres perder la «V» de la matrícula? —dijo Taylah, sentándose a nuestro lado. Debí poner una expresión alarmada, porque Molly estalló en carcajadas.

—Tranqui, cielo. Puedes fiarte de Taylah. A lo mejor ella puede ayudarte.

—Si tienes alguna duda sobre sexo, yo soy tu chica —me aseguró Taylah. La miré, escéptica. Confiaba en Molly, pero sus amigas eran muy bocazas y nada discretas.

—No pasa nada —dije—. No tiene importancia.

—¿Quieres un consejo? —me preguntó, aunque obviamente no le importaba si lo quería o no—. No lo hagas con el tipo del que estés enamorada.

—¿Cómo? —Me la que quedé mirando. Con aquellas simples palabras acababa de sembrar el caos en todo mi sistema de creencias—. ¿No querrás decir exactamente lo contrario?

—Uf, Tay, no le digas eso —apuntó Molly.

—En serio —insistió Taylah, meneando un dedo—, si pierdes la virginidad con la persona que amas todo se va al cuerno.

—Pero ¿por qué?

—Porque, cuando se acaba la relación, resulta que has dado una cosa realmente especial y que ya no puedes recuperarla. Si se la das a alguien que no te importa, no duele tanto.

—¿Y si no se acaba la relación? —le pregunté, con un nudo en la garganta que se parecía a un acceso de náuseas.

—Créeme, Beth —dijo Taylah, muy seria—, todo se acaba.

Mientras escuchaba, sentí un impulso repentino y abrumador de alejarme todo lo posible de ellas.

—Bethie, no le hagas caso —dijo Molly, mientras yo

apartaba mi silla y me levantaba—. ¿Lo ves? Le ha sentado fatal.

—No me pasa nada —mentí, procurando no alzar la voz—. Tengo una reunión. Nos vemos luego. Gracias por el consejo, Taylah.

En cuanto salí de la cafetería, apreté el paso. Tenía que encontrar a Xavier. Necesitaba que me estrechara entre sus brazos para volver a respirar, para que su fragancia y su contacto me libraran de la violenta náusea que me llegaba en oleadas. Lo encontré junto a su taquilla, a punto de marcharse al entrenamiento de waterpolo, y casi me abalancé sobre él en mi ansiedad por recuperar la calma.

—No se va a acabar, ¿no? —Hundí la cara en su pecho—. Prométeme que no permitirás que termine.

—Uau, Beth. ¿Qué te pasa? —Xavier me apartó suavemente, pero con firmeza, y me obligó a mirarlo—. ¿Qué ha ocurrido?

—Nada —dije, con voz temblorosa—. Sólo que Taylah ha dicho...

—Beth —musitó Xavier—, ¿cuándo vas a dejar de escuchar a esas chicas?

—Ella dice que todo se acaba —susurré. Noté que sus brazos se tensaban a mi alrededor y comprendí que la idea le resultaba tan dolorosa a él como a mí—. Pero yo no podría soportarlo si nos pasara a nosotros. Todo se vendría abajo; ya no habría ningún motivo para seguir viviendo. Nuestro final sería mi final.

—No hables así —dijo Xavier—. Yo estoy aquí y tú también. Ninguno de los dos se va a ninguna parte.

—¿Y no me dejarás nunca?

—Nunca mientras viva.

—¿Cómo puedo saber que es cierto?

—Porque cuando te miro, veo mi mundo entero. No voy a irme; porque no me quedaría nada.

—¿Pero por qué me escogiste? —le dije. Sabía la respuesta, sabía lo mucho que me quería, pero necesitaba oírselo decir.

—Porque me acercas más a Dios y a mí mismo —dijo

Xavier—. Cuando estoy contigo comprendo cosas que nunca creí que fuera a comprender, y es como si mis sentimientos por ti borraran todo lo demás. El mundo podría caerse a pedazos y no me importaría mientras te tuviera a mi lado.

—¿Quieres oír una locura? —le susurré—. A veces, por las noches, siento tu alma junto a la mía.

—No es ninguna locura. —Xavier sonrió.

—Creemos un lugar —le dije, apretándome contra él—. Un sitio que sea sólo nuestro, un lugar donde siempre podamos encontrarnos si las cosas se tuercen.

—¿Bajo los acantilados de la Costa de los Naufragios, por ejemplo?

—No, quiero decir en nuestras mentes —le dije—. Un sitio al que podamos acudir si alguna vez nos perdemos o estamos separados, o simplemente necesitamos ponernos en contacto. Será el único sitio que nadie sabrá nunca cómo encontrar.

—Me gusta —dijo Xavier—. ¿Por qué no lo llamamos el Espacio Blanco?

—Me parece perfecto.

287

23

R.I.P.

Según el sistema de creencias de la mayoría de los humanos, sólo existen dos dimensiones: la dimensión de los vivos y la de los muertos. Pero lo que no comprenden es que hay muchas más. Junto a la gente normal que vive en la Tierra, hay otros seres que llevan una existencia paralela; están casi al alcance de la mano, pero son invisibles para el ojo no adiestrado. Algunos de ellos se conocen como la Gente del Arco Iris: seres inmortales capaces de viajar entre los mundos, hechos exclusivamente de sabiduría y comprensión. La gente los vislumbra algunas veces, cuando pasan disparados de un mundo a otro. Apenas un reluciente rayo de luz blanca y dorada, o el leve resplandor de un arco iris suspendido en el cielo. La mayoría cree estar sufriendo una ilusión óptica, un efecto extraño de la luz. Sólo algunos, muy pocos, son capaces de percibir una presencia divina en ello. A mí me complacía pensar que Xavier era uno de esos pocos.

Encontré a Xavier en la cafetería, me senté a su lado y piqué del cuenco de nachos que me ofrecía. Al removerse en su asiento, me rozó el muslo con el suyo, cosa que me transmitió un estremecimiento por todo el cuerpo. Pero no pude disfrutar la sensación apenas, porque en ese momento nos llegó un griterío desde el mostrador. Dos chicos de trece o catorce años se habían enzarzado en una discusión en la cola.

—¡Tío, te acabas de colar delante de mis narices!

—¿Qué dices? ¡Llevo aquí todo el rato!

—¡Y una mierda! ¡Pregúntale a quien quieras!

Como no había ningún profesor a la vista, la discusión se fue acalorando y llegó a los empujones y los insultos. Las chicas mayores que estaban detrás de ellos se alarmaron cuando uno de los chavales agarró al otro del cuello.

Xavier se levantó de golpe dispuesto a intervenir, pero volvió a sentarse al ver que se le adelantaba otro. Era Lachlan Merton, un chico teñido de rubio platino que estaba permanentemente enchufado a su iPod y que no había entregado en todo el año un solo trabajo escolar. Habitualmente era del todo insensible a lo que sucedía alrededor, pero ahora se abrió paso con decisión y separó a los dos chicos. No oímos qué les decía, pero ellos dejaron de pelear a regañadientes e incluso accedieron a darse la mano.

Xavier y yo nos miramos.

—Lachlan Merton portándose de un modo responsable. Esto sí que es una novedad —observó Xavier.

A mí me pareció que lo que acabábamos de presenciar era un ejemplo perfecto del sutil cambio que se estaba produciendo en Bryce Hamilton. Pensé en lo contentos que se pondrían Ivy y Gabriel cuando supieran que sus esfuerzos estaban dando resultado. Desde luego, había en el mundo otras comunidades más necesitadas que Venus Cove, pero ellas no formaban parte de nuestra misión; allí habían sido destinados otros ángeles. Yo me alegraba secretamente de que no me hubieran enviado a un rincón del mundo asolado por la guerra, la pobreza y los desastres naturales. La imágenes de esos sitios que salían en las noticias ya resultaban de por sí bastante duras; tanto que yo procuraba saltármelas porque solían provocar un sentimiento de desesperación. No soportaba ver imágenes de niños que pasaban hambre o sufrían enfermedades por falta de agua depurada: sólo de pensar en las cosas que los humanos eran capaces de eludir mirando para otro lado, me daban ganas de llorar. ¿Acaso eran más dignas unas personas que otras? Nadie debería pasar hambre ni sufrir abandono, ni desear que sus días acabaran cuanto antes. Aunque rezaba para solicitar la intervención divina, a veces la idea misma me irritaba.

Cuando hablé de ello con Gabriel, me dijo que todavía no estaba preparada para entenderlo, que lo estaría algún día.

—Ocúpate de las cosas a tu alcance —fue su consejo.

A la mañana siguiente nos fuimos los tres a Fairhaven, la residencia de ancianos. Yo había ido allí una o dos veces a ver a Alice, tal como le había prometido, pero luego mis visitas se habían interrumpido porque había empezado a dedicarle todo mi tiempo libre a Xavier. Gabriel e Ivy, sin embargo, la visitaban regularmente y siempre lo hacían acompañados de *Phantom*. Éste, según ellos, se iba derechito a donde estuviera Alice sin que nadie le indicase el camino.

Como Molly se había ofrecido a trabajar de voluntaria, dimos un pequeño rodeo para recogerla. Ya estaba levantada y lista para salir, aunque eran las nueve de la mañana de un sábado y no solía levantarse antes de mediodía durante los fines de semana. Nos sorprendió verla vestida como si fuera a una sesión de fotos, o sea, con una minifalda tejana, tacones altos y una camisa a cuadros. Taylah había pasado la noche en su casa y era evidente que no le cabía en la cabeza que su amiga estuviera dispuesta a perderse varios episodios seguidos de la serie de televisión *Gossip Girl* para irse a trabajar con un puñado de ancianos.

—¿Para qué demonios quieres ir a una residencia? —la oí gritar desde el interior cuando le abrí a Molly la puerta del coche.

—Todos acabaremos allí algún día —le replicó ella con una sonrisa. Se repasó el brillo de labios mirándose en la ventanilla.

—Yo no —juró Taylah—. Esos sitios apestan.

—Luego te llamo —dijo Molly, subiendo a mi lado.

—Pero Moll —gimió Taylah—, habíamos quedado esta mañana con Adam y Chris.

—Salúdalos de mi parte.

Taylah se nos quedó mirando mientras salíamos del sendero, como preguntándose quién se había llevado a su mejor amiga y la había reemplazado con aquella impostora.

Cuando llegamos a Fairhaven las enfermeras nos recibieron complacidas. Ya estaban acostumbradas a las visitas de Ivy y Gabriel, pero la presencia de Molly las pilló por sorpresa.

—Ésta es Molly —dijo Gabriel—. Se ha ofrecido amablemente a ayudarnos.

—Siempre se agradece toda la ayuda extra —repuso Helen, una de las enfermeras jefe—. Sobre todo cuando vamos cortos de personal como hoy.

Se la veía ojerosa y cansada.

—Me alegra poder echar una mano —dijo Molly, vocalizando cada sílaba y alzando la voz, como si Helen fuera dura de oído—. Es importante devolverle a la comunidad un parte de lo que te ha dado.

Le lanzó una mirada de soslayo a Gabriel, pero él estaba ocupado sacando la guitarra de la funda y no se enteró.

—Llegáis a punto para el desayuno —explicó Helen.

—Gracias, ya hemos comido —respondió Molly.

La enfermera la miró algo perpleja.

—No. Me refiero al desayuno de los residentes. Puedes ayudar a dárselo, si quieres.

La seguimos por un pasillo sombrío y entramos en el comedor, que tenía un aire desaliñado y deprimente a pesar de la música de Vivaldi que sonaba en un reproductor anticuado de CD. La alfombra, muy floreada, estaba raída y las cortinas tenían un estampado de frutas descolorido. Los residentes estaban sentados en sillas de plástico ante varias mesas de formica, y los que no se sostenían derechos se acomodaban en unos mullidos sillones de cuero. A pesar de los ambientadores enchufados en las paredes, se percibía un intenso hedor en el aire, una mezcla de amoníaco y verdura hervida. En un rincón había un televisor portátil emitiendo un documental sobre la vida salvaje. Las cuidadoras —mujeres en su mayoría—, se afanaban en sus tareas rutinarias, como doblar servilletas, despejar las mesas y ponerles un babero a los residentes que no podían valerse por sí mismos. Algunos alzaron la cara con expectación cuando entramos. Otros apenas percibían su entorno y no advirtieron siquiera nuestra llegada.

Las bandejas del desayuno estaban apiladas en un carrito, con toda la comida envuelta en papel de plata. En los estantes de abajo había hileras de tazas de plástico.

No veía a Alice por ningún lado y me pasé la siguiente media hora dándole de comer a una mujer llamada Dora, que estaba en una silla de ruedas con una mantita multicolor de ganchillo sobre las rodillas. Permanecía sentada con el cuerpo hundido, la boca floja y los ojos caídos. Tenía la piel amarillenta y manchas en las manos. A través de la piel de la cara, fina como un papel, se le transparentaba una red de capilares rotos. No supe muy bien en qué consistía el «desayuno» de Fairhaven; a mí me parecía un montón de engrudo amarillento. Me constaba, eso sí, que a muchos residentes les daban todo triturado para que no se atragantasen.

—¿Qué es esto? —le pregunté a Helen.

—Huevos revueltos —dijo, alejándose con otro carrito.

Un anciano trataba de tomar una cucharada, pero las manos le temblaban tanto que acabó tirándoselo todo por la cara. Gabriel corrió a su lado.

—Yo me encargo —dijo, y empezó a limpiarlo con una toalla de papel. Molly estaba tan absorta mirándolo que se había olvidado de su propia anciana, quien aguardaba con la boca abierta.

Cuando terminé de ayudar a Dora me ocupé de Mabel, que tenía fama de ser la residente más agresiva de Fairhaven. De entrada, me apartó la cucharada que le ofrecía y apretó los labios con fuerza.

—¿No tiene hambre? —le pregunté.

—Ah, no te preocupes por Mabel —me dijo Helen—. Está esperando a Gabriel. Mientras él esté aquí, no aceptará la ayuda de nadie más.

—De acuerdo. No he visto a Alice. ¿Dónde está?

—Ha sido trasladada a una habitación privada —respondió—. Me temo que se ha deteriorado bastante desde la última vez que la viste. Le falla la vista y se está recuperando de una infección pulmonar. La habitación queda al fondo del pasillo: la primera puerta a la derecha. Seguro que le hará mucho bien verte.

¿Por qué no me habían dicho nada Gabriel e Ivy? ¿Tan absorta había estado en mis cosas que habían llegado a la conclusión de que me tenía sin cuidado? Crucé el pasillo hacia la habitación de Alice con una sensación creciente de temor.

Phantom se me había adelantado y aguardaba ante la puerta como un centinela. Casi no reconocí a la mujer acostada en la cama cuando entramos; no se parecía en nada a la Alice que yo recordaba. La enfermedad había hecho estragos en su rostro y la había transfigurado. Parecía frágil como un pajarito y tenía despeinado su pelo escaso. Ya no llevaba aquellos suéteres llenos de colorido, sino una sencilla bata blanca.

No abrió los ojos cuando susurré su nombre, pero extendió una mano hacia mí. Antes de que pudiera estrecharla, *Phantom* me tomó la delantera y restregó su hocico contra su piel.

—¿Eres tú, *Phantom*? —preguntó Alice, con la voz ronca.

—*Phantom* y Bethany —respondí—. Hemos venido a visitarla.

—Bethany... —repitió—. Qué amable de tu parte venir a verme. Te he echado de menos.

Todavía tenía los ojos cerrados, como si el esfuerzo necesario para abrirlos fuera demasiado.

—¿Cómo se encuentra? ¿Quiere que le traiga algo?

—No, querida. Tengo todo lo que necesito.

—Lamento no haber venido últimamente. Es que...

No sabía cómo explicar mi negligente comportamiento.

—Ya —dijo—. La vida se interpone con mil cosas, no hay que excusarse. Ahora estás aquí y eso es lo importante. Espero que *Phantom* se haya portado bien.

Él soltó un breve ladrido al oír su nombre.

—Es un compañero perfecto.

—Buen chico —dijo Alice.

—¿Y qué es eso de que ha estado enferma? —pregunté con tono jovial—. ¡Vamos a tener que ponerla en marcha otra vez!

—No sé si quiero ponerme otra vez en marcha. Me parece que ya va siendo hora...

—No diga eso —la corté—. Sólo le hace falta reposar un poco...

Alice levantó la cabeza de repente y abrió los ojos. No parecía enfocar nada en particular; su mirada desencajada se perdía en el vacío.

293

—Sé quién eres —graznó.

—Así me gusta —repuse, con un espasmo de alarma en el pecho—. Me alegro de que no me haya olvidado.

—Has venido a llevarme contigo —dijo—. No ahora, pero pronto.

—¿A dónde quiere que vayamos? —pregunté. No quería aceptar lo que me estaba diciendo.

—Al Cielo —respondió—. No te veo la cara, Bethany, pero sí veo tu luz.

La miré, estupefacta.

—Tú me mostrarás el camino, ¿verdad? —preguntó.

Le tomé la muñeca y le busqué el pulso. Era como una vela casi consumida. No podía dejar que el afecto que sentía por ella me impidiera cumplir con mi trabajo. Cerré los ojos y rememoré la entidad que yo había sido en el Reino: una guía, una mentora para las almas en tránsito. Mi misión había sido dar consuelo a las almas de los niños cuando morían.

—Cuando llegue el momento, no estará sola.

—Tengo un poco de miedo. Dime, Bethany, ¿habrá oscuridad?

—No, Alice. Sólo luz.

—¿Y mis pecados? No siempre he sido una ciudadana modélica, ¿sabes? —dijo con un vestigio de su carácter peleón.

—El Padre que yo conozco es pura misericordia.

—¿Volveré a ver a mis seres queridos?

—Entrará a formar parte de una familia mucho más grande. Se encontrará con todas las criaturas de este mundo y también de más allá.

Alice se dejó caer otra vez en la almohada, cansada pero satisfecha. Sus párpados aletearon suavemente.

—Ahora debería tratar de dormir —dije.

Estreché aquella mano tan frágil y *Phantom* apoyó la cabeza en su brazo. Permanecimos así hasta que se durmió.

En el trayecto de vuelta, aún seguía pensando en lo que Alice me había dicho. Ver la muerte desde el Cielo era triste, pero experimentarla en la Tierra resultaba desgarrador, te producía un dolor físico que no podía remediarse con nada. Ahora sentía un agudo remordimiento por haberme centrado tanto en mi amor, eludiendo todas mis demás responsabilidades. El Cielo había aprobado mi relación con Xavier —hasta ahora, al menos— y yo no debía permitir que se volviera tan absorbente. Pero la verdad, al mismo tiempo, era que no deseaba otra cosa que encontrarme con él y dejarme invadir por su embriagadora fragancia. Ninguna otra persona hacía que me sintiera tan viva.

Al día siguiente nos llegó la noticia de que Alice había fallecido mientras dormía. No fue ninguna sorpresa para mí, porque el sonido de la lluvia en la ventana me había despertado a medianoche y, al asomarme, había visto su espíritu al otro lado del cristal. Sonreía y parecía completamente en paz. Alice había vivido una vida plena y enriquecedora, y estaba preparada para partir. La pérdida la lamentaría sobre todo su familia, que no había sabido aprovechar el tiempo que habían compartido juntos. Ellos aún no lo sabían, pero un día se les otorgaría una segunda oportunidad.

Sentí cómo su espíritu se alejaba de este mundo a toda velocidad, invadido por una nerviosa expectación. Alice ya no estaba asustada, sólo intrigada por conocer el más allá. La seguí mentalmente un trecho, en un gesto final de adiós.

24

Sólo humano

*E*l día del funeral de Alice amaneció nublado. Había un cielo de plomo y el suelo estaba húmedo por la llovizna que había caído durante la noche. Sólo asistieron unas pocas personas, incluidas algunas enfermeras de Fairhaven y el padre Mel, que ofició la ceremonia. Su tumba estaba en un montículo cubierto de hierba, bajo una encina. Pensé que se habría reído si hubiera sabido que su lugar de reposo tenía una vista como aquélla.

La muerte de Alice había removido algo en mi interior. Me había hecho pensar de nuevo en el objetivo de nuestra misión, así que decidí aumentar el tiempo que dedicaba a los servicios comunitarios. Visto en perspectiva, era un gesto insignificante y casi me sentía tonta al planteármelo, teniendo en cuenta que nuestro objetivo global era salvar a la Tierra de los ángeles caídos y de sus fuerzas de la oscuridad; pero me hacía sentir al menos que estaba contribuyendo a la causa y centrándome en lo que era importante de verdad. Xavier venía a menudo conmigo. En su familia habían colaborado con la iglesia desde hacía muchos años, así que no era una novedad para él.

—Tampoco hace falta que vengas cada vez —le dije una noche, mientras esperábamos el tren para ir a trabajar al comedor popular de Port Circe.

—Ya. Pero yo quiero hacerlo. Me han inculcado desde pequeño que es importante creer en la comunidad.

—Pero tú estás mucho más liado que yo. No quiero sobrecargarte con más cosas.

—Deja de preocuparte. Yo ya sé cómo administrar mi tiempo.

—¿No tienes un oral de francés mañana?

—Tenemos un oral mañana. Y por eso me he traído esto —dijo, sacando un libro de la mochila—. Podemos estudiar por el camino.

Empezaba a acostumbrarme a los trenes, y viajar con Xavier ayudaba lo suyo. Nos sentamos en un vagón prácticamente vacío, dejando aparte a un viejo arrugadito que daba cabezadas y babeaba sobre su camisa. Entre los pies tenía una botella envuelta en una bolsa de papel.

Abrimos el libro, y apenas llevábamos unos minutos leyendo cuando Xavier levantó la vista.

—El Cielo ha de ser bastante grande —dijo. Hablaba en voz baja, así que no lo reprendí por sacar el tema en público—. ¿Cuánto espacio haría falta para dar cabida a todas esas almas? No sé... Debe de ser sencillamente que no me cabe en la cabeza la idea del infinito.

—En realidad hay siete reinos en el Cielo —dije de repente, deseando compartir con él lo que yo sabía, a pesar de que era consciente de que iba contra nuestras leyes.

Xavier suspiró y se arrellanó en el asiento.

—¿Y ahora me lo dices, cuando ya empezaba a hacerme a la idea? ¿Cómo va a haber siete?

—Sólo hay un trono en el Primer Cielo —le dije—. Y ángeles que predican la palabra del Señor. El Padre, el Hijo y el Espíritu Santo se encuentran en el Séptimo Cielo, el reino supremo.

—Pero ¿para qué hay tantos?

—Cada reino tiene una función distinta. Es como ir escalando por el organigrama de una gran empresa para llegar a reunirse con el director general.

Xavier se masajeó las sienes.

—Me falta aprender un montón, ¿no?

—Bueno, hay muchos datos que recordar —dije—. El Segundo Cielo está a la misma distancia de la Tierra que el Primero; los ángeles de la derecha son siempre más gloriosos que los de la izquierda; la entrada al Sexto Cielo es bastante complicada y has de salir al espacio exterior por la puerta del Cielo. Ya sé que parece confuso, pero puedes distinguir cuál es cuál porque los cielos inferiores son oscuros comparados con el resplandor del Séptimo...

—¡Basta! —clamó Xavier—. ¡Para antes de que me estalle el cerebro!

—Perdona —dije, avergonzada—. Supongo que son demasiadas cosas para asimilarlas de golpe.

Xavier me sonrió con aire de guasa.

—Procura recordar que sólo soy humano.

Xavier me invitó a asistir al último partido de la temporada de su equipo de rugby. Sabía que era importante para él y quedé con Molly y sus amigas, que solían actuar como animadoras en los partidos de Bryce Hamilton. En realidad, aunque lo presentaran como una forma de compañerismo escolar, me daba la impresión de que era un pretexto para mirar a los chicos corriendo y sudando en pantalones cortos. Ellas procuraban estar listas para ofrecerles bebidas frescas durante los descansos, con la esperanza de ganarse un cumplido o incluso una cita.

El partido se jugaba en casa, así que fuimos todas andando al campo de deportes. Cuando llegamos, nuestro equipo ya estaba calentando con su uniforme a rayas negras y rojas. Los contrarios, del colegio preuniversitario Middleton, estaban en la otra punta del campo y lucían una camiseta a rayas verdes y amarillas. Escuchaban muy atentos a su entrenador, un tipo tan rubicundo que parecía al borde de un aneurisma. Xavier me saludó desde lejos al verme y siguió calentando. Antes de empezar, todo el equipo de Bryce Hamilton se apiñó para corear unos lemas estimulantes sobre el «poderoso ejército negro y rojo». Luego, abrazados unos con otros y haciendo carreras sin moverse, aguardaron a que el árbitro tocara el silbato.

—Típico —murmuró Molly—. Nada como los deportes para conseguir arrancarles un poco de emoción.

En cuanto empezó el partido comprendí que nunca sería una fan del rugby: era demasiado agresivo. El juego consistía básicamente en machacarse unos a otros para arrebatarle la pelota al contrario. Miré cómo corría por el campo uno de los compañeros de Xavier, con la pelota bien protegida bajo el brazo. Esquivó a un par de jugadores del Middleton, que lo persiguieron implacablemente. Cuando ya estaba a unos metros de la línea de gol, se lanzó por los aires y aterrizó con los brazos extendidos; la pelota, que aferraba con ambas manos, quedó justo sobre la línea. Uno de los oponentes, que había intentando sin éxito un placaje para detenerlo, se le vino encima. Todo el equipo de Bryce Hamilton estalló en gritos y vítores. Ayudaron al jugador a levantarse y le fueron dando unas palmadas tremendas mientras regresaba tambaleante al centro del campo.

Me estaba tapando los ojos para no ver cómo chocaban dos jugadores cuando Molly me dio un codazo.

—¿Quién es ese tipo? —preguntó, señalando una figura que estaba al otro lado del campo. Era un joven con una chaqueta de cuero larga. Su identidad quedaba oculta por un sombrero y una larga bufanda con la que se envolvía parcialmente la cara.

—No sé —respondí—. ¿Algún padre quizá?

—Un padre con una pinta bastante rara —dijo Molly—. ¿Por qué estará allí plantado él solo?

Enseguida nos olvidamos de él y seguimos mirando el partido. A medida que avanzaba, me iba poniendo más nerviosa. Los chicos del Middleton eran implacables y la mayoría parecían verdaderos tanques. Yo contenía el aliento y sentía que el corazón se me aceleraba cada vez que alguno se acercaba a Xavier, lo cual sucedía a menudo, porque él no era de los que esperaban mirando en la banda: quería estar en el meollo del juego y era tan competitivo como los demás. Por mucho que me disgustara el rugby, tenía que reconocer que era un jugador muy bueno: rápido, fuerte y, por encima de todo, limpio. Lo vi correr una y otra vez hacia la línea de gol y lanzarse al suelo en el último momento con la pelota. Cada vez que uno de los oponentes lo agarraba o lo derribaba brutalmente, Xavier volvía a levantarse en cuestión de segundos. Tenía una determinación envidiable. Al final, dejé de estremecerme temiendo los golpes y las magulladuras; dejé de preocuparme por su integridad y empecé a sentirme orgullosa de él. Y siempre que tenía la pelota gritaba como loca e incluso agitaba los pompones de animadora de Molly.

En la media parte Bryce Hamilton llevaba una ventaja de tres puntos. Xavier se acercó a la línea de banda y yo corrí a su encuentro.

—Gracias por venir —dijo, jadeando—. Ya me figuro que esto no será muy de tu gusto —añadió con su encantadora media sonrisa, mientras se echaba un poco de agua por la cabeza.

—Has estado impresionante —le felicité, apartándole el pelo que tenía pegado en la frente—. Pero debes andarte con ojo. Los chicos del Middleton son tremendos.

—La habilidad cuenta más que el tamaño —respondió.

Miré angustiada una rascada que tenía en el antebrazo.

—¿Cómo te la has hecho?

—Es sólo un rasguño. —Se echó a reír ante mi alarma.

—A ti te parecerá un rasguño, pero es un rasguño en *mi* brazo y resulta que no quiero que le toquen ni un pelo.

—¿O sea que ahora todo figura como propiedad de Bethany Church?, ¿o es sólo el brazo?

—Cada centímetro de tu piel. Así que vete con cuidado.

—Sí, entrenador.

—Hablo en serio. Espero que te des cuenta de que ya no podrás volver a meterte conmigo por no tener cuidado —le dije.

—Cariño, las heridas son inevitables. Forman parte del juego. Luego puedes hacer de enfermera, si quieres. —Sonó la sirena para reanudar el partido y él me hizo un guiño por encima del hombro—. No te preocupes, soy invencible.

Lo contemplé mientras se alejaba al trote para reunirse con sus compañeros y advertí que el tipo de la chaqueta de cuero aún estaba de pie al otro lado del campo, con las manos hundidas en los bolsillos. Seguía sin verle la cara.

Cuando faltaban diez minutos para el final, los chicos de Bryce Hamilton parecían tener el partido en el bolsillo. El entrenador del equipo contrario no paraba de menear la cabeza y secarse el sudor de la frente, y sus jugadores parecían enfurecidos y desesperados. Enseguida empezaron a recurrir al juego sucio. Xavier tenía la pelota controlada y subía a toda velocidad hacia la línea de meta cuando dos jugadores del Middelton se lanzaron sobre él desde cada lado como trenes de carga. Viró bruscamente para eludir el choque, pero los otros se desviaron también y le dieron alcance. Pegué un grito cuando uno de ellos metió la pierna y le dio a Xavier a la altura del tobillo. El impacto lo mandó hacia delante dando tumbos y la pelota se le escapó de las manos. Vi que se golpeaba la cabeza contra el suelo y que cerraba los ojos con una mueca de dolor. Los jugadores del Bryce Hamilton protestaron enfurecidos y el árbitro pitó la falta. Pero ya era demasiado tarde.

Dos chicos se apresuraron a socorrer a Xavier, que seguía tirado en el suelo. Intentó incorporarse, pero el tobillo izquierdo le sobresalía con un ángulo extraño y, en cuanto trató de depositar en él una parte de su peso, contrajo la cara de dolor y resbaló otra vez. Lo sujetaron entre dos y lo ayudaron a llegar a un banco. El médico se apresuró a examinar el alcance de la lesión. Xavier parecía mareado, como si estuviera a punto de desmayarse.

Desde donde yo estaba, no oía nada de lo que decían. Vi que el médico le enfocaba a los ojos con una linternita y que miraba al entrenador meneando la cabeza. Xavier apretó los dientes y bajó la cabeza con desaliento. Traté de abrirme paso entre las chicas, pero Molly me detuvo.

—No, Beth. Ellos saben lo que se hacen. Sólo conseguirás estorbar.

Antes de que pudiera discutírselo, vi que ponían a Xavier en una camilla y que se lo llevaban hacia la ambulancia que había siempre a la entrada del campo por si se producía algún accidente. Me quedé paralizaba mientras el partido se reanudaba. La ambulancia cruzó el sendero y salió a la carretera. A pesar del pánico que sentía, reparé en que el tipo apostado en la otra banda había desaparecido.

—¿A dónde se lo llevan? —pregunté.

—Al hospital, claro —contestó Molly. Su expresión se ablandó al ver que tenía los ojos llenos de lágrimas—. Eh, calma. Tampoco parecía tan seria la cosa; seguramente sólo es una torcedura. Lo vendarán y lo mandarán a casa. Mira —me explicó, señalando el marcador—. Vamos a ganarles igualmente por seis puntos.

Pero yo no veía motivo para alegrarme y me excusé para volver a casa, donde podría pedirle a Gabriel o Ivy que me llevaran en coche al hospital. Mientras corría, los convoqué mentalmente por si habían salido. Estaba tan abstraída y tan angustiada pensando en Xavier que me di de bruces con Jake Thorn en el aparcamiento y me caí al suelo.

—Uf, vaya prisas —dijo, ayudándome a levantarme y sacudiéndome el polvo del abrigo—. ¿Qué sucede?

—Xavier ha sufrido un accidente durante el partido de rugby —le expliqué, frotándome los ojos con los puños como una cría. En ese momento me daba completamente igual mi aspecto. Lo único que quería era asegurarme de que Xavier se encontraba bien.

—¡Vaya, qué mala suerte! —comentó—. ¿Es serio?

—No sé —dije con voz estrangulada—. Se lo han llevado al hospital para examinarlo.

—Ya veo —repuso—. Seguro que no es nada. Cosas del juego.

—Debería haberlo previsto —dije enfadada, casi hablando conmigo misma.

—¿Previsto, el qué? —preguntó Jake, mirándome más de cerca—. No ha sido culpa tuya. No llores…

Dio un paso y me rodeó con sus brazos. Nada que ver con un abrazo de Xavier, desde luego; era demasiado flaco y huesudo para que resultara confortable, pero aun así sollocé sobre su camisa y me abandoné en sus brazos. Cuando intenté apartarme, noté que seguía estrechándome con mucha fuerza y tuve que retorcerme un poco para zafarme de él.

—Perdona —murmuró Jake con una extraña mirada—. Sólo quería asegurarme de que estás bien.

—Gracias, Jake. Ahora tengo que irme —farfullé, aún con lágrimas en los ojos.

Subí por las escalinatas del colegio, crucé el pasillo central, completamente desierto, y distinguí al fondo con inmenso alivio las figuras de Ivy y Gabriel, que ya venían a mi encuentro.

—Hemos captado tu llamada —me dijo Ivy, cuando iba a abrir la boca para contárselo todo—. Ya sabemos lo que ha pasado.

—Debo ir al hospital ahora mismo. ¡Yo puedo ayudarle! —grité.

Gabriel se me plantó delante y me tomó de los hombros.

—¡Cálmate, Bethany! Ahora no puedes, al menos mientras se están ocupando de él.

—¿Por qué no?

—Piensa un momento —dijo Ivy, exasperada—. Ya lo han llevado al hospital y han avisado a sus padres. Si la herida se cura milagrosamente, ¿cómo crees que reaccionará todo el mundo?

—Pero él me necesita.

—Lo que necesita es que te comportes con sensatez —replicó Gabriel—. Xavier es joven y está sano; su herida se curará de modo natural y sin despertar sospechas. Si luego quieres acelerar el proceso, de acuerdo; pero ahora has de mantener la calma. No corre ningún peligro serio.

—¿Puedo ir a verlo al menos? —pregunté. Me reventaba que los dos tuvieran razón, porque eso implicaba que Xavier se recuperaría más despacio.

—Sí —respondió Gabriel—. Vamos todos.

No me gustó nada el hospital del pueblo. Todo parecía gris y esterilizado, y los zapatos de las enfermeras rechinaban en el linóleo del suelo. En cuanto crucé las puertas automáticas percibí en el ambiente la sensación de dolor y de pérdida. No ignoraba que allí había gente —víctimas de accidentes de tráfico o de enfermedades incurables— que no se recuperaría. En cualquier momento alguien podía estar perdiendo a una madre, a un padre, a un marido, a una hermana o a un hijo. Sentí el dolor que contenían aquellas paredes como una repentina bofetada. Aquél era el lugar desde el cual emprendían muchos su viaje al Cielo y me hacía pensar en la infinidad de almas cuyo tránsito yo había logrado aliviar: era extraordinaria la cantidad de gente que recobraba la fe durante sus últimos días en la Tierra. Allí había un montón de almas con una necesidad desesperada de que las orientaran y tranquilizaran, y mi obligación era atenderlas. Pero, como de costumbre, en cuanto pensé en Xavier se desvaneció cualquier sentimiento de responsabilidad o de culpa, y mi único pensamiento fue correr a su encuentro.

Seguí a Ivy y Gabriel por un corredor iluminado con fluorescentes y lleno de muebles hospitalarios.

Xavier estaba en una habitación de la quinta planta. Su familia salía ya al pasillo cuando llegamos.

—¡Ay, Beth! —exclamó Bernie nada más verme, y de inmediato me rodearon todos y empezaron a contarme cómo estaba. Ivy y Gabriel contemplaban la escena con asombro—. Gracias por venir, cielo —continuó—. Dejadla respirar, chicos. Se encuentra bien, Beth, no pongas esa cara. Aunque no le vendría mal un poco de ánimo.

Bernnie les lanzó una mirada inquisitiva a Gabriel e Ivy.

—Éstos deben de ser tus hermanos. —Les tendió la mano y ellos se la estrecharon—. Nosotros ya nos íbamos. Entra, cielo. Se alegrará de verte.

Una de las camas estaba vacía; la otra tenía las cortinas corridas.

—Toc, toc —dije en voz baja.

—¿Beth? —dijo Xavier desde dentro—. ¡Pasa!

Estaba recostado en la cama y tenía en la muñeca una pulsera azul. Sus ojos se iluminaron al verme.

—¿Cómo has tardado tanto?

Corrí junto a él, tomé su rostro entre mis manos y lo examiné. Gabe e Ivy se habían quedado fuera; no querían entrometerse.

—Bueno, hasta aquí ha llegado tu fama de invencible —le dije—. ¿Cómo tienes la pierna?

Alzó una bolsa llena de hielo y me mostró un tobillo tan hinchado que parecía dos veces más grueso de lo normal.

—Me han hecho una radiografía y lo tengo fracturado. Me van a poner un yeso en cuanto baje un poco la inflamación. Tendré que andar una temporada con muletas, por lo visto.

—Ya, una lata. Pero tampoco es el fin del mundo. Ahora seré yo la que cuide de ti, para variar.

—Todo irá bien —dijo Xavier—. Me van a tener esta noche

en observación, pero mañana por la mañana ya estaré en casa. Eso sí, no podré apoyar el pie durante unas semanas...

—Estupendo —respondí, sonriendo.

—Hay una cosa más. —Xavier parecía incómodo, casi avergonzado al tener que reconocer cualquier debilidad.

—¿Qué pasa? —le pregunté.

—Al parecer, tengo una conmoción —dijo, subrayando «al parecer» como si no se lo tomara muy en serio—. Les he dicho que me encuentro bien, pero no me han hecho caso. He de guardar cama unos días. Órdenes del médico.

—Eso suena serio —dije—. ¿Te sientes bien?

—Perfecto —repuso—. Sólo tengo un terrible dolor de cabeza.

—Bueno, yo cuidaré de ti. No me importa.

—Se te olvida una cosa, Beth.

—Ya, ya lo sé —le dije—: que no te gusta sentirte como un inválido. Pero eso te pasa por practicar un deporte tan bruto como...

—No, no lo entiendes. —Meneó la cabeza con frustración—. El baile es el viernes.

Sentí que se me caía el alma a los pies.

—Me tiene sin cuidado —dije con fingida jovialidad—. No iré.

—Debes ir. Lo llevas preparando desde hace semanas, Ivy te ha hecho el vestido, las limusinas están reservadas y todo el mundo espera que vayas.

—Pero yo quiero ir contigo —repliqué—. Si no, no significa nada.

—Siento que haya ocurrido esto —dijo, apretando un puño—. Soy un idiota.

—No ha sido culpa tuya, Xavier.

—Tendría que haber ido con más cuidado.

Cuando se le pasó la rabia, su expresión se suavizó.

—Dime que irás, por favor —insistió—. Así no me sentiré tan culpable. No quiero que vayas a perdértelo por mi causa. No estaremos juntos, pero puedes pasarlo bien de todos modos. Es el acontecimiento del año y quiero que me lo cuentes con detalle.

—No sé…

—Por favor. Hazlo por mí.

Puse los ojos en blanco.

—Bueno, si vas a recurrir al chantaje emocional, difícilmente podré negarme. —Comprendí que Xavier tendría remordimientos los próximos cinco años si me perdía el baile por su culpa.

—¿De acuerdo, entonces?

—Vale, pero que sepas que estaré toda la noche pensando en ti.

Él sonrió.

—Asegúrate de que alguien saca fotos.

—¿Vendrás antes de que salga de casa? —le pregunté—. Para verme con el vestido, ¿entiendes?

—Allí estaré. No me lo perdería por nada del mundo.

—Me revienta dejarte aquí —me desplomé sobre un sillón que había junto a la cama—, sin nadie que te haga compañía.

—No te preocupes —me tranquilizó—. Si conozco bien a mamá, yo diría que pondrá un catre y se pasará la noche aquí.

—Sí, pero te hará falta algo para distraerte.

Xavier me señaló con un gesto la mesita, donde reposaba entreabierto un grueso volumen negro con letras doradas.

—Siempre puedo leer la Biblia y aprender un poco más sobre la condenación eterna.

—¿Eso te parece una distracción? —pregunté, sarcástica.

—Es una historia bastante dramática: el viejo Lucifer, echándole un poco de pimienta a las cosas.

—¿Conoces la historia completa? —le pregunté.

—Sé que Lucifer era un arcángel. —Yo alcé una ceja, sorprendida—. Pero se descarrió de mala manera.

—Así que prestaste atención en las clases de catecismo —comenté en broma—. Su nombre significa en realidad «dador de luz». En el Reino era el preferido de Nuestro Padre; había sido creado para encarnar el súmmum de la inteligencia y la belleza. Se le consultaba en las situaciones de dificultad y todos los demás ángeles lo tenían en alta estima.

—Pero él no estaba satisfecho —observó Xavier.

—No —respondí—. Se volvió arrogante. Tenía celos de los

seres humanos; no comprendía que Nuestro Padre los considerase Su mayor creación. Creía que sólo los ángeles debían ser ensalzados y empezó a pensar que él podía derrocar a Dios.

—Y ahí fue cuando lo pusieron de patitas en la calle.

—Sí. Nuestro Padre escuchó sus pensamientos y lo expulsó, a él y a sus seguidores. Lucifer logró su deseo: se convirtió en el antagonista de Nuestro Padre, en el soberano del inframundo, y todos los ángeles caídos se convirtieron en demonios.

—¿Tienes idea de cómo son las cosas allá abajo? —preguntó Xavier.

Negué con la cabeza.

—No, pero Gabriel sí. Él conoció a Lucifer. Eran hermanos: todos los arcángeles lo son. Pero nunca habla de ello.

La conversación quedó interrumpida justo entonces, porque Gabriel e Ivy asomaron la cabeza por la cortina para ver cómo estaba el paciente.

—¿Hablas en serio? —Molly me miraba horrorizada—. Yo creía que se lo habían llevado sólo como medida de precaución. ¿De veras tiene una conmoción? ¡Menudo desastre! Tendrás que ir sola al baile.

Empezaba a lamentar habérselo contado. Su reacción no me estaba sirviendo para levantarme el ánimo. Aquel baile iba a ser una noche mágica con Xavier que yo recordaría siempre; y ahora se había ido todo al garete.

—No tengo ningunas ganas de ir —le expliqué—. Lo voy a hacer sólo porque Xavier quiere que vaya.

Ella dio un suspiro.

—Es un detalle precioso de su parte.

—Lo sé, y por eso me da igual no tener pareja.

—Ya se nos ocurrirá algo —dijo Molly—. Seguro que aparece alguien en el último minuto. Déjame pensarlo.

Sabía lo que estaba pensando. Se imaginaba el principio de la fiesta, cuando las parejas hacían juntas su entrada y posaban ante los fotógrafos. A su modo de ver, presentarse allí sola equivalía prácticamente a un suicidio social.

Al final, sin embargo, no hizo falta que Molly se devanara los sesos porque la solución se presentó espontáneamente aquella misma tarde.

Estaba sentada con Jake Thorn en el sitio que ocupábamos al fondo de la clase de literatura. Él escribía en su diario en silencio mientras yo trataba de concentrarme en los últimos versos de nuestro poema.

—Es bastante difícil, ¿sabes?, teniendo en cuenta que lo has escrito desde el punto de vista masculino —protesté.

—Acepta mis más sinceras disculpas —respondió con sus ampulosos modales—. Pero puedes tomarte las licencias poéticas que quieras. En la primera estrofa un hombre se dirige a una mujer, pero en la siguiente podría ser al revés. Tampoco te pases toda la vida, Beth. Yo ya me he cansado de este trabajo. Acabémoslo ya, y así podremos hablar de cosas más interesantes.

—No me metas prisa —dije con brusquedad—. No sé tú, pero yo quiero hacerlo bien.

—¿Para qué? No será porque necesites la nota.

—¿Cómo? ¿Por qué no?

—A mí me va a ir bien de todos modos, eso seguro. Le gusto a la señorita Castle.

Sonrió con aire socarrón, sin hacer caso de mi pregunta, y continuó tomando notas en su cuaderno. No le pregunté qué escribía, ni él parecía dispuesto a explicarlo.

La sugerencia de Jake había desatado mi imaginación y los versos siguientes me salieron con mucha más facilidad, ahora que podía escribirlos pensando en Xavier. Sólo tuve que imaginarme su rostro para que las palabras empezaran a fluir como si el bolígrafo hubiera adquirido vida propia. De hecho, la estrofa de cuatro versos que me había correspondido apenas me pareció suficiente. Me sentía capaz de llenar todas las libretas del mundo con las cosas que pensaba sobre él. Habría podido dedicar páginas enteras a describir su voz, su piel, su olor y todos los demás detalles de su persona. Y así, antes de que yo misma me diera cuenta, mi letra fluida y suelta apareció bajo la historiada caligrafía de Jake. Ahora el poema decía:

Ella tenía la cara de un ángel
En cuyos ojos me viera reflejado,
Como si fuéramos uno y el mismo
A una mentira esclavizado.

Yo veía en él mi entero porvenir
También la dulzura de un amigo
En él vislumbraba mi destino
Al mismo tiempo principio y fin.

—Funciona —dijo—. Quizás haya una poetisa en ti, al fin y al cabo.

—Gracias —contesté—. ¿Y tú?, ¿en qué andabas tan ocupado?

—Apuntes… observaciones —respondió.

—¿Y qué has observado hasta ahora?

—Que la gente es tan crédula y previsible…

—¿Los desprecias por ello?

—Lo encuentro patético. —Sonaba tan implacable que me aparté un poco—. Son tan sencillos de descifrar que ni siquiera resultan estimulantes.

—Pero la gente no existe para entretenerte a ti —protesté—. No son un *hobby*.

—Para mí, sí. Y la mayoría son como un libro abierto… excepto tú. Tú me desconciertas.

—¿Yo? —Fingí una risita—. No hay nada desconcertante en mí. Soy como todo el mundo.

—No exactamente. —Ahora se mostraba críptico otra vez. Empezaba a resultar inquietante.

—No sé a qué te refieres —dije, pero tuve que volver la cara para que no viera el rubor que me había subido a las mejillas.

—Si tú lo dices —murmuró, zanjando la cuestión.

Alicia y Alexandra se acercaron y esperaron a que levantara la vista.

—¿Sí? —rezongó al comprobar que no iban a marcharse. Nunca le había oído hablar en un tono tan cortante.

—¿Nos vemos esta noche? —susurró Alicia.

Jake la miró exasperado.

—¿No has recibido mi mensaje?

—Sí.

—¿Qué problema hay entonces?

—Ningún problema —dijo ella con expresión mortificada.

—Entonces nos vemos más tarde —dijo aflojando el tono.

Las chicas intercambiaron sonrisitas furtivas y volvieron a su sitio. Jake se encogió de hombros ante mi mirada de extrañeza, dando a entender que a él lo dejaba tan perplejo como a mí el interés que mostraban.

—¿Y qué?, ¿con ganas de que llegue el viernes? —preguntó, cambiando de tema—. Me he enterado de que un pequeño contratiempo deportivo te ha dejado sin pareja. Es una verdadera lástima que ese joven apuesto no pueda asistir.

Sus ojos oscuros relucían con intensidad y sus labios se curvaban en una mueca aviesa.

—Ya veo que las noticias vuelan —dije con tono apagado, decidiendo hacer caso omiso de su burla. Ahora miraba el baile de promoción con más temor que ansiedad y no me gustaba que me lo recordara—. ¿Con quién vas tú? —añadí, más que nada por educación.

—Yo también vuelo por mi cuenta.

—¿Por qué? ¿Qué hay de ese club de fans?

—Las fans sólo son soportables en pequeñas dosis.

Solté involuntariamente un profundo suspiro.

—La vida no es justa, ¿verdad?

Estaba haciendo un gran esfuerzo por ver las cosas de modo positivo, pero no acababa de funcionar.

—No tiene por qué ser así —dijo Jake—. Ya sé que a uno le gustaría asistir a una recepción semejante del brazo de la persona amada. Pero a veces hay que ser práctico, sobre todo cuando dicha persona amada tiene otras obligaciones.

Su pomposo discurso consiguió arrancarme una sonrisa.

—Eso está mejor —dijo—. La melancolía no te sienta bien. —Se enderezó en su silla—. Bethany, ya sé que no soy el hombre de tu elección, pero ¿me harías el honor de permitir que te acompañe al baile para ayudar a sacarte de este apuro inesperado?

Tal vez se trataba de un gesto sincero, pero no me acababa de convencer.

—No sé —le dije—. Gracias por el ofrecimiento, pero tendré que hablarlo primero con Xavier.

Jake asintió.

—Desde luego. Ahora que la propuesta ha sido formulada, espero que tengas a bien aceptarla.

Xavier no vaciló ni un segundo cuando se lo planteé.

—Claro que deberías ir con alguien.

Estaba arrellanado en el diván mirando la tele. No se me escapaba que se moría de aburrimiento. Para alguien habituado a una vida tan activa, los programas que emitían por la televisión durante el día eran un sustitutivo bastante pobre. Llevaba puesta una sudadera gris y tenía la pierna apoyada en una almohada. Se le veía inquieto y no paraba de cambiar de postura. No se quejaba, pero yo sabía que todavía le martilleaba la cabeza como consecuencia de la brutal colisión.

—Es un baile —prosiguió con una sonrisa tranquilizadora—. Necesitarás una pareja, en vista de lo inútil que me he quedado.

—Vale —dije, hablando despacio—. ¿Y qué te parecería si Jake Thorn fuese mi pareja?

—¿Hablas en serio? —La sonrisa de Xavier se desvaneció en el acto y sus ojos azules se entornaron con suspicacia—. Hay algo en ese chico que no me gusta.

—Bueno, es el único que se ha ofrecido.

Xavier dio un suspiro.

—Cualquier chico se apresuraría a aprovechar la ocasión de ser tu pareja.

—Pero Jake es amigo mío.

—¿Estás segura? —preguntó Xavier.

—¿Qué se supone que significa eso?

—Nada, sólo que no hace mucho que lo conoces. Hay algo en él que no me suena bien.

—Xavier… —Le cogí la mano y me la llevé a la mejilla—. Es sólo una noche.

—Ya —contestó—. Y quiero que vivas el baile en toda su extensión. Sólo que preferiría que fuese otro tipo… cualquier otro.

—No importa con quién vaya. Me pasaré todo el rato pensando en ti, de todos modos —murmuré.

—Sí, eso, engatúsame para que acceda —dijo Xavier, pero ahora ya con una sonrisa—. Si tú estás segura de ese Jake, ve con él. Pero no actúes como si fuera yo.

—Como si alguien pudiera ponerse a tu altura.

Se echó hacia delante y me besó. Y como de costumbre, no bastó con uno solo. Nos echamos sobre el diván: yo pasándole los dedos por el pelo; él rodeándome la cintura con los brazos. Y de repente, los dos a la vez entrevimos su tobillo enyesado asomando en un ángulo extraño y estallamos en carcajadas.

25

Sustituto

—¡*M*agnífico! —dijo Jake cuando le di la noticia—. Vamos a formar una pareja sensacional.

—Ajá —asentí.

En el fondo de mí albergaba aún una duda insistente, un mal presentimiento que me provocaba un escalofrío por la espalda. Mientras estaba tranquilamente en los brazos de Xavier la idea no me había parecido tan mal, pero a la fría luz del día empezaba a lamentar mi decisión. No podía explicar mi inquietud, sin embargo, y opté por dejarla de lado. Además, ya no podía echarme atrás y darle un chasco a Jake.

—No te arrepentirás —me dijo suavemente, como si me estuviese leyendo el pensamiento—. Me encargaré de que te lo pases muy bien. ¿Te recojo en tu casa a las siete?

Vacilé un momento antes de responder:

—Mejor a las siete y media.

Molly se quedó boquiabierta de pura incredulidad cuando se enteró del cambio de planes.

—Pero ¿qué pasa contigo? —dijo exasperada, alzando las manos—. Eres un auténtico imán para los chicos más sexis del colegio. No puedo creerme que estuvieras a punto de rechazarlo.

—Él no es Xavier —dije, malhumorada—. No será lo mismo.

Era consciente de que empezaba a sonar como un disco rayado, pero la decepción me resultaba abrumadora.

—¡Pero Jake no está nada mal como sustituto!

Le eché una mirada severa y Molly suspiró.

—Bueno, tendrá que resignarse —se corrigió—. Y tú sufrirás en silencio al lado de ese pedazo de modelo... Te compadezco.

—¡Ay, basta ya, Molly!

—Hablando en serio, Beth, Jake es un tipo fantástico. La mitad de las chicas del colegio están enamoradas de él. Puede que Xavier lo supere, pero no creas que por mucho.

Solté un bufido.

—Vale, está bien —dijo—, ya sé que para ti nadie puede compararse con Xavier Woods. Pero él se llevaría un disgusto si supiera que no te lo ibas a pasar bien.

Eso no se lo discutí.

Previendo que se iba a desatar la fiebre de la fiesta de promoción y que difícilmente se presentaría ningún alumno de último año en clase, el colegio nos había dejado libre la tarde del viernes para que nos preparásemos. Naturalmente, nadie consiguió concentrarse durante las clases de la mañana y la mayoría de los profesores ni siquiera se molestaron en hacerse oír por encima de la cháchara excitada que inundaba las aulas.

Molly y sus amigas se habían empleado a fondo la noche anterior y se presentaron en el colegio completamente tostadas, con bronceado de bote. Se habían hecho la manicura y reflejos en el pelo. El de Taylah ya no podía volverse más rubio: empezaba a adquirir el tono blanco de los polvos de talco.

Cuando sonó el timbre a las once, Molly me agarró de la muñeca y me arrastró fuera de la clase. No me soltó ni redujo la marcha hasta que nos encontramos en el asiento trasero del coche de Taylah con el cinturón de seguridad abrochado. Por la expresión de ambas, era evidente que iban en serio.

—Primera parada, maquillaje —dijo Molly con su mejor voz de comando, asomándose entre los dos asientos de delante—. ¡En marcha!

Bajamos por Main Street y paramos frente a Estética Swan, uno de los dos esteticistas del pueblo. El local olía a vainilla, y tenía las paredes cubiertas de espejos, con expositores de los últimos productos de belleza. Las dueñas habían optado por un estilo bohemio y «natural». Había cuentas de colores colgadas de los vanos de las puertas y barritas de incienso quemando en diminutos soportes de pedrería. Por unos altavoces ocultos, sonaba de fondo el sedante rumor de una selva tropical. En la sala de espera había cojines por el suelo, cuencos con flores secas aromáticas y varias teteras dispuestas en una mesita baja, por si querías tomarte una infusión.

Las chicas que nos dieron la bienvenida no parecían tener mucho que ver con el mundo natural, con su pelo rubio platino, sus camisetas ajustadas y su extremado maquillaje. Parecían muy amigas de Molly y la abrazaron cuando entramos. Ella me las presentó como Melina y Mara.

—¡Por fin la gran noche! —canturrearon—. ¿Estáis entusiasmadas? Muy bien, chicas, empecemos ya para que el maquillaje tenga tiempo de asentarse.

Nos hicieron sentar en sillas giratorias elevadas frente a una pared de espejos. Yo sólo confiaba en que su propio maquillaje no fuera una pista de cómo íbamos a quedar nosotras.

—Yo quiero un *look* de muñequita —ronroneó Taylah—. Sombra de ojos brillante, labios rosados…

—Yo, como la clásica *Catwoman* de los años sesenta. Un montón de lápiz de ojos y, desde luego, pestañas postizas —dijo Hayley.

—Yo quiero un aire suave y vaporoso —anunció Molly.

—Yo quiero que parezca que no llevo maquillaje —dije, cuando llegó mi turno.

—Créeme, tampoco lo necesitas —comentó Melinda, estudiando mi cutis.

Procurando no moverme demasiado, me dediqué a escuchar mientras las chicas explicaban los tratamientos de belleza que pensaban aplicarnos. Aquello sonaba desde mi punto de vista como si hablasen en otro idioma.

—Primero despojaremos vuestra piel de todas sus impurezas utilizando una máscara de hierbas y un exfoliante suave —explicó Mara—. Luego pondremos una capa de fijador, utilizaremos un corrector facial marfil, fórmula 1, para borrar cualquier grano o mancha y, finalmente, aplicaremos una base de tono amarillo o rosado, según vuestra propia coloración. ¡Después ya hablaremos del colorete, de la sombra de ojos, de las pestañas y del brillo de labios!

—No pareces tener marcas ni irregularidades de tono —me dijo Melinda—. ¿Qué productos usas?

—Ninguno, la verdad —dije—. Simplemente me lavo la cara por la noche.

Ella puso los ojos en blanco.

—*Top secret,* ¿no?

—No, en serio. No uso productos para la piel.

—Vale, como tú digas.

—Es cierto, Mel —dijo Molly—. La familia de Beth seguramente ni siquiera cree en los productos de belleza. Son una especie de amish. Puritanos a tope.

—Pues, por lo que veo, leer la Biblia obra milagros en tu piel —musitó Melinda.

316   Aunque yo no parecía caerle demasiado bien, no podía negarse que Melinda sabía lo que se hacía en cuestión de maquillaje. Cuando me enseñó el resultado final en el espejo me quedé muda de asombro. Mi cara tenía color por primera vez y mis mejillas brillaban con un pálido tono rosado. Los labios se me veían llenos y muy rojos, tal vez algo más relucientes de la cuenta; los ojos, enormes, brillantes, enmarcados por unas largas y delicadas pestañas; los párpados, espolvoreados de un tenue brillo plateado y realzados con una fina raya negra. En fin, tenía un aire tan glamuroso que apenas me reconocía. Pero lo más bueno era que seguía pareciéndome a mí, a diferencia de Molly y las demás, cuyas caras bronceadas y empolvadas parecían auténticas máscaras.

Al salir de Estética Swan, ellas se fueron directamente a la peluquería. Yo decidí volver a casa y dejar que Ivy se ocupara de mi peinado. Aquel primer suplicio me había dejado agotada; no me veía capaz de aguantar otro ritual parecido. Además, estaba segura de que nadie podría dejármelo mejor que ella.

Cuando llegué, Ivy y Gabriel ya estaban listos y arreglados. Gabriel aguardaba sentado a la mesa de la cocina con un esmoquin. Se había peinado hacia atrás su pelo rubio, lo cual le daba un aire peculiar: una mezcla de caballero del siglo XVIII y de actor de Hollywood de ensueño. Ivy estaba en el fregadero lavando los platos con un vestido largo de color esmeralda. Llevaba su melena recogida en la nuca con un nudo holgado. Resultaba incongruente verla así, casi convertida en un hermoso espejismo, pero con un par de guantes de goma frente al fregadero, lo cual no hacía más que demostrar lo poco que le importaba la belleza física. Me saludó con un gesto, todavía con la esponja en la mano.

—Estás preciosa —me dijo—. ¿Vamos arriba para que te arregle el pelo?

Primero me ayudó a ponerme el vestido, alisando y ajustando la tela para que me quedara perfecto. Con aquel vestido, parecía una reluciente columna de luz lunar. Mis delicadas zapatillas plateadas asomaban bajo aquella cascada de tela irisada. Se me iluminó la cara de satisfacción.

—Me alegro de que te guste —dijo con una sonrisa radiante—. Ya sé que las cosas no han salido como habrías querido. Pero aun así, quiero que estés deslumbrante y que te lo pases como nunca.

—Eres la mejor hermana del mundo —le dije, abrazándola.

—Bueno, no nos precipitemos. —Sonrió—. Veamos primero qué puedo hacer con tu pelo.

—Nada complicado —le dije, mientras ella empezaba a soltármelo—. Sólo quiero… que se me vea como soy.

—No te preocupes. —Me dio unas palmaditas en la cabeza—. Sé exactamente lo que quieres decir.

Con aquellos dedos ágiles y expertos no le costó mucho darle forma a mi pelo. Me hizo una trenza a cada lado y las unió en lo alto como una cinta. El resto me lo dejó suelto por la espalda con sus ondas naturales. Las trenzas las enlazó con una sarta de perlas diminutas que combinaban de maravilla con el vestido.

—Perfecto —le dije—. No sé lo que habría hecho sin ti.

A las seis llegó Xavier para verme con el vestido puesto. Así podríamos fingir, al menos durante un rato, que nuestra velada no había quedado arruinada por un placaje intempestivo. Lo oí abajo, charlando con Gabriel, y sentí en el acto un ejército de mariposas revoloteando en mi estómago. No entendía por qué estaba tan nerviosa. Al fin y al cabo, con Xavier me sentía la mar de tranquila normalmente. Supuse que era porque quería impresionarlo, porque quería asegurarme de que me amaba simplemente por la expresión que pusiera al verme.

Ivy me roció de perfume, me tomó de la mano y me acompañó hasta la escalera.

—¿Quieres ir tú delante? —le pregunté, asustada.

—Claro —dijo con una sonrisa—. Aunque no creo que sea a mí a quien quiere ver.

La miré descender con movimientos gráciles y me pregunté por qué le había pedido que pasara ella primero. Nadie podía parecer elegante a su lado: era misión imposible y casi resultaba mejor aceptar la derrota sin más. Oí que Xavier aplaudía suavemente y le hacía muchos cumplidos. Estaba segura de que Gabriel la habría estado esperando para ofrecerle su brazo. Ahora me tocaba a mí; estaban todos al pie de la escalera, aguardando mi aparición en silencio.

—¿Bajas, Bethany? —me dijo Gabriel.

Inspiré hondo e inicié el descenso, temblorosa. ¿Y si a Xavier no le gustaba el vestido? ¿Y si me tropezaba con los escalones? ¿Y si me veía y se daba cuenta de que yo no estaba a la altura de la chica que él se había imaginado? Los pensamientos cruzaron mi mente como relámpagos, pero en cuanto me volví en el descansillo hacia el último tramo y vi a Xavier esperándome abajo, todas mis preocupaciones se disiparon como una nube de polen al viento. Tenía la cara alzada e iluminada por la expectación, y al verme abrió unos ojos enormes como lagos y entornó ligeramente los labios de la sorpresa. Estaba apoyado en la barandilla, con una abrazadera en el tobillo. Parecía deslumbrado, y me pregunté si era yo quien le provocaba esa reacción o era un efecto de la conmoción sufrida.

Cuando llegué al final, me tomó de la mano y me ayudó a bajar el último escalón sin apartar los ojos de mí. Recorría mi rostro y mi cuerpo completamente hipnotizado, como absorbiéndolo todo.

—¿Qué te parece? —le pregunté, mordiéndome el labio.

Xavier abrió la boca, sacudiendo la cabeza, y volvió a cerrarla de nuevo. Sus ojos azules me observaban con una expresión que ni siquiera yo era capaz de traducir.

Ivy soltó una carcajada.

—Eres un hombre de pocas palabras, Xavier.

—No es sólo que me haya quedado sin palabras —dijo por fin, recobrándose. En la comisura de sus labios se dibujó su media sonrisa habitual—. Es que siempre se quedarían cortas. Beth, estás increíble.

—Gracias —murmuré—. No hace falta que exageres.

—No, de veras. Me cuesta creer que seas real. Tengo la sensación de que podrías desaparecer si cierro los ojos. Ojalá pudiera acompañarte esta noche, sólo para ver la cara de todo el mundo cuando aparezcas por la puerta.

—No seas tonto —lo reñí—. Todo el mundo estará deslumbrante.

—Pero Beth, ¿tú te has visto? —dijo Xavier—. Irradias luz. Nunca había visto a nadie que se pareciese tanto… bueno, a un ángel.

Me sonrojé mientras él me ataba un ramillete de diminutos capullos blancos en la muñeca. Deseaba rodearle la cintura con mis brazos, acariciar su pelo adolescente, recorrer la piel suave de su rostro y besar aquellos labios perfectos que se curvaban como un arco de flechas. Pero no quería arruinar la meticulosa obra de Ivy, así que me limité a inclinarme con cuidado para darle un solo beso.

Más tarde, cuando sonó un golpe en la puerta, tuve la sensación de que Xavier y yo apenas habíamos cruzado dos palabras. Fue a abrir Gabriel y regresó seguido de Jake Thorn.

Tal vez fuesen imaginaciones mías, pero mi hermano, hasta entonces completamente a sus anchas, parecía mucho más rígido. Tenía la mandíbula en tensión y se le veían hinchadas las venas del cuello. Ivy también pareció ponerse más tiesa al ver a Jake y sus ojos grises adoptaron una extraña expresión, como si se sintiera alarmada.

La reacción de ambos me inquietó y volvió a despertar todas mis dudas sobre Jake. Le eché una mirada a Xavier; algo en su cara me decía que la incomodidad era mutua.

Gabriel me puso una mano en el hombro y luego desapareció en la cocina para traer las bebidas. Mis hermanos siempre recelaban de los desconocidos; se mostraban algo más cordiales con Xavier y Molly, pero con nadie más. Aun así, su actitud frente a Jake me hizo sentir incómoda. ¿Qué habrían percibido? ¿Qué podía haber en aquel chico para que los ángeles se estremecieran en su presencia? Yo sabía que Ivy y Gabriel no iban a arruinar la noche montando una escenita, así que procuré sacarme todas las ideas extrañas de la cabeza y disfrutar la ocasión lo máximo posible.

Como me notaba nerviosa, Xavier no se apartaba de mi lado y me transmitía su calor con la palma de la mano apoyada en mi espalda.

Jake, por su parte, parecía completamente ajeno al efecto que había causado entre nosotros. No llevaba esmoquin como yo había previsto, sino unos pantalones negros muy ceñidos y una cazadora de cuero. Estaba visto que tenía que ser él quien escogiera la opción menos convencional. Aquella indumentaria le daba un aire teatral, pensé, y eso era lo que le gustaba.

—Buenas noches a todos —dijo Jake, acercándose a mí—. Hola, cielo, estás impresionante.

—Hola, Jake.

Me adelanté para saludarlo y él me cogió la mano y se la llevó a los labios. Me pareció percibir en el rostro de Xavier un destello peculiar, pero desapareció enseguida y él se apresuró a estrecharle la mano a Jake.

—Encantado —dijo, aunque con un deje áspero en la voz.

—Lo mismo digo —respondió Jake—. Esta presentación ha tardado mucho en llegar.

A diferencia de Xavier, *Phantom* no hizo ningún esfuerzo por mostrarse sociable. Se sentó sobre sus cuartos traseros y soltó un gruñido gutural.

—Hola, chico —dijo Jake, agachándose y alargando la mano.

Phantom se incorporó ladrando y lanzó una dentellada. Jake apartó a toda prisa la mano e Ivy sacó al perro a rastras de la habitación.

—Perdona —le dije—. No suele comportarse así.

—No te preocupes —contestó. Sacó de la chaqueta una cajita—. Toma, es para ti. Encuentro que los ramilletes están un poco pasados de moda.

Xavier frunció el ceño, pero no hizo comentarios.

—Ah, gracias. No tenías por qué —dije, cogiendo la cajita. En su interior había un par de delicados aros de oro blanco. Me sentí algo incómoda. Parecían muy caros.

—No es nada —dijo Jake—. Sólo un detalle.

Xavier decidió intervenir entonces.

—Gracias por cuidar de Beth esta noche —dijo con tono agradable—. Como ves, estoy un poco indispuesto.

—Para mí es un placer echarle una mano a Beth —repuso Jake. Como de costumbre su voz sonaba afectada y un tanto pretenciosa—. Lamento lo de tu accidente. Qué mala suerte que haya tenido que ocurrir justo antes del baile de promoción. Pero no te preocupes; me encargaré de que Beth se divierta. Es lo mínimo que puede hacer un amigo.

—Bueno, siendo su novio, ya te puedes figurar que me habría gustado estar allí —dijo Xavier—. Pero ya se lo compensaré.

Ahora le tocó a Jake fruncir el ceño. Xavier le dio la espalda, me tomó el rostro entre las manos y me plantó un suave beso en la mejilla. Luego me ayudó a envolverme en mi chal.

—¿Ya estáis todos listos? —preguntó.

A decir verdad, lo que a mí me apetecía era quedarme en casa, acurrucarme en el sofá con Xavier y olvidarme del baile. Prefería quitarme el vestido, ponerme el pantalón del chándal y acomodarme a su lado, donde me sentía segura de verdad. No quería salir, y menos del brazo de otro chico. Pero no le dije nada de todo esto; le dediqué una sonrisa forzada y asentí.

—Cuida de ella —le dijo a Jake. Su expresión era amistosa, pero había un matiz de advertencia en su tono.

—No la perderé de vista ni un segundo.

Jake me ofreció su brazo y salimos afuera, donde ya nos

esperaba una limusina. Por la cara que ponía Gabriel, deduje que aquello le parecía un exceso. Antes de que nos fuéramos, Ivy se inclinó hacia mí y me arregló el tirante del vestido.

—Estaremos cerca toda la noche por si nos necesitas —me susurró. Me pareció que dramatizaba un poquito. ¿Qué podía pasar en una sala de baile con cientos de invitados? Aun así, sus palabras me resultaron reconfortantes.

La limusina parecía una nave espacial con aquel chasis reluciente y alargado y sus ventanillas ahumadas. Yo la encontraba más bien vulgar y no le veía el glamour por ninguna parte.

Por dentro era más espaciosa de lo que me había imaginado. Un diván de cuero blanco se extendía por los cuatro costados. La luz, violácea y azul, procedía de una serie de lámparas alógenas incrustadas en el techo. A la derecha había un mueble bar. Unas lámparas de lava iluminaban las hileras de vasos y las botellas de bebidas alcohólicas que habían traído algunos invitados (aunque todos eran menores). Había una pantalla de televisión ocupando uno de los lados, y unos altavoces en el techo. Sonaba a todo volumen una canción sobre chicas pasándoselo bien y las paredes vibraban con su percusión brutal.

Cuando nosotros nos subimos, la limusina ya estaba prácticamente llena. Éramos los últimos. Molly me sonrió de oreja a oreja al verme y me envió besos desde la otra punta en vez de darme un abrazo. Las demás chicas me miraron de arriba abajo. A alguna se le quedó la sonrisa congelada.

—Un terrible infortunio, los celos —me susurró Jake al oído—. Tú eres la más deslumbrante de largo. Tienes muchas posibilidades de convertirte en la reina del baile.

—Me tiene sin cuidado. Además, aún no has visto al resto de la competencia.

—No me hace falta —respondió—. Me lo apuesto todo a que ganas tú.

26

El baile

*E*l baile se celebraba en el Pabellón del Club de Tenis. Con sus amplios jardines y sus diversos salones, desde donde se dominaba toda la bahía, era sin lugar a dudas el centro de recepciones más elegante de la zona. La limusina se deslizó junto a sus altos muros de piedra caliza y cruzó la verja de hierro para recorrer un sinuoso sendero flanqueado de prados y setos impecables. El jardín estaba salpicado de fuentes de piedra; entre ellas, un majestuoso león esculpido con la zarpa levantada, de cada una de cuyas garras brotaba un chorro de agua. Había incluso un estanque con un puentecito y un cenador que acaso habría encajado mejor en un antiguo castillo europeo, y no en un pueblo insignificante como Venus Cove. No podía evitar sentirme abrumada por un escenario tan suntuoso. Jake, por su parte, parecía del todo indiferente. Mantenía su eterna expresión de hastío y torcía los labios en una sonrisa socarrona cada vez que se encontraban nuestras miradas.

La limusina siguió avanzando por el sendero, pasó junto a las pistas de tenis, que resplandecían bajo las luces como lagos verdes, y se dirigió al pabellón propiamente dicho: un enorme edificio circular de cristal con tejado a dos aguas y espaciosos balcones blancos. No cesaban de desfilar parejas hacia el interior: los chicos erguidos, las chicas sujetando sus bolsitos y ajustándose los tirantes de los vestidos. Aunque ellos estaban muy elegantes con esmoquin, lo cierto era que no pasaban de ser simples comparsas; la noche pertenecía claramente a las chicas. Todas tenían en la cara la misma expresión expectante e ilusionada.

Algunos grupos habían llegado en limusinas y en coches con chófer, mientras que otros habían optado por utilizar el autobús de dos pisos de la fiesta, que justo en aquel momento se detenía con un cargamento de pasajeros entusiasmados. Advertí que el interior del autobús había sido redecorado como si fuera una discoteca, con luces estroboscópicas, música a tope y todo el rollo.

Por una noche al menos, la filosofía feminista había sido dejada de lado y las chicas se permitían que las llevaran del brazo por las escalinatas y el vestíbulo como si fueran princesas de cuento de hadas. A mi derecha, Molly se hallaba demasiado absorta estudiando el panorama para molestarse en darle conversación a Ryan Robertson, que estaba muy guapo con su traje, todo hay que decirlo. A mi izquierda, Taylah no paraba de sacar fotos ansiosamente, como si no quisiera dejarse ningún detalle. También le echaba miraditas a Jake cuando creía que no la veíamos. Él la miró abiertamente y la recompensó con un guiño. Taylah se puso tan colorada que pensé que era un milagro que no se le disolviera todo el maquillaje.

El doctor Chester, el director de Bryce Hamilton, engalanado con un traje gris pálido, estaba a la entrada del vestíbulo rodeado de arreglos florales dispuestos sobre pedestales. Los demás miembros del personal del colegio se habían situado estratégicamente para ver cómo hacían su entrada las jóvenes parejas. Advertí que el doctor Chester tenía gotas de sudor en su frente abombada: el único signo aparente de tensión. Sonreía ampliamente, sí, pero sus ojos decían bien a las claras que habría preferido estar apoltronado en el sillón de su casa, y no vigilando a un puñado de preuniversitarios malcriados decididos a pasar la noche más memorable de sus vidas.

Jake y yo nos unimos a la fila de parejas llenas de glamour que aguardaban para hacer su entrada. Molly y Ryan iban justo delante de nosotros y yo los observaba atentamente para ver cómo era el protocolo y no meter la pata.

—Doctor Chester, le presento a mi pareja, Molly Amelia Harrison —dijo Ryan con un tono muy formal. Sonaba raro viniendo de un chico que se divertía con sus amigos dibujando en el asfalto de la entrada del colegio unos genitales descomunales. A mí me constaba que Molly le había dado instrucciones para que exhibiera aquella noche sus mejores modales. El doctor Chester sonrió benévolo, le estrechó la mano y los hizo pasar.

Nosotros éramos los siguientes. Jake entrelazó mi brazo con el suyo.

—Doctor Chester, mi pareja, Bethany Rose Church —dijo muy galante, como si me estuviera presentando en una corte imperial.

El doctor Chester me dirigió una cálida sonrisa.

—¿Cómo es que sabes mi segundo nombre? —le pregunté, una vez dentro.

—¿No te había dicho que soy adivino?

Seguimos a la avalancha de gente y entramos en el salón de baile, mucho más lujoso de lo que me había imaginado. Las paredes eran todas de cristal, desde el suelo hasta el techo, y la suntuosa alfombra, de un intenso color borgoña. El parquet de la pista de baile relucía bajo las arañas de cristal, que arrojaban diminutas medialunas de luz. A través de las paredes veía el océano extendiéndose en suaves ondulaciones, y también una pequeña columna blanca parecida a un salero. Tardé un instante en darme cuenta de que era el faro. Las mesas, distribuidas alrededor del salón, estaban cubiertas con manteles de lino y vajilla de porcelana. Los centros de mesa eran ramos de capullos amarillos y rosados, y había lentejuelas plateadas esparcidas por los manteles. Al fondo, la banda empezaba a afinar sus instrumentos. Los camareros circulaban por todas partes con bandejas de ponche sin alcohol.

Divisé a Gabriel e Ivy en un rincón. Parecían tan fuera de lugar que casi me dolía mirarlos. Gabriel tenía una expresión indescifrable en la cara, pero era evidente que no estaba disfrutando. Los chicos miraban a Ivy maravillados cuando pasaban por delante, pero ninguno tenía el valor de acercársele. Vi que Gabriel barría el salón entero con la vista hasta localizar a Jake Thorn. Lo observó con penetrante intensidad unos segundos y se volvió para otro lado.

—¡Estás en nuestra mesa! —gritó Molly, abrazándome por detrás—. Venga, vamos a sentarnos. Estos zapatos me están matando. —Entonces vio a Gabriel—. O pensándolo bien... voy a saludar primero a tu hermano. ¡No me gustaría quedar como una maleducada!

Dejamos que Jake se ocupara de buscar nuestros asientos y fuimos al encuentro de Gabriel, que tenía las manos entrelazadas a la espalda y observaba el panorama con aire sombrío.

—¡Hola! —dijo Molly, acercándose a él con paso vacilante, porque llevaba unas zapatillas de tiras con tacones de aguja.

—Buenas noches, Molly —contestó Gabriel—. Se te ve muy sugestiva esta noche.

Molly me lanzó una mirada interrogante.

—Quiere decir que estás fantástica —susurré, y su rostro se iluminó.

—Ah... gracias —dijo—. Tú también estás muy sugerente. ¿Te diviertes?

—Divertirse no sería la palabra más exacta. Nunca me han gustado demasiado las reuniones sociales.

326

—Ah, ya entiendo a qué te refieres —repuso Molly—. En realidad, el baile siempre es un poco aburrido. La cosa se anima después, en la fiesta privada. ¿Vas a venir?

El pétreo semblante de Gabriel se suavizó un instante y en las comisuras de sus labios asomó un principio de sonrisa. Pero en cuestión de segundos recobró la compostura.

—Como miembro del profesorado me siento en la obligación de simular que no he oído nada sobre una fiesta privada —dijo—. El doctor Chester las ha prohibido expresamente.

—Ya, bueno, él tampoco puede hacer mucho al respecto, ¿no crees? —Molly se echó a reír.

—¿Quién es tu pareja? —dijo Gabriel, cambiando de tema.

—Se llama Ryan, está sentado allí.

Molly señaló al otro lado. Ryan y su amigo se habían sentado ya a la mesa impecable y se habían puesto a echar un pulso. Uno de ellos derribó una copa y la mandó rodando por el suelo. Gabriel los observó con severidad.

Molly se sonrojó y volvió la cara para otro lado.

—Es un poquito inmaduro a veces, pero es un buen tipo. Bueno, será mejor que me vuelva antes de que destroce algo más y nos acaben echando. Pero nos vemos después. Te he guardado un baile.

Casi tuve que remolcar a Molly hasta nuestra mesa y, una vez allí, ella no paraba de volverse para mirar a Gabriel, sumida en un rapto desvergonzado. Ryan no parecía enterarse.

Pese a la magia del lugar, enseguida fui consciente de que yo tampoco me lo estaba pasando bien. Sólo hablaba de naderías con la gente y varias veces me sorprendí a mí misma buscando un reloj con la vista. Empecé a preguntarme si podría excusarme un rato para hacerle una llamada a Xavier. Pero incluso si le pedía a Molly su teléfono móvil, no había ningún sitio desde donde hablar con tranquilidad. Los profesores se habían apostado en las puertas para impedir que nadie se escapara a los jardines, y los baños estaban atestados de chicas repasándose el maquillaje.

Después de tanto preparativo, la velada me parecía deslucida. No por culpa de Jake; él se esforzaba todo lo que podía, era un acompañante muy atento: me preguntaba continuamente si me lo pasaba bien, contaba chistes, intercambiaba anécdotas con el resto de los comensales. Pero observando a las chicas de alrededor, que picaban melindrosamente del aperitivo y se sacudían abstraídas algún hilo imaginario de sus vestidos, no pude por menos que pensar que la fiesta no tenía mucho sentido aparte de sentarse allí con aspecto de princesita. Una vez que todo el mundo se había echado mutuamente el vistazo preceptivo, ya no quedaba gran cosa que hacer.

Incluso cuando conversaba con los demás, Jake raramente me quitaba la vista de encima. Parecía decidido a seguir cada uno de mis movimientos. A veces trataba de arrastrarme a la conversación haciéndome preguntas mordaces, pero yo contestaba casi siempre con monosílabos y seguía mirándome las manos. No pretendía estropearle a nadie la noche ni parecer enfurruñada, pero no podía evitarlo: mis pensamientos regresaban a Xavier una y otra vez. Me sorprendí a mí misma preguntándome qué estaría haciendo, imaginándome lo diferente que sería la noche si él estuviera a mi lado. El lugar era ideal y yo llevaba el vestido perfecto, pero iba con el chico equivocado y no podía evitar cierta melancolía.

—¿Qué sucede, princesa? —me preguntó Jake cuando me pilló contemplando el océano con añoranza.

—Nada —me apresuré a responder—. Me lo estoy pasando muy bien.

—Mentira podrida —dijo, bromeando—. ¿Jugamos a un juego?

—Si quieres.

—Muy bien... ¿cómo me describirías con una sola palabra?

—¿Tenaz? —sugerí.

—Mal. Tenaz es lo último que yo soy. Un dato curioso: nunca hago los deberes. ¿Qué otra cosa me hace único?

—¿El gel que te pones en el pelo? ¿Tu afable carácter? ¿Tus seis dedos?

—Eso estaba de más. Me amputaron el sexto hace años. —Me lanzó una sonrisa—. Ahora descríbete tú en una palabra.

—Hmm... —Titubeé—. No sé... es difícil.

—Muy bien —dijo—. No me gusta una chica capaz de resumirse en una sola palabra. Le falta complejidad. Y sin complejidad no hay intensidad.

—¿Te gusta la intensidad? —pregunté—. Molly dice que los chicos prefieren a las chicas *tranquis*.

—O sea, fáciles de llevar a la cama —repuso Jake—. Lo cual supongo que no tiene nada de malo.

—Pero ¿eso no sería lo contrario de la intensidad? —dije—. A ver si te aclaras.

—Una partida de ajedrez también puede ser intensa.

—Hmm... sí, tal vez. A lo mejor para ti una chica y una pieza de ajedrez son intercambiables.

—Nunca —dijo Jake. ¿Tú has roto algún corazón?

—No —respondí—. Ni lo deseo. ¿Y tú?

—Muchos. Pero nunca sin un buen motivo.

—¿Qué motivo, por ejemplo?

—No eran adecuadas para mí.

—Espero que al menos rompieras en persona —dije—. No por teléfono o algo parecido.

—¿Por quién me tomas? —dijo—. Eso al menos lo merecían. Ese resto de dignidad era lo único que les quedaba al final.

—¿Qué quieres decir? —pregunté con curiosidad.

—Digamos que primero amas y luego pierdes —repuso. A continuación tuvimos que aguantar un tedioso discurso del doctor Chester. Algo así como que aquélla era «nuestra gran noche» y que se esperaba de nosotros que nos comportásemos de modo responsable y no hiciéramos nada que pudiera mancillar la reputación de Bryce Hamilton. El doctor Chester dijo que confiaba en que volviéramos todos a casa en cuanto concluyera el baile. Se oyó alguna que otra risita entre la audiencia, que el director prefirió pasar por alto. Nos recordó que había escrito a todos los padres recomendando que se opusieran a las fiestas privadas y que se lo pensaran muy bien antes de ofrecer sus propias casas para montarlas.

Lo que él no sabía era que la fiesta privada ya estaba organizada desde hacía meses, y que los organizadores no habían sido tan ingenuos como para creer que podrían celebrarla en alguna casa particular, con los padres en el piso de arriba. La fiesta iba a tener lugar en una antigua fábrica abandonada que quedaba a las afueras del pueblo. El padre de uno de los chicos de último año era arquitecto y había estado trabajando para convertirla en una serie de apartamentos. Se había tropezado con las protestas de varios grupos ecologistas y el proyecto había quedado temporalmente suspendido mientras llegaban los permisos preceptivos. La fábrica era muy espaciosa y, sobre todo, quedaba aislada. A nadie se le ocurriría husmear allí. Por alta que estuviera la música, nadie iría a quejarse porque no había casas en las inmediaciones. Alguien conocía a un pinchadiscos profesional que se había ofrecido a trabajar gratis por una noche. Todos se morían de impaciencia esperando que terminase de una vez el baile de promoción para que «la fiesta de verdad» pudiera empezar. Pero incluso si Xavier me hubiera acompañado yo no habría contemplado siquiera la posibilidad de ir. Ya había asistido a una fiesta de aquéllas en mi vida humana, y con una me bastaba.

La cena empezó después de los discursos y, al terminar de

comer, hicimos cola frente a una plataforma para que nos sacaran fotos para la revista del colegio. La mayoría de las parejas adoptaban la pose clásica, pasándose mutuamente el brazo por la cintura: las chicas sonriendo con aire recatado, los chicos muy rígidos, por temor a moverse y estropear la foto, un crimen por el que sabían que nunca serían perdonados.

Debería haberme imaginado que Jake haría algo distinto. Al llegar nuestro turno, puso una rodilla en el suelo, tomó una rosa de la mesa de al lado y la sujetó entre los dientes.

—Sonríe, princesa —me susurró.

El fotógrafo, que venía disparando una y otra vez de un modo mecánico, se animó un poco al verlo, agradecido por la novedad. Mientras bajábamos del estrado, advertí que algunas chicas miraban de reojo a sus parejas. Su expresión venía a decir: «¿Por qué no puedes ser un poquito más romántico, como Jake Thorn?». Me compadecí del chico que intentó imitar la pose de Jake y acabó pinchándose el labio con las espinas de la rosa. Su novia, roja como un tomate, tuvo que llevárselo corriendo a los servicios.

Después de las fotos, vino el postre (un flan bamboleante), y a continuación hubo un rato de baile. Finalmente, nos pidieron que volviéramos a nuestro sitio para anunciar los premios. Miramos cómo subía al estrado el comité organizador, incluyendo a Molly y Taylah, con los sobres del veredicto y los trofeos.

—Es un placer para nosotros —empezó diciendo una chica llamada Bella— dar a conocer el nombre de los ganadores del baile de promoción de Bryce Hamilton de este año. Hemos sopesado cuidadosamente nuestras decisiones y antes de empezar queremos que sepáis que todos sois ganadores en el fondo.

Oí que Jake sofocaba una risotada.

—Hemos añadido más categorías a la lista de este año en reconocimiento al esfuerzo que habéis hecho todos —prosiguió la chica—. Empecemos con el premio al Mejor Peinado.

A mí me parecía que el mundo se había vuelto loco. Intercambié con Jake una mirada de consternación mientras se sucedían los distintos premios al Mejor Peinado, Mejor Vestido, Mejor Transformación, Mejor Corbata, Mejores Zapatos, Mejor Maquillaje, Mejor Glamour y Belleza Más Natural. Finalmente, concluidos los premios menores, llegó la hora de anunciar lo que todo el mundo había estado esperando: el nombre del Rey y la Reina del baile. Un murmullo de excitación recorrió el salón entero. Aquél era sin duda el premio más disputado. Cada una de las chicas presentes contenía el aliento. Los chicos fingían no estar interesados. Yo no acababa de entender a qué venía tanto alboroto. No era precisamente una cosa que pudieran incluir en sus currículos.

—Y los ganadores de este año son… —empezó la portavoz del comité. Se interrumpió para crear un efecto dramático y la audiencia gimió de frustración—. ¡Bethany Church y Jake Thorn!

El salón entero estalló en aplausos enloquecidos. Durante una fracción de segundo busqué entre la multitud a los ganadores… hasta que caí en la cuenta de que era mi nombre el que habían pronunciado. Supongo que yo debía de tener una expresión glacial cuando me dirigí al estrado con Jake, aunque en su caso el hastío había dado paso a cierto aire de diversión. A mí todo me parecía absurdo mientras Molly me ponía la corona en la cabeza y me colocaba la banda de honor. Jake parecía disfrutar su protagonismo. Tuvimos que abrir el vals antes de que se sumara el resto de los invitados, así que le di la mano a Jake y él deslizó la otra alrededor de mi cintura. Aunque había practicado el vals con Xavier, no me sentía tan segura sin él. Por suerte, los ángeles tenemos la ventaja de cogerle el tranquillo a las cosas con relativa facilidad. Seguí a Jake y muy pronto mi mente incorporó el ritmo de la música con toda naturalidad. Mis miembros se movían con fluidez, y me sorprendió descubrir que Jake lo hacía con idéntica elegancia.

Ivy y Gabriel pasaron por nuestro lado, bailando en perfecta sincronía y deslizándose con gestos sedosos. Sus pies apenas rozaban el suelo y daba toda la impresión de que flotaran. Aun a pesar de la expresión sombría de ambos, ofrecían un espectáculo tan fascinante que mucha gente se detenía a mirarlos y les dejaban la pista libre. Mis hermanos se cansaron enseguida de ser el centro de atención y regresaron a su mesa.

Cuando la música cambió, Jake me arrastró rápidamente al borde de la pista y se inclinó hacia mí de tal manera que sus labios me rozaron la oreja.

—Estás deslumbrante.

—Y tú igual. —Me reí, procurando imprimir un tono de ligereza al diálogo—. Todas las chicas están de acuerdo.

—¿Tú también?

—Bueno... yo te encuentro encantador.

—Encantador —musitó—. Supongo que basta por ahora. ¿Sabes?, nunca he conocido a una chica con una cara parecida. Tienes la piel de color claro de luna; tus ojos son insondables.

—Ahora te estás pasando —me burlé. Intuía que estaba a punto de embarcarse en uno de sus soliloquios románticos y yo quería impedirlo a toda costa.

—No se te da bien aceptar cumplidos, ¿verdad?

Me sonrojé.

—La verdad es que no. Nunca sé qué decir.

—¿Qué tal «gracias», simplemente?

—Gracias, Jake.

—¿Lo ves?, no ha sido tan difícil. Y ahora me vendría bien un poco de aire fresco. ¿A ti no?

—Es un poco complicado salir —dije, señalando a los profesores que seguían de guardia en las salidas.

—He descubierto una vía de escape. Ven, te la voy a enseñar.

Había dado en efecto con una puerta trasera que nadie había tenido en cuenta, por lo visto. Primero había que cruzar los servicios y un almacén que quedaba en la parte trasera del edificio. Me ayudó a saltar por encima de los cubos y las fregonas amontonadas contra la pared y, de repente, me encontré sola con él en el balcón que rodeaba por fuera todo el pabellón. Era una noche despejada, el cielo estaba sembrado de estrellas y la brisa resultaba refrescante. A través de los ventanales veíamos a las parejas todavía bailando; las chicas, ya con menos fuelle a aquellas alturas, abandonaban todo su peso en sus parejas. Algo más lejos, manteniendo las distancias, Ivy y Gabriel permanecían de pie, ambos tan relucientes como si los hubieran rociado con polvo de estrellas.

—Cuántas estrellas —murmuró Jake, casi como hablando consigo mismo—. Pero ninguna tan hermosa como tú. Lo tenía tan cerca que notaba su aliento en la mejilla. Bajé los ojos, deseando que dejara de hacerme cumplidos. Procuré desviar la conversación hacia él.

—Me gustaría sentirme tan segura de mí misma como tú. Nada parece desconcertarte.

—¿Por qué debería? —respondió—. La vida es un juego, y resulta que yo sé cómo jugarlo.

—Incluso tú debes cometer errores a veces.

—Ésa es precisamente la actitud que le impide ganar a la gente —dijo.

—Todo el mundo pierde en un momento u otro; pero podemos aprender de la pérdida.

—¿Quién te ha dicho eso? —Jake sacudió la cabeza y clavó sus ojos color esmeralda en los míos—. A mí no me gusta perder, y siempre consigo lo que quiero.

—¿Y ahora mismo tienes todo lo que quieres?

—No del todo —respondió—. Me falta una cosa.

—¿Qué es? —respondí, recelosa. Algo me decía que estaba pisando terreno peligroso.

—Tú —dijo simplemente.

No sabía qué responder. No me gustaba nada el giro que estaba tomando la conversación.

—Bueno, es muy halagador, Jake, pero ya sabes que no estoy disponible.

—Eso es lo de menos.

—¡Para mí, no! —Di un paso atrás—. Estoy enamorada de Xavier.

Jake me miró fríamente.

—¿No te parece algo obvio que no estás con la persona adecuada?

—No, para nada —repliqué—. Y supongo que tú eres lo bastante arrogante para creerte la persona adecuada, ¿no?

—Simplemente creo que me merezco una oportunidad.

—Prometiste que no volverías a sacar el tema —le dije—. Tú y yo somos amigos, eso deberías valorarlo.

—Y lo valoro, pero no es suficiente.

—¡No eres tú solo quien decide! Ni yo un juguete que puedas señalar con el dedo y obtener sin más.

—Disiento.

Se echó bruscamente hacia delante, tomándome de los hombros, y me atrajo hacia sí. Estrechando mi cuerpo con fuerza, me buscó los labios. Desvié la cara en señal de protesta, pero él la tomó con una mano para girarla de nuevo y pegó sus labios contra los míos. Hubo un relampagueo en el cielo, aunque un momento antes no había ni rastro de tormenta. Me besó con fuerza y contundencia mientras me sujetaba férreamente con las manos. Yo forcejeé y lo empujé y, finalmente, conseguí romper el estrecho contacto y separarme de él.

—¿Qué te crees que estás haciendo? —grité, mientras la furia crecía en mi pecho.

—Darnos lo que los dos deseamos —respondió.

—¡Yo no! —grité—. ¿Qué he hecho para hacerte pensar otra cosa?

—Te conozco, Bethany Church, y no eres ninguna mosquita muerta —gruñó Jake—. He visto cómo me miras y he notado que hay una conexión entre los dos.

—No hay ninguna conexión —subrayé—. Desde luego no contigo. Lo lamento si te has llevado una idea equivocada.

Sus ojos relampaguearon peligrosamente.

—¿De veras me estás rechazando? —preguntó.

—De veras. Yo estoy con Xavier, ya te lo he dicho muchas veces. No es culpa mía que hayas preferido no creerme.

Jake dio un paso hacia mí. La rabia ensombrecía su rostro.

—¿Estás del todo segura de que sabes lo que haces?

—Nunca he estado más segura de nada —dije con frialdad—. Jake, tú y yo sólo podemos ser amigos.

Él dejó escapar una risa gutural.

—No, gracias —me anunció—. No me interesa.

—¿No puedes tratar al menos de afrontarlo con madurez?

—No creo que lo entiendas, Beth. Nosotros estamos hechos el uno para el otro. Llevo esperándote toda mi vida.

—¿Qué quieres decir?

—Llevo siglos buscándote. Ya casi había perdido la esperanza.

Noté que me subía una extraña sensación de frío por el pecho. ¿De qué me estaba hablando?

—Nunca, ni en mis fantasías más delirantes, me había imaginado que tú podrías ser… *uno de ellos*. Al principio me resistí, pero ha sido inútil. Nuestro destino está escrito en las estrellas.

—Te equivocas —dije—. No tenemos ningún destino juntos.

—¿Sabes lo que es vagar por la Tierra sin rumbo buscando a alguien que podría estar en cualquier parte? Ahora no voy a alejarme y dejarlo pasar sin más.

—Bueno, quizá no te quede otro remedio.

—Voy a darte una oportunidad más —dijo en voz baja—. Supongo que tú no te das cuenta, pero estás cometiendo una terrible equivocación. Una que te costará muy cara.

—No me impresionan las amenazas —dije con altanería.

—Muy bien. —Dio un paso atrás. Su cara se nubló por completo y todo su cuerpo se estremeció violentamente, como si mi sola presencia lo llenara de furia—. Ya no voy a hacerme más el simpático con los ángeles.

27

Jugar con fuego

Jake giró en redondo y desapareció por donde había venido. Yo me quedé clavada en el sitio. Tenía escalofríos. Me preguntaba si habría oído mal su amenaza y las palabras que había pronunciado antes de irse. Pero sabía bien que no. Me sentía como si la noche me abrumara con todo su peso, ahogándome. Había dos cosas de las que ahora estaba segura: primero, que Jake Thorn sabía quiénes éramos; y segundo, que era peligroso. Pensé que tenía que haber estado completamente ciega para no verlo antes. Me había empeñado tanto en mirar su parte positiva que no había hecho ningún caso de los flagrantes indicios en sentido contrario. Y ahora esos indicios parpadeaban con un brillo de neones en la oscuridad.

Noté que me cogían del codo y sofoqué un grito. Me alivió comprobar que era Molly.

—¿Qué ha pasado? —preguntó—. ¡Te hemos visto por la ventana! ¿Ahora estás con Jake? ¿Os habéis peleado tú y Xavier?

—¡No! —farfullé—. ¡Por supuesto que no estoy con Jake! Él... No sé qué ha pasado... Quiero irme a casa.

—¿Cómo? ¿Por qué? No podemos irnos sin más. ¿Qué hay de la otra fiesta? —dijo Molly, pero yo ya había echado a correr.

Encontré a Gabriel e Ivy en la mesa de los profesores y me los llevé aparte precipitadamente.

—Tenemos que irnos —le dije a Gabe, tirándole de la manga.

Quizá conocía ya lo ocurrido o simplemente percibió el

tono de urgencia en mi voz, pero no hizo preguntas. Ivy y él recogieron sus cosas a toda prisa y me llevaron fuera del pabellón a buscar el jeep. Me escucharon en silencio durante el trayecto mientras yo les explicaba lo que había ocurrido con Jake y les repetía sus últimas palabras.

—No puedo creer que haya sido tan estúpida —gemí, agarrándome la cabeza con las manos—. Debería haberlo notado... tendría que haberme dado cuenta.

—No es culpa tuya, Bethany —dijo Ivy.

—¿Qué es lo que me pasa? ¿Cómo no lo he percibido? Vosotros habéis notado algo, ¿verdad? Lo habéis sabido en cuanto ha entrado en casa.

—Hemos percibido una energía oscura —reconoció Gabe.

—¿Por qué no habéis dicho nada? ¿Por qué no me habéis impedido que saliera con él?

—No podíamos estar del todo seguros —dijo Gabriel—. Actuaba con gran precaución; era casi imposible captar información de su mente. Podría no haber sido nada y no queríamos preocuparte sin motivo.

—Un humano atormentado también puede tener un aura oscura —observó Ivy—. A consecuencia de una tragedia, de la pena, del dolor...

—O de sus malas intenciones —añadí.

—También —asintió Gabriel—. No queríamos precipitarnos a sacar conclusiones, pero si ese chico sabe lo que somos, entonces todo apunta a que pueda ser... bueno, mucho más fuerte que un humano normal.

—¿Más fuerte?, ¿hasta qué punto?

—No lo sé —respondió Gabriel—. A menos... ¿No podría ser que Xavier...? —Dejó inacabada la frase.

Le lancé una mirada de irritación.

—Xavier nunca le contaría nuestro secreto a nadie —le dije—. No puedo creer que se te haya ocurrido siquiera. Ya deberías conocerlo a estas alturas.

—Está bien. Aceptemos que Xavier no tiene nada que ver —dijo Gabriel—. Hay algo en Jake Thorn que no es natural. Yo lo noto y tú también lo notas, Bethany.

—Bueno, ¿y qué vamos a hacer? —pregunté.

337

—Hemos de esperar el momento propicio —respondió—. Las cosas se desarrollarán por sí mismas. No debemos precipitarnos. Si es peligroso de verdad, él mismo se delatará.

Cuando llegamos a casa, Ivy me ofreció una taza de chocolate, pero yo la rechacé. Subí a mi habitación y me quité el vestido. Tenía la sensación de que me acababa de caer sobre los hombros un gran peso. Las cosas habían ido muy bien hasta el momento, y ahora aquel chico amenazaba con destruirlo todo. Me arranqué las perlas del pelo y me limpié el maquillaje, sintiéndome repentinamente como una simple impostora. Aunque hablar con Xavier me habría servido para sentirme mejor, era demasiado tarde para llamarle. Así pues, me puse el pijama, me metí en la cama y abracé para consolarme un muñeco de peluche que él me había regalado. Dejé que las lágrimas fluyeran de mis párpados apretados, empapando la almohada. Ya no me sentía furiosa ni asustada; sólo triste. Habría deseado con toda mi alma que las cosas fuesen más claras y sencillas. ¿Por qué estaba tan cargada de complicaciones nuestra misión? Aunque fuese infantil por mi parte, no paraba de pensar que todo aquello era injusto. Estaba demasiado agotada para no dejarme hundir en el sueño, pero lo hice con plena conciencia de que pronto habría de desatarse una terrible tormenta.

No tuve noticias de Xavier durante todo el fin de semana. Di por supuesto que no se había enterado del incidente en el baile y tampoco quería inquietarlo. Me había dejado tan preocupada lo de Jake que ni siquiera me paré a preguntarme por qué no había llamado Xavier, cuando raramente pasaban unas horas sin que hablásemos.

Por otro lado, no hube de esperar mucho para tener noticias de Jake Thorn. El lunes por la mañana, al abrir la taquilla en el colegio, se deslizó por el aire un papelito y cayó lentamente al suelo como un pétalo marchito. Lo recogí, creyendo que sería una nota de Xavier que me arrancaría un suspiro de adoración o unas risitas de colegiala. Pero no estaba escrita con su letra, sino con aquella misma caligrafía angulosa que conocía de las clases de literatura. Al leer el mensaje, sentí que se me helaba la sangre en las venas.

El ángel vino
El ángel vio
El ángel cayó

Le enseñé la nota a Gabriel, que la leyó y estrujó irritado sin decir palabra. Procuré no pensar en Jake durante el resto del día, aunque no era fácil. Xavier no había ido al colegio, pero yo me moría de ganas de hablar con él. Me daba la impresión de que había pasado una eternidad desde el viernes. El día transcurrió en una especie de neblina gris. Sólo se iluminó unos minutos durante el almuerzo cuando tomé prestado el móvil de Molly para llamar a Xavier; pero todo volvió a sumirse en la penumbra cuando saltó el buzón de voz. No tener contacto con él hacía que me sintiera entumecida y atontada. Era como si tuviera nublada la mente. No lograba fijar ningún pensamiento; se deslizaban y desaparecían demasiado deprisa.

Al terminar las clases, volví a casa con mis hermanos. Aún no había tenido noticias de Xavier. Lo llamé otra vez desde el teléfono fijo, pero el sonido del buzón de voz sólo sirvió para que me entrasen ganas de llorar. Me senté y esperé toda la tarde y a lo largo de la cena a que llamara o sonara el timbre, pero no pasó nada. ¿Es que no quería saber cómo había ido el baile? ¿Le habría pasado algo? ¿A qué venía aquel súbito silencio? No lo entendía.

—No consigo comunicarme con Xavier —dije con voz ahogada mientras cenábamos—. No ha venido al colegio y no responde a mis llamadas

Ivy y Gabriel se miraron.

—No tienes por qué dejarte ganar por el pánico, Bethany —me dijo Ivy con dulzura—. Hay muchas razones que podrían explicar que no responda.

—¿Y si no se encuentra bien?

—Lo habríamos percibido —dijo Gabriel para tranquilizarme.

Asentí y traté de engullir la cena, pero la comida se me atascaba en la garganta. Ya no hablé más con Ivy y Gabriel aquella noche; me arrastré a la cama con la sensación de que las paredes se me caían encima.

Cuando comprobé al día siguiente que Xavier tampoco había ido al colegio, me empezaron a arder los ojos y me sentí mareada y febril. Tenía ganas de desplomarme en el suelo y esperar a que alguien me recogiera. No sería capaz de soportar otro día sin él; ni siquiera un minuto más. ¿Dónde se había metido? ¿Qué pretendía hacer conmigo?

Molly me encontró apoyada en mi taquilla. Se aproximó y me puso una mano en el hombro con cautela.

—Bethie, cielo, ¿estás bien?

—Tengo que hablar con Xavier —le dije—. No consigo ponerme en contacto con él.

Ella se mordió el labio.

—Creo que deberías ver una cosa —dijo en voz baja.

—¿Qué? —pregunté, con una nota de pánico en la voz—. ¿Xavier está bien?

—Él está perfectamente —dijo Molly—. Ven conmigo.

Me llevó a la tercera planta del colegio y entramos en el laboratorio de informática. Era una sala sombría sin una mísera ventana y con una alfombra gris llena de manchas: sólo hileras e hileras de ordenadores cuyas pantallas apagadas parecían espiarnos. Molly encendió uno y tomó un par de sillas. Tamborileó con sus uñas esmaltadas en el escritorio mientras tarareaba una musiquilla con irritación. Cuando el ordenador acabó de cargarse, abrió un icono y tecleó algo rápidamente en la barra de herramientas.

—¿Qué haces? —le pregunté.

—¿Recuerdas que te hablé de Facebook y de lo fantástico que es? —dijo.

Asentí sin entender nada.

—Bueno, hay partes que no son tan fantásticas.

—¿Como por ejemplo?

—Para empezar… no es que sea muy privado.

—¿Qué quieres decir?

Suponía que iba a explicarme algo, pero no me imaginaba qué y, a juzgar por su expresión, no estaba muy segura de querer escucharlo. Me miraba fijamente con una mezcla de preocupación y de temor.

Yo sabía que Molly tendía a exagerar siempre, así que procuré no dejarme llevar por el pánico. Su idea de un desastre y la mía eran completamente distintas.

Molly inspiró hondo.

—Vale… voy a enseñártelo.

Tecleó una clave y apareció en la pantalla la página de Facebook. Leyó en voz alta un eslogan que aparecía bajo el encabezamiento: «Facebook te ayuda a conectarte y compartir tu vida con la gente».

—Aunque en este caso —me dijo crípticamente— no era algo que quisiéramos compartir.

Ya me estaba hartando de tanta intriga.

—Dime de una vez qué ha pasado. No puede ser tan malo.

—Vale, vale —dijo—. Tú prepárate.

Hizo doble clic en un álbum titulado: «Fotos del baile de promoción de Kristy Peters».

—¿Quién es?

—Una de nuestro curso. Se pasó toda la noche sacando fotos.

—Mira, ahí dice que aparezco en el álbum.

—Exacto —asintió Molly—. Tú y… alguien más.

Abrió una imagen y yo aguardé a que la fotografía se cargara en la pantalla. El corazón me palpitaba en el pecho. ¿Qué podría ser? ¿Se las habría ingeniado Kristy para captar mis alas con su cámara? ¿O era sencillamente una foto poco favorecedora lo que Molly había considerado una «emergencia»? Pero cuando la imagen ocupó al fin toda la pantalla, descubrí que no era ninguna de estas cosas. Era peor: muchísimo peor. Me entró una oleada de náuseas y mi visión quedó reducida a un solo punto. Únicamente veía las dos caras en la pantalla, la mía y la de Jake Thorn unidas en un beso apretado. Me quedé sentada mirando la imagen un buen rato. Las manos de Jake me sujetaban firmemente por la espalda; yo tenía las mías en sus hombros, para intentar apartarlo, y los ojos cerrados a causa de la conmoción. Pero para cualquiera que no hubiera presenciado la escena completa, parecía que estuviera entregada a un instante de pasión.

—Hemos de borrarla ahora mismo —grité, agarrando el ratón—. Tiene que desaparecer.

—No podemos —murmuró Molly.

—¿Qué quieres decir? —exclamé con voz estrangulada—. ¿No podemos borrarla y ya está?

—Sólo Kristy puede borrarla de su Facebook —dijo Molly—. Podríamos eliminar tu nombre de la lista, pero la gente seguiría viendo la foto en la página de Kristy.

—Pero hay que hacerla desaparecer —le supliqué—. Hay que borrarla antes de que la vea Xavier.

Molly me miró compasiva.

—Beth, cariño, creo que ya la ha visto.

Abandoné el laboratorio y salí corriendo del colegio. No sabía dónde estaba Gabriel, pero no me podía permitir el lujo de esperarlo. Xavier tenía que conocer la historia completa, y había de escucharla de inmediato.

Su casa no quedaba lejos e hice todo el camino corriendo. Mi infalible sentido de la orientación me guiaba. Era mediodía. Bernie y Peter estarían en el trabajo; Claire había ido a la modista con sus damas de honor para probarse el vestido, y los demás seguían en el colegio. Así que cuando llamé al timbre fue el propio Xavier quien salió a abrir. Iba con una holgada sudadera gris y pantalones de chándal, y no se había afeitado. Ya se había quitado la abrazadera del tobillo, pero todavía se movía con muletas. Tenía el pelo un poco alborotado. Su rostro se veía tan despejado y hermoso como siempre, pero había algo distinto en su mirada. Aquellos ojos turquesa que siempre parecían brillar al verme me observaban ahora con hostilidad.

Xavier no dijo una palabra al verme; se dio la vuelta, dejando la puerta abierta, y se metió en la cocina. No sabía si quería que lo siguiera, pero lo hice igualmente. Acababa de tomarse un cuenco de cereales, aunque casi era la hora del almuerzo. Se negaba a mirarme.

—Puedo explicarlo —dije en voz baja—. No es lo que parece.

—¿Ah, no? —murmuró—. Yo diría que es exactamente lo que parece. ¿Qué podría ser, si no?

—Xavier, por favor —dije, conteniendo las lágrimas—. Tiene una explicación, escucha.

—¿Estabas tratando de hacerle el boca a boca? —dijo, sarcástico—. ¿O recogiendo muestras de saliva para un experimento? ¿O es que tiene una enfermedad desconocida y ése era su último deseo? No me vengas con cuentos, Beth; no estoy de humor.

Corrí a su lado y le cogí la mano, pero él la apartó sin contemplaciones. Me sentía mareada. No era así como tendrían que haber sido las cosas. ¿Qué estaba pasando? No soportaba la distancia que se había abierto entre nosotros. Xavier parecía haber levantado un muro invisible, una barrera. Aquella persona fría y distante no era el Xavier que yo conocía.

—Jake me besó —dije con tono enérgico—. Y esa foto fue tomada justo antes de que yo lo apartara de un empujón.

—Muy oportuno —masculló—. ¿Tan estúpido me crees? Quizá no sea un ser celestial, pero no soy del todo idiota.

—Pregúntale a Molly —exclamé—. O a Gabriel y a Ivy. Ellos te lo contarán.

—Yo confiaba en ti —dijo Xavier—. Y te bastó una noche sin mí para irte con otro.

—¡No es cierto!

—Al menos podrías haber tenido la decencia de decirme a la cara que se había acabado, en lugar de permitir que me enterase por otros.

—No se ha acabado —balbucí—. Por favor, no digas eso…

—¿Te das cuenta de lo humillante que es para mí? Una foto de mi novia enrollándose con otro mientras yo estoy en casa recuperándome de una estúpida conmoción. Todos mis amigos me han llamado para preguntarme si me habías dejado plantado por teléfono.

—Lo sé. Lo sé, de veras, y lo siento, pero…

—Pero ¿qué?

—Bueno… tú…

—He sido un idiota —me cortó Xavier— por dejar que fueras al baile con Jake. Supongo que confiaba demasiado en ti. No volveré a cometer ese error.

—¿Por qué no quieres escucharme? —susurré—. ¿Por qué estás tan decidido a creer a todo el mundo menos a mí?

343

—Creía que había algo especial entre nosotros. —Levantó la vista y vi que tenía los ojos brillantes de lágrimas. Pestañeó con irritación para contenerlas—. Después de todo lo que hemos pasado juntos, tú vas y... Nuestra relación, obviamente, no significaba gran cosa para ti.

Ya no pude contenerme más y estallé en sollozos. El llanto me sacudía los hombros convulsivamente. Xavier hizo ademán de incorporarse para consolarme, pero se lo pensó mejor y se detuvo. Apretaba con fuerza la mandíbula, como si le resultase desgarrador verme tan desolada y no mover un dedo.

—Por favor —grité—. Te quiero. Le dije a Jake que te quiero. Ya sé que soy un desastre, pero no me dejes por imposible.

—Necesito un tiempo a solas —dijo en voz baja, rehuyendo mi mirada.

Salí corriendo de la cocina y abandoné su casa. No paré de correr hasta llegar a la playa, donde me derrumbé en la arena y sollocé mucho rato hasta calmarme. Sentía que algo se había roto en mi interior, que me había hecho pedazos literalmente y que nada podría volver a recomponerme. Quería a Xavier hasta la locura, pero él me había dado la espalda. No traté de consolarme; me abandoné al dolor. No sé cuánto tiempo permanecí allí tendida, pero al fin noté que la marea empezaba a lamerme los pies. Me daba igual; me habría gustado que se me llevara, que me zarandeara de aquí para allá, que me arrastrara hacia el fondo y me azotara sin piedad hasta dejar mi cuerpo sin fuerzas y mi mente sin pensamientos. El viento aullaba, la marea se deslizaba cada vez más cerca y yo seguí sin moverme. ¿Era aquélla la manera de castigarme de Nuestro Padre? ¿Tan grave había sido mi delito como para merecerme aquello? Había experimentado el amor y ahora sentía que me lo arrancaban de la piel, como los puntos de una herida. ¿Me amaba Xavier todavía? ¿Me odiaba? ¿O simplemente había perdido la confianza en mí?

El agua me llegaba a la cintura cuando Ivy y Gabriel me encontraron. Estaba temblando, pero apenas lo notaba. No me moví ni dije nada, ni siquiera cuando Gabriel me alzó en brazos y me llevó a casa. Ivy me ayudó a meterme en la ducha y vino media hora después a sacarme, porque yo había olvidado dónde estaba y seguía de pie bajo el chorro de agua. Gabriel me subió algo de cena, pero no pude dar un bocado. Me quedé sentada en la cama, mirando al vacío, pensando en Xavier y al mismo tiempo tratando de no pensar. Aquella separación me hizo darme cuenta de lo segura que me había sentido con él. Anhelaba su contacto, su olor, incluso la pura sensación de su cercanía. Pero ahora lo notaba muy lejos y no podía alcanzarlo, y ese pensamiento hacía que me sintiera a punto de desmoronarme, de dejar de existir.

El sueño empezó a apoderarse de mí por fin, lo cual era un alivio, aunque sabía que el tormento se reanudaría otra vez por la mañana. Pero incluso en sueños me vi asediada, pues esa noche adoptaron una apariencia más oscura que nunca.

Soñé que estaba delante del faro, en la Costa de los Naufragios. Era de noche y apenas veía a través de la niebla, pero se distinguía una figura desmoronada en el suelo. Cuando gimió y se dio la vuelta, vi que era Xavier. Di un grito y traté de correr hacia él, pero me sujetaron una docena de manos pegajosas. Jake Thorn salió entonces del faro. Sus ojos destellaban como vidrios astillados. El pelo, largo y oscuro, le caía lacio a ambos lados de la cara. Llevaba un abrigo largo de cuero negro, con las solapas levantadas para protegerse del viento.

—Yo no quería llegar a este punto, Bethany —ronroneó—. Pero a veces no nos queda otro remedio.

—¿Qué le estás haciendo? —Sollocé al ver que Xavier se retorcía en el suelo—. Déjalo.

—Sólo estoy terminando lo que debería haber empezado hace mucho tiempo —gruñó Jake—. No te preocupes, no sufrirá dolor. Al fin y al cabo, ya está medio muerto…

Con un movimiento de muñeca, puso mágicamente de pie a Xavier y lo empujó hacia el borde del acantilado. Xavier habría derrotado en un santiamén a Jake en una pelea normal, pero no tenía nada que hacer frente a poderes sobrenaturales.

—Dulces sueños, apuesto muchacho —susurró Jake cuando los pies de Xavier resbalaron en el borde del acantilado.

La noche se tragó mis gritos.

Los días siguientes transcurrieron borrosamente. Yo no sentía que estuviera viviendo, sino sólo observando la vida desde fuera. No fui al colegio, y mis hermanos no intentaron obligarme tampoco. Apenas comía; no salía de casa; en realidad, casi no hacía otra cosa que dormir. El sueño era la única manera de escapar de la dolorosa añoranza de Xavier.

Phantom se había convertido en mi único consuelo. Parecía percibir mi desazón; se pasaba todo el tiempo conmigo y hasta me arrancaba alguna sonrisa con sus travesuras. Agarraba con los dientes mi ropa interior, aprovechando que el cajón había quedado abierto, y la dejaba tirada por toda la habitación. Una vez se enredó de mala manera con los ovillos de Ivy y tuve que ir a liberarlo. Otra vez arrastró por toda la escalera hasta mi habitación un paquete de golosinas de carne con la esperanza de que le diera una como recompensa. Esas diabluras me proporcionaban un respiro en el inmenso silencio que se extendía ante mí. Pero enseguida volvía a recaer en aquel comatoso estado de vacío.

Ivy y Gabriel estaban cada día más preocupados. Me había convertido prácticamente en la sombra de una persona o de un ángel; ya ni siquiera colaboraba en las cosas de la casa.

—Esto no puede seguir así —dijo Gabriel una tarde, al volver del colegio—. No es manera de vivir.

—Lo siento —me disculpé con tono inexpresivo—. Me esforzaré más.

—No. Ivy y yo vamos a ocuparnos del asunto esta noche.

—¿Qué vais a hacer? —pregunté.

—Ya lo verás. —Se negó a revelarme nada más.

Salieron después de cenar y yo me quedé en la cama, mirando el techo. No creía que pudieran hacer nada para solucionar el problema, aunque les agradecía que lo intentaran.

Me levanté perezosamente y fui a mirarme al espejo del baño. Indudablemente, estaba cambiada. Incluso con el pijama holgado que tenía puesto, saltaba a la vista que había perdido mucho peso en cuestión de días. Tenía la tez amarillenta y se me marcaban por detrás los omoplatos. El pelo me caía lacio y sin brillo, y los ojos se me veían apagados, oscuros, tristes. No lograba permanecer del todo erguida; me encorvaba como si apenas pudiera sostener mi peso y parecía tener una sombra permanente en la cara. Me preguntaba si alguna vez sería capaz de recomponer las piezas de mi vida terrestre, que habían quedado desbaratadas cuando Xavier me había abandonado. Se me ocurrió por un momento que él no había llegado a afirmar que nuestra relación se hubiera acabado, pero eso era lo que había querido decir en el fondo. Había visto su expresión; habíamos terminado. Volví a la cama arrastrando los pies y me acurruqué bajo el edredón.

Alrededor de una hora más tarde alguien llamó a la puerta de mi habitación, pero yo estaba sumida en una especie de estupor y apenas lo advertí. Sonó otro golpe, más fuerte esta vez, y oí que se abría la puerta y que alguien entraba. Me tapé la cabeza con la almohada; no quería que me engatusaran para que bajase un rato.

—Por Dios, Beth. —Era la voz de Xavier desde el umbral—. ¿Qué te estás haciendo?

Permanecí inmóvil. No me atrevía a creer que fuese él realmente. Contuve el aliento, convencida de que cuando mirase la habitación estaría vacía. Pero él volvió a hablar.

—¿Beth? Gabriel me lo ha explicado todo… Lo que hizo Jake, y que incluso te amenazó. Oh, Dios, perdona.

Me incorporé en la cama. Allí estaba, con una camiseta holgada y unos tejanos descoloridos: alto y guapísimo, tal como lo recordaba. Se le veía más pálido de lo normal y tenía cercos bajo los ojos, pero ésas eran las únicas señales de angustia. Noté que se estremecía al ver mi aspecto tan demacrado.

—Creía que nunca volvería a verte —susurré, mirándolo de arriba abajo, para asegurarme de que era real, de que efectivamente había venido a verme.

Xavier se acercó a la cama, tomó mi mano y se la llevó al pecho. Me recorrió un escalofrío al sentir el contacto de su piel; contemplé su mirada de zafiro, tan llena de angustia, y no pude impedir que me rodaran las lágrimas por la cara.

—Estoy aquí —susurró—. No llores, estoy aquí, aquí.

Repetía una y otra vez estas palabras, y yo dejé que me rodeara con sus brazos y me estrechara contra él.

—No debería haber dejado que te fueras de aquel modo —me dijo—. Estaba muy disgustado. Pensaba... bueno, ya sabes lo que pensaba.

—Sí. Ojalá hubieras confiado en mí y me hubieras dejado explicarme.

—Tienes razón— Te quiero y debería haberte creído cuando me dijiste la verdad. No entiendo cómo he sido tan estúpido.

—Creía que te habías ido para siempre —le susurré, todavía con lágrimas en los ojos—. Pensaba que te habías apartado de todo porque te había fallado, porque yo misma había destruido lo único que me ha importado de verdad en toda mi vida. Esperaba que vinieras, pero no aparecías.

—Perdóname. —Noté que se le quebraba la voz. Tragó saliva y se miró las manos—. Haré lo que sea para compensártelo, yo...

Lo hice callar poniéndole un dedo en los labios.

—Ahora ya está —dije—. Quiero olvidar que ha ocurrido siquiera.

—Claro. Lo que tú digas.

Permanecimos un rato en mi cama en silencio, saboreando la felicidad de volver a estar juntos de nuevo. Yo agarraba con fuerza su camiseta, como si temiera que pudiera desaparecer si la soltaba. Xavier me contó que Gabriel e Ivy se habían ido al pueblo para dejar que aclarásemos las cosas a solas.

—Aguantarme sin hablar contigo varios días ha sido lo más difícil que he hecho en mi vida, ¿sabes?

—Te entiendo —murmuré—. Yo quería morirme.

Él me soltó bruscamente.

—Nunca pienses así, Beth, pase lo que pase. No merezco tanto la pena.

—Yo creo que sí —repuse y él suspiró.

—No voy a decir que no entienda a qué te refieres —reconoció—. Es como el fin del mundo, ¿no?

—Como el fin de toda felicidad —asentí—. De todo lo que has conocido. Es lo que pasa cuando haces que una persona lo sea todo para ti.

Xavier sonrió.

—Entonces supongo que no hemos sido muy prudentes. Pero no lo cambiaría por nada del mundo.

—Ni yo tampoco. —Me quedé callada unos minutos. Le tomé la mano y me di unos golpecitos con sus dedos en la punta de la nariz—. Xav...

—¿Sí?

—Si sólo unos días separados casi nos han matado, ¿qué pasará cuando...?

—Ahora no —me cortó—. Acabo de recuperarte; no quiero pensar en perderte otra vez. No lo permitiré.

—No podrás impedirlo —le dije—. Que seas jugador de rugby no significa que puedas enfrentarte con las fuerzas celestiales. No hay nada que desee tanto como quedarme contigo, pero estoy muerta de miedo.

—Un hombre enamorado es capaz de hacer cosas fuera de lo común —dijo Xavier—. Me da igual que seas un ángel. Tú eres mi ángel y no dejaré que te vayas.

—Pero ¿y si lo hacen sin previo aviso? —pregunté con desesperación—. ¿Y si me despierto una mañana en el lugar de donde vengo? ¿Has llegado a pensarlo?

Xavier entornó los ojos.

—¿Y cuál crees que es mi mayor temor? ¿No sabes el terror que me da que un día vaya al colegio y tú no estés allí?, ¿que venga a buscarte y nadie abra la puerta? Ni una sola persona del pueblo, salvo yo, sabrá a dónde has ido. Y de nada me servirá saberlo porque es un lugar al que no puedo ir a buscarte. O sea que no me preguntes si he llegado a pensarlo, porque la respuesta es sí, todos los días.

Volvió a tenderse y miró enfurecido el ventilador del techo, como si toda la culpa la tuviera aquel cacharro.

Mientras lo contemplaba en silencio, me di cuenta de que tenía ante mí a todo mi mundo: medía poco más de metro ochenta y estaba allí, tendido en mi cama. Comprendí al mismo tiempo que nunca podría dejarlo. Nunca podría volver a mi antiguo hogar, porque ahora mi hogar era él.

Me sentía inundada de un abrumador deseo de permanecer lo más cerca posible de él, de fundirme con él y sellar así un compromiso para no permitir que nada pudiera separarnos.

Me levanté de la cama y me quedé de pie sobre la alfombra. Xavier me miró con curiosidad. Yo le devolví la mirada sin decir palabra, me quité lentamente la parte superior del pijama y la tiré al suelo. No me entró ninguna timidez; me sentía totalmente libre. Me deslicé los pantalones hacia abajo y dejé que cayeran a mis pies hechos un gurruño, de tal manera que quedé completamente expuesta y vulnerable ante él. Estaba dejando que me viera en mi estado más indefenso.

Xavier permaneció callado. Cualquier palabra habría cortado el zumbido del silencio que se había adueñado de la habitación. Un instante después se incorporó e imitó mis movimientos, dejando que su camisa y sus tejanos cayeran amontonados en el suelo. Se me acercó y me deslizó las manos por la espalda. Di un suspiró y me dejé envolver en su abrazo. El contacto de su piel me transmitió por todo el cuerpo una cálida irradiación. Me apreté contra él. Por primera vez desde hacía días, me sentía completa.

Besé sus dulces labios, recorrí su rostro con las manos, palpando aquella nariz y aquellos pómulos tan familiares. Habría reconocido el contorno de su cara entre un millón; habría sido capaz de leerla como lee un ciego un texto en braille. Tenía un olor dulce y fresco. Apreté mi pecho contra el suyo. A mí modo de ver, él no tenía ni un solo defecto físico, pero no me hubiera importado si lo hubiese tenido. Igualmente lo habría amado si hubiera sido deforme o un mendigo harapiento. Simplemente porque era él.

Nos tendimos en la cama y así fue como permanecimos: estrechamente abrazados, hasta que oímos abajo a Ivy y Gabriel. A Molly le habría parecido demencial, supongo. Pero así era como queríamos estar los dos. Queríamos sentirnos como una sola persona, y no como dos seres individuales. Las ropas nos enmascaraban. Sin ellas, no teníamos dónde escondernos ni podíamos ocultar nada. Y eso era lo que queríamos: ser absolutamente nosotros mismos y sentirnos totalmente a salvo.

28

Ángel de la Destrucción

$\mathcal{A}$ la mañana siguiente, Xavier volvió a pasar por casa antes del colegio para desayunar con nosotros. Mientras comíamos, Gabriel intentó calmarlo un poco. Xavier estaba furioso por la duplicidad de Jake y totalmente decidido a arreglarle las cuentas. Pretendía hacerlo sin ayuda, cosa que Gabriel quería evitar a toda costa, porque no conocíamos el verdadero alcance de sus poderes.

—Hagas lo que hagas, no debes enfrentarte con él —le dijo mi hermano, muy serio.

Xavier lo miró por encima de su taza de café.

—Él amenazó a Beth —dijo, poniéndose tenso—. La violentó. No podemos permitir que se salga con la suya.

—Jake no es como los demás. No debes intentar encargarte tú solo. No sabemos de qué es capaz.

—Tan peligroso no será. Es bastante esmirriado —masculló él.

Ivy le lanzó una mirada severa.

—Su apariencia no tiene nada que ver, ya lo sabes.

—¿Qué queréis que hagamos entonces? —preguntó Xavier.

—No podemos hacer nada —contestó Gabriel—. No sin llamar la atención más de lo que deseamos. Sólo podemos esperar que no tenga intención de hacer daño.

Xavier soltó una seca risotada y miró a Gabriel fijamente.

—¿Hablas en serio?

—Totalmente.

—¿Y qué hay de lo que hizo en el baile?

—Yo no diría que eso sea una prueba —respondió Gabriel.

—¿Y el accidente de la cocinera con la freidora? —intervine yo—. ¿Y aquel choque de coches al principio del trimestre?

—¿De veras crees que Jake tuvo algo que ver en esos casos? —preguntó Ivy—. Ni siquiera estaba en el colegio cuando se produjo el choque.

—Sólo hacía falta que estuviera en el pueblo —dije—. Y desde luego estaba en la cafetería aquel día; yo pasé por su lado.

—He leído que una barca sufrió hace dos días un accidente en el embarcadero —añadió Xavier—. Y ha habido últimamente un par de incendios provocados por algún pirómano, según el periódico. Nunca había ocurrido nada parecido en esta zona.

Gabriel apoyó la cabeza en las manos.

—Dejádmelo pensar bien.

—Hay más —lo interrumpí, sintiéndome culpable por aportar tan malas noticias—. Tiene seguidores. Siempre le van detrás, vaya donde vaya, y se comportan como si fuera su líder. Al principio eran sólo unos pocos, pero cada vez son más.

—Beth, ve a prepararte para ir al colegio —dijo Gabriel en voz baja.

—Pero…

—Ve —insistió—. Ivy y yo tenemos que hablar.

La popularidad de Jake Thorn aumentó con alarmante velocidad después del baile de promoción, y el número de sus seguidores se dobló. Cuando volví a asistir al colegio, advertí que todos ellos andaban por ahí como drogatas, con la mirada perdida, las pupilas dilatadas y las manos hundidas en los bolsillos. Sus rostros sólo parecían animarse cuando veían a Jake y entonces adoptaban una expresión inquietante de adoración. Daba la impresión de que se arrojarían al mar y se ahogarían si él se lo ordenaba.

Empezaron a aumentar también los actos de vandalismo indiscriminado. Las puertas de la iglesia de Saint Mark's fueron profanadas con pintadas obscenas y las ventanas de las oficinas municipales resultaron destrozadas por un grupo de gamberros provistos de explosivos caseros. La residencia Fairhaven informó de una grave intoxicación alimentaria y muchos de sus residentes tuvieron que ser trasladados al hospital.

Y resultaba que Jake Thorn siempre andaba cerca cuando se producía un desastre: nunca implicado directamente, pero sí al menos en calidad de observador. A mí me parecía que estaba empeñado en causar dolor y sufrimiento, y no podía evitar pensar que su motivo era la venganza. ¿Pretendía mostrar así las consecuencias de mi rechazo?

El jueves por la tarde decidí salir más pronto del colegio y pasar a recoger a *Phantom* por la peluquería canina. Gabriel no había ido a dar clases ese día. Había llamado diciendo que estaba enfermo, aunque la verdad era que tanto él como Ivy estaban recuperando energías después de una semana entera dedicada a arreglar los estropicios de Jake. No estaban acostumbrados a tanta actividad y, a pesar de su vigor, el esfuerzo constante los había dejado extenuados.

Acababa de recoger mi mochila y me dirigía a la salida, donde me esperaba Xavier con su coche, cuando vi a un montón de gente a mitad de pasillo, justo frente al baño de chicas. Algo en mi interior me advirtió que me mantuviera alejada, pero el instinto y la curiosidad me impulsaron a acercarme. Los alumnos se agolpaban, cuchicheando. Vi que algunos lloraban. Una chica sollozaba con la cara pegada a la camiseta de uno de los mayores, que andaba con el uniforme de hockey. Sin duda lo habían sacado a toda prisa del entrenamiento. Ahora permanecía allí plantado, ante la puerta del baño, con una expresión de incredulidad y angustia en la cara.

Me abrí paso entre la gente como avanzando a cámara lenta y con la sensación de estar desconectada de mi propio cuerpo: como si viera las cosas mentalmente o desde la perspectiva de un espectador de televisión. Mezclados con la multitud vi a algunos miembros del grupo de Jake Thorn. Eran fáciles de identificar por su expresión vacía y sus ropas negras. Algunos me miraron mientras pasaba y advertí que todos tenían los ojos idénticos: grandes, profundos y negros como la noche.

Al acercarme al baño, vi al doctor Chester acompañado de dos agentes de policía. Uno de ellos estaba hablando con Jake Thorn, quien había adoptado una máscara de seriedad y preocupación. Sus ojos felinos, sin embargo, relucían peligrosamente y sus labios se curvaban de un modo casi imperceptible, como si estuviera deseando hundirle los colmillos en el cuello al policía. Tuve la sensación de ser la única que detectaba la amenaza agazapada bajo su expresión. Los demás veían a un chico inocente por los cuatro costados. Me acerqué un poco más para escuchar la conversación.

—No me cabe en la cabeza cómo puede haber ocurrido en un colegio como éste —le oí decir a Jake—. Ha sido una verdadera conmoción para nosotros.

Entonces cambió de posición y ya no pude pescar gran cosa, sólo algunas palabras sueltas: «tragedia», «nadie cerca», «informar a la familia». El agente asintió por fin y Jake se dio media vuelta. Noté que sus seguidores se miraban entre sí, con un brillo irónico en los ojos y una sonrisa apenas esbozada en los labios. Tenían un aspecto voraz, casi hambriento, y todos parecían secretamente satisfechos.

Jake hizo una seña y ellos empezaron a apartarse con disimulo de la multitud. Habría querido gritar que alguien los detuviera, avisar a todo el mundo de lo peligrosos que eran, pero no me salía la voz.

Súbitamente, como si una fuerza invisible me hubiera empujado, me encontré junto a la puerta abierta del baño. Había dos enfermeros alzando una camilla cubierta con una sábana azul. Me fijé en una mancha roja que había empezado a formarse, que iba creciendo progresivamente y extendiéndose por la tela como un ser vivo. Y colgando fuera de la sábana, vi una mano lívida. Las puntas de los dedos ya tenían un tono azulado.

Sentí una oleada de miedo y de dolor que me dejó sin aliento. Pero esos sentimientos no eran míos, sino de otra persona: la chica de la camilla. Sentí que sus manos agarraban el mango de un cuchillo. Sentí el miedo que se mezclaba en su mente con la impotencia mientras una compulsión misteriosa guiaba la hoja del cuchillo hacia su garganta. Ella se resistía, pero era como si no pudiera controlar su propio cuerpo. Sentí el acceso de pánico que la recorrió cuando el frío metal rebanó su piel y oí la carcajada cruel que resonó en su cerebro. Lo último que vi fue su cara. Fulguró en mi campo visual como un relámpago. La conocía muy bien. ¿Cuántas veces la había tenido a mi lado a la hora del almuerzo y había escuchado sus cotilleos interminables? ¿Cuántas veces me había reído con sus payasadas y había seguido sus consejos? La cara de Taylah se me había quedado grabada a fuego en el cerebro. Sentí que su cuerpo se tambaleaba; sentí que boqueaba buscando aire mientras la sangre salía burbujeando por la raja de su garganta y se deslizaba por su cuello. Vi el terror, el pánico espantoso en sus ojos antes de que se le volvieran vidriosos y se desplomara muerta en el suelo. Abrí la boca para gritar, pero no me salía ningún sonido.

Justo cuando empezaba a temblar violentamente, alguien se me puso delante y me agarró de los hombros. Sofoqué un grito y traté de zafarme en vano. Levanté la vista, esperando encontrarme unos ojos ardientes y unas mejillas hundidas. Pero no: era Xavier quien me envolvía ya en sus brazos y me arrastraba lejos de la multitud hacia el aire libre.

—No —dije, todavía hablando conmigo misma—. No, por favor…

Con un brazo alrededor de mi cintura, Xavier me llevó casi en volandas hasta su coche, porque parecía que yo no recordara siquiera cómo caminar.

—Tranquila —me dijo, poniéndome una mano en la cara y mirándome a los ojos—. Todo se arreglará.

—No puede ser… era… esa chica era…

Me ardían las lágrimas en los ojos.

—Sube al coche, Beth —me dijo, abriendo la puerta de un tirón y ayudándome a subir.

—¡Jake es el responsable! —grité mientras arrancaba. Parecía tener mucha prisa por llegar a casa y hablar con Ivy y Gabriel. Bien pensado, yo también. Ellos sabrían qué debíamos hacer.

—La policía lo considera un suicidio —me dijo Xavier, tajante—. Es una tragedia, pero Jake no tiene nada que ver. De hecho, ha sido él quien ha advertido su ausencia y ha dado la alarma.

—No. —Sacudí la cabeza con vehemencia—. Taylah jamás haría algo así. Jake ha intervenido de algún modo.

Xavier no parecía muy convencido.

—Jake podrá ser muchas cosas, pero no es un asesino.

—No lo comprendes. —Me sequé las lágrimas—. Yo lo he visto todo. Como si hubiera estado presente mientras sucedía.

—¿Qué? —Xavier se volvió hacia mí—. ¿Cómo?

—Cuando he visto su cuerpo, ha sido como si me convirtiera de repente en la víctima —le expliqué—. Se cortó la garganta, pero ella en realidad no quería. Lo hizo obligada. Él la tenía controlada y se echó a reír cuando murió. Era Jake, lo sé.

Xavier entornó los ojos y meneó la cabeza.

—¿Estás segura?

—Lo he percibido, Xav. Ha sido él.

Los dos nos quedamos callados unos instantes.

—¿Qué ha sucedido una vez que ella ha muerto? —pregunté—. Eso no he llegado a verlo.

Xavier me miró afligido, aunque su voz sonaba impasible.

—La han encontrado en el baño. Es lo único que sé. Ha entrado una chica y la ha visto tirada en un charco de sangre. Sólo había un cuchillo de cocina a su lado —dijo.

Sujetaba el volante con tanta fuerza que se le habían puesto blancos los nudillos.

—¿Por qué crees que la habrá elegido Jake?

—Supongo que simplemente ha tenido mala suerte —respondió Xavier—. Estaba en el lugar y en el momento equivocado. Ya sé que era amiga tuya, Beth. No sabes cómo siento que haya ocurrido algo así.

—¿Es por culpa nuestra? —murmuré—. ¿Lo ha hecho para vengarse de nosotros?

—Lo ha hecho porque es un enfermo —respondió. Miraba la calzada sin pestañear, como tratando de contenerse—. Ojalá no hubieras estado allí ni hubieras visto nada.

Sonaba furioso, aunque yo sabía que no era conmigo.

—He visto cosas peores.

—¿En serio?

—En el lugar de donde vengo vemos muchas cosas malas —le expliqué. Aunque no le conté lo distinto que era vivir personalmente la pérdida en la Tierra, cuando la víctima era amiga tuya y el dolor se multiplicaba por diez—. ¿Tú también la conocías?

—Llevo en este colegio desde primer grado. Conozco a todo el mundo.

—Lo siento. —Le puse la mano en el hombro.

—Yo también.

Gabriel e Ivy ya se habían enterado cuando llegamos a casa.

—Hemos de actuar ya —dijo Ivy—. Esto ha ido demasiado lejos.

—¿Y qué propones? —le preguntó Gabriel.

—Tenemos que detenerlo. Destruirlo, si es necesario.

—No podemos destruirlo así como así. No podemos quitar una vida sin motivo.

—¡Pero si él le ha quitado la vida a otra persona! —grité.

—Bethany, no podemos hacerle daño mientras tengamos dudas sobre quién o qué es. Así que, por mucho que lo deseemos, cualquier enfrentamiento está descartado por ahora.

—Quizá vosotros no podáis hacerle daño —dijo Xavier—, pero yo sí. Dejadme pelear con él.

La expresión de Gabriel era inflexible.

—A Bethany no le servirás de nada muerto —dijo, cortante.

—¡Gabe! —exclamé, angustiada ante la idea de que alguien tocase a Xavier. Sabía que era capaz de meterse de cabeza en una pelea si creía que así iba a protegerme.

—Soy más fuerte que él —dijo Xavier—. De eso estoy seguro; déjame hacerlo.

Ivy le puso una mano en el hombro.

—Tú no sabes con qué nos enfrentamos en la persona de Jake Thorn —murmuró.

—Es sólo un tío —repuso Xavier—. Tan terrible no puede ser.

—No es sólo un chico —dijo Ivy—. Hemos detectado su aura y se está volviendo más fuerte. Es un aliado de fuerzas oscuras que ningún humano puede comprender.

—¿Qué me estás diciendo?, ¿que es un demonio? —replicó con incredulidad—. Imposible.

—Tú crees en los ángeles. ¿Tan difícil es contemplar la posibilidad de que tengamos un equivalente maligno? —preguntó Gabriel.

—He procurado no pensarlo —contestó Xavier.

—De igual modo que hay un Cielo, hay un Infierno, no lo dudes —le dijo Ivy suavemente.

—Entonces, ¿creéis que Jake Thorn es un demonio? —susurré.

—Creemos que podría ser agente de Lucifer —contestó Gabriel—. Pero necesitamos pruebas antes de actuar para detenerlo.

La prueba llegó aquella misma tarde, cuando deshice al cabo de un rato la mochila del colegio. Había un rollo de papel encajado en la cremallera. Lo desenrollé y distinguí en el acto la letra inconfundible de Jake:

Cuando las lágrimas de los ángeles inunden la Tierra,
Recobrarán las puertas del Infierno toda su fuerza.

Cuando la desaparición de los ángeles sea inminente
El muchacho humano encontrará la muerte.

Sentí bruscamente un nudo en la garganta. Jake amenazaba a Xavier. Su venganza ya no era sólo contra mí.

Agarré a Xavier del brazo. Sentía bajo mis dedos sus músculos vigorosos. Pero se trataba sólo de fuerza humana.

—¿Esto no te parece prueba suficiente? —le preguntó Xavier a mi hermano.

—Es un poema, nada más —replicó Gabriel—. Escucha, yo creo que Jake está detrás del asesinato y de los demás accidentes. Creo que quiere causar estragos. Pero necesito pruebas concretas para actuar. Las leyes del Reino así lo exigen.

—¿Y entonces qué harás?

—Lo que sea necesario para mantener la paz.

—¿Incluso si ello implica matarlo? —dijo Xavier abiertamente.

—Sí —fue la respuesta glacial de Gabriel—. Porque si es lo que sospechamos, quitarle su vida humana lo enviará de vuelta al lugar del que procede.

Xavier reflexionó un momento y luego asintió.

—Pero ¿qué es lo que quiere de Beth? ¿Qué puede darle ella?

—Beth lo rechazó —dijo Gabriel—. Y alguien como Jake Thorn está acostumbrado a conseguir lo que quiere. Su vanidad está herida ahora mismo.

Removí los pies, inquieta.

—Me dijo que llevaba siglos buscándome....

—¿Eso te dijo? —estalló Xavier—. ¿Qué se supone que significa?

Gabriel e Ivy se miraron, inquietos.

—Los demonios buscan con frecuencia a algún humano para hacerlo suyo —dijo Ivy—. Es su versión retorcida del amor, me figuro. Atraen a los humanos al inframundo y los obligan a permanecer allí. Con el tiempo, éstos acaban corrompidos e incluso desarrollan sentimientos hacia sus opresores.

—Pero ¿para qué? —dijo Xavier—. ¿Acaso los demonios pueden tener sentimientos?

—Es sobre todo para disgustar a Nuestro Padre —dijo Ivy—. La corrupción de Sus criaturas le causa una gran angustia.

—¡Pero yo ni siquiera soy humana! —dije.

—¡Exacto! —respondió Gabriel—. ¿Qué mejor trofeo que un ángel con forma humana? Capturarnos a uno de nosotros sería la victoria suprema.

—¿Beth corre peligro? —Xavier se me acercó más.

—Todos podríamos correr peligro —dijo Gabriel—. Ten paciencia. Nuestro Padre nos mostrará el camino a su debido tiempo.

Insistí en que Xavier se quedara aquella noche con nosotros

y, después de ver el mensaje de Jake, Ivy y Gabriel no pusieron ninguna objeción. Aunque no lo dijeran, vi que les preocupaba la seguridad de Xavier. Jake era imprevisible, como un artilugio pirotécnico que puede estallar en cualquier momento.

Xavier llamó a sus padres y les dijo que se quedaba a dormir en casa de un amigo para acabar de preparar el examen del día siguiente. Su madre nunca le habría dejado si hubiera sabido que se trataba de mi casa; era demasiado conservadora para eso. No cabía duda de que se habría llevado a las mil maravillas con Gabriel.

Les dimos las buenas noches a mis hermanos y subimos a mi habitación. Xavier permaneció en el balcón mientras yo me duchaba y me lavaba los dientes. No le pregunté en qué estaba pensando ni si estaba tan asustado como yo. Sabía que jamás lo reconocería, al menos ante mí. Para dormir, se quedó con los calzoncillos y la camiseta que llevaba debajo. Yo me puse unas mallas y una camiseta holgada.

No nos dijimos gran cosa esa noche. Yo permanecí tendida, escuchando el murmullo regular de su respiración y notando cómo subía y bajaba su pecho. Con su cuerpo curvado sobre el mío y sus brazos envolviéndome, me sentía segura. Aunque Xavier fuera sólo humano, me daba la impresión de que podía protegerme de cualquier cosa. No me habría asustado aunque hubiera aparecido un dragón echando fuego por la boca, sencillamente porque sabía que Xavier estaba conmigo. Me pregunté por un instante si no esperaba demasiado de él, pero enseguida dejé la idea de lado.

Me desperté a media noche aterrorizada por un sueño que no recordaba. Xavier yacía a mi lado. ¡Estaba tan guapo cuando dormía! Con aquellos labios perfectos entreabiertos, el pelo despeinado sobre la almohada y su pecho bronceado subiendo y bajando mientras respiraba… Me acabó dominando mi ansiedad y lo desperté. Abrió en el acto los ojos. Se le veían de un azul asombroso incluso a la luz de la luna.

—¿Qué es eso? —susurré. Me había parecido ver una sombra—. Allí, ¿lo ves?

Sin dejar de rodearme con el brazo, Xavier se incorporó y miró alrededor.

—¿Dónde? —dijo, todavía con voz soñolienta. Le señalé el rincón más alejado de la habitación. Xavier se levantó de la cama y fue a donde le había indicado—. ¿Aquí? Yo juraría que esto es un perchero.

Asentí, aunque enseguida pensé que él no me veía en la oscuridad.

—Me ha parecido ver a alguien ahí —le dije—. Un hombre con un abrigo largo y con sombrero.

Dicho en voz alta, sonaba todavía más absurdo.

—Me parece que ves fantasmas, cielo. —Xavier bostezó y empujó el perchero con el pie—. Sí, no hay duda, un perchero.

—Perdona —le dije cuando volvió a la cama, mientras me dejaba envolver en la calidez de su cuerpo.

—No tengas miedo —murmuró—. Nadie va a hacerte daño mientras yo esté aquí.

Le hice caso y, al cabo de un rato, dejé de pensar en ruidos y movimientos furtivos.

—Te quiero —dijo Xavier, mientras se iba adormilando.

—Yo te quiero más —respondí, juguetona.

—Imposible —dijo, otra vez despierto—. Soy más corpulento, me cabe más amor en el depósito.

—Yo soy más pequeña, pero las partículas amorosas las tengo comprimidas, lo cual significa que contengo muchas más.

Xavier se echó a reír.

—Ese argumento es absurdo. Desestimado.

—Me baso en lo mucho que te echo de menos cuando no estás a mi lado —contraataqué.

—¿Cómo puedes saber cuánto te echo yo de menos? —me dijo—. ¿Es que tienes un contador incorporado para medirlo?

—Claro que lo tengo. Soy una chica.

Me fui durmiendo, reconfortada por el contacto de su pecho en mi espalda. Notaba su aliento en la nuca. Acariciaba la suave piel de sus brazos, dorada por tantas horas al aire libre. A la luz de la luna distinguía cada pelo, cada vena, cada lunar. Me encantaba todo, cada centímetro. Y ése fue mi último pensamiento antes de quedarme dormida. El miedo me había abandonado del todo.

29

Una amiga en apuros

*E*l recuerdo de Taylah pobló mis sueños. La vi convertida en un fantasma desprovisto de rostro y con unas manos ensangrentadas que aferraban el aire inútilmente. Luego me encontré en el interior de su cuerpo, tirada en un pegajoso charco de sangre caliente. Oía cómo goteaban los grifos del baño mientras ella se deslizaba en brazos de la muerte. Después sentí el dolor, la pena abrumadora de su familia. Se culpaban por no haber advertido su depresión; se preguntaban si podrían haber evitado aquel desenlace. Jake aparecía en el sueño también, siempre en un rincón, casi fuera de foco, riéndose en voz baja.

A la mañana siguiente, al despertarme, me encontré con las mantas revueltas y un hueco a mi lado. Aún percibía vagamente la fragancia de Xavier si restregaba la cara por la almohada donde había reposado su cabeza. Me levanté y abrí las cortinas, dejando que el sol derramara sus rayos dorados.

Abajo, en la cocina, era Xavier y no Gabriel quien estaba preparando el desayuno. Se había puesto los tejanos y una camiseta y estaba algo despeinado. Se le veía la cara despejada y preciosa mientras cascaba los huevos en una sartén.

—He pensado que no estaría de más un buen desayuno —dijo al verme.

Gabriel e Ivy ya estaban en la mesa del comedor, cada uno con un plato hasta los topes de huevos revueltos con tostadas de pan de masa fermentada.

—Está buenísimo —dijo Ivy entre dos bocados—. ¿Cómo aprendiste a cocinar?

—No he tenido más remedio que aprender —dijo Xavier—. Aparte de mamá, en casa todos son unos inútiles en la cocina. Si ella se quedaba trabajando en la clínica hasta muy tarde, acababan pidiendo una pizza o comiendo cualquier cosa que dijera en la etiqueta: «añadir agua y remover». Así que ahora yo cocino para todos cuando mamá no está en casa.

—Xavier es un hombre de recursos —les dije a Ivy y Gabe, muy ufana.

Era verdad. A mí misma me maravillaba que, habiendo pasado sólo una noche en casa, se hubiera integrado con tanta facilidad en nuestra pequeña familia. No daba la sensación de que tuviéramos un invitado; ya se había convertido en uno de nosotros. Incluso Gabriel parecía haberlo aceptado y le había encontrado una camisa blanca para ir al colegio.

No se me pasó por alto que todos evitábamos referirnos a lo que había sucedido la tarde anterior. Yo, desde luego, trataba de mantener a raya mis recuerdos.

—Ya sé que lo de ayer fue una conmoción espantosa para todos —dijo Ivy por fin—. Pero vamos a afrontar la situación.

—¿Cómo? —pregunté.

—Nuestro Padre nos mostrará el camino.

—Confío en que lo haga pronto, antes de que sea demasiado tarde —masculló Xavier por lo bajini, pero sólo yo lo escuché.

El suicidio de Taylah había provocado una consternación general en el colegio. Aunque las clases no se interrumpieron para tratar de mantener la normalidad, todo parecía funcionar a medio gas. Habían enviado cartas a todos los padres ofreciendo atención psicológica y pidiendo que dieran todo el apoyo posible a sus hijos. Todo el mundo se movía con sigilo, para no alterar el silencio ni mostrarse insensible. La ausencia de Jake Thorn y sus amigos era patente.

A media mañana nos convocaron a una asamblea y el doctor Chester nos explicó que las autoridades del colegio ignoraban lo que había sucedido, pero que habían dejado todas las investigaciones en manos de la policía. Luego su voz adoptó un tono más práctico.

—La pérdida de Taylah McIntosh representa una trágica conmoción. Era una alumna y una amiga excelente y se la echará mucho de menos. Si cualquiera de vosotros desea hablar sobre lo ocurrido, que le pida hora a la señorita Hirche, nuestra consejera escolar, que es de total confianza.

—Compadezco al director —dijo Xavier—. Ha recibido llamadas toda la mañana. Los padres están enloquecidos.

—¿Qué quieres decir?

—Los colegios se hunden por accidentes como éste —me dijo—. Todo el mundo quiere saber qué sucedió y por qué la escuela no hizo más para prevenirlo. La gente está empezando a preocuparse por sus propios hijos.

Yo me indigné.

—¡Pero si no ha tenido nada que ver con el colegio!

—Seguro que los padres no piensan lo mismo.

Después de la asamblea, Molly se me acercó con los ojos hinchados y enrojecidos. Xavier se dio cuenta de que quería hablar a solas y se excusó para irse a un partido de waterpolo.

—¿Cómo lo llevas? —le pregunté, tomándola de la mano. Molly sacudió la cabeza y las lágrimas empezaron a rodarle otra vez por las mejillas.

—Me resulta tan raro estar aquí —dijo con voz ahogada—. Ya no es lo mismo sin ella.

—Lo sé —murmuré.

—No lo entiendo. No puedo creer que fuera capaz de algo así. ¿Por qué no habló conmigo? Ni siquiera sabía que estaba deprimida. ¡Soy la peor amiga del mundo! —Soltó un sollozo y me apresuré a abrazarla. Parecía que fuera a desmoronarse si no la sujetaban.

—La culpa no es tuya —dije—. A veces ocurren cosas que nadie habría podido prever.

—Pero...

—No —la corté—. Créeme. Tú no podrías haber hecho nada para impedirlo.

—Ojalá pudiera creerlo —susurró Molly—. ¿Te han contado que la encontraron en un charco enorme de sangre? Parece sacado de una película de terror.

—Sí —musité. Lo último que deseaba era revivir la experiencia—. Molly, deberías hablar con un psicólogo. A lo mejor te ayudaría.

—No. —Molly meneó la cabeza con energía y soltó una risa estridente e histérica—. Quiero olvidarlo todo. Incluso que ella llegó a estar aquí.

—Pero no puedes fingir que no ha pasado nada.

—Mírame —dijo, adoptando un tono falsamente alegre y vivaz—. El otro día me pasó algo agradable, de hecho.

Sonrió, todavía con los ojos brillantes de lágrimas. Daba espanto mirarla.

—¿Qué? —le pregunté, pensando que quizás abandonaría la farsa si le seguía la corriente.

—Bueno, resulta que Jake Thorn está en mi clase de informática.

—Ah —dije, estupefacta ante el derrotero siniestro que tomaba la conversación—. Fantástico.

—Sí, la verdad —respondió—. Me ha pedido que salga con él.

—¿Cómo? —exclamé, mirándola a la cara.

—Ya —dijo—. Yo tampoco podía creérmelo.

Era obvio que la conmoción la había trastornado. Se aferraba a cualquier distracción con tal de sacarse de la cabeza la pérdida que había sufrido.

—¿Y tú qué les ha dicho?

Se echó a reír brutalmente.

—No seas idiota, Beth. ¿Qué crees que le he dicho? Vamos a salir el domingo con unos amigos suyos. Ah, se me olvidaba... ¿A ti te da igual?, digo, después de lo que pasó en el baile de promoción. Porque me dijiste que no sentías nada por él...

—¡No! O sea, claro que no siento nada por él.

—Entonces, ¿no te importa?

—Sí me importa, Molly, aunque no por lo que tú crees. Jake es mal asunto, no puedes salir con él. ¿Y quieres dejar de actuar como si no pasara nada?

Había levantado la voz una octava más de lo normal y sonaba desquiciada. Molly me miraba, perpleja.

—¿Qué problema hay? ¿Por qué te pones tan rara? Creía que te alegrarías por mí.

—Ay, Molly. Me alegraría si salieras con cualquier otro

365

—grité—. No puedes fiarte de él, seguro que de eso te has dado cuenta. No hace más que crear conflictos.

Ella se puso a la defensiva.

—No te cae bien porque tú y Xavier os peleasteis por su culpa —dijo acaloradamente.

—No es verdad. No me fío de él, ¡y tú no piensas con claridad!

—A lo mejor estás celosa porque es único —me espetó Molly—. Él mismo me decía que hay gente así.

—¿Cómo? —farfullé—. ¡Eso es absurdo!

—Para nada —replicó Molly—. Lo que pasa es que te has creído que sólo tú y Xavier merecéis ser felices. Yo también lo merezco, Beth. Sobre todo ahora.

—Molly, no seas loca. Por supuesto que no creo eso.

—Entonces, ¿por qué no quieres que salga con él?

—Porque Jake me da miedo —le dije con franqueza—. Y no quiero verte cometer un inmenso error sólo porque lo de Taylah te ha dejado trastornada.

Ella no parecía escucharme.

—¿Lo quieres para ti? ¿Es eso? Bueno, pues no puedes quedarte con todos, Beth. Tendrás que dejarnos algunos a las demás.

—No quiero ni verlo cerca de mí. Ni tampoco de ti…

—¿Por qué no?

—¡Porque él mató a Taylah! —chillé.

Molly se detuvo y me miró con unos ojos como platos. Ni yo misma podía creer que hubiera dicho aquello en voz alta, pero si servía para que Molly entrara en razón, si podía salvarla así de caer en las garras de Jake, lo daba por bien empleado.

Tras una pausa, sin embargo, entornó los ojos y retrocedió.

—Has perdido la chaveta —siseó.

—¡Espera, Molly! —grité—. Escúchame…

—¡No! No quiero escucharlo. Puedes odiar a Jake todo lo que quieras, pero yo voy a salir con él igualmente, porque me da la gana. Es el tipo más alucinante que he conocido y no pienso dejar pasar la oportunidad sólo porque tú estés sufriendo un ataque de histeria. —Me miró con los ojos entornados—. Y para tú información, dice que eres una zorra.

Ya abría la boca para replicar cuando se alzó repentinamente una sombra y apareció Jake junto a Molly. Mientras la rodeaba con un brazo y la atraía hacia sí, me lanzó una mirada lasciva. Ella soltó una risita y hundió la cabeza en su pecho.

—La envidia es un pecado mortal, Bethany —ronroneó Jake. Tenía los ojos complemente negros ahora, hasta tal punto que ya no distinguía la pupila del iris—. Tú deberías saberlo. ¿Por qué no tienes la elegancia de felicitar a Molly?

—O de empezar a escribir su elogio fúnebre —le espeté.

—Bueno, bueno. Eso es un golpe bajo —dijo—. No te preocupes. Cuidaré de tu amiga. Al parecer, tenemos mucho en común.

Se dio media vuelta y se llevó a Molly con él. La miré alejarse mientras el viento agitaba sus rizos rojizos.

Me pasé el resto de la tarde buscándola desesperadamente para explicarle las cosas de una manera que pudiera entender, pero no la encontraba por ninguna parte. Le conté a Xavier lo sucedido y vi que se le ponía el rostro en tensión a medida que reproducía nuestro diálogo. La buscamos por todo el colegio y, a cada aula que registrábamos en vano, sentía que las entrañas se me retorcían de ansiedad. Cuando empecé a respirar agitadamente, Xavier me obligó a sentarme en un banco.

—Calma, calma —dijo, mirándome a los ojos—. No le pasará nada. Todo se va a arreglar.

—¿Cómo? —pregunté—. ¡Él es peligroso! ¡Totalmente imprevisible! Ya sé lo que pretende. Quiere llegar a mí a través de ella. Sabe que es mi amiga.

Xavier se sentó a mi lado.

—Piensa un momento, Beth. Jake Thorn todavía no le ha hecho daño a nadie de su círculo. Quiere reclutar gente: a eso se dedica. Mientras Molly esté de su lado, no le hará nada.

—Tú no puedes saberlo. Es del todo impredecible.

—Aunque lo sea, no le hará daño —dijo Xavier—. Hemos de andarnos con ojo; no podemos perder la cabeza. Es muy fácil dejarse llevar por el pánico después de lo ocurrido.

—Entonces, ¿qué crees que debemos hacer?

—Creo que Jake nos ha dado a lo mejor una pista para encontrar la prueba que necesita Gabriel.

—¿En serio?

—¿Te ha dicho Molly a dónde iba a llevarla?

—Sólo me ha dicho que sería el domingo... y que iban a salir con algunos amigos de él.

Xavier asintió.

—Vale. Venus Cove no es tan grande. Averiguaremos a dónde van y los seguiremos.

Al llegar a casa, les explicamos la situación a Ivy y Gabriel. La cuestión era averiguar a dónde iba a llevarse Jake a Molly. Podía ser a cualquier parte del pueblo y no podíamos permitirnos ningún error. Era nuestra ocasión para ver qué se proponía y no queríamos pifiarla.

—¿Dónde podría ser? —murmuró Ivy con aire pensativo—. Naturalmente, están todos los sitios normales del pueblo, como el cine, Sweethearts, la pista de bolos...

—No tiene sentido pensar de un modo normal. Él podrá ser cualquier cosa, pero normal... no es.

—Beth tiene razón —opinó Xavier—. Tratemos de pensar por un momento como lo haría él.

Proponerle a un ángel que se metiera en la piel de un demonio era quizá mucho pedir, pero Gabriel e Ivy procuraron disimular su repugnancia y accedieron a su petición.

—No será en un lugar público —dijo Ivy de pronto—, sobre todo si piensa llevarse a sus amigos. Forman un grupo muy grande, demasiado llamativo.

Gabriel asintió.

—Irán a un sitio retirado y tranquilo donde nadie lo pueda interrumpir.

—¿No hay casas o fábricas abandonadas por aquí? —pregunté—. Como la que usaron para la fiesta privada después del baile. Un sitio así le vendría de perlas a Jake.

Xavier negó con la cabeza.

—Yo creo que él es un poco más melodramático.

—Pensemos de un modo más extremado —sugirió Ivy.

—Exacto. —Xavier me clavó sus ojos azules—. Sus seguidores... Recuerda la pinta que tienen y cómo visten.

—Van de góticos —respondí.

—¿Y cuál es el centro de la cultura gótica? —dijo Gabriel.

Ivy lo miró, abriendo los ojos de repente.

—La muerte.

—Sí. —Xavier tenía una expresión sombría—. ¿Y cuál sería el sitio ideal para una pandilla de bichos raros obsesionados con la muerte?

Caí en la cuenta de golpe. Inspiré hondo. Era extremado, lúgubre, oscuro. El sitio ideal para que Jake montara su *show*.

—El cementerio —masculló.

—Eso creo.

Se volvió hacia mis hermanos, que tenían una expresión muy seria. Gabriel sujetaba su taza con fuerza.

—Me parece que tienes razón.

—Podría haber sido más original, el chico, la verdad —soltó Ivy—. El cementerio, claro. En fin, supongo que alguno de nosotros habrá de seguirlos el domingo.

—Yo me encargaré —dijo Gabriel en el acto, pero Xavier meneó la cabeza.

—Eso equivaldría a buscar pelea. Incluso yo me doy cuenta de que no puedes lanzar al ruedo a un ángel y un demonio de esa manera. Creo que debería hacerlo yo —dijo Xavier.

—Es demasiado peligroso —observé.

—No me dan miedo, Beth.

—A ti nada te da miedo, pero quizá debería dártelo.

—Es la única manera —insistió.

Miré a mis hermanos.

—Muy bien. Pero si él va... yo voy con él.

—Ninguno de los dos irá a ninguna parte —me cortó Gabriel—. Si Jake se volviera contra ti con un grupo de seguidores...

—Yo cuidaré de ella —dijo Xavier, ofendido por la insinuación implícita de que no iba a ser capaz de protegerme—. Ya sabes que no permitiría que le sucediera nada.

Gabriel parecía escéptico.

—No pongo en duda tu energía física, pero...

—Pero ¿qué? —preguntó Xavier, bajando la voz—. Daría mi vida por ella.

—No lo dudo, pero no tienes ni idea de las fuerzas con las que te enfrentas.

—He de proteger a Beth…

—Xavier —murmuró Ivy, poniéndole una mano en el brazo. Yo sabía que le estaba transmitiendo energía sedante por todo el cuerpo—. Escúchanos, por favor. Aún no sabemos quién es esa gente… ni lo fuertes que son ni de qué son capaces. Por lo que hemos visto hasta ahora, es probable que no tengan reparos en matar. Por valiente que seas, no eres más que un humano frente a… bueno, sólo Nuestro Padre lo sabe.

—¿Qué proponéis que hagamos?

—Creo que no debemos hacer nada sin haber consultado con una autoridad superior —dijo Gabriel, imperturbable—. Voy a ponerme en contacto con el Cónclave ahora mismo.

—¡No hay tiempo! —grité—. Molly podría correr grave peligro.

—¡Nuestra principal prioridad es protegeros a vosotros dos!

La cólera que traslucía la voz de Gabriel provocó un largo silencio. Nadie dijo una palabra hasta que Ivy nos miró con repentina firmeza.

—Hagamos lo que hagamos, Xavier, no puedes pasar el fin de semana en casa —dijo—. No es seguro. Has de quedarte con nosotros.

La escena en casa de Xavier no fue agradable. Gabriel e Ivy aguardaron en el coche mientras Xavier y yo entrábamos para decirles a sus padres que iba a quedarse conmigo durante todo el fin de semana.

Bernie lo miró airada cuando le dio la noticia.

—¿Ah, sí? Pues ahora me entero —acertó a decir. Siguió a Xavier hasta su habitación y se plantó con los brazos en jarras en el umbral mientras él preparaba una bolsa—. No puedes ir. Tenemos planes este fin de semana.

Parecía no haber oído que él había dicho que se iba, en lugar de preguntárselo.

—Lo siento, mamá —se disculpó, moviéndose de un lado para otro por la habitación y metiendo prendas y ropa interior en la bolsa de deportes—. Debo irme.

Bernie abrió mucho los ojos y me lanzó una mirada acusadora. Obviamente me echaba la culpa de aquella transformación de su hijo modélico. Una lástima, porque hasta entonces nos habíamos llevado muy bien. Me habría gustado poder contarle la verdad, pero no había modo de hacerle comprender que era un peligro dejar allí a Xavier sin ninguna protección.

—Xavier —le espetó—. He dicho que no.

Pero él no la escuchaba.

—Volveré el domingo por la noche —dijo, cerrando la cremallera y echándose la bolsa al hombro.

—Muy bien. Voy a buscar a tu padre. —Bernie giró sobre sus talones y se alejó por el pasillo—. ¡Peter! —la oímos gritar—. ¡Peter, ven a hablar con tu hijo! ¡Está totalmente descontrolado!

Xavier me miró como excusándose.

—Perdona por el numerito.

—Están preocupados. Es normal.

Unos instantes más tarde apareció el padre de Xavier en la puerta, con la frente fruncida y las manos en los bolsillos.

—Tienes a tu madre fuera de sí —dijo.

—Lo siento, papá. —Xavier le puso una mano en el hombro—. No puedo explicároslo ahora, pero debo irme. Confía en mí por esta vez.

Peter me echó un vistazo.

—¿Estáis bien los dos? —preguntó.

—Lo estaremos —le dije—. Después de este fin de semana, todo quedará arreglado.

Peter pareció percibir la urgencia en nuestro tono y le dio una palmada a Xavier.

—Yo me encargo de tu madre —dijo—. Vosotros dos preocupaos de andar con cuidado.

Señaló la ventana.

—Salid por ahí —dijo. Lo miramos boquiabiertos—. ¡Rápido!

Xavier esbozó una sonrisa forzada, abrió la ventana y tiró su bolsa fuera antes de ayudarme a saltar.

—Gracias, papá. —Y me siguió, saltando con agilidad.

Desde fuera, pegados a la pared de ladrillo, oímos a Bernie entrando otra vez en la habitación.

—¿Dónde se han metido? —preguntó.

—No sé —dijo Peter con tono inocente—. Se me han escapado.

—¿Estás bien? —le pregunté a Xavier, ya en el coche. Recordaba lo mal que yo me había sentido mintiendo a Ivy y Gabriel, y sabía que Xavier les tenía un gran respeto a sus padres.

—Sí, mamá se repondrá —dijo con una sonrisa—. Tú eres mi máxima prioridad. No lo olvides.

Regresamos a casa, pensativos y silenciosos.

30

El ascenso del Infierno

$\mathcal{A}$unque lo intenté, no podía aceptar la sugerencia de Gabriel de aguardar una orientación divina. No parecía propio de él reaccionar con tanta cautela, lo cual me decía todo lo que necesitaba saber: Jake Thorn era una seria amenaza y ello implicaba que no podía quedarme de brazos cruzados mientras Molly permanecía en sus garras.

Ella había sido mi primera amiga en Venus Cove. Me había adoptado, había confiado en mí y había hecho todo lo posible para que me sintiera integrada. Si Gabriel, nada menos que él, no se sentía lo bastante seguro para actuar por su cuenta era porque algo muy grave pasaba. Así pues, no me lo pensé dos veces. Sabía lo que tenía que hacer.

—Voy a hacer unas compras al súper —le dije a Gabriel, procurando mantener una expresión impasible.

Él frunció el ceño.

—No falta nada. Ivy llenó la nevera ayer.

—Es que necesito airearme un poco y quitarme todo esto de la cabeza —alegué, cambiando de táctica. Gabriel me escrutó con severidad, entornando sus ojos grises. Tragué saliva. Mentirle a él no era nada fácil—. Me hace falta salir un poco.

—Te acompaño —dijo—. No quiero que andes sola en estas circunstancias.

—No saldré sola —insistí—. Iré con Xavier. Y además, serán sólo diez minutos.

Me sentía fatal por mentirle con tal descaro, pero no me quedaba otro remedio.

—No seas tan cenizo. —Ivy le dio unas palmaditas en el brazo. Ella siempre se apresuraba a confiar en mí—. Un poco de aire fresco les sentará bien.

Gabriel frunció los labios y enlazó las manos en la espalda.

—Está bien. Pero volved aquí directamente.

Cogí a Xavier de la mano y lo arrastré fuera. Él arrancó el coche en silencio. Al llegar al final de la calle, le dije que doblara a la izquierda.

—Tienes un sentido de la orientación fatal —bromeó, aunque la sonrisa no le iluminó la mirada.

—Es que no vamos al súper.

—Ya —respondió—. Y opino que estás loca.

—Tengo que hacer algo —le dije en voz baja—. Ya se han perdido vidas por culpa de Jake. ¿Cómo vamos a soportarlo si Molly se convierte en su próxima víctima?

Xavier no parecía muy convencido.

—¿De veras crees que voy a llevarte a la guarida de un asesino? El tipo es inestable. Ya has oído lo que dice tu hermano.

—Ya no se trata de mí —le dije—. Y yo no estoy preocupada.

—¡Pues yo sí! ¿Te das cuenta del peligro al que te estás exponiendo?

—¡Es mi misión! ¿Para qué crees que fui enviada aquí? No sólo para vender insignias en el mercadillo y colaborar en un comedor popular. ¡También para esto!, ¡aquí está el desafío! No puedo emprender la retirada porque me dé miedo.

—Quizá Gabriel acierte. A veces es más sensato tener miedo.

—Y a veces hay que hacer de tripas corazón —insistí.

Xavier empezó a exasperarse.

—Escucha, yo iré al cementerio y me traeré a Molly. Tú quédate aquí.

—Qué gran idea —dije, sarcástica—. Si hay alguna persona a la que Jake odie más que a mí eres tú. Mira, Xav: puedes venirte conmigo o quedarte en casa. En cualquier caso, yo voy a ayudar a Molly. Lo comprenderé si no quieres meterte en esto...

Él hizo un brusco viraje en la siguiente esquina y condujo

en silencio. Ahora teníamos por delante un buen tramo de carretera recta. Las casas eran cada vez más escasas por allí.

—Vayas donde vayas, voy contigo —dijo.

El cementerio se hallaba al fondo de la carretera, ya en las afueras del pueblo. Al lado había una línea de ferrocarril abandonada, con algunos vagones oxidados por la acción de la intemperie. Sólo se veían en los alrededores unas cuantas casas medio en ruinas, con las terrazas infestadas de vegetación y las ventanas tapiadas con tablones.

El cementerio original databa de la época del primer asentamiento del pueblo, pero se había ido ampliando con las distintas oleadas migratorias. El sector más reciente contenía monumentos y sepulcros de mármol reluciente, cuidados con todo esmero. En muchas tumbas había fotografías de los finados rodeadas de lámparas votivas, además de pequeños altares, crucifijos y estatuas de Cristo y de la Virgen María con las manos entrelazadas en actitud de oración.

Xavier aparcó al otro lado de la carretera, a cierta distancia de la entrada para no llamar la atención. A esa hora las verjas estaban abiertas, así que cruzamos y entramos sin más. A primera vista, el lugar parecía muy tranquilo. Vimos a una sola persona, una anciana vestida de negro, ocupándose de una tumba reciente. Estaba limpiando el cristal y cambiando las flores marchitas con un nuevo ramo de crisantemos, cuyos tallos recortaba meticulosamente con unas tijeras. Parecía tan absorta en su tarea que apenas reparó en nosotros. El resto del lugar se veía desierto, dejando aparte, claro, algún que otro cuervo que sobrevolaba la zona en círculos y las abejas que zumbaban entre los arbustos de lilas. Aunque no hubiera ninguna perturbación terrestre, yo detectaba la presencia de varias almas perdidas que rondaban el lugar donde estaban enterradas. Me habría gustado detenerme para ayudarlas a hallar su camino, pero tenía problemas más acuciantes entre manos.

—Ya sé dónde podrían estar —dijo Xavier, llevándome hacia la zona antigua del cementerio.

El panorama que nos salió allí al encuentro era muy distinto. Las tumbas estaban derruidas y abandonadas; las barandillas de hierro, totalmente oxidadas. Un enmarañado amasijo de hiedra había terminado asfixiando el resto de la vegetación y ahora campaba a sus anchas, enrollándose en los pasamanos de hierro con sus tenaces filamentos. Estas tumbas eran mucho más humildes y estaban a ras del suelo; algunas sólo contaban con una placa para identificar a su ocupante. Vi un trecho de césped sembrado de molinilllos y muñecos de peluche ya muy andrajosos, y comprendí que aquélla había sido la sección de bebés. Me detuve a leer una de las lápidas: AMELIA ROSE 1949-1949, A LA EDAD DE 5 DÍAS. Pensar en aquella pequeña alma que había embellecido la Tierra durante sólo cinco días me llenó de una tristeza indecible.

Avanzamos sorteando lápidas desmoronadas. Pocas permanecían intactas. La mayoría se habían hundido en la hierba y sus inscripciones, medio borradas, apenas resultaban legibles. Otras ya no eran más que un revoltijo de piedra resquebrajada, musgo y hierbas. A cada paso nos tropezábamos con la estatua de un ángel: algunos enormes, otros más pequeños, pero todos ellos con expresión sombría y los brazos abiertos, como dando la bienvenida.

Mientras caminábamos, percibía los cuerpos de los muertos bajo aquella capa de piedra triturada. Me hormigueaba la piel, pero no eran los durmientes bajo nuestros pies los que me turbaban, sino lo que íbamos a descubrir quizás al doblar la siguiente esquina. Presentía que Xavier empezaba a arrepentirse de haber venido, pero no mostraba signos de temor.

Nos detuvimos bruscamente al oír un murmullo de voces que parecían entonar un cántico fúnebre. Avanzamos con sigilo hasta que se volvieron más audibles y nos ocultamos tras un enorme abedul. Atisbando entre sus ramas, distinguimos un corrillo de gente. Calculé que debían de ser como dos docenas de personas en total. Jake estaba de pie frente a ellos, sobre una tumba cubierta de musgo, con las piernas separadas y la espalda muy erguida. Llevaba una chaqueta negra de cuero y un pentagrama invertido colgado del cuello con un cordón. Se cubría la cabeza con un sombrero gris. Me quedé paralizada al verlo: creí reconocerlo, sentí que se removía en mi interior un recuerdo. Y al fin me vino a la cabeza aquella extraña y solitaria figura que había visto durante el partido de rugby. Había aparecido en la otra banda con el rostro casi tapado y, en cuanto Xavier quedó tendido en el suelo, se había desvanecido como por arte de magia. ¡Así que había sido Jake quien lo había orquestado todo! La idea misma de que hubiera querido herir a Xavier me llenó de una rabia hirviente, pero procuré sofocarla. Ahora más que nunca, tenía que conservar la calma.

Detrás de Jake se alzaba un ángel de piedra de tres metros. Era una de las cosas más escalofriantes que había visto en mi vida terrestre. Pese a su aspecto de ángel, había en él algo siniestro. Tenía los ojos pequeños, unas alas negras majestuosamente desplegadas a su espalda y un cuerpo poderoso que parecía capaz de aplastar a cualquiera. Llevaba una larga espada de piedra pegada a la cintura. Jake permanecía bajo su sombra, como si de algún modo le protegiera.

El grupo había formado un semicírculo en torno de él. Iban todos vestidos de un modo extraño: algunos con capuchas que les ocultaban el rostro por completo; otros con encajes negros y cadenas, con las mejillas empolvadas de blanco y los labios manchados de un rojo sangre. No parecían comunicarse entre ellos; se acercaban a Jake uno a uno, haciéndole una reverencia, y luego tomaban un objeto de un saquito y lo depositaban a sus pies como una ofrenda. Ofrecían un espectáculo lamentable bajo la tenue luz de la tarde. Me pregunté con qué trucos o mediante qué promesas habría apartado Jake a todos aquellos jóvenes de su vida normal para que se unieran a él y vinieran a turbar el reposo de los muertos.

Ahora alzó las manos y todo el grupo lo contempló inmóvil. Se quitó el sombrero. Tenía su largo pelo oscuro muy enmarañado y una expresión casi enloquecida en la cara. Su voz, cuando al fin tomó la palabra, parecía reverberar directamente desde el ángel de piedra.

—Bienvenidos al lado oscuro —dijo con una risa gélida—. Aunque yo prefiero llamarlo el lado divertido. —Hubo un murmullo general de asentimiento—. Os aseguro que no hay nada que siente tan bien como el pecado. ¿Por qué no entregarse al placer cuando la vida nos trata con tal indiferencia? Estamos aquí, todos nosotros, ¡porque deseamos sentirnos vivos!

377

Deslizó poco a poco su mano esbelta por el muslo de piedra del ángel y luego volvió a hablar con tono almibarado.

—El dolor, el sufrimiento, la destrucción, la muerte: todas estas cosas son música para nuestros oídos, una música dulce como la miel. A través de ellas nos hacemos más fuertes. Son el alimento de nuestra alma. Tenéis que aprender a rechazar una sociedad que lo promete todo y no entrega nada. Estoy aquí para enseñaros a crear vuestro propio sentido, liberándoos de esta prisión en la que estáis encadenados como animales. Fuisteis creados para mandar, pero os han atontado y domesticado. ¡Reclamemos nuestro poder sobre la Tierra!

Recorrió el semicírculo con la vista. Ahora adoptó el tono zalamero de un padre que intenta engatusar a un crío, mientras agarraba por la empuñadura la espada de piedra del ángel.

—Os habéis portado muy bien hasta ahora y estoy satisfecho de vuestros progresos. Pero ya es hora de dar pasos más decididos. Os emplazo a hacer más, a ser más, y a desprenderos de todas las trabas que os mantienen atados a la buena sociedad. Invoquemos todos a los espíritus retorcidos de la noche para que nos asistan.

Sus palabras parecieron desatar una especie de fiebre entre sus seguidores, como en una hipnosis colectiva. Echaron al unísono la cabeza atrás y se pusieron a dar voces de un modo incoherente. Algunos sólo susurraban, otros chillaban con todas sus fuerzas. Era un griterío lleno de dolor y de venganza.

Jake sonrió complacido y miró su reloj de oro.

—No tenemos mucho tiempo. Vayamos al grano. —Miró al grupo—. ¿Dónde están? Traédmelos aquí.

Empujaron hacia delante a dos figuras, que fueron a desplomarse a sus pies. Ambas llevaban una capa con capucha. Jake agarró a la más cercana y le descubrió la cabeza. Era un chico de aspecto normal. Lo reconocía del colegio: un alumno discreto y modesto, miembro del club de ajedrez. Él no tenía cercos bajo los párpados ni los ojos negros como los demás, sino de un verde pálido. Pero a pesar de su saludable apariencia, se le veía desencajado.

Jake le puso la mano sobre la cabeza.

—No temas —ronroneó, seductor—. He venido para ayudarte.

Lentamente, empezó a trazar signos y espirales en el aire por encima del chico arrodillado. Desde donde yo estaba agazapada, vi que éste seguía los movimientos de la mano y que escrutaba las caras de los presentes, tratando de calibrar la situación. Tal vez se preguntaba si aquello no era más que una sofisticada travesura, un rito de iniciación que debía soportar para ser aceptado en el seno del grupo. Yo me temía que fuese algo mucho más siniestro.

Entonces uno de sus secuaces le dio a Jake un libro. Estaba encuadernado en cuero negro y tenía las páginas amarillentas. Jake lo alzó con veneración y dejó que se abriera. Una ráfaga de viento sacudió los árboles en el acto y levantó una nube de polvo entre las lápidas. Reconocí el libro por las enseñanzas que había recibido en mi antiguo hogar.

—Oh, no —susurré.

—¿Qué? —Xavier también parecía haberse alarmado al ver el libro—. ¿Qué es?

—Un grimorio —contesté—. Un libro de magia negra. Contiene instrucciones para invocar espíritus y alzar a los muertos.

—Me estás tomando el pelo.

Xavier parecía casi a punto de pellizcarse para despertar de aquella pesadilla en la que había caído inesperadamente. Me sorprendió comprobar lo inocente que era y sentí una oleada de culpa por haberlo arrastrado hasta allí. Pero no era momento para perder la serenidad.

—Es muy mala señal —dije—. Los grimorios son muy poderosos.

Todavía encaramado sobre la tumba, Jake empezó a jadear ostensiblemente mientras salmodiaba las palabras del libro de un modo cada vez más acelerado y frenético. Abrió los brazos.

—*Exorior meus atrum amicitia quod vindicatum is somes.* —Era latín, pero un latín que yo nunca había oído, completamente alterado. Deduje que debía tratarse de la lengua del inframundo—. *Is est vestri pro captus* —canturreaba Jake, aferrando el aire con las manos crispadas.

—¿Qué dice? —me susurró Xavier.

A mí misma me sorprendió descubrir que podía traducírselo con toda exactitud.

—«Acércate, oscuro amigo, y reclama este cuerpo. Es tuyo, si lo quieres.»

Sus seguidores lo observaban sin respirar. Nadie se movía ni emitía el menor sonido, por temor a interrumpir el proceso antinatural que se estaba desarrollando.

Xavier se había quedado tan paralizado que le toqué la mano para comprobar que seguía consciente. Los dos nos sobresaltamos al oír un sonido espantoso, e incluso tuvimos que resistir el impulso de taparnos los oídos. Era un ruido chirriante, como de uñas rascando una pizarra, y se extinguió tan bruscamente como había empezado. De la boca del ángel de piedra salió una nube de humo negro y descendió hacia Jake como si fuese a susurrarle al oído. Jake agarró al chico por la cabeza, se la echó hacia atrás y le obligó a abrir la boca.

—¿Qué haces? —farfulló el chico.

La nube negra pareció enroscarse un instante en el aire antes de zambullirse en su boca abierta y descender por su garganta. El chico soltó un grito gutural y se llevó las manos al cuello, mientras su cuerpo se retorcía convulsivamente en el suelo. Su rostro se contrajo como si estuviera sufriendo un dolor horroroso. Noté que Xavier temblaba de rabia.

El chico se quedó inmóvil. Un instante más tarde se sentó y miró alrededor. Su desconcierto inicial se transformó en una expresión de placer. Jake le ofreció una mano y lo ayudó a ponerse de pie. Él flexionó sus miembros, como si reparase en ellos por primera vez.

—Bienvenido de nuevo, amigo mío —dijo Jake.

Cuando el chico se giró, vi que sus ojos verdes se habían vuelto negros como el carbón.

—No puedo creer que no lo haya descubierto antes —dije, agarrándome la cabeza—. Me hice amiga de él, quería ayudarle… Tendría que haber percibido que era un demonio.

Xavier me puso la mano en la parte baja de la espalda.

—Tú no tienes la culpa. —Volvió la vista hacia el grupo congregado a los pies de Jake—. ¿Son todos demonios?

Meneé la cabeza.

—No lo creo. Jake parece estar invocando espíritus vengativos para que posean a sus seguidores.

—Aún me lo pones peor —masculló Xavier—. ¿De dónde proceden los espíritus? ¿Son la gente de estas tumbas?

—Lo dudo —dije—. Deben de ser almas de los condenados del inframundo, lo cual es muy distinto de un demonio. Éstos son criaturas creadas por el propio Lucifer y solamente lo adoran a él. Lo mismo sucede con los ángeles. Millones de almas van al Cielo, pero no por eso se transforman en ángeles. Los ángeles y los demonios nunca han sido humanos. Juegan en su propia liga, por así decirlo.

—¿Esos espíritus siguen siendo peligrosos? —preguntó Xavier—. ¿Qué les sucederá a las personas que han poseído?

—Su principal objetivo es la destrucción —le expliqué—. Cuando se apoderan de un humano pueden conseguir que esa persona haga cualquier cosa. Es como si hubiera dos almas bajo un mismo caparazón. La mayoría de la gente sobrevive a la experiencia, a menos que el espíritu haya dañado adrede su cuerpo. No representan una gran amenaza para nosotros; nuestros poderes son muy superiores a los suyos. Jake es el único del que debemos preocuparnos.

Volvimos a callarnos cuando Jake se acercó a la otra víctima. Pero yo no estaba preparada para lo que sucedió a continuación. Cuando le quitó la capucha, vi una cascada de rizos rojizos demasiado conocida y unos ojos azules aterrorizados.

—No te preocupes, querida —consoló Jake a Molly, deslizándole un dedo por el cuello hasta el pecho—. No hace mucho daño.

Agarré a Xavier del brazo.

—Hemos de detenerlo —le dije—. ¡No podemos permitir que le haga daño a Molly!

Xavier se había puesto pálido.

—Yo también quiero acabar con él, pero si intervenimos ahora, no tenemos ninguna posibilidad contra todos ellos. Necesitamos a tus hermanos.

Sacudió la cabeza y comprendí que había aceptado al fin que no podía derrotar solo a Jake.

Una de las adeptas del semicírculo, dominada por los celos y el deseo, se arrojó al suelo y empezó a retorcerse delante de todos, mientras ponía los ojos en blanco y abría y cerraba la boca. La reconocí en el acto. Era Alexandra, de mi clase de literatura. Jake se agachó y la inmovilizó agarrándola del pelo. Luego recorrió sugestivamente su garganta con un dedo y lo dejó sobre sus labios. Ella jadeaba y se arqueaba hacia él en una especie de éxtasis, pero Jake se apartó y trazó con la punta de la bota una línea alrededor de su cuerpo.

—Hemos de marcharnos —susurró Xavier—. Esto nos supera.

—No vamos a irnos sin Molly.

—Escucha, Beth, si Jake descubre que estamos aquí...

—No puedo dejarla, Xavier.

Él soltó un suspiro.

—Está bien. Se me ocurre una idea para rescatarla, pero debes confiar en mí y escucharme bien. Un paso en falso podría resultar fatal para ella.

Asentí, esperando que me explicase su plan, pero entonces resonó un grito espeluznante. Molly estaba de rodillas, con las manos atadas a la espalda, y Jake la sujetaba de la nuca. La niebla negra empezaba a surgir de la boca del ángel de piedra. Aunque totalmente lívida, Molly no quitaba los ojos de Jake. Ya no pude soportarlo más. Me incorporé desde detrás de la tumba sin hacer caso del grito de Xavier.

—¿Qué vas a hacer? —grité—. ¡Detente, Jake!, ¡déjala!

Él me miró con la cara contraída de rabia. Enseguida sentí a mi lado la presencia de Xavier, que se apresuró a ponerse delante de mí para protegerme.

Al verlo, la rabia de Jake pareció disiparse. Cruzó los brazos y arqueó una ceja, con aire divertido.

—Vaya, vaya —dijo—. ¿Qué tenemos aquí? Si no es el Ángel de la Misericordia y su...

—Molly, baja de ahí —gritó Xavier.

Ella obedeció en silencio, demasiado aturdida para pronunciar palabra. Jake soltó un gruñido.

—No te muevas —le ordenó.

Molly se quedó paralizada.

—¡Tú! —aullé, señalando a Jake—. Sabemos lo que eres.

Él aplaudió lentamente, en son de burla.

—Buen trabajo. Estás hecha una detective de primera.

—No vamos a dejar que te salgas con la tuya —le dijo Xavier—. Nosotros somos cuatro y tú, uno solo.

Jake se rio y abarcó con un gesto a sus seguidores.

—En realidad, somos muchos más y el número aumenta cada día —explicó con una risita—. Por lo visto, soy bastante popular.

Lo miré horrorizada, sintiendo que toda mi seguridad se evaporaba.

—Vosotros con vuestras buenas obras no tenéis la menor posibilidad —dijo Jake—. Ya podríais daros por vencidos.

—No cuentes con ello —gruñó Xavier.

—Ah, qué enternecedor —ironizó Jake—. El muchacho humano se cree capaz de defender a un ángel.

—Y lo soy, no lo dudes.

—¿De veras crees que puedes hacerme daño?

—Lo descubrirás si intentas hacerle daño a ella.

Jake le dirigió una mueca, mostrando sus dientes afilados.

—Deberías saber que estás jugando con fuego —le dijo con una sonrisa desdeñosa.

—No me da miedo quemarme —le espetó Xavier.

Se miraron airados durante un buen rato, como desafiándose mutuamente a actuar. Yo me adelanté.

—Suelta a Molly —dije—. No tienes por qué hacerle daño. Tú no ganas nada.

—La soltaré encantado. —Jake sonrió—. Con una condición…

—¿Cuál? —preguntó Xavier.

—Que Beth ocupe su lugar.

Xavier se tensó de furia y sus ojos azules relampaguearon.

—¡Vete al infierno!

—Pobre humano indefenso —se mofó Jake—. Ya perdiste a un amor… ¿y ahora estás dispuesto a perder otro?

—¿Qué has dicho? —gritó Xavier entornando los ojos—. ¿Cómo has sabido de ella?

—Ah, la recuerdo muy bien —replicó Jake con una sonrisita repulsiva—. Emily… ¿verdad? ¿Nunca te has preguntado por qué se salvó toda su familia y ella no? —Xavier parecía a punto de vomitar. Le apreté la mano—. Resultó casi demasiado fácil… atarla a la cama mientras la casa ardía en llamas. Todo el mundo creyó que había seguido durmiendo pese al alboroto. No oyeron sus gritos entre el rugido del incendio…

—¡Hijo de puta!

Xavier echó a correr hacia Jake, pero no llegó muy lejos. Éste sonrió con un rictus burlón, chasqueó los dedos y Xavier se dobló bruscamente, agarrándose el vientre. Intentó enderezarse, pero Jake lo mandó al suelo con un giro de muñeca.

—¡Xavier! —grité, acudiendo en su ayuda. Sentí que le temblaban los hombros del dolor—. Déjalo en paz —le supliqué a Jake—. ¡Basta, por favor!

Traté de invocar mentalmente la ayuda de Dios, dirigiéndole una silenciosa oración: «Padre Todopoderoso, Creador del Cielo y de la Tierra, líbranos del mal. Envíanos Tu espíritu para socorrernos y llama a los ángeles de la salvación. Pues el Reino, el Poder y la Gloria son Tuyos, ahora y siempre…».

Pero los poderes de Jake bloquearon mi oración como si una espesa niebla negra se abatiera sobre mí y retuviera las palabras sin dejarlas salir de mi mente. Sentí que iba a estallarme la cabeza. Jake Thorn se crecía con la desgracia y el dolor y yo era consciente de que no podía derrotar sola a alguien de su calaña. Debería haber escuchado a Xavier. Él tenía razón. Y puesto que nadie iba a venir en mi ayuda, sólo existía un modo de salvarlos a Molly y a él. Sólo se me ocurría una salida.

—¡Tómame a mí! —grité, abriendo los brazos.

—¡No! —Xavier se incorporó penosamente, pero no podía hacer nada frente a los oscuros poderes de Jake y se desmoronó de nuevo.

Yo no vacilé; me adelanté corriendo y entré en el semicírculo. Los adeptos de Jake se apresuraron a estrechar el cerco, sin dejar de canturrear con voces enloquecidas, pero él levantó la mano, indicándoles que debían retroceder.

Alargué el brazo hacia Molly y logré arrancarla de sus garras.

—¡Corre! —grité.

Sentí que me faltaba el aire cuando Jake se me acercó. La niebla negra me abrumaba y me desmoroné en el suelo, golpeándome con una esquina del pedestal de la estatua. Debí hacerme un corte porque noté un cálido reguero de sangre en la frente. Traté de levantarme, pero el cuerpo no me obedecía. Era como si me hubiese abandonado hasta la última gota de energía. Abrí los ojos y vi a Jake alzándose ante mí.

—Mis hermanos no permitirán que lo consigas —murmuré.

—Yo creo que ya lo he conseguido —gruñó Jake—. Te di la oportunidad de unirte a mí y la declinaste como una estúpida.

—Eres malvado —le dije—. Nunca me uniría a ti.

—Pero ser malo puede resultar muy agradable —replicó, riendo.

—Antes prefiero morir.

—Así será.

—¡Apártate de ella! —gritó Xavier, con la voz empañada de dolor. Seguía tirado en el suelo y no podía moverse—. ¡No te atrevas a tocarla!

—Cierra el pico —le soltó Jake—. Tu cara bonita no va a salvarla ahora.

Lo último que recordé más tarde, antes de que se hiciera la oscuridad, fueron los ojos verdes de Jake reluciendo con avidez y la voz angustiada de Xavier pronunciando mi nombre.

31

Liberación

Me desperté en el asiento trasero de un coche muy grande. Cuando traté de moverme, comprobé que una fuerza invisible me mantenía clavada en el sitio. Jake Thorn estaba delante, en el asiento del conductor. A mí me flanqueaban Alicia y Alexandra, ambas de la clase de literatura. Me miraban con sus caras inexpresivas y empolvadas de blanco, como si yo fuera un espécimen de laboratorio. Tenían entrelazadas en el regazo sus manos enguantadas, no les hacía falta sujetarme. Forcejeé, tratando de moverme, y casi lo logré. De hecho, le di un codazo a Alexandra en las costillas.

—Se está portando mal —protestó.

Jake le lanzó un paquetito envuelto en papel de plata.

—Con una de éstas bastará —dijo.

Alicia me abrió la boca a la fuerza; Alexandra me metió en la boca una pastilla verde y, para que me la tragara, sacó una petaca plateada y me dio un líquido que me quemó la garganta y se me derramó en parte por la cara. Me ahogaba y no tuve más remedio que tragar. Tosí y escupí; tenía arcadas. Las dos chicas sonrieron, satisfechas. Sus caras blancas y sus miradas vacías empezaron a volverse borrosas y a difuminarse en una niebla azul. Notaba un zumbido en los oídos que ahogaba cualquier otro ruido. Sentí que el corazón me latía más acelerado que nunca. Después me desplomé en el asiento y todo se volvió negro.

Cuando abrí los ojos de nuevo, me encontré sentada sobre una alfombra desteñida, con la espalda apoyada en una fría pared de yeso. Deduje que debía de llevar un buen rato allí porque el frío de la habitación se me había pegado a la ropa y a la piel. Tenía las manos amarradas y me hormiguearon los dedos cuando los flexioné. Me dolían los brazos por llevar tanto tiempo en la misma posición. Me habían atado una cuerda alrededor de la cintura y me habían puesto un trapo en la boca, cosa que me hacía más difícil respirar. Me parecía oler a gasolina.

Miré alrededor, tratando de vislumbrar en la penumbra a dónde me había llevado Jake. Desde luego no era un calabozo, como había creído al principio, aquello más bien daba la impresión de ser la sala de estar de una casa victoriana. Era una habitación espaciosa, con techo alto y apliques en las paredes en forma de rosales. Por sus colores, la alfombra parecía persa, aunque olía a humedad. El aire estaba impregnado de un rancio olor a cigarro. Había dos sofás que debían de haber conocido tiempos mejores, situados uno frente a otro y flanqueados por unas mesitas de mármol con patas de latón. A un lado se alzaba un enorme aparador de caoba, con una colección de licoreras tan polvorientas que apenas se distinguía el color ámbar y ciruela de las bebidas. En medio de la sala había una gran mesa de cedro pulido con patas delicadamente talladas. Las sillas de respaldo alto situadas alrededor estaban tapizadas de terciopelo borgoña y, en el centro de la mesa, había un inmenso candelabro cuyas velas prendidas arrojaban sombras por toda la habitación. En las paredes, cuyo empapelado a rayas se desprendía a trechos, vislumbré extrañas litografías y mapas antiguos. Encima de la repisa de mármol de la chimenea había varios retratos de marco dorado; sus rostros me observaban con un aire de superioridad, como si ellos conocieran un secreto que yo aún tenía que descubrir. Había uno de un caballero de aspecto renacentista, con cuello de volantes, y otro de una mujer rodeada por cinco hijas que parecían ninfas, todas con el pelo al estilo prerrafaelita y vestidos vaporosos.

Todo, incluso los cuadros, estaba cubierto de una película de polvo. Me pregunté cuánto tiempo hacía que no vivía nadie en aquella casa. Parecía congelada en el tiempo. Una gigantesca telaraña colgaba del techo como una tela de muselina. Al observar con atención, comprendí que todo tenía un aire de deterioro. Las sillas parecían apolilladas, los marcos de los cuadros estaban torcidos y el cuero de los sofás, hundido. En el techo se distinguían varias manchas de humedad. Todo seguía en su sitio, como si los dueños hubieran abandonado la casa precipitadamente con la esperanza de volver y no lo hubieran hecho jamás. Las ventanas estaban tapiadas con tablones y sólo se colaban unas cuantas franjas de luz natural, que dibujaban trazos dispersos sobre la alfombra.

Me dolía todo el cuerpo; la cabeza me pesaba y percibía las cosas de un modo brumoso. Oía voces distantes, pero no se presentaba nadie. Permanecí así durante lo que me parecieron horas y empecé a comprender a qué se refería Gabriel cuando afirmaba que el cuerpo humano tenía ciertas necesidades. Me sentía desfallecer de hambre, notaba la garganta reseca y necesitaba con desesperación ir al baño. Me hundí en una especie de duermevela hasta que finalmente percibí que alguien entraba en la habitación.

Al incorporarme y enfocar la vista, vi a Jake Thorn sentado a la cabecera de la mesa. Iba con un batín corto, curiosamente, y tenía los brazos cruzados. Lucía su sonrisa socarrona habitual.

—Lamento que hayamos tenido que terminar así, Bethany —me dijo. Se acercó para quitarme la mordaza de la boca. Hablaba con tono melifluo—. Te ofrecí la oportunidad de una vida juntos.

—Una vida contigo sería peor que la muerte —repliqué con voz ronca.

Su expresión se endureció y sus felinos ojos negros destellaron.

—Tu estoicismo resulta admirable —dijo—. De hecho, creo que es de las cosas que más me gustan de ti. Sin embargo, en este caso creo que llegarás a lamentar tu decisión.

—No puedes matarme. Sólo serviría para que regresara a mi vida de antes.

—Muy cierto. —Sonrió—. Qué lástima que tu otra mitad quedaría aquí abandonada. Me pregunto qué será de él cuando tú ya no estés.

—¡No te atrevas a amenazarlo!

—¿He tocado un punto sensible? —dijo Jake—. Me pregunto cómo reaccionará Xavier cuando descubra que su preciosa novia ha desaparecido misteriosamente. Espero que no cometa ninguna locura. El dolor puede empujar a los hombres a actuar de modos muy extraños.

—A él déjalo fuera. —Forcejeé con la cuerda—. Arreglemos las cosas entre nosotros.

—No creo que estés en posición de negociar, ¿no te parece?

—¿Por qué lo haces, Jake? ¿Qué crees que vas a ganar?

—Eso depende de lo que entiendas por ganar. Yo sólo soy un siervo de Lucifer. ¿Sabes cuál fue su mayor pecado?

—El orgullo —respondí.

—Exactamente. Por eso no deberías haber herido el mío. No me gustó nada.

—No quería herirte, Jake…

Él me cortó en seco.

—Ése fue tu error, y ahora viene la parte en la que yo me desquito. Será un espectáculo ver al modélico delegado del colegio quitándose la vida. Vaya, vaya. ¿Qué dirá todo el mundo?

—¡Xavier jamás haría una cosa así! —siseé rabiosa, sintiendo que me daba un vuelco el corazón.

—No, no lo haría —asintió Jake— si no contara con una pequeña ayuda de mi parte. Yo puedo introducirme en su mente y brindarle algunas sugerencias. No debería resultarme difícil. Al fin y al cabo, ya perdió al amor de su vida. Lo cual lo vuelve particularmente vulnerable. ¿Qué método podría inspirarle? ¿Arrojarse contra las rocas de la Costa de los Naufragios?, ¿estrellarse contra un árbol?, ¿abrirse las venas?, ¿adentrarse en el océano? Cuántas posibilidades que considerar…

—Estás haciendo todo esto porque te sientes herido —le dije—. Pero matar a Xavier tampoco te devolverá la felicidad. Matarme a mí no te procurará ninguna satisfacción.

—¡Basta de charla inútil!

Se sacó de la chaqueta un afilado cuchillo y se inclinó sobre mí para cortarme las ligaduras con movimientos secos y precisos. Los brazos y las manos aún me dolían más una vez liberados. Jake tiró de mí y quedé de rodillas a sus pies. Miré sus relucientes zapatos negros acabados en punta y, súbitamente, dejé de preocuparme del dolor de mis miembros, del martilleo que sentía en la cabeza, de las náuseas, la debilidad y el desfallecimiento por falta de alimentos. Lo único que me importaba de repente era ponerme de pie. Yo no me inclinaría ante aquel Agente de la Oscuridad. Prefería morir antes que traicionar mi lealtad celestial rindiéndome ante él.

Puse una mano en la pared para sostenerme y me levanté. Me hizo falta toda mi energía y no sabía si aguantaría mucho tiempo. Mis rodillas flaqueaban y amenazaban con doblarse.

Jake me miró divertido.

—Dudo mucho que sea el momento de demostrar lealtad —dijo, burlón—. ¿Te das cuenta de que tengo tu vida en mis manos? Tendrás que rendirme veneración si quieres vivir y volver a ver a tu Xavier otra vez.

—Renuncio a ti y a todas tus pompas —dije con calma.

Aquello pareció enfurecerlo. Me alzó por los aires y me arrojó sobre la mesa. Me golpeé la cabeza con un crujido antes de caerme y aterrizar en el suelo hecha un guiñapo. Una sustancia pegajosa se me deslizaba por la frente.

—¿Qué tal va la cosa? —me preguntó con petulancia, todavía apoyado en el borde de la mesa. Se agachó y me acarició la herida. Sus manos irradiaban calor—. No tendría por qué ser así —ronroneó.

Aguardó una señal de aquiescencia, pero yo seguí muda.

—Muy bien. Si ésta es tu respuesta, no me dejas elección. Voy a tener que arrancarte hasta el último vestigio de bondad —dijo suavemente—. Y cuando termine, no te quedará ni una pizca de honradez y de integridad.

Se echó hacia delante, de manera que el pelo le caía sobre los ojos relucientes. Lo tenía apenas a unos centímetros y veía sus rasgos con detalle: la curva prominente de sus pómulos, la fina línea de sus labios, la barba incipiente en sus mejillas.

—Voy a ennegrecer tu alma y luego la haré mía.

Mi cuerpo empezó a estremecerse. Agarré desesperada las patas de la mesa, buscando un punto de apoyo, una vía de escape. Jake recorrió con la mano lentamente todo mi brazo, saboreando el instante. La piel me palpitaba y ardía y, al bajar la vista, vi una prolongada marca roja allí donde me había abrasado con su simple contacto.

—Me temo que no volverás al Cielo, Bethany, porque cuando yo haya acabado contigo no te aceptarán.

Me acarició la cara con un solo dedo y resiguió la silueta de mis labios. Sentí que la cara se me convertía en una máscara ardiente.

Me revolví, forcejeé furiosamente, pero Jake me sujetó y me obligó a mirarlo. Tenía la sensación de que sus dedos me taladraban las mejillas.

—No te apures, ángel mío, ¡somos muy hospitalarios en el Infierno!

Me besó violentamente y me estrechó con todo su peso antes de retirarse. Yo sentía espasmos ardientes que me abrasaban todo el cuerpo.

—Ya es hora de decir adiós a la señorita Church.

Jake cerró los ojos y se concentró con tal fuerza que advertí que se le cubría la frente de sudor. Las venas de las sienes le palpitaban, hinchadas. Lentamente, se enderezó y me sujetó la cabeza con las manos.

Y entonces sucedió: noté como si unas agujas ardientes penetraran en mi mente y, en un solo instante, vi todo el mal perpetrado en el mundo desde el albor de los tiempos: todo concentrado en una fracción de segundo. Cada calamidad sufrida por el hombre en una serie de imágenes inconexas, de fogonazos tan intensos que creí que me iba a estallar el cerebro.

Vi multitud de niños que quedaban huérfanos en las guerras; vi pueblos enteros convertidos en escombros por los terremotos, hombres destrozados a cañonazos, familias muriendo de hambre y sed a causa de la sequía. Vi asesinatos, oí gritos, sentí todas las injusticias del mundo. Cada enfermedad conocida por la humanidad invadió mi cuerpo como una marea. Cada sentimiento de terror, de pesar y de impotencia me recorrió por dentro. Sentí desgarradoramente cada muerte violenta. Estuve en el coche cuando Grace se estrelló. Fui un hombre que sufría un accidente en barco y se ahogaba en el mar, aplastado por el peso de las olas. Fui Emily, quemada viva por las llamas en su propia cama. Y durante todo el tiempo, oía una risa despiadada, que era sin duda la de Jake.

El dolor de miles, de millones se clavó en mi carne terrestre, convertido en esquirlas de cristal. Percibía vagamente mi cuerpo sufriendo convulsiones en el suelo. Yo era un ángel, pero me estaban inoculando todo el dolor y la oscuridad del mundo. Aquello acabaría conmigo. Abrí la boca para suplicarle a Jake que pusiera fin a mi sufrimiento, pero no salió ningún sonido. Me fallaba la voz incluso para pedirle que me matara. El asedio continuó: las imágenes espantosas siguieron fluyendo de Jake y entrando en mí hasta que ya incluso tomar aliento me resultaba una agonía.

Jake me quitó bruscamente las manos de la cabeza y me pareció que me hundía en un instante de puro alivio. Fue entonces cuando vi el fuego, alzándose y devorándolo todo a su paso, y de repente noté que el aire estaba lleno de humo. La lámpara tembló y se desplomó mientras cedía una parte del techo y llovían trozos de vidrio y yeso sobre la mesa. Apenas a un metro, las cortinas ardían en llamas y arrojaban pavesas en todas direcciones. Me tapé la cara; algunas me dieron en las manos. Mi cuerpo todavía palpitaba y se estremecía por el impacto de las espantosas imágenes que acababa de presenciar; tenía los pulmones llenos de humo, los ojos me ardían y la cabeza me daba vueltas. Noté que perdía el conocimiento. Traté de recobrarme, pero desfallecía sin remedio. Sólo veía el rostro de Jake rodeado de un círculo de fuego.

Entonces, la pared más alejada se vino abajo como destrozada por una explosión. Por un momento vi la calle desierta; luego una luz deslumbrante inundó el salón. Jake retrocedió tambaleante, cubriéndose los ojos. Gabriel surgió de entre los escombros con las alas desplegadas y una espada llameante en las manos, que era como una columna de luz blanca. Su pelo se derramaba a su espalda como una cascada dorada. Xavier e Ivy venían tras él, y ambos corrieron a mi lado. Con la cara arrasada en lágrimas, Xavier hizo amago de estrecharme en sus brazos, pero Ivy lo detuvo.

—No la muevas —le dijo—. Tiene heridas demasiado grandes. Habremos de iniciar aquí el proceso de curación.

Xavier me cogió la cara con las manos.

—¿Beth? —Sentí sus labios junto a mi mejilla—. ¿Me oyes?

—No puede responder —dijo Ivy y noté en la frente el frescor de sus dedos. Me sacudí en el suelo mientras su energía curativa fluía hacia mí.

—¿Qué le sucede? —gritó Xavier ante mis convulsiones. Yo notaba que me giraban los ojos en las órbitas y que se me abría la boca en un grito silencioso—. ¡Le estás haciendo daño!

—La estoy vaciando de todos esos recuerdos —dijo Ivy—. La matarán si no lo hago.

Xavier estaba tan cerca que oía los latidos de su corazón. Me aferré a aquel sonido, con la certeza de que era lo único que podía mantenerme viva.

—Todo irá bien —repetía él en voz baja—. Ya se ha acabado. Estamos aquí. Nadie va a hacerte daño. No te vayas, Beth. Escucha mi voz.

Traté de sentarme y vi que mi hermano emergía de un muro de fuego. La luz se desprendía de él en oleadas y casi hacía daño a la vista, de tan bello y resplandeciente como se le veía. Caminó sobre las llamas y se plantó cara a cara frente a Jake Thorn. Por primera vez vi que una sombra de temor cruzaba el rostro de éste. Enseguida se recobró y retorció los labios con su sonrisa socarrona.

—Así que has salido a jugar —dijo—. Como en los viejos tiempos.

—He venido a poner fin a tus juegos —repuso Gabriel en tono amenazador.

Enderezó los hombros y se alzó un viento huracanado que sacudió los cristales de las ventanas y derribó los cuadros de las paredes. Se abrieron grietas de luz en el cielo carmesí, como si los Cielos mismos se hubieran sublevado. Y en medio de todo permanecía Gabriel, radiante y poderoso, resplande-

393

ciente como una columna de oro. Su espada fulguraba incandescente y emitía un zumbido, como si tuviera vida por sí misma. Jake Thorn se tambaleó ante aquella visión. Gabriel habló entonces y su voz resonó como un trueno.

—Te voy a dar una oportunidad y sólo una —dijo—. Todavía puedes arrepentirte de tus pecados. Todavía puedes darle la espalda a Lucifer y renunciar a sus pompas.

Jake escupió a los pies de Gabriel.

—Un poco tarde para eso, ¿no te parece? Muy generoso por tu parte, de todos modos.

—Nunca es demasiado tarde —respondió mi hermano—. Siempre hay esperanza.

—La única esperanza que tengo es poder ver destruido tu poder —masculló Jake entre dientes.

La expresión de Gabriel se endureció y su voz se despojó de cualquier atisbo de piedad.

—Entonces, desaparece —le ordenó—. No tienes lugar aquí. Regresa al Infierno al que fuiste exiliado en su día.

Blandió la espada y las llamas se alzaron como criaturas vivas y envolvieron a Jake. Se arrojaron sobre su cabeza como buitres dispuestos a atrapar una presa… y se quedaron de golpe paralizadas. Algo las detenía: el propio poder de Jake parecía protegerlo de todo daño. Y así permanecieron, el ángel y el demonio trabados en una silenciosa batalla de voluntades, la espada ardiente inmovilizada entre ambos, marcando la división entre dos mundos. Los ojos de Gabriel llameaban con la ira del Cielo y los de Jake ardían con la sed de sangre del Infierno. A través de la niebla del dolor que todavía atenazaba mi cuerpo y mi alma, sentí un temor terrible. ¿Y si Gabriel no lograba derrotar a Jake? ¿Qué nos sucedería? Sentí mis dedos entrelazados con los de Xavier. Sus manos refrescaban mi piel abrasada. Mientras permanecíamos así, percibí una luz extraña que parecía fulgurar allí donde se entrelazaban nuestros dedos; muy pronto nos envolvió a los dos y se extendió lo suficiente para cubrir nuestros cuerpos. Noté que si le estrechaba a Xavier la mano un poco más y lo atraía hacia mí, la luz parecía responder y expandirse en torno a nosotros como un escudo protector. ¿Qué era aquello? ¿Qué significaba? Xavier ni siquiera lo había notado; estaba demasiado concentrado tratando de serenar mis temblores. Pero Ivy sí se había dado cuenta. Se agachó y me susurró al oído.

—Es tu don, Bethany. Úsalo.

—No entiendo —grazné—. ¿Puedes decirme cómo?

—Posees el don más poderoso de todos. Tú ya sabes cómo emplearlo.

Mi mente no comprendía el mensaje de Ivy, pero mi cuerpo sí sabía lo que debía hacer. Reuní los últimos restos de energía que me quedaban; dejé de lado el dolor que amenazaba con avasallarme y alcé la cabeza hacia Xavier. Cuando se unieron nuestros labios, se me borraron de la cabeza todos los pensamientos negativos y, finalmente, ya sólo lo vi a él. Jake Thorn retrocedió de un salto mientras la luz explotaba en una infinidad de rayos deslumbrantes, que nacían de nuestros cuerpos entrelazados y se derramaban por toda la habitación. Jake gritó y se rodeó el cuerpo con los brazos, tratando de protegerse, pero la luz lo envolvió con sus filamentos de fuego blanco. Se agitó y retorció unos instantes y luego se dio por vencido y dejó que las lenguas de luz lamieran su torso y se enroscaran como tentáculos alrededor de él.

—¿Qué es eso? —gritó Xavier, protegiéndose los ojos de aquella cegadora llamarada. Ivy y Gabriel, que observaban con serenidad cómo los bañaba la luz, se volvieron hacia él.

—Tú deberías saberlo más que nadie —dijo Ivy—. Es el amor.

Xavier y yo nos abrazamos estrechamente mientras la habitación retemblaba y la luz abría un abismo ardiente en el suelo.

Fue por ese abismo por donde desapareció Jake Thorn. Me miró a los ojos mientras caía. Atormentado, pero sonriente.

32

Las secuelas

Durante las semanas siguientes, mis hermanos hicieron todo lo posible para limpiar la estela de destrucción que Jake había dejado a su espalda. Visitaron a las familias afectadas por los crímenes que había perpetrado y emplearon mucho tiempo tratando de reconstruir el clima de confianza en Venus Cove.

Ivy se ocupó de Molly y de todos los que habían caído bajo el hechizo de Jake. Los espíritus oscuros que poseían sus cuerpos se habían precipitado en los abismos del Infierno junto con aquel que los había alzado. Mi hermana se ocupó de borrar de sus mentes la memoria de las actividades de Jake, pero siempre cuidando de no tocar los demás recuerdos. Era como suprimir palabras de un relato: había que elegirlas con tiento para no quitar nada importante. Cuando terminó su trabajo sólo recordaban los primeros días de Jake Thorn, pero no que hubieran tenido relación con él. La administración del colegio recibió un mensaje según el cual Jake había dejado Bryce Hamilton a instancias de su padre para regresar a un internado de Inglaterra. Circularon algunos comentarios durante un par de días; luego los alumnos pasaron a otros asuntos más acuciantes.

—¿Qué ha sido de aquel inglés que estaba tan bueno? —me preguntó Molly dos semanas después de su rescate. Estaba sentada al borde de mi cama, limándose las uñas—. ¿Cómo se llamaba...? ¿Jack, James?

—Jake —dije—. Se ha vuelto a Inglaterra.

—Qué lástima —comentó—. Me gustaban sus tatuajes.

¿Te parece que debería hacerme uno? Se me estaba ocurriendo que pondría sólo «leirbag».

—¿Quieres un tatuaje con el nombre de Gabriel al revés?

—Maldita sea, ¿tan evidente es? Habré de pensar otra cosa.

—A Gabriel no le gustan los tatuajes —añadí—. Dice que el cuerpo humano no es una valla publicitaria.

—Gracias, Bethie —me dijo Molly—. Suerte que te tengo a ti para no cometer errores.

Me resultaba difícil hablar con Molly como antes. Algo había cambiado en mi interior. Yo era la única de mi familia que no se había recuperado del enfrentamiento con Jake. De hecho, dos semanas después del incendio, aún no había salido de casa. En teoría era por mis alas, que habían sufrido graves quemaduras y necesitaban tiempo para cicatrizar del todo. Aparte de eso, era sencillamente porque me faltaba valor. Me sentía a gusto así. Después de toda mi sed de experiencias humanas, ahora no deseaba otra cosa que permanecer refugiada en casa. No podía pensar en Jake sin que se me llenaran los ojos de lágrimas. Procuraba que los demás no se dieran cuenta, pero cuando me quedaba sola no podía controlarme y lloraba abiertamente: no sólo por el dolor que había causado, sino también por lo que él podría haber sido si me hubiera dejado ayudarle. No lo odiaba. El odio era una emoción muy poderosa y yo estaba demasiado extenuada. Me sorprendí a mí misma pensando que Jake debía de ser una de las criaturas más tristes del universo. Había venido deliberadamente a ennegrecer nuestras vidas, pero no había conseguido nada en realidad. Procuraba no pensar, sin embargo, en lo que podría haber pasado si Gabriel no hubiera irrumpido en mi prisión, aunque la idea no dejaba de asomarse en mi mente y me retenía en la seguridad de las cuatro paredes de mi habitación.

A ratos observaba el mundo desde mi ventana. La primavera se deslizaba hacia el verano y ya notaba que los días se iban alargando. El sol salía más temprano y duraba más horas. Miraba cómo preparaban su nido unas golondrinas en los aleros del tejado. A lo lejos, veía el chapoteo perezoso de las olas.

La visita de Xavier era la única parte del día que esperaba con ilusión. Desde luego, Ivy y Gabriel me proporcionaban una gran tranquilidad, pero ellos siempre parecían un poco distantes, todavía muy apegados a nuestro antiguo hogar. A mi modo de ver, Xavier era como una encarnación de la Tierra: sólido como una roca, estable, seguro. Me había preocupado que aquella experiencia con Jake Thorn pudiera hacerlo cambiar, pero su reacción ante todo lo ocurrido consistió en no tener ninguna reacción en especial. Asumió de nuevo la tarea de cuidar de mí y ya parecía haber aceptado el mundo sobrenatural sin hacer preguntas.

—Quizás es que no quiero oír las respuestas —me dijo una tarde, cuando lo interrogué al respecto—. He visto lo suficiente para creérmelo todo.

—Pero ¿no sientes curiosidad?

—Es como tú decías. —Se sentó a mi lado y me puso un mechón detrás de la oreja—. Hay cosas que quedan más allá de la comprensión humana. Sé que existen el Cielo y el Infierno, y ya he visto lo que pueden dar de sí. Por ahora, es más que suficiente. Hacer preguntas no serviría de nada ahora mismo.

Sonreí.

—¿Cuándo te has convertido en un espíritu tan sabio?

Él se encogió de hombros.

—Bueno, he andado con una pandilla que lleva dando vueltas por el mundo desde la Creación. Es de esperar que adquieras una visión más amplia cuando tu media naranja es un ángel.

—¿Yo soy tu media naranja? —pregunté con aire soñador, resiguiendo con el dedo el cordón de cuero que llevaba al cuello.

—Claro. Cuando no estoy contigo me siento como si llevara unas gafas de color gris.

—¿Y cuando estás conmigo? —murmuré.

—Todo en tecnicolor.

A Xavier se le acercaban los exámenes finales, pero seguía viniendo todos los días y me observaba cada vez con infinita atención para apreciar signos de mejora. Siempre me traía alguna cosa: un artículo del periódico, un libro de la biblioteca, una historia divertida que contar o unas galletas que había preparado él mismo. Compadecerme de mí misma estaba fuera de lugar mientras él se encontraba a mi lado. Si había habido momentos en los que había tenido dudas sobre su amor, ahora ya no me quedaba ninguna.

—¿Qué te parece si vamos a dar un paseo? —me dijo—. Hasta la playa. Podemos llevarnos a *Phantom* si quieres.

Me sentí tentada por un momento, pero luego la idea de salir al mundo exterior me resultó abrumadora y me tapé con la colcha hasta la barbilla.

—Está bien. —Xavier no insistió—. Quizá mañana. ¿Qué te parece si nos quedamos en casa y preparamos la cena juntos?

Asentí en silencio, me acurruqué junto a él y contemplé aquel rostro perfecto, con su media sonrisa y el mechón de pelo castaño cayéndole sobre la frente. Era todo maravillosamente conocido y familiar.

—Tienes una paciencia de santo —dije—. Deberíamos pedir que te canonizaran.

Se echó a reír y me cogió la mano, complacido al ver un atisbo de mi antiguo ser. Le seguí hasta la planta baja en pijama, escuchando sus ideas para la cena. Su voz me resultaba sedante, como un bálsamo que aliviase mi mente angustiada. Sabía que se quedaría conmigo y me hablaría hasta que me quedara dormida. Cada palabra que pronunciaba me acercaba de vuelta a la vida.

Pero ni siquiera su presencia podía protegerme de las pesadillas. Cada noche despertaba empapada en un sudor frío, y enseguida comprendía que había estado soñando. Incluso me daba cuenta mientras se desarrollaba todo en mi mente. Había tenido el mismo sueño durante semanas, pero todavía lograba aterrorizarme, y yo abría los ojos de golpe en la oscuridad con el corazón en la boca y los puños apretados.

En el sueño, estaba otra vez en el Cielo y había abandonado definitivamente la Tierra. La profunda tristeza que sentía era tan real que, al despertar, sentía como si tuviera una bala en el pecho. El esplendor del Cielo me dejaba fría y yo le suplicaba a Nuestro Padre que me dejase más tiempo en la Tierra. Argumentaba con vehemencia, sollozaba amargamente, pero mis súplicas no eran escuchadas. Veía con desesperación que las puertas se cerraban a mi espalda y comprendía que no tenía escapatoria. Ya había gozado de una oportunidad y la había dejado pasar.

Aunque estaba en mi hogar me sentía como una extraña. No era el retorno en sí lo que me causaba tanto dolor, sino la idea de lo que había dejado detrás. La idea de que nunca volvería a tocar a Xavier ni vería de nuevo su cara me resultaba desgarradora. En el sueño, lo había perdido para siempre. Sus rasgos se me presentaban borrosos cuando trataba de evocarlos, y lo que más me dolía era que no había podido decirle adiós.

La inmensidad de la vida eterna se extendía ante mí y yo lo único que deseaba era ser mortal. Pero no podía hacer nada. No podía alterar las leyes inmutables de la vida y la muerte, del Cielo y la Tierra. Ni siquiera podía albergar esperanzas, porque no había nada que esperar. Mis hermanos y hermanas se apiñaban alrededor con palabras de consuelo, pero yo me mostraba inconsolable. Sin él, nada en mi mundo tenía sentido.

A pesar de la desazón que me causaba aquel sueño, no me importaba que se repitiera con tanta frecuencia mientras pudiera despertarme cada vez y saber que él vendría a verme al cabo de unas horas. El despertar era lo que importaba. Despertarme para sentir el calor del sol que se colaba por las puertas acristaladas del balcón, con *Phantom* durmiendo a mis pies y las gaviotas volando en círculos sobre un mar totalmente azul. El futuro podía esperar. Habíamos pasado juntos una prueba terrible, Xavier y yo, y habíamos salido vivos. No sin algunas cicatrices, pero más fuertes. No podía creer que el Cielo que yo conocía pudiera ser tan cruel como para separarnos. No sabía lo que nos reservaba el futuro, pero sí que lo afrontaríamos los dos juntos.

Ahora llevaba semanas sufriendo insomnio. Me sentaba en la cama y contemplaba los trazos de la luz de la luna que se iban desplazando por el suelo. Había renunciado a dormir.

Cada vez que cerraba los ojos me parecía sentir una mano rozándome la cara o me imaginaba una sombra oscura deslizándose por el umbral. Una noche, miré por la ventana y creí ver la cara de Jake Thorn en las nubes. Salté de la cama y abrí las puertas del balcón. Entró un viento gélido y vi un amasijo de nubes negras que se cernían a poca altura. Se avecinaba una tormenta. Me habría gustado que Xavier estuviera allí: me lo imaginé rodeándome con sus brazos y apretando su cuerpo cálido contra el mío. Habría sentido el roce de sus labios en la oreja y le habría oído susurrar que todo iría bien y que siempre me cuidaría. Pero Xavier no estaba allí, y yo me hallaba sola en el balcón mientras las primeras gotas empezaban a salpicarme en la cara. Sabía que lo vería a la mañana siguiente, cuando viniera a recogerme con el coche para ir al colegio. Pero la mañana parecía ahora muy lejana y la idea de permanecer aguardando en la oscuridad me daba grima. Me apoyé en la barandilla de hierro y aspiré el aire fresco y limpio. No llevaba nada encima, salvo un tenue camisón de lana que revoloteeaba al viento casi huracanado que amenazaba con derribarme. Veía el mar a lo lejos; me hacía pensar en un enorme animal negro durmiendo. El oleaje que subía y bajaba venía a ser como su respiración acompasada. El viento seguía azotándome con fuerza y a mí me vino una idea extraña a la cabeza. Era casi como si el viento tratara de alzarme, como si quisiera que despegara del suelo. Consulté el despertador que tenía en la mesita; ya era más de medianoche, todo el vecindario estaría durmiendo. Me pareció como si el mundo entero me perteneciera y, antes de que pudiera pensármelo dos veces, me había encaramado a la barandilla. Extendí los brazos. El aire era refrescante. Atrapé con la lengua una gota de lluvia y me eché a reír en voz alta por lo relajada que me sentía de repente. Un relámpago iluminó el horizonte a lo lejos, allí donde el cielo y el mar parecían fundirse. Sentí que un inexplicable afán de aventura se adueñaba de mí y salté.

Me pareció que caía durante unos instantes y enseguida noté que algo me sostenía. Mis alas habían desgarrado la fina tela del camisón y, ya desplegadas en el aire, empezaban a ejecutar un lento movimiento. Dejé que me alzaran a mayor altura y balanceé las piernas como una cría excitada. En unos momentos los tejados quedaron a mis pies y me zambullí en el cielo nocturno. Los truenos sacudían la Tierra y los relámpagos surcaban la oscuridad, pero yo no tenía miedo. Sabía de sobras a dónde quería ir. El camino hasta casa de Xavier me lo conocía de memoria. Resultaba alucinante sobrevolar el pueblo dormido. Pasé por encima de Bryce Hamilton y de las calles tan conocidas de los alrededores. Era como si volara sobre una ciudad fantasma. Pero la idea de que podían verme en cualquier momento me provocaba una especie de euforia. Ni siquiera me molesté en ocultarme detrás de las nubes cargadas de lluvia.

Pronto me encontré sobre el césped de la casa de Xavier. Me deslicé con sigilo hasta la parte de atrás, donde se hallaba su habitación. Tenía la ventana entreabierta para dejar que entrara la brisa y la lamparilla seguía encendida. Xavier se había quedado tumbado con el libro de química sobre el pecho. En cierto modo, dormido parecía más joven. Todavía llevaba el pantalón descolorido del chándal y una camiseta blanca. Tenía un brazo debajo de la cabeza y el otro caído a un lado. Se le entreabrían los labios ligeramente. Miré cómo subía y bajaba su pecho. La expresión de su rostro era del todo pacífica, como si no tuviese ni una sola preocupación.

Plegué las alas y trepé en silencio al interior de la habitación. Me acerqué de puntillas y alargué la mano para quitarle el libro de encima. Xavier se removió, pero no llegó a despertarse. Me quedé al pie de la cama mirando cómo dormía, y de pronto me sentí más cerca de Nuestro Creador de lo que nunca me había sentido en el Reino. Allí estaba su mayor creación. Los ángeles quizás habían sido creados como guardianes, pero a mí me parecía percibir en Xavier un poder inmenso: un poder capaz de cambiar el mundo. Él podía hacer lo que quisiera, convertirse en lo que deseara. Y de repente comprendí qué era lo que yo deseaba más en el mundo: que él fuera feliz, conmigo o sin mí. Así pues, me arrodillé, incliné la cabeza y le recé a Dios, pidiéndole que le otorgara Su bendición a Xavier y que lo mantuviera lejos de todo mal. Recé para que su vida fuera larga y próspera. Recé para que todos sus sueños se cumplieran. Recé para que yo siempre pudiera seguir en contacto con él, aunque fuera modestamente, incluso si ya no estaba en la Tierra.

Antes de marcharme, le eché un último vistazo a la habitación. Miré el banderín de los Lakers clavado en la pared, leí las inscripciones de los trofeos alineados en los estantes. Deslicé los dedos por los objetos esparcidos sobre la mesa y me llamó la atención una caja de madera tallada. Parecía fuera de lugar entre todos aquellos objetos de adolescente. La tomé y abrí la tapa. Por dentro estaba toda forrada de raso rojo. Y en el centro había una única pluma blanca. La reconocí en el acto. Era la que Xavier había encontrado en su coche después de nuestra primera cita. Tuve la certeza de que la conservaría siempre.

403

Epílogo

*T*res meses después, las cosas se habían calmado bastante y habían regresado más o menos a la normalidad. Ivy, Gabriel y yo nos habíamos esforzado para que todo el pueblo y en especial los alumnos de Bryce Hamilton recuperasen la salud. Las terribles aflicciones que habían experimentado o presenciado quedaron reducidas a una serie fragmentaria de imágenes y de palabras borrosas que no podían unirse en una secuencia lógica. Xavier fue el único al que se le permitió conservar todos sus recuerdos intactos. No los sacaba a colación, pero a mí me constaba que no los había olvidado ni los olvidaría nunca. Él era fuerte, de todos modos; había tenido que afrontar un dolor y una pena inmensos en su juventud, y sabíamos que no se hundiría bajo aquella carga suplementaria.

A medida que pasaron las semanas conseguimos regresar a nuestras rutinas habituales. Yo había hecho incluso bastantes progresos para congraciarme con Bernie.

—¿En qué punto estoy, del uno al diez, para que me perdone del todo? —le pregunté a Xavier una mañana, mientras íbamos andando al colegio.

—En el diez —dijo Xavier—. Mi madre es dura, pero ¿cuánto esperabas que le durase el enfado? Está todo olvidado.

—Eso espero.

Xavier me cogió de la mano.

—Ya no hay nada que temer.

—Salvo que se presente algún demonio —dije, bromeando—. Aunque no dejaremos que eso nos agüe la fiesta.

—Ni hablar —asintió Xavier—. Nos estaban chafando *nuestra* fiesta.

—¿No te preocupa a veces que puedan volver de nuevo y todo se venga abajo?

—No, porque entre los dos podemos ponerlos en fuga.

—Tú siempre tienes una respuesta. —Sonreí—. ¿Ensayas estas frases en casa?

—Forma parte de mi encanto —dijo, guiñándome un ojo.

—¡Bethie! —Molly nos dio alcance cuando ya llegábamos a la verja de la entrada—. ¿Qué te parece mi nueva imagen?

Se dio la vuelta entera y observé que había sufrido una transformación completa. Se había dejado la falda por debajo de la rodilla, tenía la blusa abrochada hasta el último botón y la corbata pulcramente anudada. El pelo lo llevaba recogido detrás con una trenza recatada y no se había puesto ninguna de sus joyas. Incluso lucía los calcetines reglamentarios del colegio.

—Pareces a punto de entrar en un convento —dijo Xavier.

—¡Estupendo! —dijo Molly, complacida—. Quiero parecer madura y responsable.

—Ay, Molly —suspiré—. Esto no tendrá nada que ver con Gabriel, ¿no?

—Vaya descubrimiento —replicó—. ¿Por qué, si no, iba a andar por el mundo con esta pinta de pringada?

—Oh. —Xavier asintió—. Qué gran prueba de madurez.

—¿No te parece mejor ser tú misma? —pregunté.

—Tal vez lo asustaría —apuntó Xavier.

—Tú cierra el pico —dije, dándole un cachete en el brazo—. Lo único que digo, Moll, es que has de gustarle por lo que eres…

—Supongo —dijo, evasiva—. Pero a mí no me importa cambiar. Soy capaz de convertirme en lo que él quiera.

—Él quiere que seas Molly.

—Yo no —empezó Xavier—. Quiero que seas… —Se interrumpió con una risotada cuando le di un codazo.

—¿No puedes tratar de ayudar al menos?

—Vale, vale —dijo Xavier—. Mira, Molly, las chicas que fingen o se esfuerzan demasiado son un latazo. Tienes que calmarte y dejar de perseguirlo.

—¿Pero no debo mostrarle que estoy interesada?

—Creo que eso ya lo sabe —respondió Xavier, con los ojos en blanco—. Ahora tienes que aguardar a que él acuda a ti. De hecho, ¿por qué no intentas salir con otro...?

—¿Para qué?

—Para ver si se pone celoso. Su modo de reaccionar te dirá lo que quieres saber.

—¡Gracias!, ¡eres el mejor! —exclamó ella con una gran sonrisa. Se soltó el pelo de un tirón, se desabrochó varios botones de la blusa y salió corriendo: seguramente en busca de algún pobre chico que le sirviera para ganarse el corazón de Gabriel.

—No deberíamos darle alas —murmuré.

—Nunca se sabe —respondió Xavier—. Quizá sí sea el tipo de Gabriel.

—Gabriel no tiene tipo. —Me eché a reír—. Él ya está entregado a una relación.

—Los humanos pueden resultar muy tentadores.

—Dímelo a mí —respondí, poniéndome de puntillas para darle un mordisquito en el lóbulo de la oreja.

—Yo diría que esto es un comportamiento inadecuado en el patio del colegio —bromeó Xavier—. Ya sé que mis encantos son difíciles de resistir, pero procura controlarte.

Nos separamos en los pasillos de Bryce Hamilton. Mientras lo miraba alejarse, me invadió una sensación de seguridad que no había experimentado en mucho tiempo y, por un momento, creí de verdad que lo peor ya había pasado.

Me equivocaba. Debería haber intuido que no había terminado, que no podría acabar tan fácilmente. En cuanto Xavier se perdió de vista, vi que caía un pequeño rollo de papel desde lo alto de mi taquilla. Mientras lo desenrollaba, sabía que iba a tropezarme con una caligrafía negra y alargada, como las patas de una araña. El temor descendió sobre mí como una niebla y las palabras se me grabaron a fuego en el cerebro:

El Lago de Fuego aguarda a mi dama

Agradecimientos

La serie Halo constituye un proyecto en el que he invertido mucha emoción y energía. Pero no podría haberlo llevado a cabo sin la colaboración de las siguientes personas:

Mi agente, Jill Grinberg, por mostrarse tan entusiasta y absolutamente convencida de esta historia.

Mi madre, por su apoyo y su implacable sinceridad.

Jean Feiwell, Liz Szabla y el equipo de Feiwel and Friends, por dedicar tanto tiempo y energía al proyecto.

Lisa Berryman, por haber sido mi consejera desde que tenía trece años.

Mi director, el doctor David Warner, por su inspiradora figura y su profundo conocimiento de los jóvenes y de sus sueños.

Debo darle las gracias en especial a Matthew DeFina (Moo-Moo) por su inestimable intuición de la psique masculina, por sus meditadas respuestas a mis interminables preguntas y por hacerme sonreír cuando las cosas se ponen difíciles.

ESTE LIBRO UTILIZA EL TIPO ALDUS, QUE TOMA SU NOMBRE
DEL VANGUARDISTA IMPRESOR DEL RENACIMIENTO
ITALIANO ALDUS MANUTIUS. HERMANN ZAPF
DISEÑÓ EL TIPO ALDUS PARA LA IMPRENTA
STEMPEL EN 1954, COMO UNA RÉPLICA
MÁS LIGERA Y ELEGANTE DEL
POPULAR TIPO
PALATINO

* * *

* *

*

HALO SE ACABÓ DE IMPRIMIR
EN UN DÍA DE VERANO DE 2010,
EN LOS TALLERES DE EGEDSA
CALLE ROIS DE CORELLA, 12-16
SABADELL
(BARCELONA)

* * *

* *

*